SUSAN ELIZABETH PHILLIPS
Und wenn du mich küsst

Susan Elizabeth Phillips

Und wenn du mich küsst

Roman

Deutsch von Claudia Geng

blanvalet

Die Originalausgabe erschien 2022
unter dem Titel »When Stars Collide« bei William Morrow,
an Imprint of HarperCollins*Publishers*, New York.

Sollte diese Publikation Links auf Webseiten Dritter enthalten,
so übernehmen wir für deren Inhalte keine Haftung,
da wir uns diese nicht zu eigen machen, sondern lediglich
auf deren Stand zum Zeitpunkt der Erstveröffentlichung verweisen.

Penguin Random House FSC® N001967

1. Auflage
Copyright © der Originalausgabe 2021 by Susan Elizabeth Phillips
Copyright © 2022 der deutschsprachigen Ausgabe
by Blanvalet,
in der Penguin Random House Verlagsgruppe GmbH,
Neumarkter Str. 28, 81673 München
Redaktion: Angela Kuepper
Umschlaggestaltung: www.buerosued.de
Umschlagmotive: plainpicture/Mihaela Ninic; Jutta Kuss/Getty
Images; www.buerosued.de
LH · Herstellung: sam
Satz: Buch-Werkstatt GmbH, Bad Aibling
Druck und Bindung: GGP Media GmbH, Pößneck
Printed in Germany
ISBN: 978-3-7341-1120-4

www.blanvalet.de

Für all die Lehrer,
die weiterhin für ihre Schüler da sind.
Wir schulden euch unseren Dank.

Mit gesenktem Kopf kannst du
keine Krone tragen.

Beyoncé

KAPITEL 1

Olivia Shore starrte durch die abgedunkelte Scheibe der Limousine zu dem Privatjet, der auf dem Rollfeld stand. So weit war es mit ihr nun schon gekommen: Sie reiste durch das Land mit einem geistig minderbemittelten, überbezahlten Footballprofi und zu vielen schlechten Erinnerungen – und das alles, um eine Luxusuhr zu vermarkten.

Dies würden die längsten vier Wochen ihres Lebens werden.

Thaddeus Walker Bowman Owens beugte sich näher an das Flugzeugfenster und sah hinaus zu der Limousine, die neben dem Jet angehalten hatte. Exakt achtunddreißig Minuten Verspätung. Ein Chauffeur trat in Erscheinung und lud hinten einen Koffer aus, dann noch einen, danach einen dritten. Als Nächstes kam eine Kleiderhülle zum Vorschein, gefolgt von einem vierten Koffer. Thad zog den Kopf vom Fenster zurück. »Was zum Teufel habe ich mir da eingebrockt?«

Cooper Graham spähte an ihm vorbei durch das Fenster, um seinem Blick zu folgen, und schaute dann halb grinsend auf Thads maßgeschneiderte Hose aus feinster Schurwolle und den Pullover aus Kaschmir und Seide.

9

»Sieht ganz so aus, als würdest du im Ranking der best-gekleideten Promis Konkurrenz bekommen.«

Thad schenkte dem Mann, der sein bester Freund war und zugleich ein ewiger Stachel in seinem Fleisch, einen finsteren Blick. »Ich mag es, mich gut zu kleiden.«

»Die halbe Zeit siehst du aus wie ein verdammter Pfau.«

Thad warf einen vielsagenden Blick auf Coopers Hoo-die und die Jeans. »Im Vergleich zu dir schon.« Er legte den linken Fuß, der in einem halbhohen italienischen Designerstiefel mit superweichem Innenfutter steckte, über das rechte Knie. »Trotzdem nett von dir, dass du gekommen bist, um mich zu verabschieden.«

»Das war das Mindeste, was ich tun konnte.«

Thad lehnte sich zurück in den Ledersitz. »Du hattest Angst, ich würde nicht auftauchen, stimmt's?«

»Gut möglich, dass es mir kurz in den Sinn kam.«

»Erzähl mir, wie du das angestellt hast.«

»Wie ich was angestellt habe?«

»Wie du es angestellt hast, die Uhrenfab-rik Marchand – Verzeihung, die Uhren*manufak-tur* Marchand – zu überzeugen, dass ich als Marken-botschafter genauso gut geeignet bin wie der legendäre Cooper Graham.«

»Du bist nicht gerade ein Niemand«, erwiderte Coo-per milde.

»Verdammt richtig. Und zum Beweis habe ich die Heisman Trophy bekommen. Der einzige Pokal, den selbst du nicht im Regal stehen hast.«

Cooper grinste und klopfte ihm auf die Schulter.

»Dein Mangel an persönlichem Neid ist das, was ich an dir am meisten bewundere.«

»Da Marchand der offizielle Uhrenausrüster der Stars ist und du dankend abgewunken hast, wollten die bestimmt Clint Garrett haben, nicht wahr?«

»Möglich, dass sein Name gefallen ist.«

Thad schnaubte empört. Clint Garrett war der hochtalentierte, von sich eingenommene junge Blödmann, den die Chicago Stars letztes Jahr als Quarterback verpflichtet hatten, um die Lücke zu füllen, die Cooper nach seinem Rückzug aus dem Profisport hinterlassen hatte. Derselbe Clint Garrett, den er zu einem besseren Spieler machen und – ach ja – ersetzen sollte, falls der Schwachkopf sich verletzte.

Als Thad vor sechzehn Jahren mit der Heisman Trophy, einer jährlichen Auszeichnung für den besten Spieler im College Football, von der Universität gekommen war, hatte er sich selbst als den nächsten Cooper Graham oder Tom Brady betrachtet und nicht als jemanden, der den Großteil seiner NFL-Karriere als Ersatzspieler für den ersten Quarterback in vier verschiedenen Profiteams diente. Aber so hatten sich die Dinge nun einmal entwickelt. Er war anerkannt als brillanter Stratege, als inspirierender Anführer, aber da gab es diese fast belanglose Einschrankung in seinem peripheren Gesichtsfeld, die zwischen ihm und der absoluten Spitze stand. Immer die Brautjungfer, nie die Braut.

Im vorderen Bereich der Kabine rührte sich etwas und lenkte Thads Aufmerksamkeit auf die Diva, die sie nun endlich mit ihrer Anwesenheit beehrte. Sie trug einen gegürteten hellbraunen Trenchcoat über einer schwarzen Hose und dazu königsblaue High Heels, die ihre bereits beeindruckende Körpergröße um geschätzte dreizehn Zentimeter verlängerten. Um ihren Kopf war ein gemustertes Tuch gebunden, das einen dunklen Haaransatz über der Stirn zeigte, was Thad an frühere Aufnahmen von Jackie Kennedy erinnerte. Mit ihrem Kopftuch und der riesigen Sonnenbrille auf der langen Nase sah die Diva aus wie eine Jetsetterin aus den Sechzigerjahren oder wie ein italienischer Filmstar. Sie legte ihre Designertasche ab, die groß genug war, um einen Golden Retriever darin unterzubringen, und nahm im vorderen Bereich Platz, ohne die Männer hinten zur Kenntnis zu nehmen.

Als der schwache Duft von Luxusparfüm, Hochkultur und purer Arroganz sich einen Weg nach hinten bahnte, schälte Cooper sich aus seinem Sitz. »Für mich wird es Zeit zu verschwinden.«

»Verdammter Glückspilz«, murmelte Thad.

Cooper kannte ihn anscheinend gut genug, um zu wissen, dass nicht die Diva allein für seine schlechte Laune verantwortlich war. »Der Junge braucht dich«, sagte er. »Clint Garrett hat das Talent, um es bis ganz nach oben zu schaffen, aber nicht ohne die Hilfe des alten Mannes.«

Thad war sechsunddreißig. Im Profifootball galt das als alt.

Cooper ging nach vorn zum Ausgang. Als er an der Diva vorbeikam, blieb er kurz stehen und nickte ihr zu. »Miss Shore.«

Sie neigte nur leicht den Kopf, ohne dem Mann, der

zu den größten Quarterbacks in der Geschichte der NFL zählte, weiter Beachtung zu schenken. Wenn jemand das Recht hatte, Cooper mit Verachtung zu strafen, dann war das Thad, aber nicht diese hochnäsige Opernsängerin.

Cooper warf Thad einen amüsierten Blick zu und verließ dann das Flugzeug wie eine Ratte das sinkende Schiff. Thad nahm an, dass Cooper kein zweites Mal darüber hatte nachdenken müssen, bevor er Marchands lukratives Angebot, als Markenbotschafter für die neue Herrenuhr Victory 780 zu werben, abgelehnt hatte. Der ehemalige Quarterback war nicht gern von seiner Familie getrennt, und auf das Geld war er definitiv nicht angewiesen. Was Clint Garrett betraf ... Der Jungspund war zu sehr damit beschäftigt, Frauen aufzureißen und mit schnellen Autos durch die Gegend zu düsen, um seine Zeit als Repräsentant eines angesehenen Unternehmens wie Marchand, offizieller Sponsor der Chicago Stars wie auch der Chicagoer Municipal Opera, zu verschwenden.

Trotz seiner Bemerkung zu Cooper vorhin wunderte es Thad nicht wirklich, dass die Leute von Marchand an ihn herangetreten waren, um die Victory 780 zu promoten. Sie brauchten dafür schließlich einen Spieler der Stars, und Thad hatte jahrelange Übung darin, Interviews zu geben, nachdem ihm schon in jungen Jahren die Heisman Trophy reichlich Publicity beschert hatte. Trotzdem wusste jeder, der Augen im Kopf hatte, dass Thad den Werbevertrag mit Marchand nicht seinem Wurfarm oder seiner Schlagfertigkeit zu verdanken hatte, sondern seinem attraktiven Gesicht.

»Du siehst sogar noch besser aus als der Schönling«,

hatte Cooper bei ihrer ersten Begegnung gestichelt, eine Anspielung auf Dean Robillard, auch er ein ehemaliger großer Quarterback der Stars.

Thads äußere Erscheinung war ein Fluch.

Eine seiner Exfreundinnen hatte ihm einmal erklärt: »Du hast Liam Hemsworths Nase, Michael B. Jordans Wangenknochen und Zac Efrons Haare. Und was deine grünen Augen betrifft … Taylor Swift, garantiert. Es ist, als hätten alle schönen Promis auf der Welt dir ins Gesicht gekotzt.«

Er vermisste Lindy, aber sie hatte irgendwann die Nase voll gehabt von seiner Bindungsunfähigkeit. Nachdem sie sich von ihm getrennt hatte, hatte er ihr ein neues Notebook geschickt, damit sie wusste, dass er ihr nichts nachtrug.

Im Laufe der Jahre hatte er alles Mögliche versucht, um sein Erscheinungsbild aufzurauen. Er ließ sich einen Vollbart stehen, bis er zu hören bekam, dass er große Ähnlichkeit mit dem Typen aus *Fifty Shades of Grey* habe. Er probierte es mit einem Pornobalken, nur um die Frauen sagen zu hören, dass er mit seinem Schnauzer mondän wirke. Er setzte sogar auf Ironie und trug für eine Weile einen dieser albernen Man Buns. Leider stand ihm die Frisur hervorragend.

Auf der Highschool hatte jeder Pickel bekommen außer ihm. Er hatte nie eine Zahnspange gebraucht oder eine peinliche Phase durchgemacht. Er hatte sich nie die Nase gebrochen, und er hatte auch keine Narbe am Kinn wie jeder andere Spieler in der Liga. Seine Haare wurden nicht dünner. Er setzte kein Fett an.

Er machte seine Eltern dafür verantwortlich.

Das einzig Gute an seinem schönen Gesicht und seinem durchtrainierten, ein Meter neunzig großen Körper waren die Zusatzeinnahmen, die er damit machte. Er mochte es, Geld zu verdienen. Im Laufe der Jahre hatte er sein Gesicht einem Herrenparfüm geliehen, seinen Po exklusiver Designerunterwäsche und seine Haare irgendwelchen überteuerten Pflegeprodukten, die er nie benutzte. Und jetzt das.

Eine vierwöchige Promotour für die neue Victory 780 von Marchand. Fotoshootings und Interviews und zum Schluss ein Gastauftritt auf der großen Operngala in Chicago. Wahrhaftig keine Schweißtreiberei. Aber es gab einen Haken. Er war nicht der einzige Markenbotschafter für Marchand. Während er für die Victory 780 trommelte, warb Olivia Shore, der Opernsuperstar, für Marchands neue Damenuhr, die Cavatina 3.

»*Bonjour! Bonjour!*« Henri Marchand erschien vorn in der Flugzeugkabine mit ausgebreiteten Armen, und sein französischer Akzent rann aus ihm heraus wie Nutella von einer heißen Crêpe. Das braune Haar, aus dem Gesicht nach hinten gegelt, fiel ihm über den Rand seines Kragens. Selbst ohne eine Baskenmütze auf dem Kopf strahlte er die Alte Welt aus. Er war hager, vielleicht eins fünfundsiebzig groß und hatte ein schmales Gesicht mit scharfen Zügen. Sein feiner dunkelgrauer Maßanzug hatte den europäischen Schnitt, der für den kräftiger gebauten Durchschnittsamerikaner eher unvorteilhaft war, obwohl Thad ein ähnliches gestreiftes Halstuch besaß, das er manchmal nach europäischer Art trug, weil – warum auch nicht?

Henri näherte sich der Diva. »Olivia, *ma chère*.«

Sie streckte die Hand aus, und er drückte die Lippen darauf, als wäre sie die gottverdammte englische Queen persönlich, obwohl Thad wusste, dass sie aus Pittsburgh stammte, wo sie als einziges Kind eines inzwischen verstorbenen Musiklehrerpaars aufgewachsen war. Thad hatte seine Hausaufgaben gemacht.

Henri sah zu ihm nach hinten und breitete aufs Neue die Arme aus. »Und Thaddeus, *mon ami!*«

Thad winkte kumpelhaft und machte sich eine gedankliche Notiz, den Namen von Henris Schneider ausfindig zu machen.

»Vor uns liegt ein fantastisches Abenteuer.« Mehr Armschwenken. »Unser erstes Ziel ist Phoenix, wo Sie, *Madame*, eine atemberaubende Dulcinea in *Don Quichotte* sangen, und wo Sie, lieber Thaddeus, einen Touchdown-Pass über siebzig Yards gegen die Arizona Cardinals warfen. Ruhmreiche Zeiten, nicht wahr? Und der Ruhm strahlt noch immer hell.«

Das traf vielleicht auf die Diva zu, aber nicht auf Thad.

Henri wandte sich zu einer jungen Frau um, die mit ihm an Bord gekommen war. »Das hier, *mes amis*, ist Paisley Rhodes, meine Assistentin.« Bildete Thad sich das ein, oder trübte sich Henris übertriebenes Lächeln tatsächlich ein wenig?

Paisley sah aus, als käme sie frisch vom Campus aus einem Einführungskurs in Psychologie: lange, glatte blonde Haare, eine zu perfekte Nase, ein schlanker Körper in einem kurzen Rock, die Bluse vorn in den Bund

16

gesteckt und hinten überhängend, dazu Stiefeletten. Sie wirkte ziemlich gelangweilt, als wäre es eine Zumutung, in einen Privatjet einzusteigen.

»Paisley wird uns auf unserer Tour begleiten. Wenn Sie irgendetwas benötigen – ganz gleich, was –, wenden Sie sich bitte an sie.«

Thad rechnete halb damit, ein »Meinetwegen« aus Paisleys Mund zu hören, weil sie nicht desinteressierter hätte wirken können. Er nahm an, dass sie ihren Job einem Gefallen zu verdanken hatte, den jemand eingefordert hatte.

Ihr Blick richtete sich nun auf ihn, und zum ersten Mal schien Interesse in ihren Augen aufzublitzen. Sie ignorierte die Diva und ging direkt nach hinten durch, um sich zu ihm zu setzen. »Ich bin Paisley.«

Er nickte.

»Mein Dad ist ein großer Footballfan.«

Thad gab seine Standardantwort. »Freut mich zu hören.«

Als das Flugzeug startete, begann sie, ihm eine Kurzfassung – aber nicht kurz genug – ihrer Lebensgeschichte zu erzählen. Frische Absolventin eines südkalifornischen Colleges im Fach Kommunikationswissenschaften. Frisch getrennt von ihrem Freund. Sie war eine alte Seele in einem jungen Körper – ihre Einschätzung, nicht seine. Ihr Lebensziel: persönliche Assistentin einer großen – irgendeiner großen – Berühmtheit zu werden. Und, jetzt kam's: Ihr Großvater war ein guter Freund des Firmenpatriarchen Lucien Marchand, was erklärte, wie sie an diesen Job gekommen war.

Sie musterte die Uhr an ihrem Handgelenk, ein Basismodell von Marchand. »Ich trage sonst nie eine Uhr.« Sie tippte auf ihr Handy. »Ich meine, wozu soll das gut sein? Aber die zwingen mich, für die Tour eine Marchand zu tragen.«

»Schweine«, sagte er mit einem vollkommen ernsten Gesichtsausdruck.

»Ich weiß. Aber mein Opi sagt, ich muss irgendwo anfangen.«

»Da hat Opi wohl recht.«

»Schätze schon.«

Glücklicherweise ließ sie ihn wieder allein, um sich mit ihrem Handy zu beschäftigen, nachdem sie die Flughöhe erreicht hatten. Thad stellte seinen Sitz zurück, schloss die Augen und erging sich in seiner Lieblingsfantasie, in der Clint Garrett drei Interceptions warf, sich das Schienbein brach und für die restliche Saison ausfiel, sodass Thad in die Startaufstellung rückte. Clint, das arme Schwein, musste von der Tribüne aus zusehen, wie Thad die Chicago Stars zum Super Bowl führte.

Henri Marchands seidiger französischer Akzent unterbrach seinen Tagtraum. »Ich nehme an, Sie haben sich inzwischen die Produktbeschreibung durchgelesen, die ich Ihnen geschickt habe.«

Thad öffnete widerwillig die Augen. Er hatte ein gutes Gedächtnis, und es war für ihn ein Leichtes, die Details über die Uhr, für die er Werbung machen sollte, abzurufen. Henri Marchand wollte jedoch offenbar auf Nummer sicher gehen. »Wir haben über zehn Jahre an der Victory 780 herumgetüftelt.« Er setzte sich neben Thad.

»Es handelt sich um einen hochmodernen Chronografen, der zugleich die klassische Tradition von Marchand widerspiegelt …«

»Und schlappe zwölftausend Dollar kostet«, warf Thad ein.

»Prestige und Präzision haben nun einmal ihren Preis.«

Während Henri begann, von dem Selbstaufzugsmechanismus und der hochrobusten Spiralfeder der Victory 780 zu schwärmen, betrachtete Thad die Uhr an seinem Handgelenk. Er musste zugeben, dass sie mit dem schweren Armband aus Edelstahl, dem Platingehäuse und der schwarzen Keramikeinfassung fantastisch aussah. Das Zifferblatt schimmerte in Saphirblaumetallic und hatte drei edelstahlumrandete Innenzifferblätter, mit denen er seine Laufstrecken messen oder stoppen konnte, wie lange Clint Garrett es schaffte, nicht »Alter« zu sagen.

»Heute Abend werden wir mit fünf unserer wichtigsten Großkunden speisen«, fuhr Henri fort. »Morgen Vormittag stehen dann Radiointerviews an – Sie sind bei den Sportsendern und im Allgemeinprogramm zu Gast, während Madame Shore den klassischen Musiksender besucht.«

Was der Diva viel Zeit verschaffte, um ihre kostbaren Stimmbänder zu schonen, während Thad sich heiser redete.

»Danach Zeitungsinterviews. Ein paar wichtige Blogger. Und ein öffentlicher Fototermin in Scottsdale.«

Thad hatte zuvor schon Produktwerbung gemacht, und er wusste genau, wie solche Dinge funktionierten.

Sein Name und Shores Name öffneten Marchand die Tür zu mehr Interviews, als der Markenname allein für sich verbuchen konnte. Thad würde man Fragen zu seiner Karriere, zur Situation im Profifootball und zu den aktuellen Kontroversen in der NFL stellen. Zusätzlich wurde von ihm erwartet, dass er bei seinen Antworten Sätze über die Uhr einstreute.

Henri entschuldigte sich schließlich und kehrte zurück an die Seite der Diva. Gleich darauf erschien Paisley und setzte sich wieder zu ihm. Thad wurde bewusst, dass sie noch kein Wort mit der Diva gewechselt hatte. Nur mit ihm.

»Henri hat mir gesagt, ich soll dir das hier geben. Es ist das aktualisierte Tourprogramm.« Sie reichte ihm eine schwarze Ledermappe, die mit dem Marchand-Logo verziert war.

Thad war mit dem Programm vertraut. Er und die unsympathische Diva wurden sehr gut dafür bezahlt, dass sie in den kommenden vier Wochen als Markenbotschafter durch das Land reisten. Am Ende dieser Tour würden sie zu ihrem Ausgangspunkt zurückkehren, nach Chicago. Dann hatte Thad zwei Wochen frei, während die Diva in den Proben für die neue *Aida*-Produktion der Chicagoer Municipal Oper stecken würde. Am Sonntag nach dem Premierenabend plante Marchand in Zusammenarbeit mit der Oper eine Benefizgala. Danach endete Thads Verpflichtung.

»Ich habe meine Nummer auf der ersten Seite notiert«, sagte Paisley. »Du kannst mich jederzeit anschreiben. *Egal wann.*«

»Mach ich.« Er antwortete einsilbig – knapp an der Grenze zur Unhöflichkeit –, aber er musste diese Annäherungsversuche im Keim ersticken. Die Diva würde wahrscheinlich schwierig genug sein, da brauchte er keine weiteren Komplikationen. Außerdem hatte er zuletzt als Zweiundzwanzigjähriger auf Einundzwanzigjährige gestanden.

Paisley warf ihr langes blondes Haar zurück. »Das ist mein Ernst. Du sollst wissen, dass du hundertprozentig auf mich zählen kannst.«

»Okay.« Er setzte seine Kopfhörer auf. Sie verstand den Wink und ließ ihn allein. Er döste zu den Jazzklängen von Chet Baker.

Die Diva saß in der entgegengesetzten Ecke der Limousine, die Sonnenbrille noch immer auf der Nase, ihre Wange an die Scheibe gelehnt. Die einzige Kommunikation, die zwischen Thad und ihr bisher stattgefunden hatte, war ein feindseliger Blick von ihrer Seite gewesen, als sie aus dem Privatjet gestiegen waren. Paisleys Daumen rasten über ihr Smartphone, vermutlich schrieb sie privat mit Freunden, statt zu arbeiten. Henri telefonierte und klang sehr energisch. Thad mit seinem Speisekartenfranzösisch konnte nicht verstehen, worum es bei dem Gespräch ging. Die Diva hingegen schon. Sie hob ihren Kopf von der Scheibe und machte eine ablehnende Geste.

»*C'est impossible, Henri.*«

Wie sie Marchands Namen aussprach ... ein melodisches *Oa-ri* aus tiefer Kehle. Wenn Thad den Namen sagte, kostete es ihn schon enorme Anstrengung, das H und das N zu unterdrücken. Von den Nasallauten ganz zu schweigen.

Der folgende Dialog erhellte Thad nicht im Geringsten, was genauso *äh-posi-blö* war, aber als sie vor dem Hotel hielten, klärte Oa-ri ihn auf. »Es gibt eine kleine Änderung im Plan. Wir müssen die Interviews heute vorziehen, gleich nach dem Einchecken. Eine Unannehmlichkeit, aber so etwas kann passieren, wie Sie sicher verstehen.«

Keine zehn Minuten später wurden Thad und die Diva in die Präsidentensuite des Hotels geführt, während Henri und Paisley folgten. Neben einem luxuriösen Salon samt einem Konzertflügel verfügte die Suite über zwei Schlafzimmer mit eigenen Bädern, eine Küche, einen Essbereich und eine ausladende Terrasse. Auf einem großen Couchtisch in der Mitte des Salons waren Platten mit Gebäck angerichtet und eine Auswahl an Weinen und Mineralwasser.

»Sie haben noch ein paar Minuten Zeit, um sich frisch zu machen, bevor die Journalisten kommen«, sagte Henri. »Paisley wird sie hereinführen.«

Paisley zog ein bockiges Gesicht, als gehörte das Eskortieren von Journalisten nicht zu ihrer Jobbeschreibung. Henri schien es nicht zu bemerken. Oder vielleicht tat er auch nur so.

Die Diva verschwand im Gästebad. Während Henri zum zweiten Mal die Erfrischungen begutachtete, die für das Interview bereitgestellt worden waren, schlenderte Thad durch die große Verandatür hinaus auf die geflieste

Terrasse, um die Aussicht auf den Camelback Mountain zu bewundern. Würde er diese Werbetour doch nur mit einem weiblichen Rockstar machen statt mit einer eingebildeten Opernsängerin. Die nächsten vier Wochen erstreckten sich vor ihm wie eine endlose Straße, die genau ins Nichts führte.

Im Bad lehnte sich die eingebildete Opernsängerin gegen die geschlossene Tür, kniff die Augen zusammen und versuchte, gleichmäßig zu atmen. Das hier war mehr, als sie ertragen konnte. Mit einer Bestie wie Thad Owens diese Tour bestreiten zu müssen, war die endgültige Katastrophe in diesen verheerenden letzten Wochen. Sie durfte unter keinen Umständen Schwäche zeigen, ihm keine Angriffsfläche bieten, die er glaubte, ausnutzen zu können.

Hätte sie das alles vorher gewusst, hätte sie erst gar nicht in Erwägung gezogen, den Vertrag mit Marchand zu unterschreiben. Sie war noch nie aus einem Vertrag ausgestiegen, aber sie konnte sich nicht vorstellen, wie sie die kommenden vier Wochen überstehen sollte. Lächeln. Small Talk halten. Immer freundlich sein. Und sicherstellen, dass sie niemals mit ihm allein war.

Ihr Handy vibrierte in der Hosentasche. Sie nahm ihre Sonnenbrille ab und checkte das Display. Es war Rachel, die sich nach ihr erkundigen wollte. Ihre liebe, zuverlässige Freundin Rachel, die sie auf eine Art verstand wie kein anderer. Olivia ließ das Handy in ihre Hosentasche zurückgleiten. Sie war nervös, unkonzentriert, zu verwundbar, um jetzt mit Rachel zu sprechen.

23

Sie nahm ihr Kopftuch ab. Ihre Frisur war ein Desaster. Es kümmerte sie nicht. Statt ihre Haare in Ordnung zu bringen, setzte sie sich auf den Toilettendeckel und schloss die Augen. Die Melodie von Donizettis »Pour mon âme« verfolgte sie schon den ganzen Tag. Die Arie aus *La fille du régiment* mit ihren neun hohen Cs in kurzen Abständen war ein Paradestück für die weltbesten Tenöre. Zu denen hatte Adam nicht gezählt, doch das hatte ihren ehemaligen Verlobten nicht davon abgehalten, sich daran zu versuchen.

Sie zwinkerte heftig mit den Augen. Die Cavatina 3 an ihrem Handgelenk rückte in ihren Fokus. Ein Armband aus vergoldetem Edelstahl, ein elfenbeinfarbenes Zifferblatt mit eingearbeiteten Diamanten. Cavatina. Eine einfache Arie ohne einen zweiten Teil oder eine Wiederholung. In der Musik war eine Cavatina schnörkellos und unkompliziert, im Gegensatz zu dieser luxuriösen Damenuhr oder Olivias hoch kompliziertem Leben.

Sie starrte auf den weißen Umschlag, den sie heute Morgen aus ihrem Briefkasten geholt hatte. Er war in derselben ordentlichen Druckschrift an sie adressiert wie der erste Brief, den sie vor zwei Tagen erhalten hatte. Sie zwang sich, den Umschlag zu öffnen. Ihre Hände zitterten.

Nur fünf Worte. *Du hast mir das angetan.*

Sie unterdrückte ein Schluchzen, zerriss das Papier in winzige Schnipsel und spülte sie die Toilette hinunter.

Paisley führte zwei Zeitungsjournalisten in die Suite und verzog sich dann mit ihrem Handy in die Ecke. Paradoxerweise war der Musikkritiker groß und kräftig und der Sportjournalist klein und drahtig. Eine Kulturredakteurin stieß kurz darauf dazu, eine Frau im mittleren Alter mit kurzen, glatt gegelten Haaren und zahlreichen Ohrpiercings.

Thad musste erst noch den Journalisten kennenlernen, der eine Gratisverkostung nicht zu schätzen wusste. Die Männer verdrückten beide eine ganze Reihe von Cannoli und jeweils ein halbes Dutzend Lemon Cookies, während die Kulturredakteurin an einem Glas Chardonnay nippte und ein paar Mandeln knabberte. Thad machte mit den Zeitungsleuten Small Talk und verbarg seine Verärgerung darüber, dass die Diva sich nach wie vor im Bad verschanzte. Gerade als er sich anschickte, an die Tür zu klopfen und zu fragen, ob sie ins Klo gefallen sei, erwies sie ihnen die Gnade ihrer Gesellschaft.

Sie hatte ihren Trenchcoat abgelegt, ebenso das Kopftuch und die Sonnenbrille, und sie ging mit klappernden Absätzen auf die Journalisten zu, während sie Thad absichtlich ignorierte. Ihr dunkles Haar war zu einem lässigen Knoten am Oberkopf geschlungen, wodurch sie – zusammen mit ihren königsblauen High Heels – größenmäßig fast an ihn heranreichte. Ihre Figur war formidabel: langer Hals, breite Schultern, gerader Rücken und eine schlanke Taille, dazu ellenlange Beine. Sie war weder dünn noch dick. Eher … Er suchte nach dem richtigen Wort, aber alles, was ihm in den Sinn kam, war »gewaltig«.

Zu ihrer schwarzen Hose trug sie eine weiße Bluse, deren Ausschnitt ein taubeneigroßer Anhänger, dem

Anschein nach ein riesiger Rubin, an einer goldenen Halskette zierte. Ihre Finger waren beringt, ihre Handgelenke schmückten mehrere Armreifen und die Cavatina 3. Thad stand auf kleine und anschmiegsame Frauen. Diese hier sah aus wie eine Tigerin, die eine Hermès-Boutique geplündert hatte.

Die Männer erhoben sich, als sie sich näherte. Henri übernahm die Vorstellungsrunde. Die Diva streckte ihre Hand aus und musterte die Journalisten von oben herab, die Lippen zu einem hoheitsvollen Lächeln verzogen. »Gentlemen.« Sie begrüßte auch die Redakteurin mit einem Handschlag und einem gnädigen Lächeln, bevor sie sich in dem Sessel gegenüber von Thad niederließ, die Füße seitlich überkreuzte und dasaß, als hätte sie einen Stock im Hintern.

Thad nahm absichtlich eine lässige Sitzhaltung ein und streckte gemütlich die Beine aus. Der Musikjournalist machte den Anfang, doch statt sich an die Diva zu wenden, richtete er seine erste Frage an Thad. »Mr. Owens, mögen Sie Opern?«

»Ich hatte noch nicht viel Berührung damit«, antwortete er.

Der Sportjournalist knüpfte an die Taktik an. »Was ist mit Ihnen, Miss Shore? Waren Sie schon einmal bei einem Footballspiel?«

»Ja, letztes Jahr, bei Real Madrid gegen Manchester United.«

Thad konnte nur mit Mühe ein Schnauben unterdrücken.

Der Sportjournalist wechselte einen belustigten Blick

mit ihm, bevor er sich wieder an die Diva wandte. »Das war europäischer Fußball, Miss Shore, kein American Football.«

Sie machte ein »Ich bin eben ein Mädchen«-Gesicht, das Thad ihr keine Sekunde lang abkaufte. »Natürlich. Wie dumm von mir.«

An dieser Frau war gar nichts dumm, angefangen von der tiefen Resonanz ihrer Stimme bis hin zu ihrer äußeren Erscheinung, und etwas sagte ihm, dass sie den Unterschied zwischen Fußball und Football verdammt gut kannte. Oder vielleicht auch nicht. Zum ersten Mal hatte sie seine Neugier geweckt.

»Dann haben Sie also Thad Owens nie spielen sehen?«

»Nein.« Zum ersten Mal sah sie Thad direkt an, mit einem Blick, der so kalt war wie eine Januarnacht. »Haben Sie mich jemals singen hören?«

»Ich hatte noch nicht das Vergnügen«, antwortete er in schleppendem Ton. »Aber ich feiere bald meinen siebenunddreißigsten Geburtstag, und ich hätte ganz bestimmt nichts gegen ein Ständchen einzuwenden.«

Die Redakteurin lachte, aber die Diva verzog keine Miene. »Ist vermerkt.«

Der Musikjournalist stellte ein paar Fragen zu einem Konzert, das Shore letztes Jahr in Phoenix gegeben hatte, und spannte dann einen Bogen zu europäischen Opernhäusern. Der Sportjournalist wollte wissen, wie Thads Fitnesstraining aussah und wie er die Aussichten der Arizona Cardinals in der kommenden Saison einschätzte.

Paisley befand sich wieder in ihrem Handykoma. Henri

bot an, Wein nachzugießen. »Wir von Marchand fühlen uns sehr geehrt, dass wir zwei absolute Größen ihres Fachs wie Madame Shore und Mr. Owens als Markenbotschafter gewinnen konnten. Beide sind stilprägend.«

Die Redakteurin musterte Thads graue Hose und seinen himbeerroten Kaschmirpullover mit Reißverschlusskragen. »Was ist Ihre Modephilosophie, Mr. Owens?«

»Hochwertig und bequem«, antwortete er.

»Vielen Männern würde der Mut fehlen, ein solches Rot zu tragen.«

»Ich mag kräftige Farben«, erwiderte er, »aber ich folge keinen Trends, und der einzige Schmuck, den ich trage, ist eine gute Armbanduhr.«

Sie legte den Kopf schief. »Vielleicht irgendwann einen Ehering?«

Er lächelte. »Ich würde mich keiner Frau wünschen. Ich bin zu unbeständig. In puncto Beständigkeit« – er zeigte sein Handgelenk vor, um etwas für sein Geld zu tun – »zähle ich auf diese Uhr. Ich trage schon seit Jahren Modelle von Marchand. Darum habe ich die Einladung gern angenommen. Mit der Victory 780 hat die Manufaktur sich selbst übertroffen.«

Henri strahlte. Die Redakteurin wandte sich an die Diva. »Was ist mit Ihnen, Miss Shore? Wie würden Sie Ihre Modephilosophie beschreiben?«

»Hochwertig und *un*bequem.« Zu Thads Überraschung streifte sie ihre High Heels ab.

Der Blick der Redakteurin wanderte von Thads himbeerrotem Pullover zu der schwarz-weißen Aufmachung der Diva. »Sie scheinen neutrale Farben zu bevorzugen.«

»Ich setze auf Eleganz.« Sie sah Thad mit offener Verachtung an. Was zum Teufel stimmte nicht mit ihr? »Ein knalliges Pink ist besser auf der Bühne aufgehoben«, fügte sie hinzu. »Ich spreche natürlich nur für mich selbst.«

Sein Pullover war nicht *pink*. Er war *himbeerrot!*

»Ich bin ziemlich wählerisch«, fuhr sie fort und richtete ihre Aufmerksamkeit wieder auf die Redakteurin. »Aus diesem Grund ist die Cavatina 3 die perfekte Uhr für mich.« Sie nahm sie ab und gab sie der Redakteurin zur genaueren Begutachtung. »Mein Terminplan ist ziemlich anspruchsvoll. Ich brauche eine Uhr, auf die ich mich verlassen kann, aber sie muss auch zu meiner Garderobe und meinem Lebensstil passen.«

Ende der Reklame.

Als Nächstes beantworteten sie persönlichere Fragen. Wo hatte Madame Shore ihren Wohnsitz? Wie verbrachte Mr. Owens seine Zeit außerhalb der Spielsaison?

»Ich brauchte eine Pause von Manhattan«, antwortete die Diva, »und da mir Chicago gut gefällt und es mitten im Land liegt, habe ich vor ein paar Monaten eine Wohnung in der Stadt angemietet. Das macht die Inlandsreisen einfacher.«

Thad antwortete absichtlich vage. »Ich halte mich fit und kümmere mich um alles, wozu ich während der Saison nicht komme.«

Paisley verpasste ihr erstes Einsatzzeichen, um die Journalisten zurück in die Lobby zu führen, aber schließlich reagierte sie doch. Nachdem die Presseleute gegangen waren, erklärte Henri seinen Markenbotschaftern, dass ihr Gepäck auf ihre Zimmer gebracht worden sei, die rechts und links an den Salon grenzten. Er machte eine ausladende Geste, die den Essbereich und die kleine Küche einbezog. »Wie Sie sehen können, eignet sich die Suite sehr gut für Interviews und den Fototermin morgen. Der Chefkoch wird später unser Geschäftsdinner hier in der Küche zubereiten.«

Der Kopf der Diva schoss hoch, und ihre dramatischen Augenbrauen zogen sich zusammen. »Henri, kann ich Sie kurz sprechen?«

»Aber sicher.« Die beiden wandten sich zur Tür und gingen hinaus in den Flur.

Thad war angepisst. Madame passte es offensichtlich nicht, dass sie sich eine Suite teilten. Na schön. Sie konnte ja in ein anderes Zimmer wechseln, denn er würde unter keinen Umständen auf diese große Terrasse verzichten. Schon als Kind hatte er sich lieber draußen aufgehalten als drinnen, und es machte ihn kribbelig, wenn er zu lange in einem Hotelzimmer, egal wie groß, eingesperrt war. Er würde sich nicht von der Stelle bewegen.

Olivia wurde schon nach wenigen Schritten bewusst, dass sie einen Fehler gemacht hatte. Die Türen hatten stabile Schlösser, und wenn sie darauf bestand, das Hotelzimmer zu wechseln, würde Thad Owens merken, dass sie Angst vor ihm hatte.

Sie berührte Henri am Arm. »Schon gut, Henri. Wir können uns später unterhalten. Es ist nicht so wichtig.«

Als sie im Salon ihre Schuhe vom Boden aufhob, näherte Owens sich von hinten. »Nur damit Sie Bescheid wissen«, sagte er. »Ich mag keine nächtlichen Besuche.«

Sie holte tief Luft, warf ihm ihren eisigsten Blick zu und ging dann schnurstracks in ihr Zimmer.

Thad hörte das Klicken, als sie die Tür hinter sich abschloss. Sie hatte ihn voller Verachtung angestarrt, sodass er schon halb damit gerechnet hatte, sie würde etwas Opernmäßiges sagen, wie: *An den Galgen, du Hundesohn!*

Henri strahlte. »Was für eine Frau! Sie ist einfach umwerfend! *La Belle Tornade.*«

»Lassen Sie mich raten. ›Der schöne Düsenjet‹.«

Henri lachte. »*Non, non.* Man nennt sie den schönen Tornado, wegen ihrer kraftvollen Stimme.«

Thad zweifelte an dem »schön«, in Anbetracht dieser kräftigen dunklen Augenbrauen und der langen Nase. Was den Tornado betraf ... Eissturm traf es wohl eher.

Thad machte ein paar Telefonanrufe und trainierte im hoteleigenen Fitnesscenter, bevor er in die Suite zurückkehrte und sich unter die Dusche stellte. Durch die geschlossene Zimmertür hörte er die Diva Tonleitern trällern. Er lauschte, wie die Töne stiegen und fielen, die gesungenen Vokale sich subtil änderten, von *Me* zu *Mi*, dann zu *Ma*. Es war faszinierend. Kein Zweifel, Madame konnte singen. Während ihre Stimme von hell zu dunkel wechselte, bekam er eine Gänsehaut. Wie konnte jemand solche Töne treffen?

Als die Essenszeit näher rückte, verhießen die Gerüche, die aus der Küche drangen, ein feines Mahl. Thad zog ein brombeerfarbenes T-Shirt an und darüber einen schwarz glänzenden Blazer von Dolce & Gabbana, den er mit einem gemusterten lavendelblauen Einstecktuch ergänzte. Es war farblich ein bisschen übertrieben, selbst für ihn, aber er wollte ein Statement setzen.

Er hörte Henris Stimme im Salon, und als er aus seinem Zimmer kam, trafen bereits die ersten Gäste ein. Es handelte sich ausschließlich um Einkäufer; einer vertrat eine ansässige Juwelierkette, ein Paar arbeitete für mehrere Kaufhäuser, und zwei unabhängige Schmuckhändler ergänzten die Runde.

Die Diva erschien in einer bodenlangen schwarzen Samtrobe. Ihre Brüste erregten als Erstes seine Aufmerksamkeit. Sie waren nicht riesig, aber prall genug, um sich über dem tiefen Ausschnitt zu wölben. Der Blick auf ihr Dekolleté wurde nicht durch irgendwelche Colliers verhindert, nur ihre Ohrringe fielen auf. Ihre Haut wies eine natürliche Blässe auf und wirkte im Kontrast zu all dem schwarzen Samt sogar noch heller. Sie trug die Cavatina 3 am linken Handgelenk und diverse Ringe an ihren langen Fingern. Ihre Haare waren zu einem klassischen Dutt hochgesteckt, der ein bisschen altmodisch aussah, aber er musste zugeben, dass er ihr stand. Sie besaß eine enorme Ausstrahlung, das musste er ihr lassen.

Sie zog ihren üblichen großen Auftritt ab – ausgebreitete Arme, distanziertes Lächeln, majestätischer Gang –, und Thad war sofort wieder genervt von ihr. Am liebsten würde er sie in Unordnung bringen. Sie von ihrem Podest stoßen. Ihren knallroten Lippenstift verschmieren.

Die Klammern aus ihren Haaren ziehen, die den Dutt zusammenhielten. Ihr das Kleid vom Leib reißen und sie in ein altes Stars-Sweatshirt und eine abgewetzte Jeans stecken. Aber obwohl es ihm an Fantasie nicht mangelte, überstieg dieses Bild seine Vorstellungskraft.

Er hasste förmliche Dinnerabende fast genauso, wie er Fehlwürfe hasste, aber er plauderte höflich mit den Kunden und staunte, wie gut die Diva darin war. Sie erkundigte sich nach dem Berufs- und Privatleben der Gäste und ließ sich bereitwillig Fotos von deren Kindern zeigen. Im Gegensatz zu ihm wirkte sie aufrichtig interessiert.

Das Essen wurde serviert. Thad war kein großer Trinker, also beschränkte er sich auf zwei Gläser Wein, aber die Diva schien einen eisernen Magen zu haben. Zwei Gläser, drei, dann vier. Ein fünftes Glas, als die Gäste sich verabschiedeten und beide sich anschließend in ihre getrennten Schlafzimmer zurückzogen.

Sein Zimmer hatte eine hohe Decke und eine Tür, die auf die Terrasse hinausführte. Er ging nackt in das Bad en suite, um sich die Zähne zu putzen. Wie üblich mied er den Blick auf sein Spiegelbild. Kein Grund, sich selbst zu deprimieren. Obwohl sein Zimmer geräumig war, fühlte es sich eng und stickig an. Er schlüpfte in eine Jeans und öffnete die Tür zur Terrasse.

Die Brüstung aus bruchsicherem Glas bot einen freien Blick auf die Lichter der Stadt, während die eingetopften Bäume und die Blumenbepflanzung die Illusion eines Gartens erzeugten, mit geschickt platzierten Sitznischen, in denen man es sich gemütlich machen konnte. Die kühle Nachtluft auf seiner Haut fühlte sich gut an.

Er ließ den Tag Revue passieren. Dachte an das, was vor ihm lag. An das Trainingslager, das nur vier Monate entfernt war, und daran, wie viel Spielzeit er bekommen würde oder eben nicht. Er umrundete einen Baum für einen besseren Blick auf die Skyline der Stadt und grübelte über seine Zukunft und seine Karriere nach, die seine Träume verfehlt hatte.

Wein war nicht gut für ihre Stimme. Alkohol, Koffein, trockene Luft, Zugluft, traumatische Erlebnisse – nichts davon tat ihrer Stimme gut, weshalb sie selten mehr als ein Glas trank. Und doch war sie nun betrunken, nicht nur ein bisschen, sondern so richtig. Sie stand seit Tagen unter Strom, ein Nervenbündel, das jederzeit explodieren konnte. Im Moment spürte sie ein gefährliches, vom Alkohol befeuertes Bedürfnis, ihren langen Rock bis zu den Knien hochzuraffen, auf die Terrassenbrüstung zu klettern und wie auf einem Schwebebalken zu balancieren, nur um zu sehen, ob sie es konnte. Sie war nicht lebensmüde, das überließ sie anderen. Vielmehr suchte sie eine Herausforderung. Besser noch, ein Ziel. Etwas, das es zu bezwingen galt. Sie wollte eine Superheldin sein, eine Beschützerin der Schwachen, eine betrunkene Kreuzritterin, die für Gerechtigkeit kämpfte. Stattdessen bekämpfte sie einen Geist.

Hinter ihr bewegte sich etwas. Zu nah. *Er.*

Sie wirbelte herum und blies zum Angriff.

KAPITEL 2

Es hatte schon Frauen gegeben, die sich auf ihn gestürzt hatten, aber dass ihm dabei ein Ellenbogen in den Magen gerammt wurde, war neu für ihn. Sie erwischte ihn unvorbereitet, und er stöhnte vor Schmerz. Automatisch riss er die Arme hoch, um sich zur Wehr zu setzen.

Das machte die Sache noch schlimmer.

Er hatte nur ein bisschen frische Luft schnappen wollen, und nun war er in einen tödlichen Kampf mit einer in schwarzen Samt gehüllten Furie verwickelt.

Er packte ihre Arme. »Aufhören! Beruhigen Sie sich!«

In seinem Alter hätte er wissen müssen, dass man zu einer Frau besser nicht sagte, sie solle sich beruhigen. Sie antwortete mit einem heftigen Tritt gegen sein Schienbein. Zu ihrem Pech war sie barfuß, und sie jaulte nun selbst vor Schmerz auf.

»Was zum Teufel ist in Sie gefahren?!« Er bekam ihre Arme zu fassen und zog sie hart an sich. Sie war groß und stark, aber er war stärker. Sie stieß einen Schrei aus und trat wild um sich.

Thad wollte sich wehren, aber er wollte ihr auch nicht wehtun. In seiner Not kickte er ihr die Beine weg.

Er besaß gerade noch genügend Anstand, um die Wucht ihres Aufpralls abzumildern, als sie auf die harten

Fliesen fielen. Er stieß sich den verdammten Ellenbogen und den Hüftknochen, aber es gelang ihm, sie auf dem Boden festzunageln, indem er sich auf sie schwang und ihre Handgelenke umklammerte.

Ihre perfekt zur Schau getragene Beherrschung war verschwunden. Sie war völlig außer sich. »*Bastard!*« Sie spie die Worte förmlich aus. »Du mieser *Bastard!*«

Was Beleidigungen betraf, war ihr Repertoire offenbar begrenzt, aber Mann, sie hatte vielleicht Kraft. Er konnte sie nur mit Mühe festhalten, während sie erbittert versuchte, sich aus seinem Griff zu befreien.

»Hören Sie sofort auf, oder ich … Oder ich verpasse Ihnen eine Ohrfeige!« Er würde nie im Leben eine Frau schlagen, aber diese hier war außer Kontrolle, und vielleicht würde die Drohung sie ja zur Ruhe zwingen.

Mitnichten. Sie zischte ihn zähnefletschend an. »Nur zu, du Bastard! Versuch's doch!«

Trotz ihrer ganzen Theatralik schienen Opernsängerinnen auf dem Gebiet der Kraftausdrücke nicht besonders kreativ zu sein. Thad probierte eine andere Taktik aus und lockerte ganz leicht den Griff um ihre Handgelenke, aber ohne sie loszulassen. »Holen Sie mal Luft. Tief durchatmen.«

»*Abschaum!*«

Wenigstens erweiterte sie ihr Schimpfvokabular. Ihr Dutt hatte sich gelöst, und ihre rechte Brust ragte halb aus dem Ausschnitt, bis knapp über der Brustwarze. Er riss den Blick davon los. »Sie haben zu viel getrunken, Lady, und Sie sollten jetzt wirklich mal tief durchatmen.«

Sie hörte auf zu kämpfen, aber er wollte kein Risiko eingehen. Er nahm etwas von seinem Gewicht von ihr. »Genau so. Schön weiteratmen. Alles wird gut.« *Abgesehen von ihrer Geisteskrankheit.*

»Lass mich aufstehen!«

»Geben Sie mir Ihr Wort, dass Sie nicht gleich wieder auf mich losgehen.«

»Du hast es verdient!«

»Darüber reden wir ein anderes Mal.« Sie wirkte nun nicht mehr ganz so wahnsinnig, also wagte er es und stieg vorsichtig von ihr herunter, auf der Hut vor ihrem Knie, das auf seinen Unterleib zielte. »Kotzen Sie mich bloß nicht voll, okay?«

Sie rappelte sich auf, mit wirren Haaren, und ihre Stimme klang tief und bedrohlich. »Sprich mich nie wieder an!«

»Können Sie haben.«

Sie taumelte hastig über die Terrasse zu der Tür, die in ihr Zimmer führte. Der Riegel klickte laut hinter ihr ins Schloss.

Olivia zog ruckartig die Vorhänge zu, eigenartig stolz auf sich selbst. *Bastard! Bastard! Bastard!* Sie würde nie den Anblick ihrer Freundin Alyssa vergessen in jener Nacht, in der Thad Owens über sie hergefallen war. Nun hatte der großkotzige Footballer seine Quittung dafür bekommen.

Sie stützte sich an der Kante der Schreibkommode ab und schaffte es, ihr Kleid auszuziehen. Sie, Olivia Shore, hatte eine neue Berufung als Rächerin der Frauen. Heute

Abend hatte sie Vergeltung geübt, ein kleiner Schlag für die Gerechtigkeit angesichts des ganzen Chaos um sie herum.

Aus heiterem Himmel rebellierte ihr Magen. Sie stürmte ins Bad, kauerte sich über die Toilettenschüssel und erbrach das Abendessen und den Wein, von dem sie unklugerweise eine ganze Flasche getrunken hatte.

Danach hing sie matt auf dem Fliesenboden. Ihre Schulter brannte an der Stelle, wo sie sich die Haut aufgeschürft hatte. Sie legte einen warmen Waschlappen darüber und fühlte sich gar nicht mehr so stolz. Sie war betrunken, und sie hatte sich wie eine Verrückte aufgeführt. So etwas konnte sie sich nicht erlauben. Nicht wenn sie so viele andere Probleme hatte. Und schon gar nicht, wenn sie einen Vertrag hatte, den sie nicht brechen konnte, und vier Wochen unterwegs war mit diesem Abschaum.

Sie kroch zurück ins Schlafzimmer, zog ihre Unterwäsche aus und fand schließlich ihren Pyjama. Ihre Abendroutine verrichtete sie gewöhnlich mit strenger Disziplin, egal wie spät es war oder wie erschöpft sie sich fühlte. Raumbefeuchter an. Make-up-Entferner, Reinigungsschaum, Toner, Moisturizer, Augencreme und ihr kostbares Retinol-Öl. Zahnpasta und Zahnseide, manchmal Aufhellungsstreifen. Dann ein paar Yogastellungen, um ihre Muskeln zu lockern. Aber heute Abend tat sie nichts davon. Mit einem schmutzigen Gesicht, schmutzigen Zähnen, schmutziger Stimmung und dem Bild von Thad Owens selbstgefälliger Miene, die drohend über ihr schwebte, kletterte sie ins Bett.

Thad war am nächsten Morgen früh auf den Beinen, um mit den Radioreportern zu plaudern. Glücklicherweise hatte die Diva einen anderen Auftrag, denn sie war die letzte Person, die er sehen wollte. Paisley, die ein bisschen mitgenommen wirkte von was auch immer sie gestern Abend getrieben hatte, höchstwahrscheinlich nichts Produktives für Marchand, begleitete ihn ins Funkhaus. Sehr zu Henris Missfallen war sie heute in einem Animal-Print-Top, einer zerrissenen Jeans und knallroten Stiefeletten erschienen. Nicht gerade das Image von Marchand.

Sie setzte sich neben Thad auf die Couch im Aufenthaltsraum, obwohl noch zwei Sessel frei waren, und bearbeitete ihr Smartphone mit den Daumen. »Hast du die Marchand-Feeds in den sozialen Medien gesehen? Ich meine, voll spießig. Wen interessiert so was? Du musst Henri sagen, dass er das Social-Media-Marketing mir überlassen soll.«

Sie streckte ihm ihr Handy entgegen, und er sah sich die Fotos an, die sie gestern Abend beim Dinner gemacht hatte: sein Profil im Kerzenschein, seine Hand an seinem Revers, seine Kieferpartie, seine Augen. Nur ein einziges Bild, auf dem die Victory 780 zu sehen war. Kein einziges von der Diva.

»Wenn du Henri überzeugen willst, deine Ideen in Betracht zu ziehen« – etwas, das wohl kaum jemals passieren würde –, »vergiss nicht, dass es zwei Markenbotschafter auf dieser Tour gibt.« *Von denen einer eine tollwütige Psychopathin ist.*

»Du bist fotogener.«

»Sie ist berühmter.« Die Worte blieben ihm fast im Hals stecken. Er gab Paisley ihr Handy zurück.

»Mein Dad sagt, Henri ist derjenige, der Marchand ins einundzwanzigste Jahrhundert führen will, aber na ja. Ich habe gestern Abend vor dem Dinner ein bisschen recherchiert, weißt du. Diese Uhrenwerbung damals, die David Beckham gemacht hat. Die Bilder sind heute noch total heiß. Hast du auch Tattoos?«

»Bin nie dazu gekommen.«

»Schade.« Sie bohrte einen Finger in ein sorgfältig platziertes Loch in ihrer Jeans. »Mein Dad denkt, ich bin für diesen Job nicht geeignet, aber ich habe jede Menge Ideen. Zum Beispiel will ich dich definitiv in der Dusche fotografieren. Weil die Victory 780 wasserdicht ist und so. Ich könnte – du könntest dich einölen, damit das Wasser Perlen auf deiner Haut bildet. Das wären Hammerfotos.«

»Daraus wird nichts.«

»Aber du kannst eine Badehose tragen und so.«

»Du und dein iPhone werdet garantiert nicht in die Nähe meiner Dusche kommen, aber frag doch mal Madame Shore. Ihr würde es sicher nichts ausmachen. Wahrscheinlich hat sie sogar ein Tattoo.«

Paisley sah ihn zweifelnd an. »Sie ist irgendwie unheimlich.«

»Wenn man sie näher kennenlernt, ist sie bestimmt zahm wie ein Kätzchen.« *Die Art mit scharfen Krallen und tödlichen Fängen.*

Thad stand auf, als die Redakteurin erschien, um ihn ins Studio zu führen. Aus dem Augenwinkel registrierte er, dass Paisley ihn von hinten fotografierte, genauer gesagt seinen Allerwertesten.

Die Diva sah er erst am Nachmittag wieder, zu dem Fototermin im Hotel.

Sie nippte an ihrem Tee, als er die Suite betrat, und entdeckte dann wohl etwas Faszinierendes auf dem Boden ihrer Tasse, in die sie angestrengt hineinstarrte. Madame wusste, wie man sich für Fotos zurechtmachte. Sie hatte das Haar kunstvoll aufgesteckt und ein gemustertes Tuch um die Schultern geschlungen. Ihr weißes Etuikleid brachte wohlgeformte Arme zur Geltung und die beeindruckenden Beine, die ihn gestern Abend vermutlich entmannt hätten, wenn er nicht aufgepasst hätte.

Henri erschien mit den Fotografen. Während diese ihre Ausrüstung auspackten, sprach Henri die Diva auf ihren Schmuck an. Während sie Thad geflissentlich ignorierte, präsentierte sie Henri einen breiten Armreif in Mattgold mit eingefassten Edelsteinen. »Die Nachbildung eines altägyptischen Schmuckstücks, das mir ein lieber Freund geschenkt hat. Und das hier ist ein Giftring, ein Lieblingsstück von mir.« Sie klappte den Ringdeckel auf und enthüllte ein nicht so geheimes Fach. »Man kann ihn ganz einfach mit Giftpulver füllen und es dann heimlich in das Getränk eines Feindes kippen.« Sie warf Thad einen warnenden Blick zu.

»Oder sich selbst vergiften«, konterte er.

Zu seiner Genugtuung zuckte sie zusammen.

Der erste Fotograf war bereit für sie. Henri stellte Thad zunächst hinter die Diva, die auf der Couch posierte, und setzte ihn anschließend neben sie. Sie stützte ihr Kinn auf die Hand mit der Armbanduhr. Thad achtete darauf, dass seine Uhr ebenfalls gut sichtbar war.

Er hatte viel Zeit damit verbracht, sich für Fotografen in Pose zu werfen, und er fühlte sich wohl vor der Kamera, aber die Diva wirkte nervös und rutschte ständig hin und her, schlug wieder und wieder die Beine übereinander. Einer der Fotografen deutete auf einen Sessel vor der Panoramaaussicht. »Versuchen wir es mal dort drüben.«

Die Diva setzte sich in den Sessel, und Thad nahm hinter ihr Haltung an.

Henri zupfte an dem Seidentuch, das er heute trug. »Thaddeus, darf ich vorschlagen, dass Sie Ihre Hand auf Madames Schulter legen?«

Was die Victory 780 umso besser in den Fokus rückte, trotzdem hatte Thad es niemals stärker widerstrebt, eine Frau zu berühren.

Sie zuckte leicht zusammen, eine derart subtile Bewegung, dass er bezweifelte, jemand von den anderen hatte sie wahrgenommen. Er hatte keine Ahnung, was er verbrochen hatte, dass sie ihn so sehr verabscheute. Er war eine ehrliche Haut – schonungslos ehrlich, wenn es sein musste –, aber er verhielt sich im Allgemeinen diplomatisch. Er mochte die meisten Leute, und er hatte nicht die Angewohnheit, sich Feinde zu machen. Er respektierte Frauen und behandelte sie anständig. Das hier war ihr Problem, nicht seins. Trotzdem musste er sich eine geradezu perverse Neugier eingestehen.

Nachdem die Fotografen gegangen waren, schlug Henri ein gemeinsames Dinner um acht im Viersternerestaurant des Hotels vor. Thad war mit ein paar ehemaligen Mitspielern verabredet und lehnte ab. Die Diva schob Müdigkeit vor und erklärte, sie würde später den Zimmerservice bestellen. Henri weitete die Einladung nicht auf Paisley aus.

Thad entschuldigte sich und zog sich für sein Workout um, aber unten im Fitnesscenter stellte er fest, dass er sein Handy vergessen hatte. Er hörte auf dem Laufband gern Musik, und so ging er wieder nach oben, um es zu holen.

Im Salon standen beide Flügel der Verandatür offen, und Thad entdeckte die Diva draußen an der Brüstung. Er zögerte. *Verdammt noch mal.* Er hatte ihr Theater satt, und dies war die Gelegenheit, ein persönliches Wort mit ihr zu wechseln.

Er ging hinüber zu der offenen Tür, trat aber nicht über die Schwelle. »Ich stehe hinter Ihnen, und ich würde es sehr begrüßen, wenn Sie mich nicht wieder angreifen würden.«

Sie fuhr herum. Sie hatte ihr Schultertuch abgelegt und die High Heels gegen flache Schuhe getauscht, aber in ihrem weißen Kleid sah sie immer noch sehr elegant aus. Besaß sie überhaupt eine Jeans?

»Brauchen Sie was?« Sie redete mit ihm, als wäre er ein Hoteldiener, der sie gestört hatte. Sie behandelte ihn dermaßen herablassend, dass ihm die Galle hochkam.

»Ich dachte, Sie hätten mir vielleicht etwas zu sagen.«

»Ich kann mir nicht vorstellen, was das sein könnte.«

»Etwas im Sinne von ›Es tut mir schrecklich leid, dass ich mich gestern Abend wie eine Irre aufgeführt habe, und vielen Dank, Mr. Owens, dass Sie mich nicht windelweich geprügelt haben‹. Was ein Leichtes gewesen wäre.«

Ihr Eisberg-Gesicht hätte tausend Schiffe versenken können. »Ich habe Ihnen nichts zu sagen.«

Sie war eindeutig seine Zeit nicht wert, und er hätte sie stehen lassen können. Aber sie würden einen ganzen Monat lang zusammenarbeiten, und er musste diese Sache mit ihr klären. »Sie haben mich von Anfang an wie Dreck behandelt, Lady. Gehen Sie mit den meisten Menschen so verächtlich um, oder bin ich ein besonderer Fall? Nicht dass Sie es falsch verstehen, es ist mir scheißegal, was Sie von mir halten. Ich bin nur neugierig.«

Ihre Nasenflügel blähten sich wie bei einer Opernheldin, die gleich eine Enthauptung befahl. »Typen wie Sie ... die haben alles. Geld. Schönheit. Ein Publikum, das sich geradezu anbiedert. Aber das ist nicht genug, nicht wahr?«

Nun wurde er richtig wütend. »Das ist der Unterschied zwischen uns beiden. Wenn ich ein Problem mit jemandem habe, gehe ich offen damit um und verstecke mich nicht hinter bissigen Kommentaren.«

Sie holte tief Luft, und ihr Brustkorb dehnte sich auf eine Art, die er beeindruckend fände, wäre er nicht so erbost. »Sie wollen, dass ich offen rede?«, erwiderte sie. »Na schön. Sagt Ihnen der Name Alyssa Jackson etwas?«

»Nicht wirklich.«

»Was ist schon ein Opfer mehr, richtig?«

»*Opfer?*« Es brauchte normalerweise viel, damit er

die Beherrschung verlor, aber er hatte noch nie erlebt, dass ihn jemand derart hasserfüllt anstarrte. »Was für eine Art von Opfer?«

Sie umklammerte mit der Hand, an der sie den Giftring trug, das Geländer. »Alyssa und ich teilten uns früher eine Wohnung in der Bronx. Das war genau zu der Zeit, als Sie der neue heiße Quarterback der Giants waren – derjenige, der keine zwei Spielzeiten durchhielt. Aber in der Stadt waren Sie der tolle Hecht, den alle Frauen begehrten. Außer Frauen wie Alyssa, die nichts von Ihnen wollte.« Sie verzog verächtlich den Mund. »Und Sie können sich nicht einmal an ihren Namen erinnern.«

Er verschränkte die Arme vor der Brust. »Wie wäre es, wenn Sie mein Gedächtnis auffrischen würden? Was genau soll ich dieser Frau angetan haben?«

»Ich weiß nicht, wie sexuelle Gewalt juristisch definiert wird, aber was Sie getan haben, war nah an einer Vergewaltigung. Ich habe Alyssa angefleht, zur Polizei zu gehen, aber sie hat es abgelehnt.«

Er presste die Zähne zusammen, um seinen Zorn zurückzudrängen. »Ach, was für eine Überraschung.«

»Sie hätten praktisch jede Frau haben können, aber diejenigen, die leicht zu kriegen waren, haben Sie nicht gereizt. Sie brauchen das Gefühl, Macht über andere zu haben.«

Er konnte sich das nicht länger anhören und wandte sich zur Tür, wo er jedoch kurz innehielt und sich noch einmal umdrehte. »Sie kennen mich nicht, Lady, und Sie wissen einen Scheiß darüber, wie ich wirklich bin. Sie kennen auch Ihre alte Busenfreundin Alyssa nicht so gut, wie Sie glauben, also zeigen Sie mir ruhig weiter die kalte Schulter, denn wir haben uns nichts mehr zu sagen.«

Thad stapfte wieder hinunter in die erste Etage, und seine Sportschuhe attackierten geradezu die Treppenstufen. Er hatte das Krafttraining nie dringender gebraucht als heute.

Eine Erinnerung flammte auf. »*Thaddeus Walker Bowman Owens!*« Er war zwölf Jahre alt und saß mit seiner Mutter im Auto. Sie waren auf dem Weg zu seinem Basketballtraining, und er hatte Mindy Garamagus soeben großspurig eine Schlampe genannt.

Seine sanftmütige, zurückhaltende Mutter hielt prompt rechts an und gab ihm Saures. Eine schallende Ohrfeige. Das erste und einzige Mal, dass sie ihn geschlagen hatte.

»Sprich nie wieder so über eine Frau! Frag dich lieber mal, wie aus einem Mädchen eine Schlampe wird. Ob sie das ganz allein bewerkstelligt.« Seine Augen füllten sich mit Tränen, als sie ihn anstarrte, als wäre er ein elender Wurm. »Nur Schwächlinge benutzen dieses Wort für eine Frau, Männer, die sich ohnmächtig fühlen. Urteile nie über Dinge, die du nicht verstehst. Du hast nicht die leiseste Ahnung, wie dieses Mädchen wirklich ist!«

Seine Mutter hatte recht. Das Einzige, was mit Mindy Garamagus nicht stimmte, war, dass sie ihm das Gefühl gab, der unreife Zwölfjährige zu sein, der er war.

Am Abend hielt sein Vater ihm eine ähnliche Standpauke. Das war lange, bevor der Begriff »Konsens« in den modernen Sprachgebrauch Eingang fand, aber die Botschaft war klar und deutlich.

Selbst ohne die Strafpredigt seiner Eltern war es für ihn unvorstellbar, eine Frau zu nötigen. Wie konnte Sex Spaß machen, wenn er nicht einvernehmlich war?

Er hatte erneut sein Handy oben vergessen, aber er würde unter gar keinen Umständen zurückgehen, um es zu holen.

Marchand hätte ihr alles Geld der Welt bieten können, Olivia hätte niemals diesen Vertrag unterschrieben, hätte sie geahnt, dass sie mit Thad Owens reiste statt mit Cooper Graham, wie man ihr ursprünglich gesagt hatte. Graham hatte eine Frau, zwei Kinder und einen tadellosen Ruf. Mit ihm auf Tour zu gehen, wäre eine nette Ablenkung gewesen, etwas, das sie nie dringender gebraucht hatte als an diesem Punkt in ihrem Leben.

Die Kopfschmerzen, die sich seit Tagen ankündigten, nahmen sie in die Zange. Sie tauschte ihr Kleid gegen ein langes weißes Top und eine schwarze Yogahose, legte sich ins Bett und griff nach den Kopfhörern, die sie auf ihren Reisen immer dabeihatte. Gleich darauf hörte sie die tröstenden Klänge von Bill Evans' »Peace Piece«.

Sie versuchte, sich zu entspannen, aber nicht einmal die stimmungsvollen Akkorde des Mannes, der zu den größten Jazzpianisten der Welt zählte, konnten sie beruhigen. Etwas an der unerschütterlichen Art, mit der Owens ihrem Blick standgehalten hatte, verursachte ihr ein unbehagliches Gefühl. Mehr als unbehaglich. *Sie kennen mich nicht, Lady, und Sie wissen einen Scheiß dar-*

über, wie ich wirklich bin.« Aber sie wusste sehr wohl, wie er war!

Oder nicht?

Olivia konnte die Ungewissheit nicht ertragen. Sie schaltete die Musik aus und wählte die Nummer auf ihrem Handy. Alyssa meldete sich nach dem zweiten Klingeln.

Früher hatten die beiden Frauen sich sehr nahegestanden, aber jetzt, wo Olivias ehemalige Mitbewohnerin ganz in ihrer Mutterrolle aufging, waren sie auseinandergedriftet, und es war schon mindestens ein Jahr her, seit sie das letzte Mal miteinander gesprochen hatten.

»Hey, Berühmtheit!«, sagte Alyssa zur Begrüßung. »Ich habe dich vermisst. Hunter, geh da runter! Herrgott, dieses Kind ... Ganz ehrlich, Olivia, schaff dir nie Kinder an. Allein diesen Monat musste ich schon zweimal mit ihm in die Notaufnahme. Hast du eine Vorstellung, was ein Dreijähriger sich alles in die Nase stecken kann?«

Während Alyssa die Gegenstände, die Hunter in seinen Nasenlöchern verstaut hatte, näher beschrieb, musste Olivia daran denken, wie Alyssas respektloser Humor sie früher immer zum Lachen gebracht hatte.

»Und, was gibt es Neues bei dir?«, fragte Alyssa. »Schon bereit, die Tosca in Angriff zu nehmen?«

Diese Rolle war für Olivias Mezzosopran nicht gut geeignet, aber Alyssa hatte nie mehr als rudimentäre Kenntnisse von der Opernmusik gehabt.

»Im Moment bin ich vier Wochen auf Werbetour«, sagte Olivia. »Für den Uhrenhersteller Marchand.«

»*Marchand?* Sag bloß, du verteilst Gratisuhren.«

»Leider nein. Außerdem …« Sie verstärkte den Griff um ihr Telefon. »Ich bin nicht die einzige Markenbotschafterin, wir sind zu zweit. Ich reise mit Thad Owens.«

»Dem Footballspieler? Das ist ja zum Schreien.«

Ein Schauer rieselte über Olivias Rücken. »Zum Schreien?«

»Die Sopranistin und der Quarterback. Was für eine Kombination, richtig? Ist der Typ immer noch so heiß wie früher? Er war einfach zum Niederknien.«

Olivia schoss von ihrem Bett hoch, und in ihrem Bauch machte sich ein unbehagliches Gefühl breit. »Alyssa, ich spreche hier von Thad Owens. Der Footballspieler, der versucht hat, dich zu vergewaltigen.«

Alyssa lachte. »Gott, Olivia. Das war doch alles frei erfunden. Weißt du nicht mehr? Ich habe es dir damals gesagt.«

»Du hast mir nichts dergleichen gesagt!«, widersprach Olivia vehement. »Du hast mir erzählt, dass er dich in das Schlafzimmer gedrängt hat. Dass er dich festgehalten hat. Du kamst weinend nach Hause. Und du hast noch Wochen danach darüber gesprochen.«

»Ich habe nur geweint, weil Kent uns überrascht hat, und ich habe auch nur darüber gesprochen, wenn er anwesend war. Du weißt doch, wie misstrauisch er war. Ich kann nicht glauben, dass du das vergessen hast.« Sie hielt ihren Hörer offenbar ein Stück weg. »Hunter, hör sofort auf! Gib das her!« Sie nahm den Hörer wieder an ihr Ohr. »Wie dem auch sei … Ich habe Thad damals auf einer Party kennengelernt, gerade als es zwischen mir und Kent ernst wurde. Kent verzog sich an den Billardtisch oder so, und Thad und ich kamen miteinander ins Gespräch. Dann führte eins zum anderen, und wir knutschten wild herum. Plötzlich platzte Kent herein, und ich musste mir rasch eine Ausrede einfallen lassen. Das habe ich dir doch erzählt.«

»Nichts davon hast du mir erzählt!« Olivia wurde übel. »Ich habe versucht, dich zu überzeugen, zur Polizei zu gehen.«

»Ach ja, stimmt … Jetzt erinnere ich mich wieder. Ich hatte Angst, wenn ich dir die Wahrheit sage, würdest du es Kent erzählen. Du warst schon immer ziemlich anständig.« Im Hintergrund lief Wasser. »Hier, Hunter. Trink was.« Das Wasser wurde abgestellt. »Kannst du glauben, dass ich die Gelegenheit sausen ließ, mit Thad Owens anzubandeln, weil ich Sorge hatte, dass ein Loser wie Kent mir den Laufpass geben könnte?«

Olivia sank auf die Bettkante und grub ihre Finger in die Matratze. »Der einzige Loser, Alyssa, bist du.«

»Warum regst du dich so auf? Es ist ja nicht so, als hätte ich den Typen beschuldigt oder so.«

»Du hast ihn beschuldigt. Mir gegenüber.«

»Hast du was zu ihm gesagt?«

»Allerdings. Eine Menge.«

»Mist.«

»Ganz genau. Mist.« In ihrem Drang, Thad Owens vorschnell zu verurteilen, hatte Olivia ganz vergessen, wie selbstbezogen und auch manipulativ Alyssa sein konnte. Genau das war der Grund, warum Rachel sie nie gemocht hatte. Olivia hätte auf die Meinung ihrer besten Freundin vertrauen sollen. Sie presste eine Hand auf den Magen. »Falsche Anschuldigungen können böse Folgen haben, Alyssa. Kein Wunder, dass echte Vergewaltigungsopfer Angst haben, den Täter anzuzeigen. Sie müssen davon ausgehen, dass ihnen ohnehin niemand glaubt.«

»Bleib mal locker, okay? Du bist ganz schön anmaßend.«

Olivias Stimme zitterte. »Falsch ist falsch, und wenn man so lügt, wie du es getan hast, ist das ein Verrat an jeder Frau, die missbraucht wurde.«

»Gott, Olivia. Du machst hier aus einer Mücke einen Elefanten. Aber du hast dich schließlich schon immer für etwas Besseres gehalten.«

»Leb wohl, Alyssa. Und ruf mich nie wieder an.«

»Hey, du bist diejenige, die angerufen hat.«

»Es wird nicht wieder vorkommen.«

Olivia war wütend auf sich selbst. Sie konnte zwar seit Tagen aus anderen Gründen nicht klar denken, aber das war keine Entschuldigung für die Art, wie sie Thad attackiert hatte. Eine schöne Superheldin war sie. Eine Kämpferin für Gerechtigkeit? Wohl eher eine Verbreiterin von Ungerechtigkeit. Eigentlich hatte sie doch gewusst, dass man Alyssa nicht alles glauben durfte, und selbst in betrunkenem Zustand hätte sie nicht jemanden beschuldigen dürfen, ohne vorher die Fakten zu überprüfen. Sie hatte bereits Adam auf dem Gewissen, und sie brauchte kein weiteres Vergehen, um es der Liste ihrer Schandtaten hinzuzufügen. Sie sollte sich umgehend entschuldigen.

51

Die nächste Stunde tigerte Olivia im Salon auf und ab und wartete darauf, dass Thad von seinem Training zurückkehrte. Schließlich wurde die Tür zur Suite geöffnet. Sie versuchte, genau die richtigen Worte zu wählen, aber bevor sie auch nur ein einziges davon hervorbringen konnte, war er an ihr vorbeigegangen, als wäre sie Luft, und verschwand in seinem Zimmer.

Sie nahm ihre ziellose Wanderung durch den Raum wieder auf. Das hier war eine Tortur. Schließlich presste sie ihr Ohr an seine Tür und hörte, wie in der Dusche das Wasser abgestellt wurde. Sie eilte zur nächsten Couch, streifte ihre flachen Schuhe ab und schnappte sich eine Zeitschrift.

Niemand gab gern zu, dass er sich geirrt hatte, aber das hier war ein großer Irrtum, und er musste bereinigt werden. Sobald sie es hinter sich gebracht hatte, konnte sie nur hoffen, dass Owens nicht nachtragend war.

Sie zupfte an ihrer Yogahose, blätterte in der Zeitschrift eine Seite weiter, ohne ein Wort gelesen zu haben. Schließlich öffnete sich die Tür zu seinem Zimmer.

Als sie ihn noch als Sexualverbrecher betrachtet hatte, war seine außergewöhnliche Attraktivität förmlich eine Beleidigung gewesen. Aber nun? Er trug einen dunkelblauen Blazer, ein graues T-Shirt und eine verwaschene Jeans, und er war womöglich der schönste Mann, dem sie jemals begegnet war. Volles dunkles Haar, ausdrucksstarke Brauen, leuchtend grüne Augen, dichte Wimpern, optimal geformte Wangenknochen, weder zu kantig noch zu rund. Der Schwung seiner Lippen war perfekt. Wäre sie mit solchen Attributen zur Welt gekommen statt mit ihren markanten Zügen, hätte sie es vielleicht einfacher gehabt. Diese ganze Vollkommenheit war an einen Mann vergeudet, der seinen Lebensunterhalt damit verdiente, Bälle zu werfen.

Olivia merkte, dass sie wertvolle Sekunden verloren hatte durch ihr Sinnieren über Dinge, die unabänderlich waren, und er war schon fast an der Tür. Sie sprang von der Couch auf. »Ich muss mit Ihnen reden.«

Es war, als hätte er sie nicht gehört.

»Warten Sie!«

Die Tür schloss sich hinter ihm. Sie stürmte durch das Zimmer hinaus in den Flur. »Mr. Owens! Thad! Warten Sie!«

Er setzte seinen Weg zum Aufzug unbeirrt fort.

»Thad!«

Die Aufzugtür glitt auf, und er trat ein. Olivia schaffte es gerade noch in die Kabine, bevor die Tür sich wieder schloss.

Er drückte auf den Knopf für das Erdgeschoss, ohne sie eines Blickes zu würdigen. Der Aufzug setzte sich in Bewegung. »Thad, ich möchte mich bei Ihnen entschuldigen. Ich …«

Der Aufzug hielt eine Etage tiefer, und ein älteres Paar stieg zu. Die Frau und der Mann lächelten sie automatisch an, dann musterte die Frau Olivia genauer.

Bitte nicht.

»Olivia Shore! Oh mein Gott! Sind Sie es wirklich? Wir haben Sie letztes Jahr in Boston gesehen, als Prinzessin Eboli in *Don Carlos*. Sie waren fantastisch!«

»Vielen Dank.«

Ihr Begleiter stimmte ein. »›O don fatale‹. Unvergesslich!«

»Ich kann nicht glauben, dass wir Ihnen persönlich begegnen«, sagte die Frau in überschwänglichem Ton. »Treten Sie hier in Phoenix auf?«

»Nein.«

Der Aufzug erreichte das Erdgeschoss. Thad stieg als Erster aus. Olivia sah dem Paar an, dass es erpicht darauf war, sie in ein längeres Gespräch zu verwickeln, und sie entschuldigte sich rasch und eilte Thad hinterher.

Als sie die kalten Marmorfliesen unter ihren nackten Füßen spürte, wurde ihr bewusst, dass ihre Schuhe oben in der Suite neben der Couch lagen. Owens wollte zweifellos nicht mit ihr reden, und sie sollte wieder umkehren, aber die Vorstellung, diese Last noch länger mit sich herumzutragen, war schlimmer als die Peinlichkeit, ihm nachzulaufen. Er verließ das Gebäude durch die mittlere Eingangstür. Andere Gäste drehten sich nach ihr um, als sie barfuß durch die Lobby stürmte. Draußen war Owens gerade im Begriff, in das erste Taxi in der Reihe einzusteigen. Sie warf ihren letzten Rest Würde über den Haufen, rannte los und stürzte sich blindlings in den Wagen …

Wo sie direkt auf ihm landete.

Es war, als wäre sie auf einen Sack Zement gefallen.

Der Hotelportier hatte ihren peinlichen Hechtsprung nicht gesehen. Er schloss die Wagentür und bedeutete dem Fahrer, Gas zu geben und Platz für das nächste Taxi zu machen. Der Fahrer starrte Thad und Olivia im Rückspiegel an mit Augen, die schon alles gesehen hatten, dann zuckte er mit den Schultern und fuhr los.

Sie kletterte von Thad herunter. Als sie sich neben ihm in den Sitz fallen ließ, starrte er sie an, als wäre sie eine Kakerlake, dann lehnte er sich zurück und holte sein Handy heraus. Er scrollte über das Display, als wäre sie nicht anwesend

Sie krümmte die nackten Zehen auf der Fußmatte, die voller Sand war. »Es tut mir leid. Ich möchte Sie um Verzeihung bitten. Ich habe einen schrecklichen Fehler gemacht.«

»Was Sie nicht sagen«, erwiderte er mit vollkommener Gleichgültigkeit, die Augen auf sein Handy geheftet.

Olivia krümmte ihre Zehen tiefer in den Schmutz. »Ich habe mit meiner Freundin gesprochen. Meiner ehemaligen Freundin. Sie hat zugegeben, dass alles gelogen war. Ihr Freund hat sie damals mit Ihnen in flagranti überrascht, und … Die Details spielen keine Rolle. Der springende Punkt ist, dass es mir leidtut.«

»Mhm.« Er hatte sein Handy am Ohr und redete los. »Hey, Piper. Offenbar spielen wir zwei heute das Mailbox-Spiel. Ich habe deine Nachricht erhalten, und ich sollte bis dahin zurück in der Stadt sein. Vergiss nicht, mir Bescheid zu geben, sobald du bereit bist, deinen Mann zu betrügen.« Er legte auf.

Sie starrte ihn an.

Er drehte den Kopf zu ihr. »Sie wollten mir etwas sagen?«

Sie hatte es bereits gesagt, aber er verdiente es, dass sie zu Kreuze kroch. »Es tut mir aufrichtig leid, aber …«

Eine seiner perfekten schwarzen Augenbrauen wölbte sich nach oben. »Aber?«

Ihr Temperament ging mit ihr durch. »Wie hätten Sie denn reagiert, wenn Sie gedacht hätten, Sie müssten die nächsten vier Wochen mit einem Sexualverbrecher verbringen?«

»Sie haben eine seltsame Vorstellung davon, wie man sich entschuldigt.«

»Es tut mir leid«, sagte sie wieder, und dann: »Nein! Es tut mir nicht leid. Doch, tut es, aber … da ich von Ihrer Schuld überzeugt war, musste ich Sie nun mal damit konfrontieren.«

»Sie mögen vielleicht eine großartige Sängerin sein, aber Sie sind echt mies darin, sich zu entschuldigen.«

Sie konnte nicht ewig Demut zeigen. »Ich bin eine Sopranistin. Sopranistinnen sind nicht dazu bestimmt, sich zu entschuldigen.«

Er lachte tatsächlich.

»Waffenstillstand?«, fragte sie und hoffte das Beste, obwohl sie wusste, dass sie es nicht verdiente.

»Ich werde darüber nachdenken.«

Das Taxi bog in eine Einbahnstraße und hielt vor einer schäbigen Kneipe mit einem Neonkaktus, der im Schaufenster flimmerte.

»Während Sie darüber nachdenken«, sagte sie, »würde es Ihnen etwas ausmachen, mir das Taxigeld zu leihen, um zurück ins Hotel zu fahren?«

»Das könnte ich machen«, sagte er. »Oder … Ich habe eine bessere Idee. Kommen Sie mit rein. Ich glaube nicht, dass die Jungs jemals eine Opernsängerin kennengelernt haben.«

»Ich soll in diese schreckliche Kneipe gehen?«

»Ist wahrscheinlich nicht das, was Sie gewohnt sind, aber es könnte Ihnen mal ganz guttun, sich unter das einfache Volk zu mischen.«

»Ein anderes Mal.«

»Wirklich?« Seine Augen wurden schmal. »Sie glauben, Sie brauchen nur ein paarmal ›Tut mir leid‹ zu sagen, um einen Rufmord wiedergutzumachen? Worte sind billig.«

Sie starrte ihn an. »Das hier ist Ihre Rache, richtig?«

»Oh ja.«

»Ich bin barfuß«, argumentierte sie mit einem gewissen Maß an Verzweiflung.

Er musterte sie mit seidiger Feindseligkeit. »Sonst wäre ich nicht auf die Idee gekommen. Falls zu viele Glasscherben herumliegen, werde ich Sie tragen.«

»So groß ist Ihr Rachedurst?«

»Hey, ich hab doch gesagt, ich werde Sie tragen, oder nicht? Aber vergessen Sie's. Ich weiß, Sie haben nicht den Mumm dazu.«

Sie lachte ihm ins Gesicht. Ein großes, theatralisches »Ha!«, das direkt aus ihrem Zwerchfell kam. »Sie denken, mir fehlt der Mumm? Man hat mich in der Mailänder Scala ausgebuht!«

»Sie wurden ausgebuht?«

»Früher oder später passiert das jedem, der dort auf der Bühne steht. Callas, Fleming, Pavarotti.« Sie stieß die Wagentür auf, setzte ihre Füße auf den schmutzigen Asphalt, stieg aus und beugte sich zu ihm herunter. »Ich habe dem Publikum den Mittelfinger gezeigt und meinen Part zu Ende gesungen.«

Er rührte sich nicht. »Ich glaube, ich habe es mir anders überlegt.«

»Angst davor, mit mir gesehen zu werden?«

»Ich habe generell Angst vor Ihnen.«

»Da sind Sie nicht der Erste.« Sie stolzierte auf den flimmernden Neonkaktus zu.

KAPITEL 3

An den Wänden der Kneipe hafteten Dekaden von fossilem Zigarettenqualm, und die uralten schwarz-braunen Bodenfliesen sahen aus wie ein abschreckendes Beispiel für Asbestverunreinigung. Vergilbte Rodeoplakate waren mit Kitt an die Decke geklebt, braune Vinylhocker säumten die Theke, und nachgemachte Tiffany-Lampen hingen über den Holztischen.

Olivia sah auf ihre Yogahose und ihre nackten Füße. »Ich bin froh, dass ich immer Antibiotika im Gepäck habe.«

»Ich wette mit Ihnen, der Wirt hat irgendwo noch eine Flasche Obstwein herumstehen, um Sie aufzumuntern. Ich weiß ja, wie sehr Sie Ihren Wein schätzen.«

»Sehr aufmerksam.«

Einer von vier überdimensionalen Männern, die hinten an einem Tisch saßen, hob den Arm und winkte. »T-Bo!«

Thad legte eine Hand auf ihren Rücken und schob sie vorwärts. Die vier Männer erhoben sich, und der Tisch erschien plötzlich sehr niedrig. Thad warf einen finsteren Blick auf den Jüngsten in der Runde. »Was macht *der* denn hier?«

Das Objekt seiner Verachtung war vielleicht Anfang

59

zwanzig, hatte ein breites, eckiges Gesicht, ein kräftiges Kinn, schulterlange hellbraune Haare und einen getrimmten Bart.

»Keine Ahnung. Er ist einfach aufgetaucht«, antwortete ein traumhaft muskulöser Mann mit einer Bürstenfrisur – Afro auf dem Oberkopf und ausrasierte Seiten, durch die ein Tattoo schimmerte. Er trug eine bunt bestickte Bomberjacke aus Leder über seiner nackten, mit einem halben Dutzend Goldketten behängten Brust.

»Verdammt, Ritchie, es ist schon schlimm genug, dass ich den Kerl die ganze Saison ertragen muss«, murrte Thad. »Da brauche ich mir das nicht auch noch in meiner Freizeit anzutun.«

»Sag das ihm«, erwiderte das Muskelpaket namens Ritchie.

Statt Thad anzusehen, schaute der von Thad Geschmähte zu Olivia, was Thad offenbar daran erinnerte, dass er nicht allein gekommen war. »Das hier ist Olivia Shore. Aber ihr solltet sie besser mit ›Madame‹ ansprechen. Madame ist ein großer Opernstar und studiert gerade das Leben von primitiven Footballspielern.«

Er versuchte absichtlich, sie zu blamieren, so viel war ihr klar.

Thad hatte nicht die geringsten Gewissensbisse, sie bloßzustellen. Sie verdiente es. Nur dass sie überhaupt nicht verlegen wirkte. Stattdessen machte sie diese bescheuerte königliche Geste, als erwartete sie, dass die anderen ihr die Hand küssten. »*Enchanté*«, sagte sie mit einem so starken französischen Akzent, dass er befürchtete, sie würde sich daran verschlucken. »Sie dürfen mich gern Olivia nennen.«

Der kleine Schwachkopf, dem Thad dazu verhelfen sollte, sich in einen Spitzenquarterback zu verwandeln, deutete auf den leeren Stuhl an seiner Seite. »Kommen Sie und setzen Sie sich.«

»Mit Vergnügen.«

Verdammt. Thad versuchte sich zu erinnern, warum er es für eine gute Idee gehalten hatte, sie mitzubringen. Das war, weil – egal. Sie war jetzt hier. Aber statt sich unbehaglich zu fühlen, machte sie den Eindruck, als hinge sie regelmäßig in versifften Kneipen herum.

Clint zog den Stuhl für sie zurück. »Da Thad es nicht für nötig hält, uns miteinander bekannt zu machen, ich bin Clint Garrett, der erste Quarterback der Chicago Stars. Thad arbeitet für mich.«

»Da kann er sich aber glücklich schätzen«, gurrte sie.

»Clint ist jung und dumm«, sagte Thad. »Ignorieren Sie ihn. Okay, der Riese hier auf der anderen Seite ist Junior Lotulelei. Im Gegensatz zu Clint ist er ein richtiger Spieler. Inzwischen Offensive Tackle bei den 49ers, aber wir haben früher zusammen bei den Broncos gespielt. Die sind aus Denver«, fügte er hinzu, um sie zu piesacken. »Unsere Liv hat nicht besonders viel Ahnung von American Football. Sie interessiert sich eher für das runde Leder.«

»Olivia«, korrigierte sie ihn spitz. Gleichzeitig musterte sie Junior neugierig, was nicht verwunderlich war, schließlich bestand er aus reiner Muskelmasse, und seine

Haare ragten so hoch über seinen Kopf und so tief über seinen Rücken, dass sie praktisch in einem anderen Land lebten. »Junior ist der beste Spieler, den Pago Pago jemals hervorgebracht hat.«

»Amerikanisch-Samoa«, erklärte Junior. »Das bevorzugte Trainingsgelände der NFL.«

»Ich hatte ja keine Ahnung«, sagte Olivia.

Thad fuhr fort mit seiner Vorstellungsrunde. »Das da ist Ritchie Collins.« Ritchie trug einen einzelnen Goldring im Ohr, nahe seinem Kopftattoo. »Ritchie ist der schnellste Wide Receiver, den die Stars seit Bobby Tom Denton jemals hatten.«

»Ritchie ist mein wichtigster Mann auf dem Feld«, erklärte Clint. »Wir werden zusammen die Welt regieren.«

»Nicht bevor du lernst, wie man mit Druck umgeht, du Pussy.« Thad sah mit Genugtuung, dass Clint zusammenzuckte. »Der hässliche Kerl neben Ritchie ist Bigs Russo.« Bigs reagierte manchmal gekränkt, wenn seine hässliche Visage nicht gewürdigt wurde, und Thad sah keinen Sinn darin, ein Risiko einzugehen.

Bigs hatte ein paar neue Zähne, seit Thad ihn das letzte Mal gesehen hatte, bloß änderte das nichts an seiner platten Nase, dem kahlen Schädel und den kleinen Augen. »Bigs mag vielleicht wie ein abgewrackter Preisboxer aussehen, aber er ist der beste Defensive Lineman in der Liga.«

Die anderen Männer nickten zustimmend, doch Olivia war wohl besorgt, dass Thads Kommentar Bigs verletzt haben könnte.

»Ich finde raue Männer unglaublich faszinierend«,

sagte sie. »Die sind viel interessanter als diese hübschen Modellathlethen, die in ihrer Freizeit für Unterwäsche werben.«

Die Runde brach in johlendes Gelächter aus, und Bigs brüllte am lautesten. Thads Groll ließ ein wenig nach. Das musste er der Diva lassen: Sie dachte nicht im Traum daran, vor ihm zu kuschen.

»Dann seid ihr beide jetzt ein Paar?«, fragte Ritchie.

»Oh nein«, widersprach Olivia entschieden. »Er hasst mich. Nicht ganz grundlos. Er hat mich hierhergezerrt, um mich in Verlegenheit zu bringen.«

»So behandelt man aber keine Lady, T-Bo«, sagte Junior.

»Sie hat mich übelst beleidigt«, erklärte Thad.

Olivia beschloss offenbar, die Karten auf den Tisch zu legen. »Ich habe ihn für etwas beschuldigt, das er nicht getan hat. Das hier ist seine Revanche.«

»Ich hab schon gesehen, dass Sie keine Schuhe tragen«, sagte Bigs.

»Sie mag es gern natürlich«, sagte Thad. »Die halbe Zeit läuft sie nackt rum, aber heute Abend hat sie sich auf die Füße beschränkt.«

»Das ist nicht wahr«, widersprach sie. »Aber eine unterhaltsame Geschichte.«

»Warum haben Sie das getan?«, fragte Ritchie. »Ihn beschuldigt?«

»Man gab mir falsche Informationen.«

Ritchie nickte. »Das kann passieren.«

»Es wäre nicht passiert, wenn ich meine Quelle hinterfragt hätte.«

Thad gefiel der Umstand, dass die Diva offen und ehrlich antwortete. Vielleicht war sie doch nicht so übel.

Der Wirt kam herüber, um ihre Bestellung aufzunehmen. Thad beobachtete, wie Olivias Blick von ihrer dreckigen Umgebung zu seiner gleichermaßen dreckigen Schürze wanderte.

»Ich nehme einen Eistee. In der Flasche.« Kaum hatte der Wirt den Tisch verlassen, schob sie eine Erklärung nach. »Ich reagiere allergisch auf Kolibakterien.«

Das kam in der Runde gut an.

»Ich schätze, ihr Jungs seid stinkreich, also ...« Sie machte eine ausladende Geste über die nikotingefleckten Wände und die fast tote Weihnachtslichterkette, die den Schädel eines Langhornrinds zierte. »Warum trefft ihr euch ausgerechnet hier?«

»Bigs hat den Laden ausgesucht.« Ritchie strich mit den Fingern über die aufgestickte Rose auf seiner Lederjacke.

»Es ist wichtig, sich treu zu bleiben«, sagte Bigs.

Ritchie lehnte sich auf seinem Stuhl zurück. »Viel treuer geht nicht.«

Die Diva schien es nicht zu stören, als das Gespräch unweigerlich zum Thema Football abschweifte. Thad überraschte ihre Bereitwilligkeit, sich zurückzunehmen, wo sie doch ihren Lebensunterhalt damit verdiente, im Rampenlicht zu stehen. Während die Männer munter über Sportsender und Teambesitzer diskutierten und allgemein blödes Zeug quatschten, ließ sie ihren Eistee unangetastet und hörte geduldig zu. Clint versuchte erwartungsgemäß, sie zu überreden, mit ihm woanders hinzugehen.

»Keine Schuhe«, sagte sie.

»Ich kaufe Ihnen unterwegs ein Paar Manolo Blahniks.«

Sie lachte.

Thad war nach wie vor nicht klar, was der Grünschnabel in Phoenix verloren hatte, aber es sprach nicht gerade für den Charakter der Diva, dass sie den Idioten offenbar mochte. Dennoch hatte er seine Meinung über sie geändert. Er hatte sich in seinem Leben auch schon ein paar grobe Schnitzer geleistet, und trotz seiner gegenteiligen Behauptung hatte sie ihm eine verdammt gute Entschuldigung präsentiert.

Sie tätschelte Clints Schulter und stand vom Tisch auf. »Gentlemen, wenn Sie mich kurz entschuldigen würden …«

Ihre Beine zu verknoten, war keine Option mehr. So grauenhaft die Vorstellung war, die Toilette in diesem Etablissement zu benutzen, sie musste wirklich dringend. Sie stakste auf Zehenspitzen zum hinteren Flur, um den Boden so wenig wie möglich mit ihren nackten Füßen zu berühren. Hinter ihr hörte sie Bigs sagen: »Du hättest ihr wirklich ein Paar Schuhe kaufen sollen, T-Bo.«

T-Bo. Offenbar war das Thad Owens' Footballer-Spitzname. Wenn es nach ihr ginge, würde sie ihn Blödmann nennen.

An der Tür zur Damentoilette hing eine dämlich lächelnde Meerjungfrau, während die Tür zur Männertoilette von einem dramatischen Neptun geziert wurde. Die totale Frauendiskriminierung. Sie zog den Ärmel ihres weißen Oberteils über ihre Hand und drehte den Türknauf.

Es war schlimm. Richtig schlimm. Der rissige Zementboden hatte nasse Stellen, und ein Band aus durchweichtem Toilettenpapier schlängelte sich zu einem halb verstopften Abfluss. Und es stank. Sie konnte dieses Drecksloch auf keinen Fall barfuß betreten.

Aber wenn sie das nicht tat, würde sie sich in die Hose machen. Und sie mochte sich nicht ausmalen, wie Thad Owens das ausschlachten würde.

Sie blieb mit den Füßen auf den Asbestfliesen im Flur stehen, hielt sich mit einer Hand am Türrahmen fest und streckte den Oberkörper so weit wie möglich vor, bis sie mit der anderen Hand gerade noch so an den rostigen Handtuchspender herankam. Rasch zog sie ein, zwei … sechs Papiertücher heraus. Sie teilte den Stapel in zwei Hälften, stellte sich mit je einem Fuß darauf, und schlurfte dann hinein.

Es war unzureichend und total ekelhaft. Als sie fertig war, schrubbte sie sich zweimal die Hände in dem gerissenen Keramikwaschbecken und schlurfte dann wieder zur Tür. Die Papiertücher unter ihren Fußsohlen waren auf dem dreckigen Boden nass geworden und lösten sich in Fetzen auf. Sie öffnete die Tür und sah Thad im Flur stehen.

Er schaute an ihr vorbei in die Toilette. »Ganz schön eklig.«

Sie schauderte. »Ich hasse Sie.«

»Das werden Sie nicht mehr sagen, wenn Sie sehen, was ich der Köchin abgekauft habe.« Er ließ ein Paar weiße Crocs vor ihr in der Luft baumeln.

Sie entledigte sich der Papiertücher, schnappte sich die Crocs und schlüpfte mit einem neuen Schaudern hinein. Die Schuhe waren etwas zu klein und viel zu breit.

»Ich werde hier ganz bestimmt nichts essen.«

»Gute Entscheidung«, sagte er.

Als sie zu ihrem Tisch zurückkehrten, stand Bigs ein Stück abseits vor einer altmodischen Karaoke-Anlage.

»Und nun fängt der Spaß erst richtig an«, sagte Thad. »Kleiner Tipp am Rande: Bigs trifft keinen einzigen Ton, aber sagen Sie ihm das nicht.«

»Echt wahr«, sagte Ritchie mit einem Kopfschütteln.

Während Bigs die Musikauswahl durchging, versuchte Clint, Thad beiseitezunehmen und mit ihm über die »Pocket« zu reden, was immer das war, aber Thad spielte nicht mit.

»Er hasst mich«, bemerkte Clint fröhlich zu Olivia, als Thad an die Theke ging, um die nächste Runde zu bestellen. »Aber er hat eine Spielintelligenz, die zu den besten in der Liga gehört, und er ist ein toller Coach.« Als sie ihn verwirrt ansah, fügte er hinzu: »Die richtig guten Ersatzspieler tun alles, um die Starter besser zu machen.«

»Er scheint aber nicht viel zu coachen.«

»Das wird sich ändern, sobald das Trainingslager anfängt. Dann denkt er nur noch an den Sport. Der Kerl bringt es fertig, mich um sechs Uhr in der Früh aus dem Bett zu jagen, damit ich mir die Videoanalyse angucke. Niemand liest die Defense so gut wie Thad Owens.«

Olivia spielte an ihrer ungeöffneten Eisteeflasche. »Also, wenn ich mir die Frage erlauben darf ... Falls

Owens so ein großartiger Quarterback wäre, warum ist dann nicht er der Stammspieler, sondern Sie?«

Clint zupfte an seinem Bart. »Das ist kompliziert. Er müsste eigentlich zu den gesetzten Topspielern gehören, aber er hat eine kleine Einschränkung in seiner räumlichen Wahrnehmung. In jedem anderen Job wäre das kein Problem. In seinem schon.«

Die Musikauswahl war so billig wie die Karaoke-Anlage, und sie hörten die ersten Takte von »Achy Breaky Heart«. Bigs hielt das Mikrofon vor den Mund, und Olivia zuckte zusammen, als er mit seinem grausam falschen Gejaule loslegte. Als Nächstes drehte er Stevie Wonders' »Part Time Lover« durch die Mangel. Danach machte er eine Pause, um sein Bier zu trinken, und sprach Olivia an.

»T-Bo sagt, Sie sind eine große Opernsängerin. Lassen Sie mal was hören.«

»Ich halte gerade Stimmruhe.«

»Ich habe gehört, wie Sie heute Morgen Ihre Tonleitern geträllert haben«, bemerkte Thad wenig hilfreich.

»Das ist etwas anderes.«

Bigs zuckte mit den Schultern und nahm das Mikrofon wieder an sich. Sein »Build Me Up Buttercup« war nicht ganz so schlimm wie das »Part Time Lover«, aber seine Interpretation von »I Want to Know What Love Is« war so grauenhaft, dass die anderen Gäste schließlich rebellierten.

»Halt die Klappe!«

»Schalt dieses Ding aus!«

»Geh zurück an deinen Platz, du Penner!«

Thad zuckte zusammen. »Und jetzt geht es los.«

Bigs ballte die Pranken zu schinkenkeulengroßen Fäusten und sang weiter, während sein Gesicht sich vor Wut rot färbte.

Junior zog eine besorgte Miene. »Wenn du ihm nicht das Mikro abnimmst, T-Bo, wird er noch suspendiert, bevor die Saison beginnt.«

»Ich werde ganz bestimmt nicht singen«, erwiderte Thad. »Mach du doch.«

»Scheiße, nein.«

»Seht mich nicht so an«, sagte Ritchie. »Ich singe noch schlechter als er.«

Clint war verschwunden, das Publikum wurde immer gehässiger, und alle drei Männer sahen Olivia an.

»Stimmruhe«, wiederholte sie.

Die drei standen gleichzeitig auf. Thad nahm einen Arm, Ritchie den anderen, und sie zogen sie von ihrem Stuhl hoch. Während Junior ihnen den Rücken freihielt, manövrierten die anderen beiden sie zu der Anlage, gerade als die Buhrufe des Publikums immer lauter wurden und als Nächstes »Friends in Low Places« lief.

Thad versuchte sanft, Bigs das Mikrofon abzunehmen. »Liv hat es sich anders überlegt. Das ist ihr Lieblingssong, und sie möchte ihn gern singen.«

»Olivia«, zischte sie.

Zu ihrer Bestürzung übergab Bigs ihr das Mikrofon.

Und da stand sie nun, *La Belle Tornade*, der Star der New Yorker Metropolitan Opera, das Juwel der Mailänder Scala, der Stolz des Londoner Royal Opera House, vor einem Raum voller Betrunkener, ein klebriges Mikrofon in der Hand, während Garth Brooks' Countryhit in ihren Ohren klingelte. Sie gab ihr Schlechtestes. Kein einziger schiefer Ton, aber schwach gesungen. Keine offenen runden Vokale. Keine rasanten Höhen oder klangvollen Tiefen. Nicht einmal der Ansatz eines Vibratos. So gewöhnlich, wie sie es hinbekam.

»Ausziehn!«, rief ein Widerling vom hinteren Ende der Theke, als sie zum finalen Refrain kam.

»Zeig uns, was du drunter trägst!«, brüllte ein anderer.

Bevor sie wusste, wie ihr geschah, skandierte die gesamte Kneipe, mit Ausnahme der Footballspieler: »Ausziehn! Aus-ziehn!«

Das Temperament, das sie veranlasst hatte, den abscheulichen *loggionisti* in der Scala den Mittelfinger zu zeigen, übermannte sie aufs Neue. Sie riss einen ihrer Crocs vom Fuß, schleuderte ihn in Richtung des nächsten Schreihalses und feuerte den anderen Schuh zu dem Tunichtgut, der angefangen hatte.

Thad erschien aus dem Nichts, packte sie an den Schultern und drehte sie zum Ausgang. »Und nun verschwinden wir von hier.«

Offenbar bewegte sie sich nicht schnell genug, denn er schaufelte ihre ganzen einhundertachtundsiebzig Zentimeter und einhundertvierzig Pfund in seine Arme und beförderte sie zügig nach draußen, ohne ihren Kopf gegen den Türrahmen zu knallen.

»Lassen Sie mich runter!«

Er setzte sie ab, zog sie auf die andere Straßenseite, hob sie wieder hoch und trug sie in eine Seitengasse.

»Was ...?«

»Ratten.«

Sie umklammerte seinen Hals. »Nein!«

»Wir warten hier eine Weile, bis sich alles wieder beruhigt hat.«

Sie klammerte sich fester an ihn. »Ich hasse Nagetiere!« Die Gasse war schmal, eingerahmt von Backsteinfassaden mit Feuerleitern aus Metall und bestückt mit einem Bataillon von Müllcontainern, das Wache hielt. »Ich habe kein Problem mit Krabbelgetier, und als Kind hatte ich mal eine Schlange, aber Ratten gehen gar nicht.«

Sie spürte, wie er schauderte. »Ich bin kein großer Fan von Schlangen.«

»Gut. Dann kümmern Sie sich um die Nager und ich mich um die Reptilien.«

»Abgemacht.«

Sie hielt sich steif, eine Hand auf seiner Brust, und spürte kurz das Bedürfnis aufflammen, den Kopf an seinen dunkelblauen Blazer zu legen, während sie die Umgebung nach Ratten absuchte. »Ich bin zu schwer.«

»Ich kann dreihundertzwanzig Pfund stemmen. Sie liegen rund einhundertfünfzig darunter.«

Während sie empört nachrechnete, grinste er bereits. Sie strafte ihn mit ihrem eisigsten Ton. »Können wir jetzt gehen?«

»Noch ein paar Minuten.«

Er lehnte sich an die Ziegelmauer und balancierte ihr Gewicht mühelos auf seinen Armen. Sie drehte den Kopf, und ihre Wange streifte den weichen Stoff seines T-Shirts.

Er roch gut. Nach einem sauberen Aftershave und einem schwachen Hauch Bier. Sie starrte auf ihre schmutzigen Füße. Etwas Ekliges klebte an ihrem Fußrücken.

»Ich muss zugeben, ich war von Ihrer Gesangsdarbietung ein bisschen enttäuscht«, sagte er. »Sie klangen gut – verstehen Sie mich nicht falsch –, aber nicht wie eine Opernsängerin der Spitzenklasse.«

»Ich sagte es Ihnen bereits. Ich schone momentan meine Stimme.«

»Anscheinend. Aber es war irgendwie kümmerlich, nachdem ich bereits Ihre beeindruckenden Stimmübungen gehört habe.«

Sie antwortete mit einem unverbindlichen »Hmm« und hielt konzentriert Ausschau nach Nagern.

»Greifen Sie in meine Gesäßtasche«, sagte er, »und nehmen Sie mein Handy heraus, damit ich uns ein Taxi rufen kann.«

Olivia drehte den Rumpf, presste zwangsläufig die Brüste gegen seinen Oberkörper, nahm den Arm herunter bis zu seinem Hüftknochen und bewegte ihre Hand – sehr vorsichtig – über sein äußerst strammes Gesäß.

Sie hing nun flach und verdreht an ihm, eine Hand auf seinem Po, während ihr eigener Hintern in die Luft ragte. »Ich kann nicht …« Sie ertastete die Ausbuchtung des Handys in seiner Hose, doch sie kam nicht daran. Rasch zog sie ihre Hand zurück. »Das funktioniert so nicht.«

»Für mich schon.«

Er provozierte sie wieder einmal. Sie wand sich ohne das Handy in eine halb aufrechte Position. »Wir brauchen einen neuen Plan.« Sie dachte an die Ratten. »Aber wehe, Sie lassen mich runter.«

Er setzte sie auf den nächsten Müllcontainer, etwas, das er von Anfang an hätte tun können, wie ihr jetzt bewusst wurde. »Nicht weglaufen.«

Als würde sie das tun.

Ein paar Minuten später trug er sie aus der Gasse zu einem wartenden Taxi.

Keiner von beiden schien viel zu sagen zu haben, als sie ins Hotel zurückfuhren. Er starrte geradeaus, ein halbes Lächeln in seinem Gesicht. Sie drehte den Kopf zum Fenster und spürte ein halbes Lächeln in ihrem eigenen Gesicht. Trotz des Schmutzes, trotz des betrunkenen Pöbels, trotz der Bedrohung durch die Ratten … trotz Thad Owens selbst: Heute Abend hatte sie zum ersten Mal seit Wochen Spaß gehabt.

Ihr Lächeln verblasste, als sie an Adam dachte, dessen spaßige Zeiten für immer vorbei waren.

Die Diva absolvierte den Gang durch die funkelnde Lobby mit erhobenem Kinn und ihrer überheblichsten Miene, damit keiner auf die Idee kam, sie auf ihre vor Dreck starrenden nackten Füße anzusprechen. Als sie den Aufzug erreichten, eilte ein Mitarbeiter vom Empfang herbei. »Während Ihrer Abwesenheit wurden Blumen für Sie abgegeben, Miss Shore. Wir haben sie auf Ihre Suite gebracht. Und Sie haben Post.«

Sie nahm den Brief, den er ihr reichte, mit einem gnädigen Nicken entgegen, aber im Aufzug zerknüllte sie den Umschlag in ihrer Hand.

Thad hielt ihr die Tür zur Suite auf und folgte ihr in den Raum, wo ihm ein überwältigender Duft entgegenschlug. Mehrere Vasen mit einem Dutzend verschiedener Blumensorten standen auf dem Konzertflügel.

Die Diva seufzte. »Rupert schon wieder.«

»Schon wieder? Macht er so was öfter?«

»Blumen, Luxuspralinen, Champagner. Ich habe versucht, ihn davon abzubringen, aber wie Sie sehen, hat es nicht funktioniert.« Sie zog ein Kärtchen aus einem Strauß, warf einen kurzen Blick darauf und legte es neben die Vase.

»Rupert ist einer Ihrer Liebhaber?«

»Einer von ganzen Heerscharen.«

»Ernsthaft?«

»Nein, nicht ernsthaft! Rupert ist mindestens siebzig.«

Thad musterte das Blumenmeer. »Bin ich der Einzige, der das unheimlich findet?«

»Sie müssen die Opernfans verstehen. Sie fühlen sich wie eine aussterbende Art, und das kann in Übereifer münden, wenn es um ihre Lieblingskünstler geht.«

»Gibt es noch andere wie Rupert?«

»Er ist mein glühendster Verehrer. Was den Rest betrifft … Das hängt vom Bühnenstück ab. Von *Carmen*-Fans habe ich spanische Flamenco-Tücher bekommen, kistenweise guten Rioja, sogar ein paar iberische Schinken. Und natürlich Zigarren.«

»Warum Zigarren?«

»Carmen arbeitet in einer Zigarrenfabrik.«

»Das weiß ich.« Tat er nicht. »Und was für merkwürdige Sachen haben Ihre abgedrehten Superfans Ihnen sonst noch so geschenkt?«

»Sie sind leidenschaftlich, nicht abgedreht, und ich liebe jeden Einzelnen von ihnen. Eine Silberschere für *Samson et Dalila*.«

»Halten Sie sich bloß von meinen Haaren fern.«

»Jede Menge ägyptischen Schmuck – Skarabäus-Ohrringe und Armbänder –, weil ich die Amneris in *Aida* singe. Sie ist die Böse, aber sie hat ihre Gründe – unerwiderte Liebe und so. Ich habe sogar eine silberne Shisha geschenkt bekommen.« Als Nachsatz fügte sie hinzu: »*Aida* spielt in Ägypten.«

»Das weiß ich.« Tat er.

»Von Mozartfans habe ich mehr Cherubfiguren bekommen, als ich zählen kann.«

»Für?«

»Cherubino. Wir Mezzos sind berühmt für unsere Hosenrollen.«

»Frauen, die Männer spielen?«

»Ja. Cherubino in *Figaros Hochzeit*. Er ist ein Schürzenjäger. Sesto in *La clemenza di Tito*. Hänsel in *Hänsel und Gretel*. Meine Freundin Rachel ist auf diese Rolle abonniert.«

»Schwer vorstellbar, dass Sie einen Kerl spielen.«

»Darauf bin ich stolz.«

Er lächelte. Ihre Leidenschaft für ihren Beruf und ihre Loyalität gegenüber ihren Fans waren unmissverständlich. Leidenschaft war das, was er an Menschen attraktiv fand, ihre Begeisterung für eine Tätigkeit oder ein Hobby – für etwas, das ihrem Leben Freude und

Bedeutung verlieh, sei es, eine köstliche Marinara-Soße zuzubereiten, Baseballschläger zu sammeln oder Opern zu singen. Nichts langweilte ihn mehr als gelangweilte Menschen. Das Leben war viel zu aufregend, um sich zu langweilen.

Sie kratzte sich mit ihren schmutzigen Zehen an der Wade. »Sie bekommen bestimmt auch Geschenke.«

»Ich habe ein gutes Angebot für einen Maserati erhalten.«

»Das muss ich Rupert gegenüber erwähnen. Was noch?«

»Hin und wieder stellt mir jemand sein Feriendomizil zur Verfügung, plus mehr Alkohol, als ich trinken kann, und viel zu oft muss ich im Restaurant nichts bezahlen. Schon absurd, wie viele Vorzüge Menschen genießen, die es nicht nötig haben, während diejenigen, die es nötig haben, leer ausgehen.«

Sie sah ihn nachdenklich an. »Nicht gerade die übliche Sichtweise eines privilegierten Sportlers.«

Er zuckte mit den Achseln. »Es gibt einen großen Zusammenhang zwischen genetischen Voraussetzungen und athletischen Fähigkeiten. Ich hatte Glück.«

Sie musterte ihn einen Moment länger als nötig, bevor sie auf ihre Füße starrte. »Ich muss dringend unter die Dusche. Wir sehen uns morgen früh.«

Es fühlte sich an wie das Ende eines guten Dates, und er hatte das verrückte Bedürfnis, sie zu küssen. Ein Impuls, den sie offensichtlich nicht teilte, denn sie war bereits auf dem Weg in ihr Zimmer.

Thad öffnete die Verandatür und trat hinaus. Er

fühlte sich rastlos, zappelig. Für seinen Geschmack war die Diva zu sorglos, was diese Geschenke betraf. Er hatte selbst mit ein paar übereifrigen Fans wie Rupert zu tun gehabt, und einer davon hatte sich in einen handfesten Stalker verwandelt. Thad trommelte mit den Fingern auf der Brüstung, ging dann wieder hinein und steuerte das Klavier an. Die Begleitkarte zu den Blumen lag offen da.

La Belle Tornade,
Sie sind mein Geschenk der Götter.
Rupert P. Glass

Thad zog eine Grimasse. Der zerknüllte Brief, den ihr der Hotelmitarbeiter bei ihrer Rückkehr übergeben hatte, lag gleich daneben. Offenbar hatte sie vergessen, dass sie ihn dort abgelegt hatte.

Der Umschlag trug den Poststempel von Reno. Thad neigte nicht dazu, fremde Post zu öffnen, aber sein Instinkt drängte ihn, in diesem Fall eine Ausnahme zu machen.

Er zog ein einzelnes weißes Blatt heraus, das mit Druckbuchstaben beschriftet war.

Das ist deine Schuld. Erstick daran.

Die Zimmertür der Diva öffnete sich. »Was tun Sie da?«

»Ich lese Ihre Post.« Er hielt die Seite hoch. »Was hat es damit auf sich?«

Sie riss ihm das Blatt aus der Hand und warf einen

Blick darauf. »Die Opernwelt ist voller Drama. Lassen Sie gefälligst die Finger von meiner Post.«

»Das hier ist mehr als nur Drama«, erwiderte er.

Sie reckte das Kinn, aber er bemerkte, dass ihre Hand zitterte. »Das ist privat.«

»Würde ich auch sagen.«

»Es geht Sie nichts an.« Sie wandte sich zu ihrem Zimmer um.

Er versperrte ihr den Weg. »Jetzt schon. Wenn Sie es mit Verrückten zu tun haben, muss ich das wissen für den Fall, dass uns in den nächsten vier Wochen einer davon über den Weg läuft.«

»Das wird nicht passieren.« Ihr kräftiger, stur vorgeschobener Unterkiefer verriet ihm, dass sie nicht mehr preisgeben würde. Sie zerriss das Blatt in zwei Teile, warf es in den Papierkorb und ging in ihr Zimmer.

KAPITEL 4

Thad kehrte am nächsten Morgen von seinem Lauftraining zurück und wurde von den schillernden Stimmübungen der Diva empfangen, die durch ihre geschlossene Tür drangen. Die Vorstellung, dass ein Mensch solch außergewöhnliche Töne hervorbringen konnte, fiel ihm schwer. Am Abend zuvor hatte sie behauptet, sie würde ihre Stimme schonen, aber er vermutete, das war bloß ein Vorwand gewesen, um sich vor dem Karaoke zu drücken.

Auf der Fahrt zum Flughafen schien es, als wäre der gestrige Abend nie passiert. Thad beantwortete seine Nachrichten, während die Diva und Henri auf Französisch plauderten. Paisley sah aus, als versuchte sie zu schlafen. Obwohl es Thad drängte, die Diva wegen dieses Briefes ins Kreuzverhör zu nehmen, hielt er sich zurück. Fürs Erste würde er ein wachsames Auge auf sie haben.

Paisley gähnte und schob ihre Pilotenbrille hoch auf den Kopf. »Cooles Hemd.« Ihre Augen waren blutunterlaufen nach einer weiteren durchgefeierten Nacht, wie er vermutete. »Du könntest ein Model sein.«

»War er schon«, bemerkte die Diva mit dem spöttischen Lächeln, das sie immer dann zeigte, wenn sie ihn ärgern wollte.

Das Hemd, auf welches sich Paisleys Kompliment bezog, war lachsfarben. Lachs, nicht *rosa*. Die Diva hingegen … Unter ihrem Burberry-Trenchcoat erhaschte er einen Blick auf einen langweiligen weißen Pullover und eine schwarze Hose. Allerdings musste er ihr Anerkennung zollen für die großen Ohrringe, die wie baumelnde Quadrate aus zerknittertem Goldpapier aussahen. Und sie hatte tatsächlich eine Schwäche für dramatische Seidentücher. Ganz anders als Paisley in ihrer Jeans und Lederjacke.

Als sie in den Privatjet stiegen, der sie nach Los Angeles, der nächsten Station auf ihrer Tour, bringen würde, tippte Henri ihm von hinten auf die Schulter. »*Bien,* Thaddeus. Ich habe heute Morgen eine wunderbare Überraschung für Sie. Ich habe jemanden eingeladen, uns zu begleiten.«

Als er an Bord ging, sprang Garrett, dieser Schwachkopf, von seinem Sitz auf. »Überraschung!«

Die Diva stürmte vorwärts. »Clint!«

Henri klopfte Thad auf den Rücken. »So können Sie beide über Football reden, *oui?*«

»Fucking *oui*«, murmelte Thad.

Statt Thad zu begrüßen, konzentrierte Garrett sich auf die Diva. »Sie sehen ziemlich gut aus, Livia.«

Sie lächelte. »Was machen Sie hier?«

»Henri ist ein Footballfan. Er hat mich eingeladen, um T-Bo zu unterhalten.« Der Trottel wagte endlich einen Blick zu Thad. »Sie hat Schuhe an. So viel dazu, die Frauen immer schön barfuß und schwanger zu halten, wie man so sagt, richtig?«

80

Thad stürzte sich auf ihn, aber die Diva stellte sich ihm in den Weg. »Na, na«, sagte sie beschwichtigend.

Clint grinste. Thad war eigentlich für seine Coolness bekannt, und er konnte sehen, dass Clint stolz darauf war, ihn kurz aus der Fassung gebracht zu haben. Seine Häme rief Thad wieder einmal in Erinnerung, dass der Dummkopf gar nicht so dumm war, wie er immer tat. Niemand wurde durch fehlende Intelligenz erster Quarterback in einem NFL-Team.

Paisley stand währenddessen wie angewurzelt im Gang, mit offenem Mund, und starrte Garrett sprachlos an. Als Thad sich wie üblich nach hinten setzte, wurde ihm bewusst, dass er wieder einmal auf den zweiten Platz verbannt worden war, aber in diesem Fall war er sehr froh darüber.

Zu Paisleys Leidwesen gesellte sich die Diva zu Clint auf die Ledergarnitur, sodass Paisley gezwungen war, gegenüber Platz zu nehmen. Thad konnte fast hören, wie die Zahnräder in Paisleys Kopf knirschten, während sie überlegte, wie sie vorgehen sollte. Sie wartete, bis sie in der Luft waren. »Ist es okay, wenn ich ein paar Fotos mache und an meine Freunde schicke?«

»Klar«, sagte die Diva.

Thad lächelte in sich hinein. Es würde nicht lange dauern, bis sie merkte, dass sie ein unerwünschtes Motiv für Paisleys Kamera war.

Tatsächlich versuchte Paisley prompt, Garrett zu einem Selfie zu überreden, aber die Diva wirkte eher belustigt als gekränkt. Garrett stand von seinem Platz auf. Die arme Paisley war männliche Zurückweisung nicht gewohnt, und sie konnte ihre Enttäuschung nicht verbergen, als er nach hinten zu Thad ging. Paisley verstand nicht, dass keine Frau der Welt die Aufmerksamkeit des Schwachkopfs beanspruchen konnte, wenn seine Gedanken beim Football waren.

Als Clint sich zu ihm setzte, gab Thad sich keine Mühe, seinen Unmut zu verbergen. Das Trainingslager begann erst im Juli, und Garrett wusste nur zu gut, dass Thad dann hundert Prozent für ihn geben würde. Warum also musste er ihn jetzt belästigen? Es war schließlich nicht so, als könnten sie im Flugzeug ein Lauftraining absolvieren.

Ein seltsames Aufstöhnen drang durch die Kabine. Thad hob den Kopf und sah, dass Olivia die Hand vor den Mund presste. Sie starrte auf die Zeitung, die sie sich wahrscheinlich von dem frischen Stapel am Eingang genommen hatte. Hastig löste sie den Sitzgurt und eilte dann zu ihm nach hinten, die Zeitung in ihrer Hand. »Sehen Sie sich das an!«

Er sah es sich an.

Die Fotos prangten auf Seite zwei des Kulturteils im Phoenixer *Examiner* – eines war ein offizielles Bild, für das er und die Diva posiert hatten, und das andere ein Paparazzi-Schnappschuss von gestern Abend, als er die Diva aus der Kneipe getragen hatte.

Opernsängerin und NFL-Star
in süßer Harmonie vereint

Die berühmte Mezzosopranistin Olivia Shore und der zweite Quarterback der Chicago Stars, Thad Owens, turtelten gestern Abend in aller Öffentlichkeit miteinander. Die Opernsängerin und der Footballspieler sind zurzeit als Markenbotschafter für die neue Serie der namhaften französischen Uhrenmanufaktur Marchand unterwegs. In einem jüngsten Interview ließ das zurückhaltende Paar nicht erkennen, dass ihre Verbindung über das Geschäftliche hinausgeht, aber wie es scheint, sind sie sich nun doch privat nähergekommen.

»Das ist demütigend!«, rief sie.

»Demütigend?« Er musterte den Schnappschuss. »Der Ausdruck ist ein bisschen arg dramatisch, meinen Sie nicht? Augenblick, ich vergaß. Sie sind eine Opernsängerin, also haben Sie das Recht, drama ...«

»Wir sind kein Paar!«, fuhr sie laut dazwischen. »Wie können die so etwas behaupten?«

»Na ja, ich trage Sie in meinen Armen.« Er studierte das Foto genauer. Wie üblich war er gut getroffen, aber die Diva hatte der Fotograf aus einer ungünstigen Perspektive erwischt, sodass ihr sehr ansehnlicher Po größer aussah, als er tatsächlich war.

Sie zerrte an dem Seidentuch um ihren Hals, als würde es sie strangulieren. »Wie konnte das passieren?«

»Ein schlechter Winkel, mehr nicht. Vergessen Sie es.«

Sie starrte ihn verständnislos an, und er machte rasch eine Kehrtwende. »Ich gebe zu, die Sache ist merkwürdig.« Er dachte zurück an den vergangenen Abend. Niemand, er selbst inbegriffen, hatte gewusst, dass er und die Diva zusammen in dieser Kneipe landen würden, also musste es ein zufälliger Beobachter gewesen sein. Wobei …

»Gibt es ein Problem?« Henri war aufgestanden und gesellte sich zu ihnen. Paisley tauchte hinter seiner Schulter auf.

Olivia hielt ihm vehement die Zeitung hin. »Sehen Sie sich das an!«

»*Putain!*« Henri erstickte fast an seinem geknoteten Halstuch. »Ich bitte um Verzeihung für meine Ausdrucksweise, liebe Olivia, Paisley.«

Für einen Vierzigjährigen war der Kerl ziemlich oldschool.

»Das ist doch super?« Paisley, die mit tiefer, schnarrender Stimme sprach, schien eine Expertin darin zu sein, Feststellungen in Fragen zu verwandeln. »Jede Menge Leute werden das lesen. Wiedererkennungswert der Marke und so.«

»Nicht die Art von Wiedererkennungswert, die wir anstreben.« Henri atmete tief durch und zuckte dann mit den Achseln. »Ach, sei's drum. So etwas kann passieren.«

»Mir nicht.« Olivia drehte sich ruckartig zu Thad um. »Das ist Ihre Schuld. Ich bin noch nie von Paparazzi verfolgt worden, kein einziges Mal in meiner gesamten Karriere. Das ist nur Ihretwegen. Sie und Ihre … Ihre …« – ihre Hände flogen in seine Richtung – »Ihre Haare und Ihr Gesicht und Ihr Körper, und diese Schauspielerinnen, mit denen Sie verkehren …«

Sie schimpfte weiter und weiter. Er ließ zu, dass sie sich austobte, da er davon ausging, dass sie früher oder später zur Besinnung kommen würde, obwohl sie eine Opernsängerin war.

Er hatte richtig vermutet. Ihr ging schließlich die Luft aus, und sie sank auf den Sitz auf der anderen Gangseite. »Ich weiß, dass es nicht wirklich Ihre Schuld ist, aber so etwas ist mir noch nie passiert.«

»Ich verstehe«, sagte er mit allen Arten von Mitgefühl.

Clint schnaubte.

Olivia wandte sich an Henri und zeigte eine tiefe Betroffenheit, die Thad nicht empfand. Vielmehr ärgerte es ihn, dass die Diva im Text vor ihm genannt wurde.

»Ich bitte um Entschuldigung, Henri«, sagte sie. »Ich weiß, das entspricht nicht dem Image, das Marchand verkörpert. Etwas Derartiges wird nie wieder vorkommen.«

Henri antwortete mit einem Schulterzucken der gallischen Art, das nur echte Franzosen beherrschten. »Machen Sie sich keine Sorgen. Phoenix liegt hinter uns, und heute erwartet uns ein volles Programm in Los Angeles, ja?«

Als Kavalier der alten Schule fragte Henri nicht nach, was sie gestern Abend getrieben hatten. Stattdessen gab er Paisley eine Reihe von Anweisungen für den heutigen Tagesablauf, aber als diese sich zurückzog, hatte sie nur Augen für Garrett. Olivia kehrte schließlich an ihren Platz im vorderen Bereich zurück und setzte ihre purpurroten Kopfhörer auf.

Garrett richtete seine Aufmerksamkeit wieder auf Thad. »Also, T-Bo, mich beschäftigt da eine Sache. Als ich mit diesem verstauchten Daumen ausgewechselt wurde. Das Spiel gegen die Giants. Drittes Down mit vier Yards. Die Defense wartet auf den Screen, und du verlagerst auf einen Inside Run. Woher hast du gewusst, dass die anderen den Screen erwartet haben? Woran hast du das erkannt?«

Thad fügte sich in das Unvermeidliche. »Ich habe den Linebacker studiert.«

»Aber was hat er getan? Was hast du beobachtet?«

»Achte immer auf den Middle Linebacker, du Idiot. Und jetzt lass mich in Ruhe, damit ich mir die Kugel geben kann.«

Clint beugte sich vor und gab Thad einen Klaps auf den Oberschenkel. »Du weißt, dass du mich liebst, T-Bo, und wir wissen beide, warum. Ich bin deine letzte große Chance auf Unsterblichkeit.«

Damit zog der Hurensohn ab, um mit Paisley zu flirten.

In Los Angeles tauchten mehr Journalisten auf als in Phoenix, und nach den ersten fünf Sekunden des ersten Interviews wusste Thad, warum.

Die Journalistin war jung, punkig und tätowiert. Sie trug eine schwarze Cargohose, balancierte ihr Notebook auf einem Knie und stellte ihre erste Frage.

»Sie beide kommen aus sehr unterschiedlichen Welten. Wie erklären Sie Ihre gegenseitige Anziehungskraft?«

Thad sah der Diva an, dass sie sich in Stellung brachte, um alles abzustreiten, was nur zu weiteren Spekulationen führen würde, also schritt er ein, bevor sie ein Wort sagen konnte.

»Ach, wir sind nur Freunde.« Er zwinkerte der Journalistin heimlich zu, nur so zum Spaß. Was die Diva nicht sah, konnte sie nicht erschüttern.

Henri eilte von seinem Platz im Hintergrund hervor. »Mister Owens und Madame Shore mögen aus unterschiedlichen Welten stammen, aber beide wissen Qualität zu schätzen.«

Thad machte seinen Job. Er präsentierte die Victory 780, und Olivia riss sich ausreichend zusammen, um die Cavatina 3 zu würdigen. Henri legte nach.

»Wir von Marchand haben verstanden, dass Männer und Frauen unterschiedliche Ansprüche an eine Armbanduhr haben. Männer kleiden sich konservativer, darum bevorzugen sie eher eine extravagante Uhr.«

»Anwesende ausgenommen«, bemerkte Olivia mit einem Blick auf das Amöbenmuster von Thads Hemd.

Ihm missfiel ihr mangelnder Respekt für seinen persönlichen Stil. Allerdings musste er zugeben, dass sie verdammt gut aussah, selbst in diesem schwarz-weißen Outfit, das sie bereits auf dem Flug getragen hatte, mit der Uhr an einem Handgelenk, Armreifen am anderen und ihren zerknitterten Goldohrringen. Kein weiteres Accessoire, wenn man ihre himmelhohen grauen Stilettos nicht dazuzählte.

»Das dezentere Design der Cavatina 3«, fuhr Henri fort, »passt perfekt zum Lebensstil einer erfolgreichen Frau wie Madame Shore. Es eignet sich für Tag und Nacht, für Arbeit und Freizeit. Es ist sowohl klassisch als auch sportlich.«

Als die Journalistin versuchte, das Interview wieder

auf das Private zu lenken, wurde Olivia steif wie ein Stock. »Mr. Owens und ich sind uns erst vor zwei Tagen begegnet. Wir kennen uns kaum.«

In der Opernwelt mochte die Diva ein Star sein, aber sie hatte keinen blassen Schimmer, wie man mit der Klatschpresse umging, und sie hatte genau das Falsche gesagt. Thad lächelte.

»Manche Menschen verstehen sich eben auf Anhieb.«

»Geschäftlich«, fügte die Diva hinzu, spröde wie eine alte Lady bei einem viktorianischen Teekränzchen.

Die Journalistin verlagerte ihr Notebook auf das andere Knie.

»Dieses Foto von Ihnen beiden erweckt den Eindruck, als wäre Ihre Verbindung mehr als nur geschäftlich.«

Die Diva schürzte die Lippen, und Thad sah ihr an, dass sie wieder zu einem Dementi ansetzte, also griff er erneut ein. »Wir hatten unseren Spaß, so viel ist sicher. Olivia hat bezweifelt, dass ich sie hochstemmen kann, und um ihr das Gegenteil zu beweisen, hat mein Kumpel mit meiner Victory 780 die Zeit gestoppt. Eine Minute und dreiundvierzig Sekunden. Ich schätze, ich habe es ihr gezeigt.«

Die Diva starrte ihn derart ungläubig an, dass sie der Klatschpresse genauso gut hätte verraten können, dass er gerade log.

Die Journalistin lachte. »Okay. Ich verstehe. Keine weiteren Fragen.«

Henri begleitete zusammen mit Paisley die Journalistin hinaus, als traute er seiner Assistentin nicht zu, diese Aufgabe allein zu bewältigen, was Thad eine knappe Minute Zeit gab, bevor der nächste Interviewer erschien. Er zog Olivia von der Couch hoch und beförderte sie durch die nächste Tür, die in die Damentoilette führte.

»Was …?«

Er drückte sie gegen das Waschbecken. »Würden Sie sich endlich mal entspannen, statt sich aufzuführen, als wäre ein Sextape aufgetaucht?«

»Wie soll ich mich entspannen? Jeder wird denken, wir sind – wir sind …«

»Ein Liebespaar? Na und? Wir sind beide erwachsen, und soweit ich weiß, ist keiner von uns verheiratet. Sie sind doch nicht verheiratet, oder? Ich lasse nämlich die Finger von verheirateten Frauen.«

»Natürlich bin ich nicht verheiratet!«, zischte sie.

»Dann ist ja alles gut.«

»Nichts ist gut, und Sie werden so oder so die Finger von mir lassen. Für die anderen sieht es so aus, als wären wir … was auch immer. Wir kennen uns erst seit zwei Tagen.«

»Ich verstehe. Sie möchten nicht, dass Rupert denkt, Sie wären leicht zu haben.«

»Ich bin nicht leicht zu haben!«

»Was Sie nicht sagen. Und jetzt hören Sie auf, sich dermaßen aufzuregen. Entspannen Sie sich und lächeln Sie.« Als Thad sie in Richtung Tür drehte, schmunzelte er in sich hinein. Es sah ihm nicht ähnlich, einer Frau so hart zuzusetzen, aber die Diva war eine ebenbürtige Gegnerin, sodass er sich nicht anders zu helfen wusste.

Sie verließen zusammen die Toilette und stießen direkt auf die nächste Journalistin.

Zu seiner Überraschung setzte die Diva ein Lächeln auf. »Gern geschehen, Thad.« Und dann, an die Journalistin gewandt: »Er wollte mir nicht glauben, als ich ihm sagte, dass sein halbes Mittagessen zwischen seinen Vorderzähnen hängt. Es ist doch eine Schande, diese strahlend weißen Zahnverblendungen von einem Schinkensandwich ruinieren zu lassen. Schließlich hat er bestimmt ein Vermögen dafür bezahlt.«

Seine Zähne waren von Natur aus weiß, aber das spielte keine Rolle. Die Diva hatte ihm den Ball abgeluchst und war damit in die Endzone gelaufen.

Am späten Abend, nach dem obligatorischen Geschäftsdinner mit Marchand-Kunden, traf Thad sich auf einen Absacker mit ein paar alten Kumpels auf der Dachterrasse des Hotels. Er lud die Diva nicht ein mitzukommen, obwohl der mit Efeu bedeckte Barpavillon und die großartige Aussicht sicher eher ihrem Stil entsprachen als die Kneipe gestern.

Er hatte die Jungs seit Monaten nicht gesehen, und eigentlich hätte er sich prächtig amüsieren müssen, besonders weil Garrett nicht auftauchte. Aber nach dem gestrigen Abend blieb das Treffen hinter seinen Erwartungen zurück, und er lag um zwei im Bett.

Am nächsten Tag, als Olivias beste Freundin Rachel Cullen und ihr Mann Dennis sich unter einem blauen Sonnenschirm auf der Terrasse des Hotelrestaurants eingerichtet hatten, hielten sie Händchen, und Olivia betrachtete die beiden wehmütig. »Ihr seid widerlich.«

Rachel drückte die Hand ihres Mannes. »Du bist bloß neidisch.«

»Eine Untertreibung«, erwiderte Olivia. »Du hast den einzigen Mann auf diesem Planeten gefunden, der dafür geboren ist, eine Opernsängerin zu heiraten.« Wenn Olivia einen Klon von Dennis finden könnte, wäre sie vielleicht in der Lage, eine dauerhafte Beziehung zu führen.

»Der beste Job aller Zeiten«, sagte Dennis.

Olivia starrte ihre Freundin an. »Ich hasse dich.«

Rachel schenkte ihr ein selbstgefälliges Lächeln. »Natürlich.«

Mit ihren seidigen aschblonden Haaren, ihren weiblichen Kurven und ihrer natürlichen Ausstrahlung hätte Rachel gut als hübsche Fußballermama von nebenan durchgehen können, wohingegen Dennis mit seinem widerspenstigen braunen Haarschopf, der großen Nase und dem drahtigen Körper viel eher aussah wie jemand aus der Musikbranche, obwohl er sein Geld mit befristeten IT-Jobs verdiente.

Olivia und Rachel hatten sich vor über zehn Jahren im Ryan Opera Center kennengelernt, der renommierten Talentschmiede an der Lyric Opera of Chicago. In den alten Zeiten der Künstlerrivalitäten hätten zwei Mezzosopranistinnen, die um dieselben Rollen konkurrierten, sich niemals so eng angefreundet, aber im Opernstudio wurden gegenseitige Unterstützung und Teamarbeit nicht nur empfohlen, sondern vorausgesetzt. So hatten sie sich verbündet, hatten sich gegenseitig geholfen und getröstet, während sie gemeinsam am Repertoire ihres Fachs gearbeitet hatten. Olivia war die begabtere Sängerin und

Bühnendarstellerin, aber statt eifersüchtig zu reagieren, war Rachel Olivias größter Fan geworden.

Im Laufe der Jahre war Olivias Karriere durch die Decke gegangen, während Rachels Entwicklung lediglich ganz solide war, aber das hatte sich nicht negativ auf ihre Freundschaft ausgewirkt. Olivia fuhr ungebrochen damit fort, Rachel für Rollen zu empfehlen. Sie lachten und weinten zusammen. Olivia war an Rachels Seite gewesen, als Rachels Mutter gestorben war, und Rachel hatte Olivias Hand gehalten auf Adams schrecklicher, herzzerreißender Beerdigung, die keine von ihnen jemals vergessen würde. Während Olivia nun die Speisekarte studierte, tat sie so, als bemerkte sie den besorgten Blick ihrer Freundin nicht. Rachel war intuitiv, und sie ahnte, dass mehr im Argen lag, als Olivia durchblicken ließ.

Der Kellner erschien. Dennis bestellte für Rachel einen bunten Thai-Salat und für sich Crab Cakes.

»Er wählt sogar das Essen für dich aus«, sagte Olivia, als der Kellner sich entfernte.

»Er weiß besser als ich, was ich mag.«

Olivia hatte unvermittelt eine Szene mit Adam vor Augen, als er sie gebeten hatte, für ihn etwas von der Karte auszusuchen, weil er sich nicht hatte entscheiden können. Sich in Dennis' Nähe aufzuhalten, konnte schmerzhaft sein. Sein Engagement für Rachels Karriere stand in einem deutlichen Kontrast zu den Ressentiments, die Adam mit aller Gewalt versucht hatte zu unterdrücken. Dennis war für jede Opernsängerin ein Traumpartner.

Rachel faltete ihre Serviette auf. »Verrate mir, wie du Dennis kennengelernt hast.«

»Schon wieder?«, sagte Olivia. »Die Geschichte habe ich dir schon ein Dutzend Mal erzählt.«

»Ich kann sie nicht oft genug hören.«

»Sie ist wie ein Kind«, sagte Olivia zu Dennis. Und dann zu Rachel: »Soll ich anfangen, bevor oder nachdem er mich angebaggert hat?«

Dennis stöhnte.

»Bevor«, zwitscherte Rachel.

Olivia machte es sich auf ihrem Stuhl bequem. »Ich hatte gerade meine Tage bekommen, und ich hatte furchtbar schlimme Krämpfe ...«

»Und einen Heißhunger auf Zucker«, ergänzte Rachel.

»Das ist meine Geschichte«, protestierte Olivia. »Jedenfalls beschloss ich, mich mit einem Red Velvet Frappuccino von Starbucks zu trösten.«

Rachel, deren Schwäche für Süßes ihre Kurven stetig aufpolsterte, nickte begeistert. »Sehr vernünftig.«

»Ich stehe also in der Schlange, und dieser durchgeknallte Typ versucht, ein Gespräch mit mir zu beginnen.«

Rachel stupste ihren Mann an. »Du warst total scharf auf sie.«

Olivia lächelte und fuhr mit der unnötigen Geschichte fort. »Ich war nicht in der Stimmung für ein Gespräch, aber der Kerl war hartnäckig. Und irgendwie süß.«

»Und kein Sänger«, sagte Rachel. »Vergiss nicht den besten Part.«

»Ein Computerfreak, wie ich erfuhr, noch bevor der Barista meinen Frappuccino fertig hatte.«

»Den der Freak galanterweise bezahlte.«

»Und wodurch ich mich gezwungen fühlte, mit ihm zu reden. Der Rest ist Geschichte.«

»Du hast den besten Teil übersprungen. Den Teil, in dem du ohne meine Erlaubnis meine Telefonnummer an ihn weitergegeben hast, obwohl er ein Serienkiller hätte sein können.«

»Was er nicht war.«

»Aber ich hätte einer sein können«, warf Dennis ein.

Olivia lächelte. »Ich fand ihn sympathisch. Leider konnte ich ihn nicht für mich behalten, weil ich noch unter Adams Bann stand.« Am Tisch machte sich schlagartig Ernüchterung breit, und Rachels besorgte Miene kehrte zurück. Olivia setzte ein übermäßig strahlendes Lächeln auf. »Ergebnis: Ich kam in den Genuss, bei deiner Hochzeit im letzten Jahr deine Trauzeugin zu sein.«

Rachel nickte. »Und du hast das schönste ›Voi che sapete‹ gesungen, das jemals jemand gehört hat.«

Ihr Essen wurde serviert. Rachel hielt sich gerade in Los Angeles auf, um an der Oper für eine Rolle in der kommenden Wintersaison vorzusingen, und die Freundinnen fingen an, den neuesten Klatsch auszutauschen – ein Tenor mit zu viel Kopfstimme und ein Dirigent, der sich weigerte, Rossini den Raum zum Atmen zu geben. Sie plauderten über die fantastische Akustik in der Hamburger Elbphilharmonie und über eine neue Callas-Biografie.

Olivia beneidete ihre Freundin darum, dass Dennis die Leistungen seiner Frau mit Stolz erfüllten. Rachels Karriere kam immer an erster Stelle, und Dennis richtete seine eigene Arbeit nach ihrem Terminkalender aus. Im Gegensatz zu Olivias Leben mit Adam. Erst im Nachhinein hatte sie erkannt, dass Adam an Depressionen gelitten hatte. Es war ihm schwergefallen, sich ein neues Libretto einzuprägen, und seine Phasen der Schlaflosigkeit hatten sich mit Nächten abgewechselt, in denen er zwölf oder dreizehn Stunden geschlafen hatte. Aber statt ihn zu einem Arzt zu bringen, hatte sie sich von ihm getrennt. Und nun übte er Rache.

Das ist deine Schuld. Erstick daran.

Rachel verzog das Gesicht. »Hast du gehört, dass Ricci in Prag die Carmen singt? Ich hasse sie.«

Olivia konzentrierte sich wieder auf die Unterhaltung. »›Hassen‹ ist ein starkes Wort.«

»Du warst schon immer netter als ich.«

Sophia Ricci war in Wahrheit eine reizende Person, obwohl Olivia für eine kurze Zeit Vorbehalte gegen sie gehabt hatte, weil sie Adams Exfreundin war. Rachels Abneigung hatte allerdings einen anderen Grund. Sophie war eine lyrische Sopranistin, und wenn ein lyrischer Sopran eine der wenigen Hauptrollen übernahm, die für einen Mezzosopran geschrieben worden waren, sorgte das immer für Unmut.

»Vielleicht kriegt sie eine Kehlkopfentzündung«, sagte Olivia, um gleich wieder zurückzurudern. »Ich bin gemein. Sophia ist ein großartiges Talent, und ich wünsche ihr alles Gute.«

»Aber nicht das Beste.« Rachel fischte einen Cashewkern aus ihrem Salat. »Nur so viel, dass die Kritiker etwas schreiben wie ›Sophia Riccis Habanera, wenngleich professionell gesungen, kann nicht mit der souveränen Sinnlichkeit von Olivia Shores exzellenter Carmen mithalten.‹«

Olivia lächelte ihre großherzige Freundin liebevoll an. Sie verstand besser als jeder andere, wie gern Rachel die Carmen an einem erstklassigen Haus wie der Chicagoer Municipal Opera spielen würde, aber solche Einladungen erhielt sie nie.

»Ich habe Rachels Social-Media-Auftritt übernommen«, sagte Dennis. »Präsentation ist alles. Man braucht sich nur die ganzen Mezzos in der Popmusik anzuschauen – Beyoncé, Adele, Lady Gaga. Diese Frauen haben verstanden, wie man die sozialen Netzwerke nutzt.«

Ein allzu vertrautes Gesicht erschien auf der Außenterrasse. Thad entdeckte Olivia und steuerte auf ihren Tisch zu. Als Olivia ihn mit ihren Freunden bekannt machte, fiel ihr auf, dass Rachels Gesicht diesen verklärten Ausdruck so vieler Frauen annahm, wenn Thad Owens in ihr Sichtfeld kam.

»Bitte.« Rachel deutete auf den freien Stuhl am Tisch. »Wir haben schon fast fertig gegessen, aber Sie können sich trotzdem gern etwas bestellen.«

»Ich komme gerade vom Lunch.« Thad sah Olivia an, während er Platz nahm. »Mit ein paar Sportjournalisten.«

Olivia bekam ein schlechtes Gewissen, weil er mehr arbeitete als sie.

Dennis und Thad plauderten ein wenig über Football, bevor das Gespräch zum Thema Oper zurückkehrte.

»Lena Hodiak hat mir erzählt, dass sie dich in *Aida* covert«, sagte Rachel. »Du wirst sie mögen. Sie hat letztes Jahr in San Diego die Gertrud in *Hänsel und Gretel* gesungen, und sie ist wirklich nett.«

Thad sah Rachel fragend an.

»Das bedeutet, Lena ist die Zweitbesetzung«, erklärte sie ihm. »Olivias Reservistin zu sein, ist ein undankbarer Job, wie Lena noch herausfinden wird. Olivia ist nämlich nie krank.«

Dennis meldete sich zu Wort. »Erzählt doch mal von dieser Tour für Marchand. Wie seid ihr an den Auftrag gekommen?«

»Ich war höchstens die dritte Wahl«, antwortete Thad ohne eine Spur von Bitterkeit.

»Ich bekam letztes Jahr im September einen Anruf von meinem Agenten«, sagte Olivia. »Ich hatte eine Lücke in meinem Terminkalender, und das Angebot war lukrativ. Außerdem dachte ich, ich würde mit Cooper Graham reisen, dem ehemaligen Quarterback der Chicago Stars.«

»Stattdessen hatte sie Glück«, sagte Thad.

Olivia lächelte und sah auf ihre Uhr. »Ich wünschte, wir könnten noch länger plaudern, aber wir haben gleich einen Fototermin, und Thad braucht immer so lange für seine Frisur.«

Thad schob seinen Stuhl zurück. »Sie ist bloß neidisch, weil ich fotogener bin als sie.«

Rachel sah ihn stirnrunzelnd an, bereit, ihre beste

Freundin zu verteidigen, aber Olivia zuckte mit den Schultern. »Traurig, aber wahr.«

Thad lachte. Dennis sprang auf und zückte sein Handy. »Lasst mich vorher noch ein paar Fotos machen für Rachels Social-Media-Kanäle. Ich werde euch beide taggen.«

Olivia vermutete, dass Thad genauso wenig Interesse daran hatte, getaggt zu werden, wie sie selbst, aber sie bewunderte Dennis' Enthusiasmus. Wie konnte sie nicht neidisch sein?

In ihrer Suite erwartete sie eine hitzige, auf Französisch geführte Diskussion zwischen Henri und einer Frau, die ungefähr in seinem Alter war, vielleicht ein paar Jahre älter. Sie war elegant gekleidet im europäischen Stil: schwarzes Etuikleid, schwarze Pumps, eine mehrreihige Perlenkette um den Hals. Ihr stumpf geschnittenes Haar war in der Mitte gescheitelt und fiel bis knapp unter das Kinn. Neben ihr zwinkerte eine eingeschüchterte Paisley heftig, als versuchte sie, die Tränen zurückzuhalten, was Olivia zu der Annahme verleitete, dass diese Französin, im Gegensatz zu Henri, nicht gewillt war, Paisleys Inkompetenz zu ignorieren. Paisley war verwöhnt, unorganisiert und völlig unreif, aber nachdem Olivia die Fotos auf Paisleys Handy gesehen hatte, musste sie fairerweise zugeben, dass das Mädchen ein gutes Auge für Thad Owens' Knackarsch hatte.

Henri unterbrach die Diskussion, als er seine Markenbotschafter wahrnahm. »Mariel, schau, wer gekommen ist. Olivia, Thaddeus, das ist meine Cousine Mariel.«

Mariel schenkte ihnen ein sehr französisches Lächeln – freundlich, aber reserviert – und einen geschäftsmäßigen Händedruck. »Mariel Marchand. Sehr angenehm.«

Sie war nicht wirklich hübsch mit ihrer hohen Stirn, der Adlernase und den kleinen Augen, die sehr stark geschminkt waren.

»Mariel ist unser Finanzvorstand«, erklärte Henri. »Sie ist gekommen, um nach uns zu sehen.«

Olivia hatte hinreichend recherchiert, um zu wissen, dass Lucien Marchand, der Firmenpatriarch, auf die achtzig zuging und keine Kinder hatte. Mariel und Henri, seine Nichte und sein Neffe, waren die einzigen Blutsverwandten, und einer von ihnen würde das Familienunternehmen weiterführen. Es war nicht schwer zu erkennen, dass Mariel im Vorteil war gegenüber dem gutmütigen Henri.

»Ich hoffe, mein Cousin lässt Sie nicht zu schwer schuften«, sagte Mariel mit einem Akzent, der weniger stark ausgeprägt war als der von Henri.

»Nur Thad«, antwortete Olivia ehrlich. »Ich habe es leichter.«

»Ich habe Sie vor zwei Jahren an der Opéra Bastille gesehen, als Klytämnestra in *Elektra*. *Incroyable*.« Sie wandte sich an Thad, ohne abzuwarten, dass Olivia auf das Kompliment antwortete. »Sie müssen mir diesen Sport erklären, den Sie ausüben«, sagte sie zu ihm.

»Da steckt eigentlich nicht viel dahinter. Ein bisschen laufen, ein bisschen werfen, den Ball gegen die bösen Jungs verteidigen.«

»Wie faszinierend.«

Olivia rollte im Geiste mit den Augen und entschuldigte sich dann.

Am Abend nahm Mariel am Geschäftsdinner teil, dem sie einen Hauch von französischer Eleganz verlieh, und schmeichelte Thad in höchstem Maße. »Sie müssen sehr stark sein, um diese Sportart auszuüben. Sehr beweglich.«

»Sehr einfältig«, murmelte Olivia, weil … wie konnte sie widerstehen?

Thad bekam ihren Kommentar zufällig mit und lehnte sich auf seinem Stuhl zurück. »Manche von uns sind dazu geboren zu gewinnen.« Er schenkte Olivia ein träges Lächeln. »Andere scheinen in ihrem Job ständig zu sterben.«

Er hatte nicht unrecht. Olivia hatte den Überblick verloren, wie oft sie als Carmen erstochen oder als Dalila erschlagen worden war. Als Königin von Karthago in *Dido und Aeneas* setzte sie aus Liebeskummer ihrem Leben selbst ein Ende, und in *Il trovatore* entging sie knapp der Verbrennung auf dem Scheiterhaufen. Dabei waren die Personen, die sie getötet hatte, noch gar nicht berücksichtigt.

Thad schien nicht viel Ahnung von Opern zu haben, darum wunderte sie sich, woher er von all ihren blutrünstigen Rollen wusste, aber sie nahm an, dass Google einen Anteil daran hatte. Sie hatte ihn auch gegoogelt und herausgefunden, dass beinahe in jedem Beitrag über Thaddeus Walker Bowman Owens nicht nur seine athletischen Fähigkeiten und seine Frauen erwähnt wurden, sondern auch der Respekt, den seine Mitspieler ihm entgegenbrachten.

Sie begann zu verstehen, warum, und ihre vier gemeinsamen Wochen erschienen ihr plötzlich nicht mehr ganz so lang.

»Sie hätten mich nicht begleiten müssen, wissen Sie?«, sagte Olivia, als sie den Weg zum Griffith-Observatorium hochstiegen, nicht weit von der Stelle, wo das Taxi sie abgesetzt hatte. Es war noch nicht ganz sechs Uhr in der Früh, und die Luft roch nach Tau und Salbei. »Hätte ich gewusst, dass Sie so ein Morgenmuffel sind, hätte ich Sie nicht eingeladen.«

»Sie haben mich nicht eingeladen, schon vergessen? Ich habe gestern Abend beim Dinner zufällig mitbekommen, dass Sie heute den Berg hier hochwandern wollen.« Thad gähnte. »Es wäre mir nicht richtig vorgekommen, im Bett liegen zu bleiben, während Sie sich abrackern.«

»Da bin ich nicht die Einzige. Immer wenn wir Freizeit haben, sind Sie entweder an Ihrem Handy oder an Ihrem Laptop. Was hat es damit auf sich?«

»Ich bin süchtig nach Videospielen.«

Sie glaubte ihm nicht, obwohl ihr aufgefallen war, dass er seinen Laptop nie aufgeklappt herumstehen ließ. »In ein paar Stunden reisen wir weiter nach San Francisco.« Sie blickte hoch zu dem Hollywood-Schild über ihnen. »Das hier ist die einzige Gelegenheit für mich, um ein bisschen Sport zu treiben.«

»Sie hätten auch im Bett bleiben können.«

»Sie haben leicht reden. Schließlich haben Sie regelmäßig trainiert, während ich nur gefuttert habe.«

»Und getrunken«, betonte er wenig hilfreich.

»Das auch. Leider ist die Ära der korpulenten Opern-sängerinnen vorbei.« Sie wich einem Haufen Pferdeäp-fel aus. »Früher brauchte man sich nur auf die Bühne zu stellen und zu singen. Heutzutage muss man wenigstens ein kleines bisschen glaubhaft wirken. Außer man hat eine Rolle im *Ring der Nibelungen*. Hätte ich die Stimme und die Ausdauer, um die Brünnhilde zu singen, könnte ich nach Lust und Laune schlemmen. Seien wir ehrlich. Man kann Brünnhildes Schlachtruf nicht überzeugend vortragen, wenn man eine Nymphe ist.«

»Wenn Sie das sagen.«

Am liebsten hätte sie Brünnhildes »Ho-jo-to-ho!« gleich hier an Ort und Stelle geschmettert, nur um zu se-hen, ob sie Thad aus der Fassung bringen konnte, aber sie hatte nicht das Zeug dazu.

Sie gewannen rasch an Höhe und bewegten sich schnell genug, dass Olivia aufpassen musste, wo sie hin-trat. Sie erinnerte sich, dass sie schon einmal vor ein paar Jahren mit Rachel hier hochgewandert war. Vor jeder größeren Steigung hatte Rachel, die weniger fit war, Oli-via eine Frage gestellt, die eine derart komplexe Antwort erforderte, dass Olivia schließlich während des gesam-ten Aufstiegs geredet hatte, derweil Rachel Energie ge-spart hatte. Olivia hatte eine Ewigkeit gebraucht, um den Trick zu durchschauen.

»Genug von mir.« Sie strahlte Thad an. »Erzählen Sie mir Ihre Lebensgeschichte.«

Er ließ sich ködern, ohne langsamer zu werden. »Su-pertolle Kindheit. Supertolle Eltern. Fast supertolle Kar-riere.«

Er legte nun sogar einen Schritt zu. Sie passte sich seinem Tempo an und hielt gleichzeitig Abstand zu dem Abhang, der links von ihr steil abfiel. »Ich möchte Details.«

»Einzelkind. Total verwöhnt. Meine Mutter war vor ihrer Rente Sozialarbeiterin, mein Vater Buchprüfer.«

»Und Sie waren natürlich ein Musterschüler, Quarterback im Highschoolteam und Homecoming-König.«

»Man hat mir die Krone geraubt. Man gab sie Larry Quivers, weil er frisch von seiner Freundin getrennt war und alle Mitleid mit ihm hatten.«

»Das ist die Art von Tragödie, die den Charakter formt.«

»Den von *Larry*.«

Sie lachte. Der Weg wurde steiler und steiler, die Stadt erstreckte sich unter ihnen, und wieder zog er das Tempo an.

»Was noch?«, fragte sie.

»In den Sommerferien habe ich im Landschaftsbau gearbeitet. Ich habe für die University of Kentucky gespielt und meinen Abschluss in Finanzwirtschaft gemacht.«

»Beeindruckend.«

»Dann wurde ich gedraftet und von den Giants unter Vertrag genommen. Ich habe auch für die Denver Broncos und die Dallas Cowboys gespielt, bevor ich nach Chicago gewechselt habe.«

»Warum ein zweiter und dritter Vorname? Walker Bowman?«

»Der Vater meiner Mutter hieß Walker, der Großvater meines Vaters Bowman. Meine Eltern haben Strohhalme gezogen, um zu entscheiden, wessen Name zuerst kommen sollte, und Mom hat gewonnen.«

Sie bewegten sich nun praktisch im Laufschritt, und Olivia schalt sich dafür, dass sie gestern Abend ein Stück von dieser Schokoladen-Trüffel-Torte zum Dessert verspeist hatte. Genau das passierte, wenn man mit einem ehrgeizigen Profisportler wandern ging: Ein gemütlicher Morgenspaziergang verwandelte sich in einen Ausdauerwettbewerb. Den sie nicht vorhatte zu verlieren.

Keine Frage, er war der Stärkere. Olivias Oberschenkel begannen zu brennen, und an ihrem kleinen Zeh bildete sich eine Blase, aber Thad schnaufte bereits lauter als sie. Er würde nun jeden Moment erkennen, wie viel Atemkontrolle eine professionell ausgebildete Opernsängerin besaß.

»Verheiratet? Geschieden?«, fragte sie.

»Keins von beiden.«

»Das liegt daran, dass Sie noch keine gefunden haben, die so schön ist wie Sie, richtig?«

»Für mein Aussehen kann ich nichts, okay?«

Er klang gereizt. Faszinierend. Sie speicherte diese Information als Munition für später und blieb plötzlich stehen. »Sehen Sie mal.« Aus dem Augenwinkel hatte sie unter einem Gebüsch ein kleines Loch im Boden entdeckt. Und direkt vor diesem Loch …

Unvermittelt schlang sich ein Arm um ihren Oberkörper und riss sie ein Stück zurück. Sie schrie auf. »Hey!«

»Das ist eine Tarantel!«, rief er.

»Ich weiß, dass das eine Tarantel ist.« Sie wand sich aus seinem Griff. »Eine echte Schönheit.«

Er schauderte. »Die ist giftig!«

»Und tut keiner Menschenseele etwas. Denken Sie an unsere Abmachung. Ich kümmere mich um die Insekten und Reptilien. Sie kümmern sich um die Ratten.«

Die Spinne huschte zurück in ihr Loch. Thad schob Olivia weiter, weg von dem Nest. »Bewegung!«

»Weichei.« Sie hatte sich immer eine Tarantel als Haustier gewünscht, aber ihre altmodischen, konservativen Eltern hatten es nicht erlaubt. Beide waren schon älter gewesen, als sie geboren worden war, passionierte Musiker, die ein ruhiges Leben bevorzugt hatten. Trotzdem, ihre Eltern hatten sie geliebt, und sie fehlten ihr. Sie waren relativ kurz nacheinander gestorben.

»Ich wette, Sie haben nicht gewusst, dass eine weibliche Tarantel bis zu fünfundzwanzig Jahre alt werden kann«, sagte sie, »während das Männchen, wenn es geschlechtsreif ist, nur noch wenige Monate zu leben hat.«

»Und Frauen denken immer, sie hätten es schwer.«

Ihr Handy klingelte. Sie kannte die Nummer nicht, wahrscheinlich ein Werbeanruf, aber ihre Oberschenkel benötigten eine Pause, und sie nahm den Anruf entgegen. »Hallo?«

»*Che gelida manina …*« Beim Klang der vertrauten Arie glitt ihr das Handy aus den Fingern.

Thad mit seinen Sportlerreflexen fing es auf, bevor es auf den Boden schlug. Er hob es an sein Ohr und lauschte. Olivia hörte die Musik schwach aus dem Hörer dringen. Sie riss Thad das Telefon aus der Hand, schaltete es aus und schob es zurück in ihre Hosentasche.

»Möchten Sie mir was dazu sagen?«, fragte er.

»Nein.« Sie hatten den Gipfel noch nicht erreicht, aber Olivia machte kehrt und begann mit dem Abstieg. Weil sie keinen Blickkontakt zu ihm herstellen musste, fügte sie hinzu: »Das ist Rodolfos Liebeslied an Mimi in *La Bohème*.«

»Und?«

»*Che gelida manina* ... Das bedeutet ›Wie eiskalt ist dies‹ Händchen'.« Sie schauderte. »Ich habe ihm gesagt, er soll es nicht singen.«

»Wem?«

Die Sonne kletterte in die Höhe, genau wie die Lufttemperatur. Olivia heftete den Blick auf das Observatorium in der Ferne. Sie brauchte nicht zu antworten. Sie konnte sich einfach in Schweigen hüllen. Aber Thad war standhaft und solide, und sie wollte es ihm sagen. »Es ist eine Arie für Tenöre, die gern zum Vorsingen genommen wird, aber Adam schaffte das hohe C nicht. Er musste einen halben Ton drunter bleiben – aus dem hohen C wurde ein H. Bloß kann man damit nicht punkten. Ich habe versucht, ihm die Arie auszureden, aber ohne Erfolg.«

»Adam?«

»Adam Wheeler. Mein ehemaliger Verlobter.«

»Und jetzt springt dieses Arschloch so mit Ihnen um? Er terrorisiert Sie am Telefon und ...«

»Sie verstehen nicht ...« Sie holte zitternd Luft. »Adam ist tot.«

KAPITEL 5

Olivia schauderte. »Dieses Lied ... Es ist eine Stimme aus dem Grab.«

»Möchten Sie mir davon erzählen?« Thad formulierte es als Frage, aber es klang eher wie ein Befehl.

»Es ist keine schöne Geschichte.«

»Ich kann damit umgehen.« Sie erreichten eine Bank, und Thad deutete darauf, aber Olivia wollte sich nicht setzen. Sie mied seinen Blick. Aber sie wollte es ihm erzählen, wollte ihren Schutzpanzer ablegen, an dem sie so sehr festgehalten hatte, dass er ihr die Luft abschnürte, und diesem Mann hier, den sie kaum kannte, das offenbaren, was sie bisher nur gegenüber Rachel angedeutet hatte.

Sie ging wieder vor ihm, um ihn nicht ansehen zu müssen. »Adam war ein guter Tenor, aber nicht herausragend. Er war für nicht ganz so anspruchsvolle Comprimario-Rollen geeignet – das sind mittlere und kleinere Nebenrollen. Er hatte den Willen, aber nicht die Voraussetzungen, um große Hauptrollen zu übernehmen.«

»Im Gegensatz zu Ihnen.«

»Im Gegensatz zu mir.« Sie hatte außerdem härter gearbeitet als Adam, aber sie arbeitete grundsätzlich härter als die meisten anderen, und sie konnte Adam nicht vorwerfen, dass er nicht in der Lage dazu gewesen war, mitzuhalten. »Wir hatten so viele Gemeinsamkeiten – die Musik, die Leidenschaft für unseren Beruf. Adam besuchte Schulen und redete mit den Schülern über Musik. Er konnte toll mit Kindern umgehen. Er liebte Tiere. Er war ein sanfter, einfühlsamer Mann. Und er betete mich an.« Sie stieg über einen felsigen Graben auf einen glatteren Untergrund. »Als er um meine Hand anhielt, sagte ich Ja.«

»Haben Sie ihn geliebt?«

»Er war perfekt. Wie hätte ich ihn nicht lieben können?«

»Also haben Sie ihn nicht geliebt.«

Sie zögerte. »Ich war glücklich.«

»Außer wenn Sie unglücklich waren.«

Außer wenn sie unglücklich war. Sie verlangsamte ihre Schritte auf einer Schieferfläche, um nicht auszurutschen. »Ihn wurmte es, dass meine Karriere an einem Punkt war, den er nicht erreichen konnte.« Sie schämte sich dafür, wie oft sie versucht hatte, sich kleiner zu machen, um ihn nicht zu kränken. Sie hatte Rollen ausgeschlagen, die sie hätte annehmen sollen, und wenn eine Probe oder ein Auftritt besonders gut gelaufen waren, hatte sie es vor ihm heruntergespielt. Aber er hatte immer Bescheid gewusst. Er war dann schweigsam geworden. Manchmal hatte er sie aus einem belanglosen Grund angeschnauzt. Hinterher hatte er sich immer entschuldigt und seine schlechte Laune auf Schlafmangel oder Kopfschmerzen geschoben, aber Olivia kannte den wahren Grund.

Sie folgten einer Wegbiegung. »Ich hasse es zu scheitern, und ich wurde richtig gut darin, mich selbst zu betrügen. Obwohl ich immer unglücklicher wurde, wollte ich mir nicht eingestehen, dass ich Adam nicht mehr liebte.«

»Da keiner dieser Ringe, die Sie so gern tragen, mit einem Diamanten bestückt ist, nehme ich an, dass Sie zur Vernunft gekommen sind.«

»Zu spät.« Der Gedanke daran ließ sie noch immer zusammenzucken. »Eine Woche vor der Hochzeit habe ich alles abgeblasen. Eine Woche! Das war das Schwerste, das ich jemals getan habe. Das Schlimmste, das ich jemals getan habe. Ich habe zu lange gewartet, und ich habe Adam das Herz gebrochen.«

»Besser, als ihn zu einer schlechten Ehe zu verdammen.«

»Er hat es nicht so betrachtet. Er war am Boden zerstört und zutiefst gedemütigt.« Sie konnte den nächsten Teil nicht auslassen, und sie sah Thad schließlich an. »Zweieinhalb Monate später beging er Selbstmord. Vor genau neunzehn Tagen.« Ihre Stimme drohte kurz zu brechen. »Es gab einen Abschiedsbrief. Eigentlich eine Abschiedsmail. Moderne Zeiten, richtig? Er erklärte mir darin, wie sehr er mich liebte und dass ich sein Leben ruiniert hätte. Dann klickte er auf ›Senden‹ und jagte sich eine Kugel in den Kopf.«

Thad zuckte zusammen. »Das ist hart. Sich umzubringen, ist eine Sache, aber einem anderen die Schuld dafür zu geben ... Das ist mies.«

Sie betrachtete die Aussicht um sich herum, ohne etwas wahrzunehmen. »Adam war hochsensibel. Ich wusste das, und trotzdem … Ich hätte rücksichtsvoller sein sollen. Ich hätte die Verlobung lösen sollen, sobald mir klar war, dass ich einen Fehler beging, aber ich war zu stur.«

»Dieser Anruf eben … Der Brief gestern … Hinter dieser Geschichte steckt noch mehr, nicht wahr?«

Thad war viel klüger, als er aussah. »Davor gab es zwei weitere Nachrichten.«

»In der von gestern stand: ›Das ist deine Schuld. Erstick daran.‹ Waren die anderen ähnlich?«

»Die erste lautete: ›Vergiss niemals, was du mir angetan hast.‹ An dem Morgen, an dem unsere Tour startete, kam der zweite Brief. ›Du hast mir das angetan.‹« Über ihnen rotierte ein Helikopter in der Luft. »Bis jetzt dachte ich, er hätte diese Nachrichten vor seinem Tod verfasst und jemanden damit beauftragt, sie zu verschicken. Aber dieser Anruf … Das war eine frühere Tonaufnahme von ihm.«

»Offensichtlich war nicht er derjenige, der angerufen hat.«

»Das muss die Person gewesen sein, die auch die Briefe verschickt hat. Keine Ahnung. Adam war nicht rachsüchtig.«

»Bis zu dieser Abschiedsmail.«

»Sie hat mich tief getroffen. Und diese Botschaften …«

»Entweder er hat das alles geplant mit den Briefen und dem Anruf, bevor er sich das Leben nahm, oder Sie haben einen Feind auf dieser Seite des Grabes. Haben Sie eine Idee, wer das sein könnte?«

Sie zögerte, aber sie war bereits so weit gegangen, da konnte sie auch noch den Rest offenlegen. »Seine Schwestern waren untröstlich, und sie geben mir die Schuld an seinem Tod. Adam ist bei seiner Mutter und seinen beiden Schwestern aufgewachsen. Er war der Hahn in der Familie. Sie waren alle in ihn vernarrt. Jeder Dollar, den sie erübrigen konnten, floss in seinen Gesangsunterricht. Nachdem seine Mutter gestorben war, gab es nur noch seine Schwestern. Als ich auf der Bildfläche erschien, waren sie nicht gerade glücklich darüber.«

»Die Schwestern waren eifersüchtig auf Sie?«

»Es ist eher so, dass sie ihn beschützen wollten. Sie wünschten sich für Adam eine Frau, die sich seiner Karriere unterordnete, und definitiv keine, die selbst Karriere machte. Wenn sie mitbekamen, dass er ein Vorsingen vermasselt hatte oder eine Absage für eine Rolle erhielt, machten sie mich dafür verantwortlich. Sie fanden, dass ich ihn nicht richtig unterstützte – dass ich meine Karriere über seine stellte. Aber das stimmte nicht!« Sie sah Thad nun an, um Verständnis flehend, und hasste sich dafür, dass sie es brauchte. »Ich habe alles getan, was ich konnte, um ihn zu unterstützen. Ich empfahl ihn für Rollen. Ich lehnte ein paar eigene Angebote ab, um bei ihm zu sein.«

Er sah sie kopfschüttelnd an. »Ihr Frauen. Wie viele Männer würden so etwas tun?«

»Er war etwas Besonderes.«

»Wenn Sie das sagen.«

Sie rieb ihren Arm und spürte den sandigen Staub

der Umgebung auf ihrer Haut. »Es wurde eine Autopsie gemacht, wodurch sich die Beerdigung verzögerte. Ich checke meine E-Mails nicht regelmäßig und habe seine Nachricht erst eine Woche nach seinem Tod gelesen.«

»Die Abschiedsmail?«

»Ich hätte der Beerdigung fernbleiben sollen. Sie verwandelte sich in eine Szene, die direkt von Puccini hätte sein können. Zwei Schwestern, wahnsinnig vor Trauer, die mich öffentlich anklagten, ihren Bruder auf dem Gewissen zu haben. Es war grauenhaft.« In ihren Augen brannten Tränen, und sie zwinkerte sie weg. »Adam war ihr Ein und Alles.«

»Das ist keine Entschuldigung dafür, Sie für seinen Tod verantwortlich zu machen.«

»Ich denke, sie brauchen das, um ihre Trauer zu verarbeiten.«

»Sehr aufopferungsvoll. Ich bin mit Mutter Teresa unterwegs.«

»So ist es nicht.«

»Ach nein? So wie ich das sehe, schleppen Sie eine ganze Wagenladung Schuldgefühle mit sich herum wegen etwas, das Sie nicht verursacht haben.«

»Aber offensichtlich habe ich es verursacht. Ich habe mich feige verhalten. Ich nahm seinen Heiratsantrag an, obwohl ich in meinem Herzen wusste, dass es nicht richtig war. Und dann habe ich bis eine Woche vor der Hochzeit gewartet, um einen Rückzieher zu machen. Ist das etwa nicht feige?«

»Nicht so feige, als hätten Sie es durchgezogen.« Er brachte sie sanft zum Stehen. »Versprechen Sie mir, dass

Sie mir Bescheid sagen, wenn Sie weitere Überraschungen dieser Art erhalten.«

»Das ist allein mein Problem. Es ist nicht nötig ...«

»Doch, ist es. Solange diese Tour nicht vorüber ist, betrifft alles, was Ihnen widerfährt, auch mich. Ich möchte, dass Sie mir Ihr Wort geben, mich zu informieren.«

Sie hätte nicht so viel offenbaren sollen, aber er strahlte etwas Vertrauenerweckendes aus. Sie stimmte widerstrebend zu.

Auf der Rückfahrt checkte sie die Nummer auf ihrem Handy und versuchte, dort anzurufen. Eine Stimme vom Band erklärte, dass die Nummer nicht länger gültig sei.

Als sie in ihre Suite zurückkehrten, empfing Henri sie mit der Neuigkeit, dass es eine Unwetterwarnung für San Francisco gebe. »Der Pilot hat mich verständigt. Wir müssen rasch aufbrechen, oder Sie werden Ihre Interviews am Nachmittag verpassen.«

Olivia duschte in aller Eile und schlüpfte dann in eine frische Yogahose und einen langen weißen Pullover. Sie würde sich im Flieger zurechtmachen.

Thad hatte Olivia noch nie ohne Make-up gesehen. Selbst bei ihrer Wanderung am Morgen hatte sie Lippenstift und wahrscheinlich eine getönte Sonnencreme getragen. Nun, mit ihrem ungeschminkten Gesicht, die Haare zu einem Pferdeschwanz gebunden, sah sie jünger aus. Weniger wie eine Diva und mehr wie eine ziemlich heiße Barista, die hinter der Theke eines hippen Cafés arbeitete, in dem keine einzige Tasse der anderen ähnelte.

Mariel saß bereits im Flugzeug, als sie einstiegen. Sie nahm Henri beiseite für ein dem Anschein nach explosives Gespräch, das auf eine nicht allzu freundschaftliche Beziehung der beiden hindeutete. Paisley war von Mariel auf eine Art eingeschüchtert, wie sie es von Henri nicht war, und verbrachte den Flug in der hintersten Sitzecke, wo sie versuchte, sich unsichtbar zu machen.

Kurz bevor sie landeten, kam Olivia in einem ihrer klassischen Outfits aus dem Waschraum – einem anthrazitfarbenen Kleid mit einem gekreuzten roten Gürtel, dazu auffälligem Schmuck. Stilvoll, elegant und teuer. Thad vermisste die heiße Barista.

Mariel beauftragte Paisley damit, sich um das Gepäck zu kümmern, und begleitete Henri ins Fernsehstudio, wo Thad und Olivia einen Liveauftritt in einer Talkshow hatten. Anschließend machten sie für einen lokalen Radiosender ein Interview, das aufgezeichnet wurde. Darin kam das Foto, auf dem Thad Olivia trug, wieder zur Sprache, und dieses Mal stieg Olivia direkt in Thads Flunkergeschichte ein. Der Moderator lachte, die Armbanduhren wurden in Szene gesetzt, und alle hatten ihren Spaß.

Außer Mariel.

»Olivia sollte sich in den Interviews nicht so frivol geben«, bemerkte die Französin später zu Thad, als sie ihn zu einem anderen Radiosender begleitete, während Paisley sich versteckte und Henri mit Olivia zum Nachmittagstee mit einer Gruppe Modeblogger fuhr. »Mit dem Namen Marchand ist ein gewisser Anstand verbunden.«

Mariels autoritäre Art ging Thad allmählich auf die

Nerven. »Sie hat für gute Unterhaltung gesorgt. Marchand versucht doch, auch jüngere Kunden zu erreichen, und bei denen ist Anstand nicht sehr hoch im Kurs.«

Mariel antwortete mit einem gallischen Schulterzucken. Sie war eine bemerkenswerte Frau – keine Frage –, aber er war froh über Henris Anblick, der ihn im Hotel erwartete.

Dieses Mal wurden die Diva und er in separaten, kleineren Suiten untergebracht, und das Kundendinner fand im Speiseraum des Hotels statt. Thad entwickelte allmählich eine innige Abneigung gegen diese Abendessen, die eine Ewigkeit dauerten und zu viel Small Talk erforderten. Trotzdem, sie waren Bestandteil des Vertrags, den er unterschrieben hatte, und er wurde zu gut dafür bezahlt, um sich zu beschweren.

Seit ihrem Nahkampf auf der Hotelterrasse beschränkte sich die Diva, wie ihm aufgefallen war, auf ein einziges Glas Wein am Abend. Mariel dominierte die Unterhaltung mit Fakten und Zahlen über die Marke Marchand, und Henris Gutmütigkeit schien an den Rändern auszufransen.

Um elf, als das Dinner schließlich zu Ende ging, suchte Thad den Fitnessraum auf, statt sich schlafen zu legen. Aber obwohl er lange trainierte, bekam er hinterher kein Auge zu. Er musste immer wieder an die verstörenden Nachrichten denken, die Olivia erhalten hatte.

Er hatte außerdem das ungute Gefühl, dass sie ihm etwas Wichtiges verschwieg.

Am Morgen, nachdem er geduscht hatte, rief er sie an. »Hast du schon gefrühstückt?« Sie hatten sich inzwischen auf ein freundschaftliches Du geeinigt.

»Ich werde nie wieder etwas zu mir nehmen.«

»Problematisch.«

»Hast du gesehen, wie schnell ich gestern Abend diese Crème brûlée verschlungen habe?«

»Nicht so meins. Zu süß.«

»Zu süß gibt es nicht. Was stimmt nicht mit dir? Und warum rufst du mich an?«

»Ich wollte mir gleich das Frühstück aufs Zimmer bestellen, und ich esse nicht gern allein.«

»Ist das eine Einladung?«

»Das war eine, aber du klingst schlecht gelaunt, also vergiss es.«

»Für mich schwarzen Kaffee. Ich bin in einer halben Stunde da.«

»Warte. Ich sagte, ich habe es mir anders über ...«

Sie hatte aufgelegt. Er lächelte und wählte den Zimmerservice – Kaffee und pochierte Eier für ihn, Kaffee und belgische Waffeln für sie.

Olivia traf gleichzeitig mit dem Servierwagen ein. Sie hatte sich für das anschließende Fotoshooting zurechtgemacht – High Heels und ein schmales Kleid, das ihre langen Beine zur Geltung brachte, um den Hals die Kette mit dem taubeneigroßen Rubinanhänger. Thad hatte sich für einen mehrfarbigen Schalkragenpullover und eine Jeans entschieden.

»Das sieht bequem aus«, sagte sie neidisch.

»Ein weiteres eklatantes Beispiel für Geschlechterungleichheit.« Er bewunderte den Schwung ihrer glänzenden offenen Haare, dann führte er sie an den Tisch vor dem Fenster und nahm die Wärmeglocken von den Frühstückstellern.

»Du bist ein Sadist«, sagte sie, als er die dicken, warmen Waffeln mit Sahne und Erdbeerbeilage vor sie auf den Tisch stellte.

»Ich werde alles davon essen, was du nicht willst.«

»Fass das an, und du bist tot.«

Thad lachte. Er mochte Olivia. Er mochte ihre Intelligenz und ihren skurrilen Humor. Was machte es schon, dass sie etwas neurotisch war. Das war er auch. Er verbarg es nur besser.

Sie nahm ihre Gabel in die Hand. »Hast du bemerkt, dass Mariel gestern Abend immer wieder mit hochgezogenen Augenbrauen zu mir herübersah? Und das nur, weil ich mein Dinner gegessen habe, statt das Besteck nur abzulecken wie sie.«

»Hab ich nicht mitbekommen.« Dafür hatte er gehört, dass Mariel zu einem der Gäste gesagt hatte, wie günstig es sei, dass Olivia sich einen Beruf ausgesucht habe, in dem sie sich keine Gedanken über ihr Gewicht zu machen brauchte. Da Olivias Körper so spektakulär war wie ihre Stimme, vermutete er, dass Mariel neidisch war.

»Ist mit deinem Gepäck alles in Ordnung?«

Er brauchte einen Moment, um sich auf ihren Themenwechsel einzustellen. »Was meinst du damit? Vermisst du etwa einen von deinen dreihundertzweiundvierzig Koffern?«

»Übertreib nicht. Nein, es fehlt nichts, aber …« Sie

117

zuckte mit den Achseln. »Ich musste ja schnell packen, und Sachen können durcheinandergeraten, wenn sie bewegt werden.« Sie machte eine wegwerfende Geste. »Vergiss es.«

»Du glaubst, dass jemand an deinem Gepäck war?«

»Wahrscheinlich leide ich an Verfolgungswahn.« Obwohl sie kaum etwas von ihren Waffeln gegessen hatte, schob sie ihren Teller beiseite.

»Lass dir nicht von Mariel den Genuss an deinem Frühstück verderben«, sagte er.

»Ich bin satt. Im Gegensatz zu Mariels Meinung habe ich nicht die Angewohnheit, mich vollzustopfen.«

Er füllte ihre Kaffeetassen auf. »Hast du was von Rupert gehört?«

»Nein, warum?«

»Ich habe mich nur gefragt, ob er sich etwas Neues hat einfallen lassen, um deine Aufmerksamkeit zu gewinnen.«

»Was hast du eigentlich immer mit Rupert?«

»Ich wurde schon mal gestalkt. Von einer Frau, die mir nie begegnet war und die beschlossen hatte, wir wären Seelenverwandte.«

»Rupert ist kein Stalker. Er ist ein Bewunderer.«

»Das war diese Frau auch. Erst tauchte sie überall dort auf, wo ich war. Schließlich drang sie in meine Wohnung ein. Ich musste die Polizei rufen. Sie bekam eine einstweilige Verfügung. Es wurde hässlich.«

»Wie ist es ausgegangen?«

»Sie musste für eine Weile ins Gefängnis und hat schließlich den Bundesstaat verlassen.«

»Rupert ist nicht so.«

Seine eigene Erfahrung, kombiniert mit diesem Anruf, den Drohbriefen und nun der Möglichkeit, dass jemand Olivias Gepäck durchsucht hatte, machten ihn misstrauisch. Außerdem gab es noch das ungelöste Rätsel, wer sie vor vier Tagen in Phoenix vor dieser Kneipe fotografiert hatte. War es ein Zufall gewesen oder Absicht?

Später schnappte er sich Henri. »Sorgen Sie bitte dafür, dass Olivia und ich von nun an angrenzende Zimmer haben. Und ich wüsste es zu schätzen, wenn Sie veranlassen würden, dass ich noch heute in das Nachbarzimmer umziehen kann.«

»Angrenzende Zimmer?« Henri wirkte nicht überrascht, aber gut, er war Franzose. »Natürlich.«

Thad sah keinen Grund, Henri zu sagen, dass es hier um Sicherheit ging und nicht um Sex, obwohl sein eigenes primitives Gehirn ständig in genau diese Richtung abdriftete.

»Man hat mich in ein anderes Zimmer verlegt, weil mein altes desinfiziert werden musste«, erklärte er Olivia am Abend, als er nach ihrem letzten Geschäftsessen in San Francisco die Tür neben ihrer aufschloss.

»Desinfiziert? Gegen was?«

»Hey, du bist die Käferexpertin, nicht ich.«

»Es gibt Käfer, und es gibt Wanzen. Hast du nicht gefragt?«

»Nö.« Das Letzte, was er brauchte, war, dass Olivia den Hotelmanager auf Wanzen ansprach. »Ich glaube, die haben was von Ameisen gesagt.«

»Das ist seltsam.«

»Ich mache die Regeln nicht. Ich befolge sie nur.«

»Wenn es dir passt.«

»Wie meinst du das?«

»In deinem exquisiten Gesicht steht dick und fett ›Regelbrecher‹. Du verbirgst es nur hinter falschem Charme.« Mit einer schwungvollen, opernhaften Drehung verschwand sie in ihrer Suite.

Er starrte auf die Tür, die sie hinter sich geschlossen hatte. Er hatte einen Riecher für drohende Gefahr – ein Free Safety, der seinen Körper nach links verlagerte, ein Lineman, der die Hand wechselte, mit der er den Boden berührte. Es gehörte zu seinem Job, auf der Hut zu sein, und er wollte die Diva in seiner Nähe haben. Nun musste er sich nur noch einen guten Grund einfallen lassen, damit die Tür zwischen ihren Zimmern offen blieb.

Er zog sich aus, putzte sich die Zähne und schlüpfte in eine Jogginghose, bevor er an die Verbindungstür klopfte.

»Was willst du?«, fragte sie von der anderen Seite.

Er klopfte wieder.

Sie öffnete schließlich die Tür. Er wusste nicht genau, was er erwartet hatte, wohl so etwas wie ein hauchdünnes schwarzes Negligé, vielleicht auch eine gerüschte Schlafmaske, die sie hochgeschoben hatte. Aber stattdessen trug sie ein »Chicago Jazz Festival«-Shirt und eine Pyjamahose mit Saure-Gurken-Muster.

Er stöhnte. »Von diesem Anblick werde ich mich nie wieder erholen.«

Sie ließ ihren Blick über seinen nackten Oberkörper

wandern und nahm sich ausgiebig Zeit dafür. »Ich auch nicht.«

Ihre offene Wertschätzung für seine hart erarbeiteten Muskeln brachte ihn fast aus dem Konzept. Sie lächelte, wohl wissend, dass sie im Vorteil war.

»Du erinnerst mich an ein Kunstmuseum«, sagte sie. »Man darf schauen, so viel man will, aber nichts anfassen.«

»Manche Museen sind für sinnliche Erlebnisse konzipiert.«

Sie war tough und ließ sich nichts anmerken. »War ich schon. Kenn ich schon. Mach ich nicht mehr. Was ist los?«

Er rieb sich über das Kinn. »Es ist mir peinlich.«

»Umso besser.«

»Ich wäre dir dankbar, wenn du es für dich behältst ... Bevor du das Licht ausschaltest, würde es dir was ausmachen, wenn die Tür zwischen uns offen bleibt?«

»Du meine Güte ... Angst vor der Dunkelheit?«

Er überlegte blitzschnell. »Eher ... Klaustrophobie.«

»Klaustrophobie?«

»Hin und wieder überfällt sie mich eben, okay? Vergiss, dass ich gefragt habe. Ihr Frauen beschwert euch immer, dass wir Männer Angst davor haben, unsere Verwundbarkeit zu zeigen, aber kaum offenbaren wir unsere sensible Seite ...«

»Schon gut. Ich werde die Tür auflassen.« Sie musterte ihn misstrauisch. »Vielleicht solltest du dich an einen Therapeuten wenden.«

»Denkst du, das hätte ich nicht getan?« Er improvisierte. »Ergebnis: Eine Phobie angesichts von geschlossenen Räumen ist nichts, woran man herumdoktern sollte.«

Sie war nicht dumm, und eine ihrer geschwungenen dunklen Augenbrauen schoss weit nach oben. »Das ist der erste Schritt von deinem Plan, mich zu verführen, nicht wahr?«

Er stützte einen Ellenbogen gegen den Türrahmen und musterte sie mit trägem Blick von oben bis unten. »Baby, wenn ich dich verführen wollte, wärst du schon längst scharf und nackt.«

Das machte sie nervös. Leider bekam er eine Erektion, sodass sie nicht die Einzige war, die nervös wurde.

Später, als er im Bett lag, hörte er die Klavierklänge von Bill Evans' »Peace Piece« durch die Dunkelheit wehen. Die Lady kannte sich aus mit gutem Jazz.

Am nächsten Morgen begleitete Thad die Diva in die Hotellobby, wo Henri ihnen die gute Neuigkeit verkündete, dass Mariel nach New York abgereist sei. »Unsere Limousine wartet draußen.« Er sah auf die Uhr und runzelte die Stirn. »Wenn Sie mich kurz entschuldigen würden, ich gehe mal nachschauen, was Paisley aufgehalten hat.«

»Wahrscheinlich schreibt sie mit ihren BFFs«, murmelte Olivia, als sie und Thad nach draußen gingen.

»Du bist bloß neidisch, weil sie mich viel besser leiden kann als dich«, erwiderte er.

Sie grinste. »Und sie kann Clint besser leiden als dich, alter Mann.«

»Ich bin am Boden zerstört.«

»Da wir gerade von besten Freundinnen sprechen ...«
Olivia nahm ihr Handy heraus und rief ihre Freundin
Rachel an. Leider drehte sich ein Teil ihres Gesprächs
um etwas, das sich Bruststimme nannte, was in ihm das
Bedürfnis weckte, auf genau diesen Bereich von Olivias
Körper zu starren.

Kaum hatte sie das Telefonat beendet, glitt Paisley
zu ihnen in die Limousine. Das einzige Make-up, das
sie trug, war das, was von gestern Abend übrig war. Sie
hatte sich auch nicht gekämmt und wirkte keine Spur
verlegen. »Hab verschlafen.«

Henri stieg mit grimmiger Miene nach ihr ein. »Tut
mir furchtbar leid, dass Sie warten mussten.«

»*Pas de problème*«, antwortete Olivia.

Henri und Olivia begannen daraufhin eine Schnellfeu-
erunterhaltung *en français*, die Paisley unterbrach. »Oh
mein Gott! Ihr seid auf Promi-Fieber!«

»Was ist das?«, fragte Henri.

Sie ließ ihr Handy sinken. »Promi-Fieber ist eine
Klatschseite im Internet, die jeder liest.« Sie zeigte ih-
nen das Display, und da waren sie. Thad und Olivia. Bei
der Rückkehr ins Hotel nach ihrer Wanderung gestern
Morgen. Olivia mit gelockertem Pferdeschwanz, Thads
Hand auf ihrer Schulter. Sie sahen aus wie ein Paar.

»Das sollen News sein?«, entgegnete Henri. »Das ist
nichts.«

Paisley sah ihn herablassend an. »Die Leute stehen auf
Klatsch und Tratsch. Das habe ich dir schon gesagt. Und
Thad und Olivia geben ein glamouröses Paar ab, weil

sie so verschieden sind. Das wird uns jede Menge Klicks verschaffen.«

»Klicks?«

»Leute, die sich das ansehen«, sagte Paisley ungeduldig.

Henri blieb skeptisch. »Ich bezweifle, dass die Menschen, die diese Seite lesen, daran interessiert sind, sich eine Uhr von Marchand zu kaufen.«

»Soll das ein Witz sein? Selbst die Promis lesen Promi-Fieber, und das ist genau die Art von Stoff, die wir posten müssen. Oder zumindest auf die Klatschseiten bringen sollten.«

»Wir bringen gar nichts auf die Klatschseiten«, sagte Olivia. »Ich muss an meinen guten Ruf denken.«

Das ärgerte Thad. »Und was ist mit meinem guten Ruf? Glaubst du, die Jungs in der Umkleidekabine sollen denken, dass ich eine *Opernsängerin* date?«

Er hatte seinen Standpunkt klargemacht, und sie hatte immerhin den Anstand, verlegen zu wirken.

KAPITEL 6

Zu Paisleys Entzücken und Thads Leidwesen war Clint Garrett am nächsten Tag erneut an Bord, als sie von San Francisco nach Seattle flogen. »Reg dich nicht auf.« Clint grinste ihn an. »Livia hat mich eingeladen.«

Thad sah die Diva zornig an. »Warum?«

Das böse Funkeln in ihren Augen gefiel ihm nicht. »Weil ich ihn mag, aber vor allem, weil ich gern sehe, wie schnell er dir die Laune verdirbt.«

Clint zuckte mit den Achseln. »Das erklärt es so ziemlich.«

»Wie lange wirst du mich noch stalken?«, fragte Thad.

»Nicht mehr lange. Ich habe nächste Woche ein paar Dinge zu erledigen.« Clint ignorierte Paisleys Versuch, seine Aufmerksamkeit zu gewinnen, holte sein Notebook hervor und startete eine Aufzeichnung von der Niederlage gegen die Pittsburgh Steelers. »Da du gerade nichts Besseres zu tun hast ...«

Zum Glück verzog sich Clint, als sie in Seattle gelandet waren, aber Thad wusste, dass er wiederkommen würde.

Am Nachmittag hatten sie ein professionelles Fotoshooting, das Henri für eine landesweite Werbekampagne nutzen wollte. In Begleitung einer Fotografin, deren Assistentin, einer Stylistin und Paisley fuhren sie ins Stadion der Seahawks, wo sie mehrere Stunden damit zubrachten, für verschiedene Szenen zu posieren. Thads Lieblingsfoto zeigte ihn und Olivia zwischen den Torpfosten, beide in Abendgarderobe, ihre Uhren zur Schau gestellt. Er hatte einen Smoking an und lehnte lässig am Torpfosten. Sie trug eine schwarze Abendrobe, hatte die Haare kunstvoll aufgesteckt, sich schwarze Balken auf die Wangen gemalt und hielt den Ball wie ein Mikrofon, in das sie sang.

Danach fuhren sie weiter zum Opernhaus. Auf einer nackten Bühne experimentierten sie mit Szenen, die sich an *Carmen* anlehnten. Die Stylistin steckte Olivia in ein scharlachrotes Kleid mit einem aufwendigen Mieder, das ihre Brüste hochpushte, und frisierte sie so, dass ihre Haare üppig über die nackten Schultern fielen. Thad reichte sie ein weißes Piratenhemd mit geschnürtem Ausschnitt, der bis zur Brustmitte aufklaffte, eine eng anliegende schwarze Hose und wadenhohe schwarze Lederstiefel. Die gelungenste Aufnahme war die, auf der er seitlich auf dem Bühnenboden lag, den Ellenbogen angewinkelt, den Kopf aufgestützt, die Uhr gut sichtbar an seiner anderen Hand, die einen Ball balancierte, während Olivia hinter ihm stand, den Kopf zurückgeworfen, mit wehendem Haar dank eines Ventilators, der knapp außerhalb des Bildrands postiert war, ihren Arm mit der Cavatina 3 weit ausgestreckt. Henri ließ im Hintergrund eine Tonaufnahme ihrer berühmten Habanera laufen, um für die richtige Stimmung zu sorgen.

Während die Musik spielte und Olivia diverse Positionen ausprobierte, wartete Thad darauf, dass sie anfing, in ihren eigenen Gesang einzustimmen, aber zu seiner Enttäuschung tat sie das nicht. Die Stimmübungen, die er jeden Morgen hörte, waren in seinem Kopf zu einer Art Striptease geworden, und er war zunehmend besessen von der Vorstellung, dass sie richtig sang. Nur für ihn.

Henri war von den Bildern hellauf begeistert. Im Stil unterschieden sie sich deutlich von Marchands früheren Werbekampagnen, die nichts weiter waren als gut inszenierte Nahaufnahmen von Uhren aus verschiedenen Winkeln.

»Diese Bilder sind phänomenal! Damit werden wir überall Aufsehen erregen. Das wird sicher unsere erfolgreichste Kampagne aller Zeiten!«

Thad bezweifelte, dass Mariel Marchand ihm zustimmen würde.

Es war fast Mitternacht, als sie im Hotel ankamen. In seiner Suite entdeckte Thad eine rosarote Geschenkbox auf dem Couchtisch. Er klappte den Deckel auf, starrte auf den Inhalt und ging dann hinüber zur Verbindungstür. »Mach auf.«

»Geh weg«, sagte sie von der anderen Seite. »Ich bin zu müde, um mit dir zu streiten.«

»Dafür habe ich Verständnis, aber mach trotzdem auf.«

Sie tat es, doch mit einem finsteren Blick. »Was ist?« Ihr Lippenstift war verblasst, und ihre Haare standen ab von dem ganzen Sprühen, Gelen und Pudern am Nachmittag.

Es gefiel ihm, sie derart unordentlich zu sehen. So wirkte sie weniger imposant und mehr … beherrschbar.

Er präsentierte ihr die Box. »Bloß eine Vermutung, aber ich glaube, das hier ist für dich bestimmt und nicht für mich.«

In der mit Satin ausgekleideten Schachtel lagen vier Luxusparfüme: 24 Faubourg von Hermès, Balade Sauvage von Dior, eine limitierte Edition von Chanel N°5 und Lost Cherry von Tom Ford. Olivia nahm die Begleitkarte heraus. »Rupert«, sagte sie mit einem Seufzen. »Dabei verursachen mir die meisten Düfte Kopfschmerzen.«

»Genau die verursacht mir auch dein Rupert. Findest du nicht, dass das hier langsam überhandnimmt?«

»Opernfans sind ein besonderer Schlag.« Sie nahm die Box an sich. »Morgen wird es ein paar sehr glückliche Zimmermädchen geben.«

Er schüttelte den Kopf und ging in sein Zimmer, aber während er die Schuhe auszog, bemerkte er, dass der Reißverschluss an der Umhängetasche, die er für sein Handgepäck benutzte, geöffnet war. In der Tasche befand sich sein üblicher Krimskrams: ein paar Bücher, ein Headset, eine Ersatzsonnenbrille und sein Laptop. Aber nun steckte sein Laptop, den er immer in einem Extrafach verstaute, zwischen einem Roman von Jonathan Franzen, den er sich geschworen hatte, eines Tages zu lesen, und einem Sachbuch über die Landung der Alliierten in der Normandie, das er aktuell las. Er überprüfte seinen Koffer und die Kulturtasche. Beide waren anscheinend nicht angerührt worden.

Er rief die Rezeption an. Wie er anhand der fehlgeleiteten Parfümlieferung bereits vermutete, hatte das Hotelpersonal Olivias Zimmernummer mit seiner verwechselt. Wer auch immer in seiner Tasche herumgeschnüffelt hatte, war vermutlich davon ausgegangen, dass sie Olivia gehörte.

Am nächsten Tag, auf dem Flug nach Denver, dachte Thad über das Gespräch nach, das er vor der Abreise mit dem Hotelmanager geführt hatte. Der Portier, der die Parfümbox nach oben gebracht hatte, war ein langjähriger Angestellter. Dasselbe galt für das Zimmermädchen, das für diese Etage zuständig war. Der Hotelmanager erklärte beide über jeden Verdacht erhaben, und Thad erhob keine Einwände. Hotelangestellte, die lange Finger machten, waren schnell weg vom Fenster. Jemand anderes musste in seinem Zimmer gewesen sein.

Die Aufnahmen der Videoüberwachung hatten sich als nutzlos erwiesen, da in einer anderen Suite auf ihrer Etage eine Feier stattgefunden hatte. Zwischen der körnigen Bildqualität und dem ständigen Kommen und Gehen im Flur war es unmöglich gewesen, etwas Hilfreiches zu erkennen. Der Hotelmanager hatte taktvoll zu bedenken gegeben, dass Thad die Sachen in seiner Tasche vielleicht unbeabsichtigt bewegt hatte und sich nicht mehr daran erinnerte.

»Schon möglich«, hatte Thad erwidert. Aber es war nicht möglich. Er hielt gern Ordnung in seinem Handgepäck.

Kurz bevor das Flugzeug sich zur Landung bereit machte, setzte er sich neben die Diva. »Da wir uns erst wieder am Montag zum Dienst melden müssen ... Hast du schon Pläne für Denver?«

»Ausschlafen, Sport machen, Salat essen.«

»Bewundernswert, aber ich habe eine bessere Idee. Einer meiner Teamkameraden hat mir sein Haus in Breckenridge zur Verfügung gestellt. Die Landschaft dort oben ist traumhaft, und wenn du mitkommen willst, kannst du bergwandern, statt auf einem Laufband im Hotel festzuhängen.«

»Wer wird alles dort sein?«

»Nur ich.«

»Und der kleine Thad hat Angst davor, allein zu sein?«

»Jetzt fühle ich mich schlecht.« Die Wahrheit war, dass er im Moment nicht mit sich allein sein wollte, und er wollte auch nicht Olivia so lange aus den Augen lassen.

Sie lächelte und wurde dann ernst. »Worum geht es hier wirklich?«

»Zwing mich nicht, dir schon wieder meine ganzen Komplexe zu offenbaren.«

»Du hast keine Komplexe. Du kommst praktisch einem griechischen Gott gleich.«

»Ich würde mich geschmeichelt fühlen, wenn du beeindruckter klingen würdest.«

»Du kennst ja den Spruch: Es kommt auf die innere Schönheit an.«

Er unterdrückte ein Lachen.

Ihre ausdrucksvollen Augen wurden schmal. »Geht es

hier um Sex – wozu es definitiv nicht kommen wird –,
oder bist du noch immer besessen von Rupert?«

»Ja. Von Rupert, den Botschaften und diesem Anruf.
Außerdem war jemand an meinem Handgepäck und vermutlich auch an deinen Koffern. Was den Sex betrifft …
Warum bist du dir so sicher, dass es nicht dazu kommen
wird? Ein attraktiver, einfühlsamer Mann wie ich und
eine überdrehte Opernsängerin wie du … Das ist denkbar.«

»*Un*denkbar. Ich habe zu viele Komplexe, um mit einem heißen Frauenschwarm wie dir etwas anzufangen.
Allerdings widerstrebt mir tatsächlich die Vorstellung,
das Wochenende in einem Hotel eingesperrt zu sein. Erschwerend kommt noch hinzu, dass Mariel vor ihrer Abreise für mich zwei Tage in einem Spa gebucht hat.«

»Das klingt nicht schlecht.«

»Außer dass es sich in diesem Fall um ein Bootcamp
handelt, wo man um vier Uhr morgens aus dem Bett gescheucht wird, um einen Zehn-Meilen-Fußmarsch zu absolvieren, und danach nichts zu essen bekommt außer
Radieschen und Wasser.«

»Mariel ist ein schlimmer Quälgeist.«

»Das passiert mit Frauen, die nichts essen.«

Als Paisley mitbekam, was sie vorhatten, versuchte
sie, sich an sie dranzuhängen, aber Thad gab ihr eine Abfuhr. »Wer weiß, ob das Haus überhaupt Internet hat?
Das ist zu riskant.«

Henri war nicht glücklich darüber, dass seine Markenbotschafter sich seinem wachsamen Auge entzogen, aber
als Thad ihm versicherte, dass sie am Montag rechtzeitig

zurück sein würden, um ihre Verpflichtungen zu erfüllen, gab er mit seiner üblichen Gutmütigkeit nach.

Eine Stunde später brachen Thad und die Diva in einem Mietwagen nach Breckenridge auf.

Die luxuriöse Landvilla aus Stein und Massivholz, die seinem Teamkameraden gehörte, hatte eine geschwungene Auffahrt, vier Etagen und große Fensterflächen mit einem Rundumblick auf die Berge. Sie luden die Lebensmittel aus, die sie unterwegs eingekauft hatten, und zogen sich dann um. Als sie in der Küche zusammenkamen, konnte er nicht anders, als sie anzustarren. »Was ist?«, fragte sie.

»Du trägst Jeans?«

»Wer tut das nicht?«

»Ich weiß nicht … Du?«

Sie lachte. »Du bist ein Idiot.«

Sie borgten sich aus einem Wandschrank dick gepolsterte Jacken und Stiefel und stapften dann los zu einem tiefer gelegenen Weg in der Hoffnung, dort nicht im Pulverschnee zu versinken. Olivia hatte sich einen warmen Wollschal um den Hals gebunden und ein Stirnband über die Ohren gezogen. Ihr Pferdeschwanz schwang über ihrem Jackenkragen hin und her, während ihr Atem in der Luft Wölkchen bildete.

Nach der arbeitsreichen Woche war Thad nicht nach Reden zumute und ihr genauso wenig. Er genoss es, dem Knirschen des Schnees unter ihren Stiefeln zu lauschen, dem Rascheln des Windes in den Zitterpappeln und dem fernen Rauschen eines Wasserfalls. Als sie an eine vereiste Stelle kamen, bot er Olivia die Hand an, aber sie ignorierte seine Hilfe und überwand den rutschigen Felsboden mit der trittsicheren Anmut einer Athletin. Wenn man ihr ganzes Tanz- und Bewegungstraining berücksichtigte, war sie wohl auch eine.

Als der Schnee zu tief wurde, um weiterzugehen, hielten sie für eine Zeit inne und ließen die Berglandschaft auf sich wirken. Thad konnte sich nicht erinnern, dass er jemals eine Frau getroffen hatte, die sich mit Schweigen so wohlfühlte wie Olivia – paradox angesichts ihres Berufs –, und er war schließlich derjenige, der es brach.

»Falls dir danach ist, eine deiner Lieblingsarien zu schmettern, tu dir keinen Zwang an.«

Sie zog den Schal enger um den Hals. »Die Luft ist zu kalt. Wir Sänger sind alle übervorsichtig mit unseren Stimmen.«

Das hatte er bereits bemerkt. Sie trank viel Wasser, aber niemals mit Eis, und sie benutzte einen Luftbefeuchter in ihrem Schlafzimmer. Sie schlürfte außerdem ein paar ziemlich scheußliche Kräutertees. Trotzdem, an einem der nächsten Tage würde er sie dazu bringen, für ihn zu singen. Ihr auf YouTube zu lauschen, war schön und gut, aber er wollte unbedingt eine Privatvorstellung.

»Ich mache einen großen Salat«, sagte Olivia am Abend. »Wenn du etwas anderes essen möchtest, sei so nett und lass es mich nicht sehen.«

Thad hatte auf ihrer Schneewanderung Hunger bekommen, aber ein Salat klang gut nach all den schweren Mahlzeiten unter der Woche, besonders weil er ein Grillhähnchen in den Einkaufswagen geschmuggelt hatte. Trotzdem, wenn er nicht protestierte, würde sein Macho-Image Schaden nehmen.

»Du bist eine richtige Spaßbremse, weißt du das?«

»Wenn du auf der Bühne so oft gestorben wärst wie ich, wärst du auch keine Frohnatur.«

»Gutes Argument.« Er entkorkte eine Flasche Rotwein und goss ein. »Erzähl mir mehr darüber. Was hat dich an der Oper gereizt?«

»Ich komme aus einem musikalischen Elternhaus, meine Eltern waren beide Musiklehrer.« Als sie die Zutaten für den Salat aus dem Kühlschrank nahm, spannte sich die Jeans über ihrem Po. Es war ein toller Po. Die Art von Po, die man mit den Händen kneten wollte. Die Art von Po …

Er hatte den Faden ihrer Unterhaltung verloren.

»… hörten Jazz, klassische Musik, die ganze Palette.« Sie richtete sich auf und verdarb ihm die Aussicht. »Früher habe ich mich immer über Opern lustig gemacht. Ich zog mir ein komisches Kostüm an und tat so, als würde ich singen, vollkommen übertrieben – die Gesten, das Vibrato, die Theatralik. Das hörte auf, als ich ungefähr vierzehn war und anfing, die Sängerinnen ernsthaft zu imitieren. Dazu bekam ich klassischen Gesangsunterricht. Ich hatte ein paar tolle Lehrer, und so verliebte ich mich in die Oper.«

Er reichte ihr ein Glas Wein. »Eins der vielen Dinge, die ich am Opernbetrieb nicht verstehe, ist Folgendes … Wir haben zwei Wochen Pause zwischen dem Ende unserer Tour und der letzten großen Pflichtveranstaltung, dieser Abendgala an der Chicagoer Municipal Opera. Beziehungsweise ich habe zwei Wochen Pause. Du musst arbeiten. Sind bei großen Produktionen wie der *Aida* nicht mehr als zwei Wochen für die Proben notwendig?«

»Sogar deutlich mehr. Allerdings nicht für eine eingespielte Künstlerin. Ich habe die Amneris so oft gesungen, dass ich keine sechs Wochen brauche, um mich auf die Rolle vorzubereiten. Mir reichen zwei Wochen, um mich auf das Ensemble einzustellen und mich mit den Besonderheiten der Inszenierung vertraut zu machen.« Sie deutete mit ihrem Weinglas in seine Richtung. »Und was ist mit dir? Was hat dich am Football gereizt?«

Er drehte den Hahn auf und wusch den Kopfsalat unter kaltem Wasser. »Ich habe schon immer Mannschaftssport gemacht und war so gut darin, dass ich ein übersteigertes Anspruchsdenken entwickelte. Es ist nämlich schwer, bescheiden zu sein, wenn man in allem überragend ist.«

Er hatte vorgehabt, sie zum Lachen zu bringen. Stattdessen betrachtete sie ihn mit einem Ausdruck, der fast mitleidig wirkte. »Aber nicht so überragend wie Clint Garrett.«

Er würde sie auf gar keinen Fall in seiner Psyche herumstochern lassen. »Es gibt immer einen, der besser ist, richtig? Selbst in deinem Fall.«

»Ich mag Konkurrenz. Sie bringt mich dazu, härter zu arbeiten, und das nicht nur an meiner Stimme. Ich möchte in allem die Beste sein – Fremdsprachen, Tanzen, Schauspielern. Ich bin eine echte Streberin.«

Es schien ihr beinahe peinlich zu sein, ihren Ehrgeiz

einzugestehen, aber es gab nichts, was er mehr bewunderte als eine gute Arbeitsmoral. Er hob zu einer Antwort an, als er merkte, dass sie regungslos verharrte. Sie hielt eine vergessene Tomate in der Hand und starrte ins Leere, mit zusammengepressten Lippen und einer unglücklichen Miene. Er fragte sich, ob sie gerade an ihren Exverlobten dachte, den Kerl, der nicht in der Lage gewesen war, auf ihrem Niveau mitzuhalten.

»Man sollte sich niemals dafür entschuldigen müssen, dass man versucht, der oder die Beste zu sein«, sagte er.

Sie schenkte ihm ein schiefes Lächeln. »Niemals.«

Zum Essen machten sie es sich in der großen Wohnlandschaft gemütlich, mit ihren Tellern auf dem Schoß, und beobachteten die Sterne, die sich über den Bergen zeigten. Thad hatte sich mit einem kleinen Abstand zu ihr auf die Couch gesetzt. Olivia betrachtete ihn verstohlen. Er gehörte nicht zu der Sorte Männer, die es verführerisch fanden, einer Frau auf die Brüste zu starren oder sie von oben bis unten anzüglich zu mustern. Stattdessen lehnte er nun mit seiner üblichen lässigen Anmut in den Lederpolstern, einen Fuß über das andere Knie und einen Arm über die Rückenlehne der Couch gelegt. Olivia war vielen gut aussehenden Männern begegnet, und obwohl auch er mit seiner Schönheit kokettierte, hatte sie ihn kein einziges Mal dabei ertappt, dass er sich heimlich im Spiegel bewunderte, und diese Widersprüchlichkeit faszinierte sie.

Statt den Fernseher einzuschalten, plauderten sie ein wenig und hörten Jazzmusik. Sie machte ihn auf ein neues Gesangstalent aufmerksam, er spielte ihr einen Saxofonisten vor, den er vor Kurzem entdeckt hatte. Aber als er auf seiner Playlist ihr neuestes Album auswählte, protestierte sie. »Mach das aus. Alles, was ich darauf höre, sind meine Fehler.«

Er hatte die begeisterten Kritiken zu der Aufnahme gelesen, darum bezweifelte er, dass sie Fehler enthielt, aber er konnte ihre Reaktion nachvollziehen, schließlich hatte er sich genügend Aufzeichnungen von seinen Spielen angesehen. Statt seine guten Leistungen bemerkte er nur verpasste Gelegenheiten.

Erst als Olivia sich anschickte, ins Bett zu gehen, wandelte sich die gemütliche Stimmung. Thad konnte sich nicht erinnern, dass er jemals so viel Zeit in der Gesellschaft einer derart begehrenswerten Frau verbracht hatte, ohne mit ihr zu schlafen. Alles an ihr schrie nach Verführung. Ihre Brüste, ihr Po, dieser Vorhang aus glänzenden dunklen Haaren. Dann waren da noch ihr Scharfsinn und ihre Schlagfertigkeit. Er war richtig heiß auf sie. Sex mit Olivia Shore beschäftigte seinen Verstand seit jenem Abend in dieser schäbigen Kneipe in Phoenix.

Er wusste nicht mehr genau, wann er zuletzt den ersten Schritt hatte machen müssen, aber etwas an ihr veranlasste ihn dazu, seine Hände in den Hosentaschen zu vergraben, statt sie über ihren Körper wandern zu lassen. Sie war so leidenschaftlich und stark – bereit, Verfehlungen zu rächen und egoistische Liebhaber mit ihren kraftvollen Arien zu erlegen –, aber er hatte auch ihre Verwundbarkeit gesehen.

Plötzlich überfiel ihn ein beunruhigender Gedanke – ein Gedanke, der ihm bis zu dieser Sekunde niemals in den Sinn gekommen wäre. Was, wenn Olivia Shore eine Nummer zu groß für ihn war?

Völlig absurd. Er war Thaddeus Walker Bowman Owens. Keine Frau hatte ihn jemals übertroffen. Er war ein Star. Und Olivia?

Olivia war ein Superstar.

Mit einem abrupten »Gute Nacht« ging er nach oben.

Nach dem Abendessen hatte Olivia den Whirlpool auf der Terrasse ihres Zimmers eingeschaltet, und nun stieg ein Dampfschleier von der Wasseroberfläche in die kalte Nachtluft empor. Ihre Muskeln schmerzten angenehm von der Wanderung am Nachmittag. Vor wenigen Tagen hatte sie noch in der Hitze von Phoenix geschwitzt, und nun schaute sie hinaus auf eine verschneite Berglandschaft. Schon großartig, was Amerika zu bieten hatte.

Sie zog sich aus, öffnete die Terrassentür und bewegte sich vorsichtig, nur mit Flipflops bekleidet, über den verschneiten und rutschigen Holzboden zum Whirlpool, wo sie sich langsam in das heiße Wasser gleiten ließ.

Die kalte Luft schlug ihr ins Gesicht, während die Wärme ihren Körper umfing. Sie betrachtete den klaren Sternenhimmel. Dies wäre ein perfekter Moment, wenn sie nur die Schuldgefühle abschütteln könnte, die sich hartnäckig weigerten, sie loszulassen.

Die Situation an Adams Grab war so überzogen gewesen, dass sie auf eine Bühne gehörte. Nachdem seine Schwestern, von Kopf bis Fuß in Schwarz gehüllt, die letzten beiden Blumen auf seinen Sarg gelegt hatten, war Colleen, die Ältere, mit kummervoll verzerrtem Gesicht auf Olivia losgegangen. »Du hast ihn auf dem Gewissen.« Ihre Worte waren anfangs nur ein Flüstern gewesen, aber dann waren sie immer lauter geworden. »Du hast ihn betrogen. Du hast ihm vorgespielt, ihr hättet eine Zukunft, dabei hast du immer nur an dich selbst gedacht. Du hättest genauso gut den Abzug drücken können!«

Die Trauergäste hatten sie angestarrt. Ein paar hatten sich zurückgezogen, aber die meisten waren ein Stück vorgerückt, um bloß kein Wort zu verpassen.

Brenda, Adams andere Schwester, war an Colleens Seite geeilt, und ihre Miene hatte die Trauer ihrer Schwester widergespiegelt. Olivia hatte wie gelähmt dagestanden, unfähig, sich gegen die Wahrheit in diesen Worten zu verteidigen, bis Rachel sie mit sich zum Wagen gezogen hatte. »Du darfst dir das nicht zu Herzen nehmen«, hatte ihre Freundin gesagt.

Aber wie sollte das gehen?

Olivia zuckte zusammen, als die Terrassentür geöffnet wurde und Thad zu ihr herauskam. »Ich hab ein paarmal geklopft, aber du hast mich wohl nicht gehört.« Um seine Hüften war ein Handtuch geschlungen, und seine Füße steckten in Sneakers. Sie starrte auf seinen nackten Oberkörper.

»Geh zurück an deinen Laptop und zu deinen geheimnisvollen Telefonaten«, sagte sie. »Ich brauche gerade etwas Zeit für mich.«

»Du kannst den Whirlpool nicht für dich allein beanspruchen.« Er nahm das Handtuch ab und enthüllte dunkelblaue Boxershorts. »Schau weg, wenn du nicht sehen willst, wie ich blankziehe.«

Sie wollte es unbedingt sehen, und wäre sie eine andere Frau mit einem anderen Beruf, hätte sie sich vielleicht erlaubt, alles, was dieser ungemein verführerische Mann zu bieten hatte, genüsslich auszukosten, aber ihre Beziehung mit Adam hatte genug Schaden in ihrem Leben angerichtet. Obwohl Thad Owens großen Wert darauf legte, dass die Welt ihn als einen anständigen Kerl betrachtete, der für seinen Sport lebte, ließ sie sich nicht zum Narren halten. Ihr Instinkt sagte ihr ganz deutlich, dass er nicht so unkompliziert war, wie er vorgab, und das Letzte, was sie in ihrem Leben gerade gebrauchen konnte, war noch mehr Chaos.

Sie wartete ein paar Sekunden, damit er in das Becken steigen konnte, bevor sie den Kopf zurückdrehte. Ihm waren seit dem Morgen Bartstoppeln gewachsen, und der Schein der Whirlpoolbeleuchtung verstärkte das Grün seiner Augen, während feine Dampfschwaden um seine breiten Schultern waberten. Die Hitzewallungen, die durch ihren Körper jagten, kamen nicht von der Wassertemperatur.

Er lehnte sich zurück an den Beckenrand. »Ich wollte gerade unter die Dusche gehen, als ich dich hier draußen entdeckt habe.«

Die Möglichkeit, dass er sie nackt über die Terrasse hatte wandern sehen, verunsicherte sie, obwohl sie ihren Körper mochte. Sie mochte ihre Größe, die ihr auf der Bühne Präsenz verlieh, und ihre Kraft, die es ihr ermöglichte, lange Vorstellungen durchzuhalten. Popstars, die sich auf Mikrofone verließen, konnten es sich erlauben, spindeldürr zu sein, aber die unverstärkten Stimmen von Opernsängern mussten über ein volles Orchester hinweg in den Saal hinaustragen. Die Ära der fettleibigen Opernsängerinnen war zwar vorbei, aber ein schmaler, unterernährter Körper war auch nicht empfehlenswert. Trotzdem waren diese superschlanken Figuren wahrscheinlich das, woran Thad Owens sich ergötzte.

Die Erkenntnis, dass sie sich darüber den Kopf zerbrach, wie ein Leistungssportler und Playboy ihren Körper beurteilte, machte sie wütend auf sich selbst. Aber auch neugierig.

»Was findest du an einer Frau am attraktivsten? Körper, Verstand oder Charakterstärke?«

»Alles davon.«

»Aber wenn du nur eins davon haben könntest?«

»Lass mich darauf hinweisen, dass du die Person bist, die Frauen auf ein einziges Attribut reduziert.«

Sie lächelte. »Ich meine es rein theoretisch.«

»Wie wäre es dann, wenn wir die Frage umkehren? Was findest du an einem Mann am attraktivsten? Körper, Verstand oder Charakterstärke?«

»Schon gut.«

»Ich schätze, jeder von uns findet bestimmte körperliche Merkmale anziehender als andere.«

Volles dunkles Haar, toller Body, perfektes Profil.

»Was ich an einem Menschen wirklich reizvoll finde, ist, wenn er eine Leidenschaft hat«, fuhr er fort. »Zum Beispiel seinen Beruf oder ein Hobby. Sei es, Tiger vor dem Aussterben zu retten, sei es, eine großartige Barbecuesoße zu machen. Ich mag Menschen, die sich voll ins Leben stürzen.«

Er überraschte sie immer wieder. Sie verstand genau, was er meinte, denn sie empfand gleichermaßen. »Was ist deine Leidenschaft?«, fragte sie. »Oder ist die Antwort zu offensichtlich?«

Sein Zögern ließ sie vermuten, dass er sich wieder einmal einen witzigen Spruch zurechtlegte, aber er überraschte sie erneut. »Der Beste zu sein. Genau wie du gesagt hast. Was gibt es sonst?«

Sie hatte ihn mit Clint Garrett beobachtet. Ihr war aufgefallen, wie groß seine Abneigung gegen Clint war, aber sie hatte auch genug von ihren Footballergesprächen mitbekommen, um zu wissen, dass er entschlossen war, Clint zu einem besseren Spieler zu machen. Sie fragte sich, wie er diesen inneren Konflikt gelöst hatte. Oder vielleicht hatte er ihn auch nicht gelöst.

Sie verfielen in Schweigen, aber es fühlte sich nicht so behaglich an wie zuvor. Vielleicht lag es an der Dunkelheit, an den Wasserstrahlen auf ihrer Haut. Vielleicht lag es am Anblick dieser muskulösen Schultern, die aus dem Wasser ragten. Sie stellte sich vor, wie sie zu ihm hinüberglitt. Ihre Hände an seine Brust drückte. Wie seine Hände zu ihren Brüsten wanderten. Sie stellte sich vor, wie ... »Ich geh raus.«

Sie hatte kein Handtuch mitgebracht, nur ihre Flipflops. Er war besser gewappnet. Sie griff tief über den Beckenrand und schnappte sich das Handtuch, das er dort abgelegt hatte. »Ich bringe dir ein neues.«

»Wegen mir brauchst du dich nicht zu verhüllen.«

»Du wirst mich nicht rumkriegen.« Kaum waren die Worte heraus, wünschte sie, sie hätte sie nicht gesagt.

»Hey, du bist diejenige, die immer wieder von Sex anfängt.«

Sie schoss aus dem Wasser hoch und wickelte das Handtuch um ihren Körper. »Lügner. Du bist doch selbst schuld, wenn du ständig mit nacktem Oberkörper vor mir herumstolzierst.«

»Ich stolziere nicht ständig ...«

»Und wenn du mich mit diesem perfekten Gesicht ansiehst.« Sie stieg aus dem Whirlpool.

»Ich kann nichts für mein ...«

»Und deine langen Wimpern über diesen grünen Augen klimpern lässt.«

Seine Stimme hob sich vor Empörung. »Ich habe noch nie in meinem Leben mit den Wimpern geklimpert!«

Sie stapfte in ihren Flipflops und dem Handtuch über die verschneite Terrasse. »Und wenn du – wenn du ...«

Sie umfasste den Griff an der Terrassentür.

Sie war verschlossen.

KAPITEL 7

Verdattert wirbelte Olivia zu ihm herum. »Du hast die Tür zugesperrt!«

Er richtete sich im Sprudelwasser halb auf. »Was soll das heißen?«

»Die Tür! Du musst sie verriegelt haben, als du rauskamst.«

»Ich habe sie ganz bestimmt nicht verriegelt. Lass mich mal sehen.«

Er stand auf. Sein Körper dampfte in der kalten Nachtluft, eine männliche Aphrodite, die aus einem künstlichen Meer auftauchte.

Als Veteran von Hunderten von Umkleidekabinen hatte Thad keine Hemmungen, sich nackt zu zeigen, und die Aufregung um die verschlossene Tür hätte eigentlich für nicht mehr als einen flüchtigen Blick reichen dürfen, aber Olivia konnte einfach nicht wegschauen.

Er war umwerfend, jeder Teil von ihm. Breite Schultern, atemberaubender Oberkörper, schmale Hüften, schlanke, durchtrainierte Beine. Und ... *Wow.*

Er stellte sich neben sie und probierte den Drehknauf. »Du hast recht.«

Sie zwang sich, ihre Konzentration wieder auf die Tür zu richten. »Natürlich habe ich recht!«

»Was für ein Idiot verwendet so ein Schloss für eine Terrassentür?«

»Es sind deine Freunde, nicht meine.«

Er tastete den Türrahmen von oben ab. »Schau mal nach, ob du hier draußen irgendwo einen Ersatzschlüssel finden kannst.«

Es gab keine Terrassenmöbel, nichts, wo man wirklich nachsehen konnte, aber sie suchte dennoch alles ab. »Hier ist nichts. Warum haben wir unsere Handys drinnen gelassen? Wir hätten Paisley doch mitnehmen sollen.«

»Deprimierende Vorstellung.« Er gab seine ergebnislose Suche auf und griff nach seinen Boxershorts. »Ich nehme an, du hast in keinem deiner Schauspielkurse gelernt, wie man ein Schloss knackt, oder?«

»Ein Schloss zu knacken, ist für die große Oper nicht erforderlich, aber dafür kann ich das Dessert in sieben Sprachen bestellen.«

»Im Moment nutzlos, aber trotzdem beeindruckend. Wir werden einen anderen Weg ins Haus finden.«

»Es ist schweinekalt!« Wie jede Berufssängerin schützte sie sich gewissenhaft gegen Erkältungen mithilfe von warmen Schals und Halstüchern, Kräutertees und Vitaminpräparaten. Doch nun stand sie hier, nur von einem Handtuch bedeckt, in der klirrenden Kälte.

»Geh wieder ins Wasser.«

Obwohl sie erbärmlich fror, konnte sie nicht im Wasser sitzen und warten, während er sich allein aufmachte und sie zu retten versuchte. Sie hatte mehr drauf als das. Zitternd folgte sie ihm die schmale Außentreppe hinunter auf den gefrorenen Boden. Die Bewegungsmelder reagierten, und die Sicherheitsbeleuchtung ging an. Olivia zog das feuchte Handtuch enger um sich, aber es war nutzlos, außer für ihr Schamgefühl. »Du hast nicht zufällig einen Ersatzschlüssel im Wagen liegen gelassen?«, fragte sie. »Dumme Frage. Niemand, der wie wir in Chicago lebt, lässt einen Schlüssel im Wagen liegen.«

Sie wandten sich zur Vorderseite des Hauses. Thad reckte den Hals, um zu den Fenstern hochzuschauen. Olivias Zähne klapperten so laut, dass er es hören musste. »Es gibt keinen Grund, dass wir uns beide hier draußen den Arsch abfrieren. Geh zurück ins Wasser.«

»Damit du dich hinterher dafür rühmen kannst, dass du uns gerettet hast? Auf keinen Fall. Außerdem halte ich Kälte besser aus als du.«

»Ich bin ein abgehärteter Sportler. Wie kommst du darauf?«

»Ich habe mehr Körperfett.«

Sein Blick wanderte von den Fenstern im ersten Stock zu ihren Brüsten. »An den richtigen Stellen.«

»Ernsthaft?« Ihr Handtuch war ein Stück tiefer gerutscht, und sie riss es wieder hoch. »Wir sind kurz davor, jämmerlich zu erfrieren, und du glotzt auf meine Brüste?«

»Du bist diejenige, die davon angefangen hat.«

Würde sie nicht am ganzen Leib schlottern, müsste sie lachen. Stattdessen täuschte sie Empörung vor. »Sobald diese Tour vorüber ist, werde ich nie wieder ein Wort mit dir wechseln.«

»Zweifelhaft.«

»So unwiderstehlich bist du auch nicht.«

»Darüber lässt sich diskutieren.«

Er *war* unwiderstehlich. Für jede Frau, die keinen eisernen Willen besaß.

Sie umrundeten die Ecke zur Vorderseite des Hauses. Olivias Flipflops versanken immer wieder im Schnee, ihre Zehen fühlten sich taub an, und sie hatte am ganzen Körper eine Gänsehaut. »Wie lange ... wird es dauern, bis wir den Kältetod sterben?«

»Keine Ahnung. Fünf Minuten?«

»Das kannst du nicht wissen!«

»Natürlich kann ich das nicht wissen! Wir werden schon nicht sterben, schließlich haben wir noch den Whirlpool, schon vergessen?« Er rüttelte an der Klinke der Eingangstür, aber auch die war verschlossen.

Olivias Zähne klapperten jetzt so heftig, dass ihr Kiefer schmerzte. »W-wir ... Wir k-können nicht ewig im W-Wasser bleiben.«

Inzwischen klapperte Thad selbst mit den Zähnen. »Henri wird nach uns schauen, wenn wir nicht auftauchen.«

»Wir k-können nicht das ganze Wochenende im Whirlpool verbringen.«

Er schenkte ihr einen Blick, der ausdrückte, dass sie sich gerade wie eine unbedarfte Heldin aus einer Fünfzigerjahre-Liebeskomödie aufführte und nicht wie eine Frau, die die Opernbühnen der Welt beherrschte. Sie riss sich zusammen. »Wir werden ein F-Fenster aufbrechen.«

»Boah, darauf wäre ich nie gekommen.« Er ging bereits weiter zur anderen Seite des Hauses.

»Kein Grund, gleich s-s-sarkastisch zu werden.« Ihr feuchtes Handtuch war steif geworden und begann zu gefrieren. »Oh Gott, mir ist so kalt.«

Er blieb stehen und zog sie in seine Arme. »Austausch von Körperwärme.«

Keiner von beiden hatte viel Körperwärme, aber es fühlte sich trotzdem gut an. Ihre kalte Wange an seinem kalten Hals. Seine Arme um ihre Schultern. Beider Oberschenkel aneinandergepresst.

Sie spürte plötzlich eine Beule, die gegen ihren Unterleib drückte, und wich zurück.

Er grinste mit klappernden Zähnen. »Ich werde mich nicht entschuldigen. Es ist gut zu wissen, dass ich noch immer eine anständige Durchblutung habe.«

Am liebsten wäre sie in seine Arme zurückgekehrt, aber stattdessen vergrößerte sie den Abstand zwischen ihnen.

Es fing an zu schneien. Eine Flocke. Noch eine. Sie landeten in seinen Haaren, auf ihren Schultern. Das Haus war so gebaut, dass die Fenster an der vorderen Fassade und an den Seiten zu hoch lagen, um sie vom Boden aus mühelos zu erreichen. Sie gingen auf die Rückseite des Hauses.

Olivia mochte vielleicht einen höheren Anteil an Körperfett haben, aber er war körperliche Strapazen gewohnt, und er bewegte sich geschmeidiger. Im Licht der Außenlampen sah sie, dass seine Lippen sich blau verfärbten. Ihre Finger hatten sich vor Kälte derart verkrampft, dass ihr das starre Handtuch entglitt und herunterfiel. Er geriet auf einem vereisten Stück Boden kurz ins Taumeln. »Lieber Gott, Liv …«

148

Er sagte es wie ein Gebet, und sie vergaß für einen Moment die Kälte. Aber nur für einen Moment. »Sei k-k-kein Idiot.«

Er hob in gespielter Kapitulation die Arme und wandte sich zum Hintereingang. Die Tür hatte Glaseinsätze, und während Olivia im Schnee nach einem Stein suchte, um die Scheiben einzuwerfen, versuchte er hindurchzuspähen. »Es gibt ein Bolzenschloss, für das man einen Schlüssel braucht. Ich werde die Tür eintreten müssen.«

Die Tür war aus Metall, und sie einzutreten, schien nicht gerade eine leichte Aufgabe zu sein, selbst für ihn nicht.

Sie stand da und zitterte so stark, dass sie kaum sprechen konnte. »W-w-wie wäre es d-d-damit?«

Sie hielt einen Schlüssel empor.

»Wo hast du den her?«

»Ich h-h-hab einen Stein entdeckt, der anders aussah als die anderen. Sag deinem F-F-Freund, wenn ich schon nicht auf seine Steinattrappe reingefallen bin, wird es ein Einb-b-b …« Er hatte die Tür aufgeschlossen, und sie gab es auf, den Satz zu vollenden.

Sie stürmten ins Haus und schlossen rasch die Tür hinter sich. Er schnappte sich ihren Arm und führte sie eilig zur Treppe und dann nach oben. »Ich habe ja schon einiges erlebt«, murmelte er, »aber ich hätte mir niemals vorstellen können, dass ich einmal nur in Boxershorts und meinen alten Nikes nachts in den Rocky Mountains herumstapfen würde, mit einer nackten Diva im Schlepptau.«

»D-d-das Leben ist schon seltsam.«

Die begehbare Dusche, die an das große Schlafzimmer grenzte, hatte Schieferwände, einen Flusssteinboden und einen Sitzfelsen aus Naturstein. Sekunden später standen sie beide darin. Thad stellte das Wasser auf lauwarm, bis ihre eisigen Körper sich an die Temperatur gewöhnt hatten, und drehte den Regler dann nach und nach höher. Schließlich schaltete er auf die Regenbrause über ihren Köpfen um.

Das Wasser hüllte sie ein wie ein Kokon. Er war nackt bis auf diese seidigen Boxershorts, die eng an seinem Körper anlagen. Wie konnte eine gesunde Frau vor ihm stehen, ohne hinzuschauen? Olivia nahm den Großteil der Regendusche in Beschlag und rückte ein Stück zur Seite, damit er sich richtig drunterstellen konnte. Während sich im Raum Dampf ausbreitete, malte das Wasser dunkle Haare auf seine Stirn und verwandelte seine Augen in grünes Meerglas. Sie wollte ihn berühren. Sich von ihm berühren lassen. Sie wollte beide Hände über diesen unglaublichen Oberkörper gleiten lassen, ihn küssen. Sie wollte alles, was sein Körper zu bieten hatte.

»Ich versuche, mich wie ein Gentleman zu verhalten und meine Augen immer schön nach vorn zu richten, aber darf ich jetzt auch mal schauen?«

Sie wünschte sich sehnlich, dass er sie betrachtete. Dass er in ihrem Körper dieselbe Schönheit erkannte wie sie in seinem. Aber sie war verwundbarer denn je, und sich mit einem Mann, der ihr immer mehr ans Herz wuchs, in eine verhängnisvolle Affäre zu stürzen – wie verlockend diese auch sein mochte –, würde sie in

ein völlig neues Universum der Selbstzerstörung kata-
pultieren.

»Du solltest wirklich Werbung für Duschgel machen.«

»Hab ich schon.« Seine Augen fixierten weiterhin ihr
Gesicht, und an seinen Wimpern hingen Wasserperlen.
»Darf ich jetzt schauen?«

Ihre Knie wurden weich, und die Wärme, die in ihren Körper zurückgekrochen war, verwandelte sich in
Feuer. Sie bot jedes Gramm ihrer legendären Selbstbe-
herrschung auf und zwang sich, nach einem der Hand-
tücher zu greifen, die an der Rückwand der Dusche hingen. »Tut mir leid, Soldat. Ich habe zurzeit keine Lust
auf Selbstzerstörung.«

»Selbstzerstörung? Wovon redest du? Wie wäre es mit
zwei Menschen, die zusammen Spaß haben?«

Als sie das Handtuch zwischen ihren Brüsten fest-
steckte, nahm sie sogar noch stärker wahr, wie deutlich
der Seidenstoff seiner Boxershorts seine Umrisse nach-
zeichnete und ihr genau zeigte, was sie zurückwies. Sie
hielt das Handtuch umklammert, als wäre es eine Ret-
tungsweste. »Ich nehme gerade eine längere Auszeit von
Männern, und ich weiß, du verstehst den Grund. In ab-
sehbarer Zukunft wird mein Spaß sich auf die Bühne beschränken.«

Er stöhnte. »Das ist das Deprimierendste, was ich dich
jemals habe sagen hören.«

Sie lächelte trotz der abgrundtiefen Traurigkeit, die zu
einem Teil von ihr geworden war. »Du findest das deprimierend? Was soll ich da sagen?«

»Dann gibst du also zu, dass du es willst.«

Sie kostete mit den Augen jeden Zentimeter von dem aus, was sie sich nicht erlauben durfte. »Oh ja … Du bist eine Fleisch gewordene Frauenfantasie.«

Seine Brauen zogen sich zusammen. »Ich bin nicht sicher, ob es mir gefällt, auf ein Klischee reduziert zu werden.«

»Finde dich damit ab.« Sie zitterte, dieses Mal nicht vor Kälte. »Halte dich von mir fern, Thad Owens. Ich mache gerade eine schreckliche Phase durch, und es ist fast unmöglich, dir als Frau zu widerstehen.«

»Warum fühle ich mich nicht geschmeichelt?«

»Weil du es nicht gewohnt bist, eine Abfuhr zu kriegen.« Sie schenkte ihm ein schiefes Lächeln, fest entschlossen, die Dinge locker zu nehmen. »Es liegt nicht an dir, sondern an mir.«

»Verdammt richtig, es liegt an dir!« Er riss seine Boxershorts herunter und drehte sich wieder zum Wasser, wodurch er ihr einen herrlichen Blick auf seinen sehr knackigen, wenn auch unantastbaren Hintern verschaffte.

Am nächsten Morgen war Thad immer noch schlecht gelaunt. »Du kannst dir dein verdammtes Frühstück selbst machen.«

Sie griff nach der Schachtel Cornflakes, die er auf der Anrichte stehen gelassen hatte, und kippte etwas davon in eine Schale. Sie vermutete, sie war nicht die Einzige, die sich letzte Nacht vor dem Einschlafen selbst befriedigt hatte. Nicht dass es geholfen hätte.

Die einzige Möglichkeit, um sich vor Thad Owens' Anziehungskraft zu schützen, war, ihm hart zuzusetzen. Sie goss Milch über ihre Cornflakes und betrachtete ihn dann mit gespielter Sorge. »Mit Zurückweisungen kommst du nicht gut klar, habe ich recht? Möchtest du darüber reden?«

»Nein, ich möchte nicht darüber reden. Wenn wir keinen Sex miteinander haben können, will ich nichts mit dir zu tun haben.«

Sie ließ sich auf den Stuhl ihm gegenüber plumpsen. »Du bist süß, wenn du bockig bist.«

»Und du bist verflucht scharf, und ich habe dich nackt gesehen, und ich will mehr sehen.«

»Dir kann man wahrlich nicht vorwerfen, um den heißen Brei herumzureden.«

Er hörte auf, den Bockigen zu mimen, was er nach ihrer Vermutung nur getan hatte, um sie zu ärgern, und lehnte sich auf seinem Stuhl zurück. »Ich kapier das nicht. Wir mögen uns. Wir haben eine schöne Zeit zusammen. Du siehst mich an, als wäre ich ein unwiderstehlicher Eisbecher, und ich sehe dich genauso an. Also – wo ist das Problem?«

Das Problem war, dass sie sich nie wieder von jemandem oder etwas – besonders nicht von einer Versuchung namens Thad Owens – aus der Bahn werfen lassen würde. Sie lebte für ihren Beruf, und solange nicht ein Mann wie Dennis Cullen daherkam – ein Mann, der sein Ego zurückstellen konnte, um sich der Karriere seiner Frau zu widmen –, würde sie sich auf das Wesentliche konzentrieren, nämlich auf ihre Arbeit.

Es gab eine perfekte Möglichkeit, um mit Thad fertig zu werden. »Ich habe eine feste Regel. Keine One-Night-

Stands, keine flüchtigen Abenteuer, keine Affären. Nicht ohne ein festes Bekenntnis.«

»Ein festes Bekenntnis!« Er riss seine grünen Augen auf. »Wir kennen uns gerade mal seit etwas über einer Woche!«

Sie machte ein todernstes Gesicht. »Hast du ein Problem damit, verbindlich zu sein und dich festzulegen?«

»Verdammt richtig, ich habe ein Problem damit. Ich kann mich ja kaum darauf festlegen, was ich abends essen möchte, geschweige denn auf eine Frau.«

Ein langes, theatralisches Seufzen. »Sorry. Solange du eine Heirat nicht in Betracht ziehst, wird das nichts mit uns.«

Er ließ den Löffel fallen, und Milch spritzte auf den Tisch. »Sagtest du gerade ›Heirat‹?«

Sie war eine Schauspielerin, und es fiel ihr nicht schwer, eine ernste Miene zu wahren. »Wenn du mich willst, steck mir einen Ring an den Finger.«

Sie hätte keine wirkungsvollere Methode finden können, um den geomagnetischen Sturm aus sexueller Hitze, der um sie herum knisterte, zu entschärfen. Er schoss vom Tisch hoch. »Ich muss an die frische Luft.«

»Dachte ich mir.«

Es würde nicht lange dauern, bis er dahinterkam, dass sie ihn zum Narren hielt, aber vorerst würde sie das Alleinsein genießen. Oder es zumindest versuchen.

Das Klavier im Wohnzimmer war verstimmt, aber sie setzte sich trotzdem davor. Testete ihre Stimme. Bewegte ihre Finger über die Tasten und versuchte, nicht in Tränen auszubrechen.

Am nächsten Morgen rieselte Schnee auf die Windschutzscheibe, als sie nach Denver zurückfuhren. Gestern Nachmittag hatten sie eine Wanderung unternommen und zum Abendessen gute Jazzmusik aufgelegt. Thad hatte ein Hähnchen gegrillt und war ihren Fragen über seine geheimnisvollen Laptopsitzungen ausgewichen. Olivias Versuch, Kartoffelpüree zu machen, war im Abfall gelandet, aber sie hatte einen fabelhaften Salat zubereitet. Sie wünschte, sie hätten länger bleiben können.

Er nahm den Fuß vom Gas. »Das war ja ein schöner Schwachsinn, den du mir gestern beim Frühstück aufgetischt hast. Gratuliere.«

Sie hielt ihren Thermobecher in der Hand, den sie aus Denver mitgebracht hatte. »Ich amüsiere mich immer gern, wenn ich eine Möglichkeit dazu finde.«

Er schaltete den Scheibenwischer auf die niedrige Stufe. »Meinetwegen. Aber zwischen uns ist etwas Besonderes, und das wissen wir beide.« Er warf einen kurzen Blick zu ihr hinüber. »Was also ist der wahre Grund, warum du nicht den nächsten logischen Schritt mit mir gehen willst?«

Sie riss den Blick von seinem Profil los und tänzelte um die Wahrheit herum. »Erstaunlicherweise mögen wir uns. In gewisser Hinsicht verstehen wir uns sogar gegenseitig. Stimmst du mir zu?«

»Ich stimme dir zu. Und?«

»Ich finde, das sollten wir würdigen. Möchtest du nicht eine Freundin haben, die nicht über dich herfällt? Eine Freundin, der du deine Frauenprobleme anvertrauen kannst und die dir auch mal den Kopf wäscht, wenn du dich wie ein Idiot verhältst?«

»So eine hab ich schon. Ihr Name ist Piper. Sie ist die Frau von Cooper Graham.«

»Aber sie gehört zu deinem beruflichen Umfeld. Du brauchst jemanden außerhalb deiner Footballwelt, dem du vertrauen kannst.«

»In Anbetracht dessen, dass ich das Bild von deinem nackten Körper nicht aus dem Kopf verdrängen kann, halte ich es nicht für realistisch, dass wir diese Art von Freundschaft führen können.« Er sah in den Außenspiegel und wechselte auf die linke Spur. »Was hält dich in Wirklichkeit zurück? Sag es deinem guten Kumpel Thad.«

Sie steckte ihren Kaffeebecher in den Halter. »Ich habe dir schon viel mehr aus meinem Privatleben erzählt als du mir aus deinem. Warum ist das so? Warum erwartest du von mir, dass ich meine Geheimnisse ausplaudere, während du mir noch nichts Persönliches offenbart hast?«

»Und einfach so wechselst du das Thema.«

»Also?«

»Ich mag Frauen. Schon immer. Und bevor du gleich wieder eingeschnappt bist, ich rede nicht nur von Sex. Ich verbringe den Großteil meines Lebens mit Männern, und das bedeutet viel Schweiß, Blut, Knochenbrüche und dumme Sprüche. Es ist mir wichtig, mit einer klugen Frau zusammen zu sein, die gut riecht und die toll aussieht und die etwas anderes machen möchte, als Videospiele zu zocken und sich über Sport zu unterhalten.«

Er senkte den Blick auf den Tacho. »Ich bin noch nie von einer Frau zur nächsten gehüpft, falls du das denkst. Wahrscheinlich hatte ich weniger Freundinnen als neunzig Prozent der Männer in der NFL.«

»Bewundernswert. Nehme ich an.«

Er wechselte zurück auf die rechte Spur. Er fuhr zu schnell, obwohl er kein Raser war. »Ich würde mich selbst als Serienmonogamist bezeichnen. Ich hatte wirklich tolle Frauen in meinem Leben, und ich bereue nur ein paar von ihnen. Du bist dran.«

Sie brauchte nicht ehrlich zu ihm zu sein, aber sie wollte es. »Ich habe es auf die harte Tour gelernt. Keine Sänger, keine Schauspieler, keine frustrierten Künstler oder jemanden, der eine Mutter braucht statt eine Geliebte.«

»Bis jetzt bin ich aus dem Schneider.«

Sie sah ihn spitz an. »Außerdem keine ehrgeizigen, erfolgreichen Männer mit einem wohlverdienten Ego, die sich genauso ihrer Karriere verschrieben haben wie ich mich meiner und die, wie sich herausstellt, nur begrenzt Toleranz aufbringen für eine Frau, die ihr Spiegelbild ist.« So. Sie hatte es ausgesprochen.

Er sah sie misstrauisch an. »Adam hat dich auf mehr Arten verbrannt als nur auf eine.«

Sie zuckte mit den Achseln. »Ich komme weder mit hilfsbedürftigen Männern klar noch mit erfolgreichen.«

Er wollte gerade fragen, wie sie »erfolgreich« definierte, aber überlegte es sich dann anders. »Das schmälert deine Auswahl.«

»Frauen wie ich setzen ihren Beruf an die erste Stelle.

Wir können keine Rücksicht auf den Terminkalender eines Partners nehmen. Wir stehen nicht immer zur Verfügung, wenn ein Mann reden oder Sex haben möchte oder eine Schulter zum Ausweinen braucht. Wir verdienen unser eigenes Geld und sind nicht auf einen Mann angewiesen.«

»Ich glaube, du unterschätzt viele Männer.«

»Tu ich das? Männer wie du fühlen sich zu Frauen wie mir hingezogen, weil wir euch verstehen. Wir verstehen, was euch antreibt. Aber im Grunde ist unser Leben genauso bedeutend oder bedeutender als eures, und sobald der Reiz des Neuen nachlässt, fängt es an zu knirschen.«

»Das kaufe ich dir nicht ab.«

Sie konnte es ebenso gut bis zum Ende durchziehen. »Vor dem Desaster mit Adam war ich mit einem prominenten Architekten zusammen. Ein guter Mann. Anständig. Er hielt sich für einen Feministen.«

»Und dann verwandelte er sich in einen Widerling.«

»Ganz und gar nicht. Er respektierte meine Karriere, und ich war vollkommen von ihm hingerissen, aber mit der Zeit nahm das Ganze eine ungute Entwicklung. Ich ließ einen Kurs ausfallen, weil seine alten Studienkameraden in der Stadt waren. Ich kam zu spät zu einer Probe, weil er eine Auszeichnung verliehen bekam. Er hatte eine Lücke in seinem Terminkalender, und wir sprachen darüber, zusammen zu verreisen. Ich stand kurz davor, für den Urlaub ein Konzert abzusagen, als ich schließlich zur Besinnung kam und erkannte, dass ich dabei war, mich selbst zu verlieren. Danach habe ich mir geschworen, dass ich mich nie wieder mit einem anderen Alphatypen einlasse.«

»Was Adam erklärt.«

»Erbärmlich, nicht wahr? Ich kann keine Beziehung mit einem erfolgreichen Mann führen, weil es meiner Karriere schadet, und ich kann keine Beziehung mit einem erfolglosen Mann führen, weil es meiner Karriere schadet.« Sie sank tiefer in ihren Sitz. »Ich brauche einen Dennis. Leider habe ich ihn an Rachel weitergereicht.«

Er ignorierte diesen Anflug von Selbstmitleid. »Du verkomplizierst das Ganze. Manchmal kann eine Beziehung auch einfach Spaß machen und ungezwungen sein.«

»Wann habe ich auf dich den Eindruck gemacht, ein ungezwungener Mensch zu sein?«

»Der Punkt geht an dich.«

Es fühlte sich gut an, ehrlich zu sein. »Ich habe meine Lektion gelernt. Beziehungen beeinträchtigen meine Karriere, und es ist gerade meine Karriere, die meinem Leben Bedeutung gibt.«

Sein Blick war auf die Straße geheftet. »Mit uns muss es nicht zwingend so laufen.«

Sie ließ sich Zeit mit ihrer Antwort. »Ich bin gern mit dir zusammen, Thad, und du bist gern mit mir zusammen, und über kurz oder lang würde ich wahrscheinlich die Carmen im Mariinsky-Theater absagen, um an der Seitenlinie zu sitzen und zu verfolgen, wie du nicht spielst.«

Er rutschte auf seinem Sitz herum, als wäre ihm nicht

159

ganz wohl. »Das kann in beide Richtungen funktionieren, weißt du.«

»Ach, wirklich? Ich sehe es gerade bildlich vor mir. ›Sorry, Coach, aber ich kann heute nicht zum Spiel kommen. Meine Freundin singt die Dorabella in *Così fan tutte*, und ich muss dabei sein, um sie anzufeuern.‹«

»Na schön, in dem Punkt hast du vielleicht recht.«

»Du bist der Anti-Dennis, und das mit uns beiden wird nichts, egal, wie sehr ich dich vielleicht begehre. Ich sage nicht, dass ich dich begehre, aber ich sage auch nicht, dass ich es nicht tue.«

»Schmeichelhaft«, erwiderte er trocken.

Sie wollte jedes Missverständnis ausschließen, aber das bedeutete, etwas preiszugeben, das sie noch niemandem offenbart hatte. Sie fasste sich ein Herz. »Ich möchte zu den Unsterblichen gehören, Thad«, sagte sie leise. »Ich möchte großartige Arbeit leisten, nicht nur gute. Erstklassige Arbeit. Ich möchte ein derart monumentales Werk erschaffen, dass die Menschen sich immer noch meine Aufnahmen anhören werden, wenn ich schon lange tot bin.«

Ihre Offenheit überraschte ihn anscheinend, und er reagierte auf die einzige Art, die er wohl kannte, nämlich indem er einen Angriff startete. »Du machst etwas so Einfaches und Natürliches wie Sex zu einer komplizierten Angelegenheit.«

»Sagt der Mann, der flachgelegt werden möchte.«

»Du willst es doch auch.«

»Und ich hoffe, es wird bald passieren. Aber nicht mit dir.« Sie verschränkte die Hände im Schoß. »Ich kann nicht mit dir ins Bett gehen, Thad Owens, egal wie sehr ich es mir vielleicht wünsche. Denn ob du es zugibst oder nicht, ich bin mehr, als ein Mann wie du bewältigen kann.«

Sein Mund verzog sich zu einem grimmigen Strich. »Das denkst du.«

Die restliche Fahrt nach Denver verbrachten sie schweigend.

Um neun Uhr trafen sie im Hotel ein. Henri hatte Wort gehalten und dafür gesorgt, dass Thad und Olivia in benachbarten Suiten untergebracht wurden. Ihre hatte eine Küche und einen Essbereich, seine nicht. Aber sie waren wieder zurück in der Zivilisation, und solange die Tür zwischen ihnen offen blieb, machte es Thad nichts aus, das kleinere Zimmer zu nehmen.

Sie zog sich zurück, um ihre Sachen auszupacken. Er hängte seine Jacke auf. Die Unterhaltung im Wagen hatte ihn verunsichert – nicht weil er nicht verstanden hätte, was sie gesagt hatte, sondern gerade weil er es verstand, und seine Perspektive hatte sich dadurch auf eine Weise verschoben, die ihm nicht gefiel. Sie hatte recht. Egal wie intelligent oder erfolgreich die Frauen in seinem Leben gewesen waren, sie hatten sich viel mehr an ihn angepasst als umgekehrt. Er hatte Vorrang gehabt. Immer.

Ein unheimlicher Laut drang aus der Nachbarsuite und riss ihn aus seinen Überlegungen. Es war nicht gerade ein Schrei, aber nahe dran, was ihn veranlasste, in das andere Zimmer hinüberzustürmen.

Sie stand mitten im Salon, einen großen braunen Umschlag vor ihren Füßen, ein zerknittertes weißes T-Shirt in der Hand. Er sah ihr kreidebleiches Gesicht und die rostroten Flecken auf dem T-Shirt.

»Mein Gott …«

Sie ließ das T-Shirt fallen. Zwischen den blutigen Flecken konnte er eine Aufschrift entziffern. *Tenöre können es besser.*

Er eilte an ihre Seite und hob den Umschlag auf. Er war in San Francisco abgestempelt worden und trug keinen Absender. War die Person, die die Sendung aufgegeben hatte, in San Francisco gewesen, als sie auch dort gewesen waren? Hatte man Olivia beobachtet?

Sie presste ihre Finger auf die Lippen und starrte auf das T-Shirt. »Adam … Er … muss es getragen haben, als er sich erschossen hat. Ich – ich habe es ihm geschenkt.«

Thad ging in die Hocke und nahm das T-Shirt unter die Lupe. »Wann?«

»Wie meinst du das?«

»Wie lange ist das her? Wann hast du es ihm geschenkt?«

Ihre Hand ballte sich zu einer Faust. »Ich … ich weiß es nicht mehr genau. Nicht lange nachdem wir ein Paar wurden.« Sie wandte sich ab.

»Hat er es oft getragen?«

Sie antwortete mit einem ruckartigen Nicken.

Thad nahm das T-Shirt vom Boden und richtete sich wieder auf. Sie wich zurück, als er es ihr entgegenstreckte. »Sieh dir das Etikett an, Liv.«

Sie wich einen weiteren Schritt zurück. »Nimm das weg.«

162

»Sieh es dir an.«

Ihre Schultern hoben sich, aber schließlich folgte sie seiner Aufforderung. »Ich verstehe nicht, was …« Sie unterbrach sich, als sie sah, was er sah. Das Etikett war steif und neu. Das T-Shirt war noch nie gewaschen worden.

»Das ist nicht seins«, sagte sie, als es ihr dämmerte. »Es ist noch ganz neu, und die Größe stimmt auch nicht. Es sieht aus wie das T-Shirt, das ich ihm geschenkt habe, aber es ist nicht seins.«

»Jemand spielt dir einen ziemlich üblen Streich.«

Sie zuckten beide zusammen, als es an der Tür klopfte. Im Flur stand ein Page mit einem Geschenkkorb, der so groß war, dass er ihn auf einem Servierwagen transportierte. Unter der durchsichtigen Geschenkfolie waren zwei Flaschen Champagner und zwei Kristallgläser zu erkennen, neben einer Auswahl an feinen Käsesorten, Nüssen, Salzgebäck und handgemachten Pralinen.

Der Page rollte den Wagen herein. »Mit den besten Empfehlungen von Mr. Rupert Glass.«

KAPITEL 8

Am nächsten Abend saß Thad in seinem Bett und lehnte sich gemütlich in die Kissen, während die Tür zwischen ihren Zimmern offen stand und seine Gedanken hin und her wanderten zwischen Erkenntnissen, die er nicht allzu genau beleuchten wollte, dem T-Shirt voller Kunstblut und seiner lebendigen Fantasie. Olivia war zum heutigen Geschäftsessen in vollem Diva-Ornat erschienen – dunkel glänzende, offene Haare, dramatisch geschminkte Augen und purpurrote Lippen. Sie hatte eine lange weiße Robe und einen ägyptischen Halskragen getragen, wahrscheinlich ein Geschenk von Rupert. Thad fragte nicht nach. Auf ihren hohen Absätzen hatte sie alle Männer überragt außer ihn.

Er hatte das T-Shirt wieder in den Umschlag gesteckt und dann ganz unten in seinem Koffer verstaut. Aus den Augen, aber nicht aus dem Sinn.

In Olivias Zimmer brannte noch Licht. Vielleicht konnte sie auch nicht schlafen. Er setzte die Kopfhörer auf und startete YouTube auf seinem Laptop. Es dauerte nicht lange, bis er ein Video von ihr als Carmen fand.

Selbst Menschen, die für Opern nichts übrighatten, kannten die Melodie der berühmten Arie, aber er wusste nun auch ihren Namen: *Habanera*. Und da war sie. Beherrschte die Bühne. Glänzte in einem zerschlissenen roten Kleid mit einem tiefen, eckigen Ausschnitt, aus dem ihre Brüste hervorquollen wie Früchte aus einem Füllhorn. Mit wirbelndem Rock, schmutzigen nackten Füßen und gebräunter, schweißglänzender Haut verspottete sie breitbeinig die Männer, bewegte geschmeidig die Arme und schüttelte ihre wallende Zigeunermähne. Und diese Stimme. Diese prachtvolle Stimme.

Er sah sich ein Video an und dann noch eins. Kein Wunder, dass sie in der Opernwelt als beste Carmen gefeiert wurde. Wie Carmen würde Olivia keinen Mann zwischen sich und die Freiheit kommen lassen, ein Leben nach ihren eigenen Vorstellungen zu führen. Im letzten Clip sah er, wie Don José sie niederstach, beobachtete ihr Sterben und wollte diesen Hurensohn am liebsten umbringen, wollte ihm mit bloßen Händen den Kopf abreißen.

Er schob den Laptop zur Seite. Er war viel zu emotional für die Oper.

»Du bist albern«, sagte sie zu ihm am nächsten Nachmittag, als er neben ihr auf dem Stuhl saß, einen Fuß im Wasserbad, während der andere pedikürt wurde. Manche seiner Kumpels beugten sich diesem Affront gegen alles, was männlich war, aber er keinesfalls. Und doch war er nun hier bei der Fußpflege, weil er sie nicht allein gehen lassen wollte, nicht solange sie draußen Freiwild war für die Person, die versuchte, sie zu terrorisieren.

»Es gibt keinen Grund, dass meine Füße nicht so hübsch sein sollen wie der Rest von mir«, sagte er.

Sie versuchte, ihn böse anzustarren, aber ruinierte es mit einem Lächeln. »Wenn dein Aussehen zu deinem Charakter passen würde, wärst du einer von diesen Wrestlern ohne Hals und mit einer Blumenkohlnase.«

Er überging ihre Bemerkung. »Ich staune, dass du überhaupt weißt, wie ein Wrestler aussieht.«

»Ich komme eben herum. Das hier wäre nicht nötig gewesen, weißt du.«

Er tat absichtlich so, als verstünde er sie falsch. »Wer will schon hässliche Füße?«

»Ich weiß deine Sorge ja zu schätzen, aber was soll mir schon am helllichten Tag in einem Nagelstudio in Denver zustoßen?«

»Rupert könnte mit einem Diamantcollier und einer verdammten Machete auftauchen.«

Sie lachte. »Wenn du ihn nur kennen würdest.«

Er legte keinen Wert darauf. Vielleicht war er übervorsichtig, aber nach den Drohschreiben, dem durchsuchten Gepäck, dem mit Kunstblut besudelten T-Shirt und diesen übertriebenen Geschenken missfiel ihm die Vorstellung, dass sie allein unterwegs war. Da er nicht die ganze Zeit auf sie aufpassen konnte, hatte er Henri beiseitegenommen, ihm grob erklärt, dass Olivia einen überaus aufdringlichen Verehrer hatte, und ihn gebeten, ein besonderes Auge auf sie zu haben.

»Bitte mach keinen Termin für eine Wachsenthaarung«, sagte er. »Irgendwo muss ich eine Grenze ziehen.«

»Ich werde gnädig sein.« Olivia grinste. »Oder auch nicht.«

Als sie in New Orleans ankamen, erwarteten sie in ihrem Hotel in der Royal Street mitten im French Quarter die fertigen Abzüge von ihren Fotoshootings im Seahawks-Stadion und in der Oper von Seattle. Mariel Marchand war auch da. Sie hatten sie seit ihrem Aufenthalt in San Francisco nicht mehr gesehen, und Henri war sichtlich unglücklich darüber, dass es ihr gelungen war, die Abzüge vor ihm in die Finger zu bekommen. Als er die Fotos auf dem Couchtisch der Suite ausbreitete, konnte jedoch selbst Mariels Rückkehr seine Begeisterung nicht dämpfen. »Diese Bilder sind wirklich *fantastique*. Sie übertreffen alle meine Erwartungen.«

Die Fotografin verstand ihr Handwerk. Die satten, gedeckten Farben verliehen den Aufnahmen die Patina alter Ölgemälde – ein auffälliger Kontrast zu den verrückten Posen, die Thad und Olivia eingenommen hatten.

Ihre Uhren waren perfekt in Szene gesetzt, und mit ihrem Posing hatten sie den Nagel auf den Kopf getroffen – seine Lässigkeit und ihre majestätische Würde, als sie zwischen den Torpfosten standen, er im Smoking, den Ball wie einen Cocktailshaker zwischen den Händen, daneben Olivia, die mit ihrer majestätischen Kühnheit den Betrachter herausforderte, über die schwarzen Balken auf ihren Wangen zu spotten.

Die Fotos aus dem Opernhaus waren sogar noch spektakulärer. Olivia kauerte temperamentvoll über ihm in einem wehenden scharlachroten Kleid, mit wild auftoupierten Haaren, blassen, in seine Richtung ausgestreckten Armen und Klauenhänden, während er auf der Seite lag, mit aufklaffendem Hemd, den Ball hochkant in der Hand, bereit zu sterben.

Sie sah ihn stirnrunzelnd an. »Neben dir sehe ich aus wie eine Hexe.«

Völlig falsch. Sie sah aus wie eine Göttin. Er tätschelte ihren Kopf. »Ich kann nichts dafür, dass ich so fotogen bin.«

Sie seufzte. »Ich hasse dich.«

»Genug!« Mariel zeigte mit dem Finger auf Paisley, die Thad dabei fotografierte, wie er seine Fotos betrachtete. Paisley machte ein Gesicht, als würde sie am liebsten ihr Handy verschlucken, und flüchtete aus der Suite.

Mariel seufzte angewidert und erklärte ihnen, was sie bereits wussten. »Ihr Großvater und Onkel Lucien sind zusammen zur Schule gegangen.«

Später nahm Mariel Henri beiseite und bombardierte ihn in einem wütenden Französisch, wobei sie offenbar vergaß, dass Olivia die Sprache fließend beherrschte – oder es war ihr egal. Thad konnte sich auch ohne Übersetzung das Wesentliche zusammenreimen, und die Details erfuhr er später von Olivia.

»Mariel findet die Bilder unseriös und vulgär, sie betrachtet sie als einen Affront gegen die Tradition von Marchand. Sie sagt, Onkel Lucien hätte Henris Idee für diese Kampagne von Anfang an nicht gemocht – was bedeutet, dass ich als Markenbotschafterin durchgehe, aber Henri hätte anstelle eines Footballspielers jemanden wie Neil Armstrong auswählen sollen.«

»Armstrong ist tot. Und Marchand ist Sponsor der Chicago Stars.«

»Ich bin mir nicht sicher, ob Mariel das interessiert. Trotz ihrer persönlichen Reaktion auf deine maskuline Ausstrahlung ist sie überzeugt, dass die Kampagne jeglicher Würde entbehrt und dass Onkel Lucien diese Aufnahmen niemals befürworten wird. Danach gab es noch eine Reihe von ›Habe ich es dir nicht gesagt?‹-Kommentaren. Und sie fügte hinzu, dass Onkel Lucien zwar alt sei, aber nicht senil, und dass Henri nun endgültig erledigt sei.«

»Ganz schön blutrünstig, nicht wahr?«

»Das Unternehmen wurde immer von einem Marchand geführt«, sagte Olivia. »Also wird die Entscheidung zwischen Mariel und Henri fallen.«

»Henri hat keine Chance gegen sie.«

»Du hast recht. Für Mariel dreht sich alles um Tradition, und eine Firma, die so schwerfällig ist wie Marchand, wird sich nicht so leicht ändern. Der arme Henri. Sie wird ihn bei lebendigem Leib fressen.«

»Hey, solltest du nicht auf der Seite der Frau stehen?«

»Die Bilder sind großartig, und das wissen wir beide.«

»Obwohl du darauf aussiehst wie eine … was war es noch gleich? Hexe?«

Sie schenkte ihm ein selbstgefälliges Lächeln. »Eine mächtige Hexe. Vergiss das bloß nicht.«

Er nickte weise. »Das würde mir nie einfallen.«

Sie hatten ihre Morgeninterviews beendet. Henri hatte sich zur Herrentoilette verzogen, als Paisley sich Olivia und Thad näherte. »Ich glaube nicht, dass Henri oder Mariel das hier schon gesehen haben – vielleicht kriegen sie gar nichts davon mit –, aber ich dachte mir, ich sollte euch besser darauf vorbereiten ...« Sie konnte ihre Begeisterung kaum verbergen, als sie mit ihrem Handy auf der Promi-Fieber-Seite herunterscrollte und ihnen dann einen Beitrag präsentierte.

Hat das neueste Promipaar ein kleines Bergfieber gepackt? Aus sicherer Quelle haben wir erfahren, dass Thad Owens, Traummann und Quarterback der Chicago Stars, zusammen mit dem Opernmegastar Olivia Shore gesehen wurde, als sie in der Nähe von Breckenridge, Colorado, Lebensmittel einkauften. Man nennt Shore auch den »schönen Taifun«. Wird T-Bo in der Lage sein, diesen Sturm zu bändigen?

Olivia stieß einen leisen Fluch aus. »Es heißt Tornado und nicht Taifun, und seit wann bin ich Teil eines Promipaares?« Sie sah Thad vorwurfsvoll an. »Niemand außerhalb der Operngemeinde interessiert sich für das Privatleben der Sänger, aber anscheinend interessiert sich jeder für Klatschnachrichten über Sportler.«

»Hey, du wirst als Megastar bezeichnet und ich als Traummann. Es könnte schlimmer sein.« Er blickte wieder auf das Display von Paisleys Smartphone. »Es könnte auch besser sein. Unser Text steht ganz unten, und die Schrift ist so klein, dass man sie kaum lesen kann.«

Olivia massierte ihre Schläfen. Paisley warf ihnen ein verschlagenes Lächeln zu. »Ihr beide tut mir jetzt schon leid, falls Mariel das sieht.«

Mariel mochte vielleicht altmodisch sein, was ihre Ansichten über das Markenimage betraf, aber sie war technologisch auf dem neuesten Stand, und Olivia ging davon aus, dass Google Alerts auf all ihren Geräten Alarm schlagen würde.

Sie verbrachten ihre Mittagspause im Hotel, damit Olivia sich für das Fernsehinterview am Nachmittag umziehen konnte, und tatsächlich wartete Mariel bereits auf sie. »Gegen eine Affäre ist nichts einzuwenden«, sagte sie mit kühler Höflichkeit, »aber das hier wirkt ... nicht geschmacklos, das natürlich nicht. Trotzdem ist es ein bisschen ... gewöhnlich.«

Olivia beobachtete, wie Thads Augenbraue zuckte, ein sicheres Zeichen dafür, dass er die Geduld mit Mariel verlor. »Was schlagen Sie vor, was wir tun sollen, Mariel?«

»Wir haben keine Affäre«, erklärte Olivia.

Mariel ignorierte sie und schenkte Thad ihr charmantestes Lächeln. »Achten Sie bitte stärker auf die traditionellen Werte der Marke, die Sie repräsentieren. Henri, kann ich dich unter vier Augen sprechen?«

Sie schleifte ihren unglücklichen Cousin hinaus in den Flur, wo sie ihn zweifellos zur Schnecke machte, weil er nicht so schlau gewesen war, Mahatma Gandhi oder Florence Nightingale zu engagieren, um die heilige Marke Marchand zu vertreten.

Nachdem Olivia ihre Kleidung und ihren Schmuck gewechselt hatte, brachen sie auf zu ihrem Fernsehauftritt. Anschließend hatte Olivia zwei Stunden Pause bis zu einem Meet and Greet mit Kunden, aber Thad musste im Sendehaus bleiben, um einen Beitrag mit einem Sportreporter aufzuzeichnen. Henri bestand darauf, Olivia bis vor ihre Zimmertür zu begleiten, obwohl sie ihm erklärte, dass sie allein dorthin finden würde. Thads Werk, dessen war sie sich sicher.

Thads Beschützerinstinkt war rührend, aber unnötig. Irgendjemand trieb ein böses Spiel mit ihr. Sie war nicht physisch in Gefahr, sondern nur psychisch, und in ihrem Kopf herrschte bereits ein solches Durcheinander, dass sie mit ein bisschen mehr Chaos sicherlich auch noch fertigwerden würde.

Seltsamerweise konnte sie ihr Kopfkino anscheinend nur dann abschalten, wenn sie mit Thad zusammen war. Erst in seiner Gegenwart ließ ihre Anspannung nach. Sie berührte ihren Hals. Erhoffte sie zu viel, wenn sie darauf baute, dass sein Selbstvertrauen auf sie abfärbte? Dass sich dadurch der schmerzhafte Klammergriff der Schuld lockerte, die sie nicht abschütteln konnte?

Als sie ihre High Heels gegen flache Schuhe tauschte, fragte sie sich, wie Thad reagieren würde, wenn er ihr größtes Geheimnis wüsste. Sie betete, dass er niemals dahinterkommen würde, denn die Vorstellung, dass er den Respekt vor ihr verlor, war zu qualvoll, um darüber nachzudenken.

Sie verließ das Hotel und betrat das Herz des Französischen Viertels. Es war Anfang April, und Mardi Gras war bereits vorüber, aber auf den Straßen wimmelte es trotzdem von Touristen, Straßenkünstlern und Wahrsagerinnen. Sie kam an Händlern vorbei, die Postkartenansichten von der berühmten Bourbon Street und Ölgemälde vom Jackson Square verkauften. Die Nachmittagssonne strahlte warm, aber das Treffen mit den Marchand-Kunden fand in weniger als zwei Stunden statt, darum hatte Olivia ihr elegantes schwarzes Kostüm nicht gegen luftigere Kleidung getauscht.

Das Antiquariat Samorian lag versteckt in einer Seitengasse nahe der Rampart Street. Die verblasste ockergelbe Fassade mit den verwitterten grünen Fensterläden und dem staubigen Schaufenster hatte sich seit ihrem letzten Besuch vor zwei Jahren nicht verändert. Selbst der Topf mit Geranien, die dringend Wasser benötigten, schien derselbe zu sein.

Die Glocke über der Tür bimmelte, als sie das Antiquariat betrat, das genauso roch, wie ein Laden riechen sollte, der auf seltene Buchausgaben, Originalmanuskripte und andere Unikate spezialisiert war – alt und muffig, mit einer schwachen Note von Zichorienkaffee.

Arman Samorian weigerte sich noch immer, ein Hörgerät zu tragen, und hatte weder die Glocke gehört noch ihr Kommen bemerkt, bis sie direkt vor ihm stand.

»Madame Shore!« Er eilte hinter der von Schrammen bedeckten Holztheke hervor, schnappte sich Olivias Hand und drückte seine Lippen darauf. Die wilde graue Albert-Einstein-Mähne wucherte um seinen Kopf wie ein Rauchpilz. »Was für eine Ehre, Sie wiederzusehen.«

»Ganz meinerseits, Arman«, sagte sie laut und deutlich und tätschelte seine von Altersflecken übersäte Hand.

»Treten Sie hier auf? Aber warum weiß ich nichts davon?«

»Ich bin nur zu Besuch hier.« Unnötig, eine lange und laute Erklärung zur Werbekampagne abzugeben, die ihn zweifellos verwirren würde.

»Buch? Wann haben Sie angefangen zu schreiben?«

»*Besuch!*«

»Ah. Natürlich.«

Sie erkundigte sich pflichtbewusst nach seinem Sohn, der in Biloxi lebte, und streichelte Caruso, seinen alten Kater, bevor sie sich zwischen die staubigen Bücherstapel wagte. Sie entdeckte eine längst vergriffene Biografie über die russische Sopranistin Oda Slobodskaya und stieg anschließend die knarrende Holztreppe hoch, die ins Obergeschoss führte. Als sie das letzte Mal auf dem überfüllten Dachboden gewesen war, hatte sie eine handsignierte Fotografie von Josephine Baker gefunden, kostümiert als La Créole in Offenbachs gleichnamiger Operette. Frisch gerahmt gehörte diese nun zu Olivias Lieblingsfundstücken.

Das Dachgeschoss war aufgeheizt und hatte kein Fenster, und das einzige Licht kam von drei mit Fliegendreck gesprenkelten Glühbirnen, die von der wasserfleckigen Decke herabhingen. Olivia musste vom Staub niesen, als sie in den Regalen stöberte, aber die Entdeckung einer Abschrift von Scarlattis Oper *Narciso* entschädigte sie mehr als genug für die Unannehmlichkeiten. Das Antiquariat und sein Besitzer mochten Relikte aus der Vergangenheit sein, aber der Laden war eine echte Fundgrube für Berufsmusiker und -sänger.

Ein schmaler Band über George Kirbye und die englische Madrigalschule erweckte ihre Aufmerksamkeit, aber gerade als sie darin blättern wollte, gingen die Lichter über ihr aus.

Ohne richtige Fenster wurde es schlagartig dunkel im Raum. Sie hielt in der einen Hand die Scarlatti-Partitur und benutzte die andere, um sich an den Bücherregalen in Richtung Treppe vorzutasten.

Auf der anderen Seite des Dachbodens knarrte eine Holzdiele. Und dann noch eine. Olivias Herz machte einen Satz, als ihr bewusst wurde, dass sie nicht allein hier oben war. Im nächsten Moment schalt sie sich für ihre Schreckhaftigkeit. Das hier war ein altes Gebäude aus Holz. Natürlich knarrte es. Außerdem war draußen helllichter Tag, und sie befand sich in einer Buchhandlung und nicht in einer dunklen Seitenstraße. »Arman?«, rief sie.

Hinter einem Bücherregal kam plötzlich eine dunkle Gestalt hervor, keine fünf Meter von ihr entfernt. »Arm ...?«

Die Gestalt stürzte sich unvermittelt auf sie, und Olivia prallte rücklings gegen ein Regal. Ein Bücherschauer prasselte auf den Boden nieder. Olivia schrie auf, als die unheimliche Gestalt sie packte und an den Armen festhielt.

Sie konnte nicht sagen, ob es ein Mann war oder eine Frau, aber die Person hatte Kraft. Olivia hörte den keuchenden Atem, spürte Finger, die sich schmerzhaft in ihr Fleisch bohrten. Es musste ein Mann sein.

Er stieß sie gegen ein anderes Regal, und mehr Bücher purzelten auf den Boden. Schließlich zündeten ihre Reflexe. All die Kurse, die sie im Laufe der Jahre belegt hatte, all das, was sie im Tanzunterricht und beim Yoga, beim Fechten und Gewichtheben, beim Trapeztraining und Tai-Chi gelernt hatte, war plötzlich wieder da. Sie stemmte sich mit voller Wucht gegen den Angreifer. Von ihrer Kraft überrascht, ließ er sie los, aber nur für einen Moment, bevor er wieder zupackte und ihr den Arm verdrehte. Sie versuchte, sich aus seinem Griff zu winden, und rammte den Ellenbogen in seinen Bauch. Er stieß einen kehligen Laut aus und versuchte, ihren freien Arm einzufangen, aber sie ballte die Hand zu einer Faust und boxte ihn hart in die Brust.

Ihre heftige Gegenwehr überrumpelte ihn, und für einen Atemzug lockerte sich der Druck um ihren Arm, aber er hielt sie noch immer fest. Sie stieß mit der Schulter gegen ein Regal, als sie ihren Körper drehte und mit ihrem Fuß nach ihm trat, nur um von ihrem engen Rock behindert zu werden. Er ließ ihren Arm los und versuchte, ihren Oberkörper zu umklammern, was ihr die nötige Zeit verschaffte, um ihren Rock anzuheben und ihr Bein hochzureißen.

Ihr Knie traf mit glücklicher Präzision. Er jaulte auf und krümmte sich. Sie trat wieder nach ihm und zielte erneut auf seinen Unterleib. Dieses Mal erwischte sie ihn nicht richtig, aber gut genug, dass er anfing zurückzuweichen. Als Nächstes zielte sie auf seine Knie. Traf eins davon.

Der Kampf musste schließlich zu Armans tauben Ohren vorgedrungen sein, weil er von unten hochrief: »Madame Shore? Haben Sie den Scarlatti gefunden?«

Ob es nun an der Unterbrechung durch den alten

Mann lag oder an ihrem erbitterten Widerstand, der Angreifer trat jedenfalls den Rückzug an. Sie setzte ihm nach und folgte dem Geräusch seiner Schritte, bis ein Lichtstreifen von der Treppe seine dunkle Silhouette sichtbar machte.

Erst da wurde Olivia bewusst, dass der alte Buchhändler vielleicht unten an der Treppe stand. »Arman!«, rief sie. »Gehen Sie aus dem Weg!«

»Was haben Sie gesagt?«, rief er zurück.

Sie erreichte den Treppenabsatz und sah gerade noch, wie der Angreifer unten ankam und den alten Mann zur Seite stieß. Während Arman zu Boden ging, stürmte der Angreifer zum Ausgang.

»Arman!« Sie raste die Treppe hinunter und kniete sich neben ihn. »Arman, sind Sie in Ordnung?« Wenn er ihretwegen verletzt wäre …

Langsam setzte er sich auf. »Madame …?«

Ihr Handy war oben in ihrer Handtasche, die sie fallen gelassen hatte, zusammen mit der Scarlatti-Partitur. Sie wandte sich rasch zur Theke, wo Armans Festnetztelefon stand, und rief die Polizei.

Arman schien wie durch ein Wunder unverletzt, aber ein Rettungswagen fuhr ihn ins Krankenhaus, wo er untersucht wurde. Thad wartete in der Polizeiwache auf Olivia, bis sie ihre Aussage zu Protokoll gebracht hatte. Kaum hatten sie das Gebäude verlassen, knöpfte er sie sich vor, als wäre sie ein widerspenstiger Teenager, der nicht rechtzeitig nach Hause gekommen war.

»Wir hatten eine Abmachung! Du solltest doch nirgendwo hingehen ohne Henri oder mich. Wie konntest du dich so idiotisch verhalten?«

Ihre Hand schmerzte von dem Boxhieb, den sie ausgeteilt hatte. Ihr Kostüm war zerrissen, die Schulter geprellt. Sie war erschöpft und zu erschüttert von dem, was passiert war, um Thad darauf hinzuweisen, dass sie keine derartige Abmachung hatten und dass er endlich die Klappe halten sollte. Er schien es schließlich zu kapieren, dass sie nicht in der Verfassung für eine Standpauke war, legte einen Arm um sie und sagte nichts weiter.

Henri blies die Abendveranstaltungen ab, und Olivia zog sich in ihr Zimmer zurück. Nachdem sie sich vergewissert hatte, dass Arman nichts fehlte, legte sie sich zur Entspannung in die Badewanne und schlüpfte danach in ein weites Oberteil und ihre Yogahose.

Als sie aus ihrem Zimmer kam, traf sie Thad auf der Couch an, wo er telefonierte, während im Fernseher ein Baseballspiel ohne Ton lief. Auch wenn sie seine Vorwürfe lästig fand, wusste sie, dass seine Sorge aufrichtig war.

Er beendete rasch das Gespräch. »Das ist schon eine krasse Art, um sich vor dem Kundendinner zu drücken.«

»Keine weitere Strafpredigt, okay?« Sie setzte sich zu ihm auf die Couch, ließ einen Platz zwischen ihnen frei.

»Also gut, keine weitere Strafpredigt. Solange du mir versprichst, dass du nicht mehr allein losziehst, bis diese Sache geklärt ist.«

»Ich bin nicht leichtsinnig.« Sie hob eine Hand, bevor er widersprechen konnte. »Dieses Antiquariat ist eine wahre Schatzkammer.« Sie erzählte ihm von dem

Josephine-Baker-Autogramm und der Scarlatti-Partitur. »Ich habe nachgedacht ... Was, wenn es etwas im Laden gab, worauf der Kerl scharf war? Vielleicht sogar die Scarlatti-Oper? Vielleicht war ich nur zur falschen Zeit am falschen Ort.«

»Willst du damit sagen, dass das ein Zufall war? Dass ein Dieb beschlossen hat, den Laden genau dann zu überfallen, als du dort warst, statt wie ein normaler Kunde hereinzukommen, das zu suchen, was er wollte, und es zu bezahlen? Sind die Preise des alten Mannes so hoch?«

Ihr war bewusst, dass ihre Theorie weit hergeholt war, aber sie versuchte, sie mit einem Achselzucken zu verteidigen.

Thad hakte nach. »Wie viel sollte diese Scarlatti-Abschrift kosten?«

»Ich weiß nicht ... Ein-, zweihundert«, murmelte sie.

»Na bitte. Ein Wahnsinnspreis auf dem Schwarzmarkt für seltene Manuskripte und Partituren.« Er pflügte mit der Hand durch seine Haare, ohne sie durcheinanderzubringen. »Ich weiß, du willst nicht glauben, dass es jemand auf dich abgesehen hat, Liv, aber sieh dir die Fakten an. Drohbriefe, ein Terroranruf, das T-Shirt und nun das.«

»Die Einzigen, die einen Hass auf mich haben, sind Adams Schwestern, und die leben in New Jersey. Außerdem war das keine Frau, die mich angegriffen hat.«

»Sie könnten jemanden beauftragt haben, und selbst du kannst nicht leugnen, dass du als Zielscheibe benutzt wirst.«

Er hatte recht, und sie ließ sich tiefer in die Couch sin-

ken. »Hast du hier in der Stadt keine alten Footballkum-
pels, mit denen du ausgehen kannst?«

»Ich gehe heute Abend nirgendwohin.«

Sie wollte ihm gerade sagen, dass sie keinen Body-
guard brauchte, als sie merkte, dass das nicht ganz der
Wahrheit entsprach. Also bat sie ihn stattdessen, den
Ton für das Baseballspiel einzuschalten.

»Kennst du dich mit Baseball aus?«, fragte er.

»Ich habe *Eine Klasse für sich* mindestens ein Dutzend
Mal gesehen.«

»Also bist du eine Expertin.«

»Ich werde dir alles erklären, was du nicht verstehst.«

Als Thad am nächsten Morgen aus seinem Zimmer kam,
machte die Diva ihre täglichen Stimmübungen. Gestern
Abend hatte sie sich nach dem sechsten Inning in ihr
Zimmer verzogen und ihn mit der Fernbedienung, einem
Baseballspiel, das ihn nicht interessierte, und seinen Gedanken allein gelassen. Zu Beginn dieser Werbetour vor
zwei Wochen hatte er erwartet, dass er nichts weiter tun
würde als das, wofür er unterschrieben hatte. Nun war
er in eine Situation verstrickt, die er nicht kontrollieren
konnte.

Der Vorfall gestern in der Buchhandlung hatte ihm
einen Höllenschreck eingejagt. Heute würden sie nach
Dallas weiterreisen. Danach ging es nach Atlanta, Nashville, New York und Las Vegas, bevor sie am Schluss
nach Chicago zurückkehrten, ihrem Ausgangspunkt, wo
sie noch ein paar Termine absolvieren würden, gefolgt
von einer zweiwöchigen Pause bis zu ihrer letzten Ver-

pflichtung, der Teilnahme an der von Marchand gesponserten Operngala. Während dieser zweiwöchigen Pause würde Olivia für *Aida* proben, und er würde wahrscheinlich nach Kentucky fahren, um seine Eltern zu besuchen. Keine Journalisten, die immer dieselben Fragen stellten, und kein Leben aus dem Koffer mehr. Und keine Diva mehr.

Das passte ihm nicht. Er und die Diva waren … Freunde. Mehr als nur Freunde. Ein potenzielles Liebespaar, wenn er etwas zu melden hätte. Sie war witzig und faszinierend, störrisch und nachdenklich. Sie kannte sich mit harter Arbeit und beruflicher Hingabe genauso gut aus wie er. Alles, was er tun musste, war, ihre vollkommen rationalen Einwände gegen eine Affäre auszuräumen.

Sie hatte die Mitte ihrer Stimmübungen erreicht, nach dem Zungenschlagen und Lippenflattern, den *I* und *U*. Sie war nun bei *Nang* und *Nong* angelangt, und ihre Stimme lief mit Leichtigkeit und Brillanz die Tonleiter hoch und runter. Diesen vollen, satten Klang ihrer Stimme zu hören, würde er morgens als Erstes vermissen. Zum wiederholten Male fragte er sich, wie ein Mensch bloß fähig war, solche Töne hervorzubringen, die nicht von dieser Welt waren. Er wünschte sich, dass sie für ihn sang, ein einziges Mal. Nur für ihn. Die Habanera.

Er durchquerte die Suite. Ihre Zimmertür stand einen Spalt offen. Er hob die Hand und klopfte. Die Tür glitt ein Stück weiter auf, weit genug, dass er ihr Spiegelbild über der Frisierkommode sehen konnte.

Sie bürstete ihre Haare, die durch ihre Finger glitten

wie ein nachtschwarzer Wasserfall. Aus *Nong* wurde *Yay*, jeder einzelne Ton rund und weich. Dann kam sie zu *La*, seinem Lieblingsteil. Er wartete und lauschte jedem einzelnen perfekten *La*. Bloß ...

Ihre Lippen bewegten sich nicht.

Die Bürste strich weiter durch ihr Haar, ihre Stimme glitt flüssig rauf und runter. Aber ihre Lippen bewegten sich nicht. Nur die Haarbürste.

Sie bemerkte ihn im Spiegel. Für den Bruchteil einer Sekunde huschte ein Lächeln über ihr Gesicht, bevor es gefror. Sie sprang von ihrem Hocker auf, stürmte zur Tür und knallte sie ihm vor der Nase zu, ließ ihn auf der anderen Seite im Regen stehen.

KAPITEL 9

Thad wich einen Schritt zurück. Die geschlossene Tür sagte ihm alles. Er stieß sie wieder auf.

Olivia stand in der Mitte des Raumes, ihre Hand mit der Bürste in der Luft erstarrt, während ihre Tonfolgen im Hintergrund liefen. »Ich halte noch immer Stimmruhe«, erklärte sie. »Das verstehst du nicht.«

»Oh, ich verstehe sehr gut, und ich nenne das totalen Blödsinn.«

Sie hob das Kinn und wirkte verdammt hochnäsig. Und gleichzeitig verletzlich. »Was bedeutungslos ist, da du keine Ahnung von der menschlichen Stimme hast.«

»Mag sein, aber dafür weiß ich, wann jemand eine Show abzieht.«

Ihr Kinn blieb gereckt. »Das ist keine Show!«

Ihre Arroganz war nur gespielt. Er konnte es spüren, aber es kümmerte ihn nicht. »Bist das überhaupt du auf der Aufnahme?«

»Natürlich bin das ich!« Ihre Brust hob sich, als sie einen ihrer tiefen Atemzüge machte. »Selbst in der Stimmruhe ist es hilfreich, eine regelmäßige Routine aufrechtzuerhalten.«

»Das ist absoluter Quatsch. Eigentlich hätte ich schon viel früher dahinterkommen müssen. Berufssängerinnen wie du, die eine Stimmruhe einhalten, sollten nicht so viel quasseln, richtig? Das trifft auf dich wohl kaum zu.«

Sie kehrte ihm den Rücken zu und bewegte sich vom Spiegel weg. »Darüber werde ich nicht diskutieren.«

Er war stinksauer. Sie waren Freunde. Gute Freunde, obwohl sie sich erst kurze Zeit kannten. Sie hatten sich private Dinge erzählt. Sie hatten zusammen gelacht, sich gegenseitig beschimpft und aufgezogen, wären beinahe erfroren. Die Tatsache, dass sie ihn auf so eine Weise täuschte, fühlte sich an wie die schlimmste Art von Verrat.

»Wie du willst«, meinte er.

Sie ließ die Schultern hängen.

Thad machte auf dem Absatz kehrt und verließ das Zimmer. Er war fertig mit ihr.

Olivia sank betrübt auf ihr Bett. Sie hatte ihre Stimme verloren. Nicht durch eine Kehlkopfentzündung oder eine Allergie, nicht durch Polypen oder Stimmbandknötchen – körperlich fehlte ihr nichts –, sondern durch ihre Schuldgefühle. Und nun kannte Thad die Wahrheit über sie.

Du hast mir vorgespielt, dass wir für die Ewigkeit bestimmt sind. Du hast mir alles bedeutet, und ich habe dir nichts bedeutet. Wozu soll ich weiterleben?

Die E-Mail, die Adam vor seinem Selbstmord abgeschickt hatte, brachte es auf den Punkt. Und trotz allem, was Rachel und auch die Psychologin sagten, mit der sie gesprochen hatte, trotz Thads Meinung zu diesem Thema wusste Olivia, dass sie auf eine Weise verantwortlich war.

Rachel hatte die Szene auf Adams Beerdigung miterlebt. Sie wusste, dass Olivias Stimme in Mitleidenschaft gezogen war, aber sie wusste nicht, in welchem Ausmaß. Nur der Arzt, den Olivia aufgesucht hatte, und Thad kannten die Wahrheit.

Laut der medizinischen Diagnose hatte sie eine sogenannte psychogene Stimmstörung. Sie konnte nicht ihr volles Atemvolumen ausschöpfen, wenn sie versuchte zu singen. Ihr Herz begann dann zu rasen, und ein unnatürlicher Beiklang verzerrte die satten Töne, die ihr Markenzeichen waren. Ihr bewährtes Vibrato war wackelig geworden. Ohne ihre gewohnte Atemstütze bewegte sich ihre Zunge nach hinten, und sie würgte die hohen Töne ab. Das Allerschlimmste war, dass ihr manchmal die Luft ausging.

Sie war Olivia Shore. Ihr ging niemals die Luft aus. Aber nun schon, und in exakt fünfundzwanzig Tagen sollte sie die Amneris an der Oper in Chicago singen.

Sie sprang von der Bettkante auf, denn der Gedanke an den immer näher heranrückenden Stichtag erfüllte sie mit Panik. Sie machte regelmäßig Atemübungen und Yoga, versuchte zu meditieren und trank Unmengen Wasser. Seit ihrem peinlichen Aussetzer, als sie Thad betrunken attackiert hatte, beschränkte sie sich auf ein Glas Wein am Abend. Sie hatte nie geraucht, sie mied kohlensäurehaltige Getränke, und sie trank regelmäßig heiße Zitrone mit Honig. Sie hatte gehofft, die Werbetour würde die Ablenkung sein, die sie brauchte, um den Kreislauf zu durchbrechen, in dem sie gefangen war, aber alles schien nur noch schlimmer zu werden.

Jeder in der Opernwelt hatte Verständnis dafür, dass gesundheitliche Probleme einen vorübergehenden Stimmverlust herbeiführen konnten, aber ihre Karriere würde auf eine falsche Weise Schaden nehmen, wenn es sich herumsprach, dass sie aus psychologischen Gründen keine Stimme mehr hatte.

Seit der Beerdigung hörte sie jeden Morgen eine Aufnahme ihrer täglichen Vokalübungen und hoffte darauf, dass die vertrauten Tonfolgen ihre Muskulatur ausreichend lockerten, dass sie wieder ganz normal singen konnte, aber es funktionierte nicht. Die Schuldgefühle raubten ihr buchstäblich den Atem.

Als Thad sie auf dem Flug nach Dallas ignorierte, versuchte Olivia sich vergeblich einzureden, dass sie ihn nicht absichtlich hintergangen hatte. Aber die Wahrheit war, dass sie sich davor gefürchtet hatte, er könnte ihrem Geheimnis, in das nicht einmal Rachel vollständig eingeweiht war, auf die Schliche kommen. Und da sie die Aufnahme immer bewusst lauter gedreht hatte, wenn er in der Nähe war, hatte sie ihn sehr wohl vorsätzlich hinters Licht geführt.

Sie landeten, und während Paisley zurückblieb, um das Gepäck einzusammeln, stiegen Olivia und Thad mit Henri und Mariel in eine Stretchlimousine, die sie zum Hotel brachte. Olivia wurde das ungute Gefühl nicht

los, dass sie eine Freundschaft zerstört hatte, die für sie
unschätzbar geworden war. Sie musste mit Thad reden,
aber er hatte sich so weit wie möglich von ihr wegge-
setzt. Schließlich holte sie ihr Handy heraus und schrieb
ihm eine Nachricht.

Es tut mir leid.

Er sah auf sein Display. Sie rechnete halb damit, dass er
ihre Entschuldigung ignorierte, aber er antwortete.

Mir egal.

Es ist kompliziert.

Dieses Mal ignorierte er sie. Sie rief sich das wenige, das
sie über Leistungssportler wusste, ins Gedächtnis, und
versuchte es erneut.

Hast du nie eine Verletzung verschwiegen?

Er sah auf sein Display. Seine Daumen bewegten sich.

Nicht vor meinen Freunden.

Was ist mit deinen ganzen mysteriösen Telefonaten und dem Laptopbildschirm, den du ständig vor
mir verbirgst?

Seine Kiefermuskulatur spannte sich an.

Rein geschäftlich.

Sie zupfte mit den Zähnen an ihrer Unterlippe und tippte:

Vergib mir, und ich werde mit dir schlafen.

Sein Kopf fuhr ruckartig herum. Er starrte zu ihr herüber. Dann rasten seine Daumen über die Tastatur.

Versuchst du gerade, mich mit Sex zu bestechen?

Wahrscheinlich. Aber nur einmal.

Du belügst mich, und nun willst du dich selbst BELOHNEN, indem du mit mir schläfst?

Die Großbuchstaben waren ein klarer Affront, der eine entsprechende Antwort verdiente.

Es sollte dir inzwischen klar sein, dass ich seelisch aus dem Gleichgewicht bin. Was der Grund ist, warum ich MEINE STIMME VERLOREN HABE!

Sie fügte nachträglich einen Hashtag hinzu.

#empathie

Seine Antwort war kurz.

#schwachsinn

Sie seufzte und steckte ihr Handy weg.

Er warf einen Blick zu ihr herüber. Seine Daumen fingen an, sich zu bewegen, und hielten dann inne. Er packte selbst sein Handy weg.

Thad hatte schlechte Laune, und die zahlreichen Baustellen, die den Verkehr in Dallas behinderten, waren nicht hilfreich. In Chicago war er es gewohnt, dass ständig die Straßen aufgerissen wurden, aber Dallas schien noch schlimmer zu sein, oder vielleicht rührte seine düstere Stimmung auch eher von dem Vorfall am Morgen. Er musste daran denken, dass er einmal eine Knöchelverstauchung verschwiegen hatte aus Angst, dass die Defense der Dolphins seine Schwäche ausnutzen würde, und auch von seinem Rippenbruch damals hatte er keiner Menschenseele erzählt. Aber das war etwas anderes. Schließlich musste er an seine Mitspieler denken.

Doch für die Diva stand ihr Ansehen auf dem Spiel. Sie musste mit Zuschauern fertigwerden, die sie ausbuhten, mit Opernveranstaltern, die sie nicht engagierten, und mit Musikkritikern, die sie gnadenlos verrissen, wenn sie nicht in Form war.

Trotzdem hätte sie es ihm sagen sollen, weil ...

Sie hätte es ihm einfach sagen sollen.

Olivia hatte einen Großteil der Interviews am Vormittag praktisch allein bestritten, um Thads Einsilbigkeit zu überspielen. Am Nachmittag fanden sie sich in einer Parkanlage wieder, wo sie für ein Stadtmagazin fotografiert wurden. Das Shooting im Park war Mariels Idee gewesen, Henri hätte es lieber in einer altmodischen Spielhalle stattfinden lassen. Sein Vorschlag hätte eindrucksvollere Bilder erzeugt, aber Mariel war ganz klar die Stärkere in diesem Machtkampf und setzte sich am Ende durch.

Es war noch keine Stunde her, dass sie in ihr Hotel zurückgekehrt waren, als Thad feststellte, dass Olivia sich klammheimlich ins Schwimmbad davongemacht hatte. Allein. Nach dem Überfall in New Orleans schnappte er sich hastig seinen Zimmerschlüssel und raste in seinen Trainingsshorts und einem T-Shirt hinunter zum Pool.

Sie zog im Becken einsam ihre Bahnen. Mutterseelenallein! Keine Gäste, die auf den weißen Polsterliegen entspannten. Keine Kinder, die gerufen wurden: »Marco!« »Polo!« Er zog sein T-Shirt aus und sprang kopfüber ins Wasser.

Als er neben ihr auftauchte, geriet sie aus dem Rhythmus, und ihre Augen hinter der Schwimmbrille wurden groß.

»Gute Idee«, sagte er spöttisch. »Ohne Begleitung hierherzukommen.«

Sie fand in ihren Rhythmus zurück. »Du redest nicht mehr mit mir, schon vergessen?« Sie entfernte sich von ihm, und schmale dunkle Haarsträhnen, die sich unter ihrer Badekappe gelöst hatten, klebten in ihrem Nacken.

Ihm wurde bewusst, dass er den Beleidigten spielte. Er hatte ihr vorgeworfen, eine Show abzuziehen. Vielleicht sollte er sich tatsächlich an die eigene Nase fassen.

Olivia war bereits eine halbe Bahnlänge weiter. Sie hatte einen kräftigen Beinschlag, eine große Armspannweite und einen gleichmäßigen Zug – eine bessere Technik als er. Aber er hatte mehr Kraft, und er schickte sich an, dies unter Beweis zu stellen, obwohl seine vollgesogene Trainingshose ihn behinderte.

Als er schließlich mit ihr gleichzog, entdeckte er an ihrer Schulter einen hässlichen Bluterguss, der von dem Überfall im Antiquariat stammte. Dieses auffällige Mal fühlte sich an wie ein Versagen seinerseits, weil er nicht besser auf sie aufgepasst hatte, aber wenn er das erwähnte, würde sie ihm nur entgegenhalten, dass er nicht für sie verantwortlich war.

Er blieb für ein paar Züge auf gleicher Höhe mit ihr, und der Chlorgeruch stach ihm in die Nase. Als sie das tiefe Ende der Bahn erreichten, machte sie eine dieser Rollwenden, die er nie richtig beherrscht hatte, und glitt an ihm vorüber. Sie zeigte keinerlei Absicht innezuhalten, um mit ihm zu reden. Er stieß sich ungeschickt vom Beckenrand ab. Er konnte zwar mit ihrer Technik nicht mithalten, aber dafür würde er sie todsicher in Sachen Ausdauer schlagen. Er sah auf die Uhr an der Wand.

18:32 Uhr

Der Kampf war eröffnet. Eine hochnäsige Operndiva gegen einen durchtrainierten NFL-Quarterback.

18:39 Uhr

Er versuchte nicht, sie einzuholen, sondern ließ sie in ihrem eigenen eleganten Tempo schwimmen.

18:45 Uhr

Er pflügte voran – nur mit Kraft, ohne Technik. Von einem Ende der Bahn zum anderen.

19:06 Uhr

Ihre Züge wurden ungleichmäßiger. Sie ermüdete allmählich, aber sie weigerte sich aufzuhören, bevor er es tat.

19:14 Uhr

Das verblassende Licht draußen vor den Fenstern hatte eine orange Färbung angenommen. Er schwamm erst seit zweiundvierzig Minuten. Sie schwamm schon länger.

19:18 Uhr

Ihm wurde verspätet bewusst, dass die Prellung an ihrer Schulter sie bestimmt beeinträchtigte, aber sie weigerte sich trotzdem aufzugeben. Er war ein Arsch.

Er blockierte ihre Bahn, als sie ihm entgegenkam. »Du hast gewonnen.« Er stemmte die Füße auf den Boden. »Mensch, du hast vielleicht eine Kondition.« Er rang unnötigerweise keuchend nach Atem, damit sie sich nicht schlecht fühlte.

Das war offenbar nicht der Fall. Sie standen in anderthalb Meter tiefem Wasser, sodass er nur einen Teil dessen sehen konnte, was ein schlichter schwarzer Bikini zu sein schien. Ihr Gesicht war gerötet, ebenso ihr Dekolleté. Es war Zeit, die Fronten zu klären, und er versuchte, nicht auf den Bluterguss an ihrer Schulter zu schauen. »Ich wünschte, du wärst ehrlich zu mir gewesen«, sagte er.

Sie nahm ihre Schwimmbrille ab und paddelte zum seitlichen Beckenrand. »Das ist nicht gerade ein Thema, über das ich reden möchte.«

»Du drängst mich ständig, über Dinge zu reden, über die ich nicht reden will.«

»Zum Beispiel?« Sie kletterte die Leiter hoch und prä-

192

sentierte ihm einen ungehinderten Blick auf ihren sehr hübschen Hintern. Als er keine Antwort gab, sah sie vom Beckenrand zu ihm herunter. »Zum Beispiel darüber, wie du dich als Ersatzspieler fühlst? Oder was aus dir wird, wenn du zu alt bist für diesen Sport? Oder über diese geheimnisvollen Anrufe, für die du dich immer zurückziehst? Oder über deine Erfolgsbilanz als Womanizer?«

»Ich war immer monogam. Das ist ein Unterschied.« Sie stand über ihm, und Wasser rann an ihren langen, muskulösen Beinen herunter, während die Schwimmbrille von ihren Fingerspitzen baumelte. »Du hättest mir die Wahrheit sagen sollen, statt jeden Morgen diese Aufnahme abzuspielen.«

»Ich sage dir jetzt die Wahrheit.« Sie legte ihre Schwimmbrille auf eine der weißen Polsterliegen, zog die Badekappe aus und schüttelte ihre Haare. Als sie sich in ein Badetuch einwickelte, löste er den Blick von ihren Beinen und stieg aus dem Becken. Sie drehte sich zur Fensterfront, die auf einen Garten hinauszeigte. Er nahm sich selbst ein Badetuch und ließ ihr Zeit.

»In weniger als einem Monat«, begann sie, »bin ich an der Oper von Chicago als Amneris in *Aida* eingeplant.«

»Das weiß ich. Und einen Tag nach der Premiere findet die große Gala statt.« Er legte das Handtuch um seine Schultern. »Ich stelle mal die wilde Vermutung auf, dass es ein Problem für dich ist, auf die Bühne zu gehen.«

Sie antwortete mit einem ruckartigen Nicken und drehte sich dann zu ihm um. Er hatte sie noch nie so hilflos gesehen. »Wenn ich versuche zu singen – also richtig zu singen, anstatt bei einem Countryhit aus der Kara-oke-Anlage mitzuträllern –, kommt nichts so heraus, wie es sollte.«

»Wie lange geht das schon so?«

Sie sackte auf das Fußende einer Liege. »Es begann an dem Tag, als ich diese Mail öffnete. Ich hatte abends ein Konzert, und ich merkte, wie meine Brust sich immer mehr zusammenschnürte. Je länger ich sang, umso dünner wurde meine Stimme, bis ich am Schluss kaum noch wie ich selbst klang.« Sie zupfte an einem losen Faden an ihrem Handtuch. »Seitdem ist es immer schlimmer geworden. Ich war bei einem Arzt.« Es schien, als müsste sie sich zwingen, ihn anzusehen. »Ich leide an einer psychogenen Stimmstörung – eine höfliche Umschreibung dafür, dass ich verrückt bin.«

»Das bezweifle ich.« Er konnte entweder vor ihr stehen bleiben oder sich ebenfalls hinsetzen. Er entschied sich für das Fußende der benachbarten Liege. »Du hast deine Stimme verloren, weil du dich für den Selbstmord deines Exfreunds verantwortlich fühlst, ist das richtig?«

»Ja, das ist ganz eindeutig.« Sie schob die Füße in die Flipflops, die sie neben der Liege abgestreift hatte. Obwohl es sich um ein ernstes Gespräch handelte, wünschte er, sie würde ihr Handtuch fallen lassen. Er war ein Idiot.

»Ich habe es dir schon gesagt«, fuhr sie fort. »Adam war ein reizender, gut aussehender Mann. Er liebte mich. Wir waren Teil derselben Welt. Wir mochten dieselben Komponisten, dieselben Sänger. Es erschien nur logisch, dass wir heirateten, obwohl ich wusste, wie empfindlich er war. Aber statt es rechtzeitig zu beenden, ließ ich es weiterlaufen.« Sie zupfte am Träger ihres Bikinioberteils. »Ich werde nie vergessen, wie er mich angesehen hat, als ich mit ihm Schluss gemacht habe. Als hätte ich auf ihn geschossen. Was für eine Ironie, nicht wahr?«

»Du hast nicht auf ihn geschossen. Du hast dich von ihm getrennt. So was passiert ständig.«

»Adam war ein besserer Mensch, als ich jemals sein werde.« Sie zog das Handtuch enger um ihren Körper. »Rücksichtsvoll. Liebevoll.«

»Kinder und Hunde. Ja, hast du schon gesagt.«

Sie streifte eine feuchte Haarlocke hinter ihr Ohr. »Ich habe ihn geliebt. Nur nicht so, wie er mich geliebt hat.«

»Wer ist nicht schon mal mit der falschen Person eine Beziehung eingegangen? Du hast einen Fehler gemacht. Das kommt vor.«

»Dieser Fehler hat Adam das Leben gekostet.«

Thad gefiel das nicht. »Adam hat Adam das Leben gekostet.«

Sie starrte ihn an, wirkte verwundbar und zugleich verwirrt. »Er dachte, wir wären für die Ewigkeit bestimmt.«

»Paare trennen sich. Danach gibt man sich die Kante, heult sich die Augen aus, was auch immer. Schließlich orientiert man sich weiter.«

Sie ließ nun endlich das Handtuch los. Es glitt als ein feuchtes Bündel hinunter zu ihren Hüften. »Wie trennst *du* dich von jemandem? Was sagst du dann? Ich nehme an, du hast viel Übung darin.«

»Manchmal werde auch ich verlassen.«

Er klang abwehrend, und natürlich hakte sie nach. »Aber normalerweise ist es umgekehrt, nicht wahr? Kommst du den Frauen mit dem abgedroschenen Spruch ›Es liegt nicht an dir, sondern an mir‹?«

»Den sollte man niemals vorbringen, wenn man sich von jemandem trennt.«

»Das sagst du mir jetzt erst.« Sie schenkte ihm ein zittriges Lächeln. »Also, wie gehst du vor?«

»Ich bin von Anfang an offen und ehrlich. Ich habe nichts dagegen, wenn andere Leute heiraten, aber ich genieße mein Leben so, wie es ist. Ich mag mich nicht auf eine Biersorte festlegen, geschweige denn auf eine Ehe. In dieser Hinsicht bin ich egoistisch.«

»Ich kann nicht glauben, dass du auf deiner langen, serienmonogamen Reise nie eine Frau hattest, die dachte, sie könnte deine Meinung ändern.«

»Solche Frauen sind leicht auszumachen. Außerdem legt es nicht jede Frau darauf an, so schnell wie möglich unter die Haube zu kommen, wie du weißt. Darüber hinaus habe ich einen guten Geschmack, und die meisten Frauen, auf die ich mich einlasse, sind schlau genug, um mich sofort zu durchschauen.«

»So schlimm bist du nicht.«

Er beugte sich zu ihr vor. »Ich bin zu stark auf mich selbst fixiert, um für eine Ehe zu taugen. Und der bloße Gedanke, für ein oder mehrere Kinder die Verantwortung zu tragen, lässt mich in kalten Schweiß ausbrechen.«

»Dann waren deine Trennungen also nie dramatisch? Mit Tränen und lautem Geschrei?«

»Es gab verletzte Gefühle, aber ganz bestimmt hat sich niemand wegen mir umgebracht!«

»Du Glückspilz.«

Ein älteres Paar kam nun durch die Tür und steuerte den Whirlpool an. Der Mann hatte eine grau behaarte Brust, und die Frau trug, im Gegensatz zu Olivias glatter Badekappe, eine dieser altmodischen Gummihauben mit aufgesteckten Plastikblüten.

Das geräuschvolle Blubbern des Whirlpools verhinderte, dass die anderen mithören konnten, trotzdem dämpfte Thad seine Stimme. »Vielleicht hättest du früher mit Adam reden sollen, aber zu lange zu warten, bevor man mit jemandem bricht, ist kein Verbrechen. Diese Tat geht auf sein Konto, nicht auf deins.« Er sah ihr an, dass sie ihm nicht glaubte. »Weißt du, was dein Problem ist?«

»Nein. Du wirst es mir sicher gleich sagen.«

»Du bist eine Perfektionistin. Du willst in allem, was du tust, die Beste sein. Im Singen, Schauspielern, Tanzen, Uhrenbewerben und in Beziehungen. In deiner Vorstellung ist kein Platz für Misserfolge. Kein Platz für Fehler. Aber ob du es akzeptierst oder nicht, du bist auch nur ein Mensch.« Ihm wurde bewusst, dass sie ihm dasselbe an den Kopf werfen könnte. Aber sie tat es nicht.

»Dann verzeihst du mir, dass ich dich getäuscht habe?«

»Ich schätze, das kommt darauf an.«

»Worauf?«

Er neigte den Kopf zur Seite. »Darauf, wie ernst du es gemeint hast mit deinem Angebot, dass du mit mir schläfst, wenn ich dir den schmerzlichen Verrat an unserer Freundschaft nachsehe.«

»Ich glaube nicht, dass ich es ernst gemeint habe.«

»Du bist nicht sicher?«

Sie zuckte mit den Achseln und wirkte nun eher wie ein schüchterner Teenager statt wie eine gestandene Opernsängerin.

»Also, nur um sicherzugehen, dass ich alles richtig verstanden habe ... Du möchtest mit mir hemmungslosen Sex haben, aber du hast Angst, daraus könnte sich eine Beziehung entwickeln. Die du nicht willst.«

»Definitiv nicht.«

»Das ist wohl kaum ein unüberwindbares Problem, da ich auch keine will.« Er zupfte an einem Ende des Handtuchs, das um seinen Hals lag, während er kurz überlegte, wie weit er gehen konnte. »Hier ist mein Vorschlag. Las Vegas. Der letzte Abend auf unserer Tour, bevor wir nach Chicago zurückkehren. Du, ich und ein Schlafzimmer. Wir treiben es die ganze Nacht durch. Und dann ...«

»Und dann?«

»Fliegen wir zurück nach Chicago und verbringen zusammen die zwei Wochen bis zur Gala. Danach jage ich dich für immer zum Teufel.«

Sie lächelte. »Sprich weiter.«

»Das gibt uns etwas, worauf wir uns freuen können – Las Vegas –, und es löst auch das Beziehungsproblem, das dir Sorgen macht.« Es löste nicht das Problem der Gefahr, in der sie sich befand, eine Komplikation, die er nach wie vor aus der Welt schaffen wollte.

Sie dachte kurz darüber nach. »Nur um das klarzustellen ... Du wirst über meine kleine Schummelei nur dann hinwegsehen, wenn ich mit dir ins Bett gehe?«

»Über deine brutale, *verletzende* Irreführung. Außerdem, als Gentleman bin ich tief gekränkt, dass du denkst, ich würde um Sex feilschen. Im Gegensatz zu dir.«

Sie neigte den Kopf zur Seite, sodass ihre Haare über eine Schulter fielen. »Dann verzeihst du mir trotzdem?«

»Solange du mir versprichst, von nun an ehrlich zu mir zu sein.«

»Versprochen.« Sie bekreuzigte sich über ihrem Herzen wie ein kleines Mädchen, und er wollte sie am liebsten küssen. »Wir haben in Chicago drei Tage mit Interviews, dann zwei Wochen Pause, in denen du faul herumhängst und ich hart arbeite. Vorausgesetzt, ich habe die Stimme, um zu den Proben zu erscheinen.« Die Verzweiflung, die er gehofft hatte, nie wieder in ihren Augen zu sehen, trübte ihren Blick. Sie fuhr mit den Fingern durch ihre Haare. »Aber sobald die Proben beginnen, sind wir fertig miteinander.«

»Augenblick. Erst wenn die Gala vorüber ist, sind wir fertig miteinander. Das ist unser letzter Pflichttermin für Marchand, und du wirst uns unter keinen Umständen diese zwei Wochen der sexuellen Glückseligkeit vorenthalten.«

»Falsch.« Sie streifte sich die Haare aus dem Gesicht. »Wir werden die letzte Nacht in Las Vegas zusammmen verbringen. Und dann noch die drei Tage in Chicago. Am Sonntagabend jagst du mich zum Teufel, bevor am Montagmorgen meine Proben beginnen.«

»Na schön. Ich schlage dir einen Kompromiss vor. Wir haben den letzten Abend in Las Vegas. Dann drei Tage in Chicago. *Plus* die zwei Wochen, in denen du probst. Ich werde dich mit einem feinen Essen und einer Rückenmassage erwarten, wenn du abends nach Hause kommst. Und gleich nach der Gala jage ich dich zum Teufel.«

»Inwiefern ist das ein Kompromiss?«

Weil er es so wollte.

Sie zeigte mit einem langen, eleganten Finger auf ihn. »Es gibt keinen Kompromiss. Sobald die Proben beginnen, bin ich voll auf meine Arbeit konzentriert, und wir sind Geschichte.«

»Komm schon, Liv, sei vernünftig.«

»Das einzige Mal, dass wir uns wiedersehen werden, ist auf der Gala. Wir werden uns wie alte Freunde begrüßen, für Fotos posieren und anschließend getrennte Wege gehen. Das war's dann mit uns. Aus und vorbei. Keine Dates. Kein gemütliches Abendessen. Keine Spaziergänge am See. Nichts.«

»Du hast wirklich Angst vor mir, nicht wahr?«

Sie verlagerte ihre Knie. »Bist du einverstanden oder nicht?«

»Das hier ähnelt einer schlechten Tarifverhandlung, aber ich bin einverstanden.« Vorerst zumindest. Sobald die Dinge sich entwickelten, beabsichtigte er, die Situation zu überdenken.

»Gut.« Sie schenkte ihm ein strahlendes Lächeln. Ein Lächeln, das er ruinieren musste, weil er die Anspannung in ihren Schultern und in ihrem Hals nicht ertragen konnte.

»Liv, du musst den Kopf freikriegen.«

»Und was schlägst du vor, wie ich das anstellen soll?«

»Mach dir nicht so viel Druck wegen Adam. Akzeptiere deine Schwächen – auf die ich dich gern weiter hinweisen werde, angefangen mit deinem Hang, vor dir selbst davonzulaufen.« Plötzlich kam ihm eine Idee. »Außerdem musst du anfangen, für mich zu singen.«

Sie sprang von der Liege auf, während das Badetuch zurückblieb. »Ich habe es dir doch gesagt. Ich bin nicht in der Lage zu singen!«

Die beiden älteren Herrschaften im Whirlpool sahen zu ihnen herüber. Thad stand auf und versperrte ihnen die Sicht auf Olivia. »Ich habe auch nicht gesagt, dass du Opernarien singen sollst. Vielleicht ein bisschen Blues. Rock. Kinderlieder. Völlig egal. Ich bin bloß ein Footballspieler, schon vergessen? Ich kann nicht beurteilen, ob das, was ich gerade höre, gut ist oder schlecht.«

»Wir haben zusammen Jazz gehört, schon vergessen? Du weißt, was gute Musik ist. Außerdem ist die Idee völlig bescheuert.«

»Ist sie das? Ich muss mich schließlich um Clint Garrett kümmern, oder nicht? Ein Riesentalent, und trotzdem bringt der Kerl es fertig, unter Druck einzuknicken. Ihr beide habt große Ähnlichkeit.«

»Inwiefern?«

»Ihr seid beide verdammt anstrengend.«

Was nur eine plötzliche Eingebung gewesen war, nahm erste Gestalt in ihm an.

Als Thad am nächsten Morgen eine Stunde, bevor sie nach Atlanta abreisten, an ihre Tür klopfte, empfahl sie ihm höflich, zur Hölle zu fahren. Leider schreckte ihn das nicht ab, und ehe sie sich's versah, platzte er in ihr Zimmer, schnappte sich von der Kommode ihre Haarbürste und streckte sie ihr entgegen.

»Sing!«

»Nein.«

»Leg dich nicht mit mir an, Olivia. Wir werden jetzt mal meine Art von Therapie ausprobieren.«

Sie schob seinen Arm weg und versuchte, ihn mit ihrem vernichtendsten Blick einzuschüchtern. »Sopranistinnen benutzen keine Mikrofone.«

Er ließ sich nicht beirren. »Im Moment bist du keine Sopranistin, sondern eine ganz gewöhnliche Sängerin. Und die benutzen Mikrofone.« Er hielt ihr wieder die dämliche Haarbürste vor die Nase. »Ich habe mir überlegt, etwas von Ella oder Nina Simone würde mir gefallen.«

»Versuch's mal mit Spotify.«

Seine Lippen kräuselten sich, aber nicht auf eine gute Art. »Und dabei brüstest du dich immer mit deiner Arbeitsmoral. Doch alles, was ich sehe, ist eine Frau, die aufgegeben hat. Statt zu kämpfen und die Missstände zu beseitigen, verlegst du dich aufs Jammern.« Als wäre das nicht verletzend genug, fügte er hinzu: »Ich bin von dir enttäuscht.«

Niemand war jemals von Olivia Shore enttäuscht. Sie riss ihm die Bürste aus der Hand und gab ihm Billie Holiday. Ein paar Strophen von »God Bless the Child«, so schlecht intoniert, dass es gut war, dass Billie nicht mehr lebte, denn hätte sie Olivias holprigen Gesang gehört, wäre sie bestimmt von der nächsten Brücke gesprungen.

Thad lächelte nichtsdestotrotz. »Damit kannst du sofort in der Carnegie Hall auftreten.«

Sie warf die Bürste nach ihm. Dabei zielte sie auf seinen Oberkörper statt auf seinen Kopf – was unnötig war, wie sich herausstellte, weil er die Bürste direkt aus der Luft pflückte, bevor sie ihn treffen konnte.

»Ich bin halt gut«, sagte er in Anbetracht ihrer staunenden Miene.

Könnte sie das doch nur auch von sich behaupten.

»Und du bist nicht so schlecht, wie du denkst.« Er tätschelte ihre Wange. »Ich habe Frühstück für uns bestellt. French Toast mit Erdbeer-Cheesecake-Füllung.«

Sie sah ihn finster an.

»Natürlich nur für mich. Während du einen Rucola-Grünkohl-Smoothie mit Gartenraupen als Beilage bekommst.«

»Mach dir keine Gedanken deswegen.«

Wie sich herausstellte, kam sie gar nicht in den Genuss ihres Frühstücks, weil sie den Fehler machte, ihr Handy zu checken, bevor sie sich an den Tisch setzte.

KAPITEL 10

Der Überfall in New Orleans war publik geworden. Die großen Zeitungen beschränkten sich auf eine sachliche Kurzmeldung, aber die Klatschseiten im Internet schlachteten das Thema aus.

> Die Polizei hält sich ziemlich bedeckt zu dem bizarren Überfall auf den Opernstar Olivia Shore. Die Tat ereignete sich in einer Seitenstraße von New Orleans. Shore blieb offenbar unverletzt, aber was hatte sie am Schauplatz des Verbrechens zu suchen? Und welche Rolle spielt Thad Owens, Ersatzquarterback der Chicago Stars, der laut Gerüchten mit der Operndiva liiert sein soll, in dieser undurchsichtigen Angelegenheit? Es bleiben viele offene Fragen.

Es hätte nicht anrüchiger wirken können.

Thad war noch immer aufgebracht, als sie mit dem Aufzug in die Lobby fuhren, wo draußen die Limousine wartete, die sie zu ihrem Privatjet nach Atlanta bringen würde. »Die unterstellen mir einfach, dass ich etwas mit dem Überfall zu tun habe!«, schnaubte er.

Genau das taten sie, aber Olivia versuchte, es kleinzureden. »Nicht direkt«, sagte sie, und es klang schwach.

»Deutlich genug.«

»Ich verstehe nicht, warum wir diese ganze Aufmerksamkeit bekommen.«

»Weil ich ein tumber Sportler bin, und du bist eine hochkarätige Diva, und weil die Geschichte zu gut für die Klatschpresse ist, als dass sie sich die entgehen lassen würden.«

»Das einzig Tumbe an dir ist dein Modegeschmack.« Das T-Shirt, das er trug, war, wie sie zufällig wusste, ein Zweihundertfünfzig-Dollar-Designerstück von Valentino.

Er senkte den Blick auf die dunkelblau-roten Astronautenmännchen, die durchs All schwebten. »Das hier war vielleicht ein Fehler.«

»Meinst du?«

Vor der Limousine warteten nur Henri und Paisley. Mariel hatte sich glücklicherweise von der Tour verabschiedet, aber Olivia ging davon aus, dass sie wiederauftauchen würde wie eine Erkältung, die einfach nicht richtig wegging. Wahrscheinlich war sie zu Onkel Lucien gelaufen, um sich über die unzivilisierten *crétins* zu beschweren, die Henri als neues Aushängeschild von Marchand engagiert hatte.

»Betrachten wir es von der guten Seite«, sagte ein nicht ganz so fröhlicher Henri, als sie auf dem Flugplatz ankamen. »Zwei neue Radiosender haben für ein Interview angefragt.«

»Aus den falschen Gründen«, brummte Thad.

Kaum waren sie an Bord, bekam er einen Anruf auf seinem Handy. Da er gegenüber von Olivia Platz genom-

205

men hatte, konnte sie seinen Gesprächsanteil, der größtenteils aus missmutigen Brummlauten bestand, mithören. Als er das Handy wieder einsteckte, sah sie ihn besorgt an. »Alles okay?«

»Das war die Pressestelle der Chicago Stars. Phoebe Calebow ist nicht begeistert.«

Selbst Olivia war die legendäre Phoebe Calebow, Besitzerin der Chicago Stars und mächtigste Frau in der NFL, ein Begriff.

Thad streckte die Beine so weit aus, wie der Platz es hergab. »Phoebe hat wenig Verständnis für alles, was auch nur ansatzweise darauf hindeutet, dass einer ihrer Spieler eine Frau schlecht behandelt.«

»Ich kann mit ihr reden, wenn du willst.«

Er kräuselte die Lippen. »Nein danke, Mom. Ich werde mich selbst darum kümmern.«

»Ich versuche ja nur zu helfen.«

»Niemand kann einfach so mit Phoebe Calebow reden, außer man ist von königlicher Abstammung. Oder ein Mitglied der Calebow-Familie. Phoebe ist die einschüchterndste Schönheit, die man jemals gesehen hat.«

»Ich kenne Fotos von ihr. Sie hätte früher, als sie noch jünger war, locker Playmate des Monats sein können. Und anschließend Playmate des Jahres.«

»Lange wurde sie aufgrund ihres Aussehens unterschätzt, aber heute begehen nur Idioten diesen Fehler. Glaub mir, wenn ich sage, dass sich niemand bei ihr unbeliebt machen will.«

Sie sah ihm an, dass er sich Sorgen machte, was bedeutete, dass sie sich um ihn Sorgen machte.

Im Laufe der nächsten Tage wurde der Uhrenmanufaktur Marchand eine breitere Berichterstattung in den Medien zuteil, als jemand hätte erwarten können, allerdings nicht ganz auf die gewünschte Art. Plötzlich kamen von nicht jugendfreien Sendungen landesweit Interviewanfragen, denen Henri allesamt eine Absage erteilte zugunsten von seriöseren Formaten.

Olivia legte sich rasch eine ausgefeilte Antwort auf Fragen zu dem Überfall in New Orleans zurecht. Statt preiszugeben, dass der Angriff sich in einem Antiquariat ereignet hatte, was das Ganze nur noch bizarrer hätte erscheinen lassen, sprach sie von einer kleinen Boutique im Französischen Viertel und von einem klassischen Beispiel dafür, zur falschen Zeit am falschen Ort zu sein. »Es war vollkommen zufällig. Offensichtlich handelte es sich um einen Geisteskranken. Ich bin so froh, dass Thad danach sofort an meiner Seite war, als ich meine Aussage machte. Auf Freunde wie ihn ist wirklich Verlass.«

Das beendete die meisten Fragen, außer von den besonders Hartnäckigen.

Von Atlanta reisten sie weiter nach Nashville, und Thad ließ nicht locker, um sie zum Singen zu bewegen. Sie wusste seine Mühe zu schätzen, aber ein paar Takte von Billie Holiday zu trällern, würde die Art von Blockade, mit der sie es zu tun hatte, nicht überwinden. Dennoch blieb er hartnäckig, und sie war verzweifelt. Wenn sie allein waren und zwischen den Interviews eine Pause hatten, präsentierte er ihr Songtexte auf seinem Handy. Heute war es »Georgia On My Mind«.

»Lass hören«, sagte er.

»Das wird mich nicht heilen«, entgegnete sie.

»Sei nicht immer so negativ. Heute Morgen hast du schon besser geklungen als gestern, und außerdem singst du gern Jazz.«

Sie warf einen Blick auf den Liedtext. »Es ist ein großer Unterschied, ob man Ray Charles singt oder zu einem hohen Fis ansetzt für Amneris' ›Quale insolita gioia nel tuo sguardo‹.« Als er ein verwirrtes Gesicht machte, meinte sie: »Welch unnennbares Feuer in deinem Auge.«

»Danke.«

»Nicht dein Auge. Das von Radamès. Dabei schwelgt der gerade in seiner Liebesfantasie mit Aida, während er für Amneris keine Leidenschaft empfindet, zu ihrem Pech.«

»Das zeigt, was passiert, wenn eine Frau es zu ernst meint, selbst im alten Ägypten.«

»Genau.« Sie musste an Adam denken. An *Aida*. Daran, wie Amneris Radamès in den Tod schickte. Sie riss Thad das Handy aus der Hand und begann zu singen. »Georgia … Georgia …«

Thad schloss die Augen und lauschte.

Das hier war Jazz, keine Oper, und die Klammer um ihren Brustkorb lockerte sich. Nicht genug, um die Töne hervorzubringen, die sie für die Opernbühne brauchte. Weit davon entfernt. Aber wie Thad schon gesagt hatte, besser als gestern.

Thad hatte seinen Kumpels in Nashville versprochen, an diesem Abend mit ihnen feiern zu gehen, aber das war gewesen, bevor er in die Mission, die Diva zu beschützen, hineingeschlittert war. Er konnte sich nicht vorstellen, sie wieder in eine laute Kneipe mitzuschleppen. Sie würde ihre Stimme anstrengen müssen, um sich zu unterhalten, und sie stand schon genug unter Stress. Außerdem war es ein Treffen unter Männern, und in einer Stunde sollte es losgehen.

Während er seine Möglichkeiten abwog, schlenderte er in die angrenzende Suite, wo Olivia gerade den Yoga-Sonnengruß vor der Fensterfront machte. Er setzte sich breitbeinig auf die Couch und tat so, als wäre er mit seinem Handy beschäftigt, aber in Wahrheit bewunderte er ihre Kraft und ihren Po, über dem sich der Stoff ihrer Yogahose spannte.

Er dachte über sein Dilemma nach. Er war es den Jungs schuldig, und er wollte nicht absagen, aber Henri war beschäftigt, und Paisley war nutzlos.

Die Türglocke der Suite summte. Thad kam Olivia zuvor und öffnete selbst die Tür.

Clint Garrett stand vor ihm. »Hi, ich hab eine Freundin in Memphis besucht, und da dachte ich mir, ich schau mal bei euch vorbei.«

»Memphis ist mehr als zweihundert Meilen entfernt«, erwiderte Thad.

Clint zuckte mit den Achseln. »Was soll's.«

Ausnahmsweise einmal war Garretts Timing genau richtig. »Komm rein.«

»Hey, Clint.« Die Diva winkte ihm und widmete sich dann wieder ihrem Sonnengruß.

»Sorry, dass ich nicht früher kommen konnte«, sagte Clint. »Ich habe diesen Mist gelesen, den die Zeitungen über euch schreiben, und ich habe gehört, dass Phoebe ziemlich aufgebracht ist. Du sollst wissen, dass ich für dich da bin, T-Bo.«

Thad klopfte ihm auf den Rücken. »Das weiß ich zu schätzen. Ich bin sogar richtig froh, dass du gerade hier bist.«

Clint sah ihn misstrauisch an. »Warum das?«

»Ich habe gleich einen Termin, und ich brauche dich, damit du Liv Gesellschaft leistest.«

Olivia richtete sich aus ihrem herabschauenden Hund auf. »Ich brauche niemanden, der mir Gesellschaft leistet.«

»Doch, tut sie.« Er nannte Clint nähere Details zu dem Überfall in New Orleans und erwähnte auch die Drohbriefe. »Es gab noch andere hässliche Aktionen. Ein anonymer Anruf, ein anonymes Päckchen. Und sie hat einen Stalker namens Rupert.«

Olivia bäumte sich auf. »Rupert ist kein ...«

Thad ignorierte sie und redete weiter. »Ich traue dem Sicherheitspersonal in Hotels nicht. Tatsache ist, du hattest keine Schwierigkeiten, um hier raufzukommen. Außerdem hat Liv die Angewohnheit davonzulaufen.«

»Ich laufe nicht ...«

»Ich werde ein paar Stunden weg sein.« Er klopfte Clint wieder auf den Rücken. »Kannst du ein Auge auf sie haben?«

»Klar.«

»Ich brauche keinen Babysitter«, sagte sie schmollend.

»Sie ist gerissen«, sagte Thad. »Pass auf, dass sie dir nicht entwischt.«

»Ich bin nicht geris…«

»Verstanden«, sagte Clint. »Darf ich mit ihr rummachen?«

Mistkerl. »Du kannst es ja versuchen. Ich bezweifle aber, dass du Erfolg haben wirst.« Andererseits, Clint war ein gut aussehender Bursche, und er erfüllte die wichtigste Anforderung, die die Diva an einen Liebhaber stellte: Beziehung ausgeschlossen.

Thad heftete seinen Blick auf Olivia. »Clint ist nicht die hellste Kerze auf der Torte, und Sex ist der einzige Weg, den er kennt, um zu Frauen eine Beziehung herzustellen. Ich glaube zwar nicht, dass du auf seine Masche hereinfallen wirst, aber falls doch … Vergewissere dich, dass er diesen Herpesausbruch unter Kontrolle hat.«

Clint lachte und gab Thad einen extraharten Schlag auf den Rücken. »Du bist wirklich einmalig, Alter.«

Die Diva lächelte. »Ich brauche keinen Babysitter, aber es wäre reizend, mit jemandem Zeit zu verbringen, der mich nicht ständig herumkommandiert.«

»Ich weiß, was du meinst«, sagte Clint. »Junge, und wie ich das weiß.«

Thad starrte ihn finster an. »Lass sie bloß nicht aus den Augen.«

»Zu Befehl.«

Thad ging zu dem Treffen mit seinen Kumpels, aber er hatte keine gute Zeit. Er musste ständig daran denken, was in der Hotelsuite wohl vor sich ging.

»Dieser Satz geht mir immer nahe.« Clints Stimme klang verdächtig belegt. »›Du vervollständigst mich‹. Alle reden immer von der anderen Stelle, wenn sie so was erwidert wie: ›Du hattest mich schon nach dem Hallo.‹ Aber sein ›Du vervollständigst mich‹ – welcher Kerl würde so etwas sagen? Trotzdem ... Dieser Satz geht mir unter die Haut.«

Olivia wischte sich über die Augen, als der Abspann von *Jerry Maguire* lief. »Warum habe ich diesen Film nicht schon früher gesehen? Ich weiß, warum. Weil ich dachte, es ginge darin nur um Football.«

»Nicht genug Handlung.« Clint erholte sich von seinem kurzen emotionalen Ausbruch und legte einen Arm über die Couchlehne. »Falls T-Bo fragt, sag ihm, wir haben uns *Waterboy* angesehen.«

Ihr linkes Bein, das sie untergeschlagen hatte, war eingeschlafen, und Olivia zog es hervor. »Ist das nicht der Film mit Adam Sandler in der Hauptrolle?«

Er nickte. »Der Lieblingsfilm der meisten Footballer.«

»Weil *Jerry Maguire* zu unmännlich ist.«

»Das würde ich so nicht sagen.«

»Was würdest du dann sagen?«

»Dass er zu unmännlich ist.«

Sie lachte und stand von der Couch auf, schüttelte ihr taubes Bein, um den Blutfluss anzuregen. »Ich gehe jetzt ins Bett. Du musst nicht bleiben. Wirklich nicht. Thad verhält sich lächerlich.«

»Schon okay. Ich bleibe einfach noch eine Weile hier sitzen.«

»Sei nicht so ein Schwächling. Du bist nicht sein Sklave.«

»Sagst du.«

»Du solltest ihm verbieten, wie er mit dir spricht.«
Sie setzte sich wieder hin. »Ich habe ein bisschen recherchiert, und du schneidest nach deiner zweiten Profisaison als Quarterback in der Gesamtwertung besser ab als Dean Robillard, der ja als Jahrhundertspieler der Stars gilt. Aber Thad behandelt dich wie einen Schuljungen.«

Clint nickte. »Im Football muss man sich den Respekt erarbeiten.«

»Und hast du das nicht getan?«

»Nicht die Art von Respekt, die ich von Thad will.«

»Aber du bist der bessere Quarterback. Das ist das, was ich nicht begreife. Du bist Stammspieler. Er nicht.«

»So einfach ist das nicht. Ich bin zwar schneller als er und habe eine höhere Wurfkraft, aber T-Bo ... Er ist ein Genie. Trotz dieser Sache mit seinem Gesichtsfeld findet er immer einen Receiver, wenn sonst keiner einen findet, und wie er die gegnerische Defense liest ... Als hätte er übersinnliche Fähigkeiten. Ich muss von ihm lernen, wie man das macht.«

»Selbst wenn das bedeutet, diese ganzen Beleidigungen in Kauf zu nehmen?«

»T-Bo und ich ... Wir verstehen uns schon. Ich liebe diesen Kerl.« Sein Blick wurde schärfer. »Aber was T-Bo und die Frauen betrifft ... Du solltest vielleicht vorsichtig sein.«

»Du brauchst mich nicht zu warnen, das ist mir schon längst klar. Kein Mann, und schon gar nicht er, wird mich aus der Spur bringen.« Sie sah ihm an, dass er ihr nicht glaubte, und versuchte, es ihm zu erklären. »Wir drei ... du, Thad und ich ... Wir sind nicht wie die meisten Menschen. Unsere Arbeit kommt immer an erster Stelle.«

Er nickte und grinste dann. »Hast du Lust, Thad zu ärgern?«

Sie neigte den Kopf zur Seite. »Was schwebt dir vor?«

Wo zum Teufel war sie? Als Thad ins Hotel zurückkehrte und die Suite leer vorfand, schrieb er Olivia an und erhielt keine Antwort. Daraufhin schrieb er den Blödmann an, den er törichterweise damit beauftragt hatte, auf sie aufzupassen.

Keine Reaktion.

Er ging hinunter in die Lobby und sprach mit einem Portier, der gesehen hatte, wie Garrett mit der Diva in seinem Maserati-Gran-Turismo-Cabriolet davongefahren war.

Thad sagte sich, dass sie in Sicherheit war. Der Blödmann war kein Idiot. Er würde auf sie aufpassen. Aber …

Sie sollte jetzt in ihrem Bett liegen und tief und fest schlummern, während Garrett vor ihrer Tür Wache hielt.

Thad wanderte in der Suite auf und ab wie ein Vater, der auf seine Tochter wartete, die zu spät nach Hause kam.

Eine halbe Stunde verging. Eine Stunde. Schließlich hörte er die beiden draußen im Flur lachen. *Lachen!*

Die Tür öffnete sich. Olivia kam völlig zerknittert herein, in einem kurzen Kleid mit glockenförmigem Rock, die Haare offen und zerzaust, die Füße nackt, ihre High Heels in der Hand. An Garrett fiel ihm hauptsächlich auf, wie jung der Bursche aussah. Der Inbegriff jugend-

214

licher Männlichkeit. Keine Fältchen waren um seine Augen zu sehen, keine Brackets zerfurchten sein Gebiss, und Thad würde jede Wette eingehen, dass Garretts Knie nicht knackten, wenn er morgens aufstand.

Thad schlug einen kontrollierten Ton an, aber er klang trotzdem wie ein vorwurfsvoller Vater. »Wo seid ihr gewesen?«

»In einem Club«, antwortete Olivia fröhlich.

»In einem Club?« Er verlor die Beherrschung und richtete seinen Zorn gegen Garrett. »Du warst mit ihr in einem *Nachtclub?*«

Der Bengel zuckte mit den Achseln. »Sie ist eine ganz Wilde.«

Thad wandte sich an Olivia. »Was ist mit deiner Stimme? Welche Art von Opernsängerin geht in einen Nachtclub, wo der Lärmpegel weit oberhalb der verdammten Dezibelskala liegt?«

Ihr Lächeln war aufreizend gelassen. »Ich habe kaum gesprochen.«

»Sie kann toll tanzen«, sagte Garrett rasch.

»Du auch.« Sie strahlte den Milchbart an.

Garrett warf einen unbehaglichen Blick auf Thad. »Ich schätze, ich sollte besser gehen.«

»Richtig geschätzt«, knurrte Thad.

Garretts linke Augenbraue hob sich ganz leicht, und dann, aus dem Nichts heraus, änderte er seine Strategie. Er startete den Überraschungsangriff des Jahrhunderts und küsste die Diva mit akkurater Präzision direkt auf den Mund – ein zielstrebiger, weit offener, bravouröser Vorwärtspass …

215

... auf einen geeigneten Receiver, der den Kuss voll erwiderte.

Thad stürmte nach vorn.

Die Diva streckte blitzschnell einen Arm aus – in *seine* Richtung, nicht in die des unerwarteten Angreifers – und hielt Thad auf Distanz, während ihre Lippen förmlich an Garretts Mund klebten. Schließlich löste sie sich von dem Mistkerl und tätschelte seine Brust. »Gute Nacht, Süßer.«

Garrett lächelte und wandte sich zum Gehen, nur um sich im Flur umzudrehen und eine flüchtige, flinke Bewegung zu machen – so flüchtig und flink, dass Thad bezweifelte, die Diva könnte etwas davon mitbekommen haben. Der Jungspund streckte den rechten Arm in Thads Richtung, eine Geste, die fast so schnell vorbei war, wie sie begonnen hatte.

Hurensohn. Garrett hatte ihm ein Schiedsrichterzeichen gegeben. Das Zeichen, mit dem angezeigt wurde, dass die Offense gerade einen First Down erzielt hatte.

Die ahnungslose Diva schloss die Tür hinter ihm und lächelte Thad an. »Das war lustig.«

Er atmete tief durch. Dann noch einmal. Er erkannte sich selbst kaum wieder. Er war Thad Walker Bowman Owens! Er war in seinem ganzen Leben noch nie auf einen anderen Mann eifersüchtig gewesen, und doch schäumte er nun wegen eines Grünschnabels, der frisch vom College kam und noch feucht hinter den Ohren war. Ein Grünschnabel, der schneller laufen konnte als Thad, der weiter werfen konnte ...

Die Diva lächelte und schenkte ihm ihren weichen,

schmelzenden, nicht divahaften Blick. »Ich bewundere dich. Wirklich.«

Und das war's. Bevor er sich überhaupt eine halbwegs passende Antwort überlegen konnte, schlenderte sie an ihm vorbei in ihr Zimmer, und ihr glockenförmiger schwarzer Rock peitschte ihre Schenkel.

Olivia lächelte mit ihrer elektrischen Zahnbürste im Mund. Sie hatte an Clint Garrett einen Narren gefressen. Er war der freche kleine Bruder, den sie sich immer gewünscht hatte – obwohl sie ihren kleinen Bruder definitiv nicht so geküsst hätte wie Clint. Aber heute Abend, mit Thad als Zuschauer, war der Spaß zu groß gewesen, um zu widerstehen.

Spaß. Etwas, das keine große Rolle in ihrem Leben gespielt hatte, bis Thad Owens auf der Bildfläche erschienen war.

Der Abend mit Clint – mit dem sie versucht hatte, beim Country Line Dance Schritt zu halten – war eine Auszeit von dem überwältigenden sexuellen Knistern gewesen, das sie in Thads Gegenwart spürte. Jenes Knistern, das stets von einer unguten Vorahnung begleitet wurde – dem ominösen Gefühl, dass sie sich zu nah am Rand eines aktiven Vulkans bewegte.

Sie spülte den Mund aus und steckte die Zahnbürste in das Ladegerät. Obwohl Thads Eifersucht nur ein Ausdruck seiner sportlichen Rivalität mit Garrett war, hatte sie es genossen, ihn zu reizen.

Als sie ihr Gesicht mit ihrem nach Mandeln duftenden Reinigungsschaum einrieb, dann mit Toner betupfte und

217

ganz zum Schluss mit Retinol-Öl verwöhnte, kam sie zu dem Schluss, dass Thad Owens wahrscheinlich der anständigste Mann war, mit dem sie jemals zu tun gehabt hatte. Ob sie wollte oder nicht, er hatte die Rolle ihres Beschützers übernommen. Es kam ihr so merkwürdig vor. In ihrer Beziehung mit Adam war sie die Beschützerin gewesen. Die Hüterin seiner Karriere, die Wächterin über seine Gefühle, diejenige, die immer für alles sorgte. Jemanden zu haben, der auf sie aufpasste, war eine neue Erfahrung.

Sie zögerte, dann drehte sie das Wasser im Bad voll auf, um ihre Stimme zu kaschieren, und begann ihre Tonleitern zu singen. Schließlich erreichte sie das hohe C.

Und scheiterte.

KAPITEL 11

Thad ließ sich für die nächsten zwei Tage nichts anmerken und tat so, als wäre der Zwischenfall mit Clint nie passiert, aber Olivias Verhalten ärgerte ihn noch immer maßlos. Seit seiner Kindheit hatte er die Offense angeführt. Er gab die Strategie vor, nicht die Diva. Was für ein Spiel spielte sie?

Sie sah ihn über den Tisch hinweg an. Liv und er hatten sich angewöhnt, in ihrer jeweiligen Suite gemeinsam zu frühstücken, und heute ließ sie sich ein Eiweißomelett schmecken.

Er blickte von seinem Handy auf. »Ich verspüre diesen Drang, ›Time After Time‹ von dir zu hören, in der Version von Cassandra Wilson.«

Sie hob die Nase. »Dann ruf Cassandra Wilson an. Ich bin sicher, sie wird dir das Lied liebend gern vorsingen.«

»Komm schon, Liv. Mach es mir nicht immer so schwer.«

»Ich kann nicht einmal das Original von Cindy Lauper singen. Außerdem kenne ich die Version von Cassandra Wilson nicht.«

»Ich werde sie dir vorspielen.«

Und das tat er. Sie lehnte sich auf ihrem Stuhl zurück,

vergaß ihr Frühstück und lauschte der bewegenden, gefühlvollen Variante der zeitlosen Lauper-Ballade. Als das Lied zu Ende war, drehte sie den Kopf zur Seite und blickte hinaus auf die Skyline von Manhattan.

Sie begann zu singen. Es war weder Lauper noch Wilson, sondern eine wundervolle Mischung, die nur sie erzeugen konnte. Aber selbst ihm war klar, dass das keine Oper war, und als ihre Stimme verklang, blickte sie so wehmütig, dass er es nicht ertragen konnte.

Er schob sein Frühstück zur Seite. »Wir haben noch ein paar Stunden, bevor wir bei Tiffany sein müssen, und ich habe eine Idee ...«

Die elf Kristallkronleuchter im Foyer der New Yorker Metropolitan Opera waren auch bei Tageslicht ein spektakulärer Anblick. Dieser Ort hier hätte nicht unterschiedlicher sein können als die schummrigen Jazzclubs, in denen Thad gewöhnlich verkehrte.

»Im Saal hängen weitere einundzwanzig Kronleuchter.« Liv sah aus wie ihr normales Superstar-Ich in einem ihrer schmalen schwarzen Kleider, zu dem sie goldene Creolen, einen breiten ägyptischen Armreif und die Cavatina 3 trug. Nudefarbene High Heels brachten ihre wohlgeformten Beine zur Geltung, als wären sie bereit für den Laufsteg.

Sie legte eine Hand auf das Geländer der geschwungenen Marmortreppe. »Kurz vor dem Beginn einer Vorstellung werden zwölf der großen Kronleuchter an die Saaldecke hochgezogen. Das sieht wirklich sensationell aus.«

»Darauf wette ich.« Draußen vor der imposanten Glasfassade stand eine Schar Touristen um die Wasserfontäne des Lincoln Center und machte Fotos, während sich im Hintergrund die Fahrzeuge auf der Columbus Avenue drängten. Manhattan war verrückt. Der Lärm. Der Straßenverkehr. Das Chaos hier in der Innenstadt nervte ihn viel mehr als der Trubel in Chicago. Oder vielleicht hing seine mürrische Stimmung eher mit der Erinnerung an Clint Garretts Lippen auf denen der Diva zusammen.

»Die Kronleuchter sind aus den Sechzigern und ein Geschenk der österreichischen Regierung an die Vereinigten Staaten«, fuhr sie fort. »Ein sehr nettes Dankeschön für den Marshallplan.«

Sie warf ihm von der Seite einen kurzen Blick zu, der darauf hindeutete, dass sie bezweifelte, er könne mit dem Begriff »Marshallplan« etwas anfangen. Thad hatte am College jedoch nicht nur Finanzseminare besucht, daher nahm er stark an, dass er über die Milliardenhilfen, die die amerikanische Regierung nach dem Zweiten Weltkrieg für den Wiederaufbau Westeuropas bereitgestellt hatte, besser Bescheid wusste als die Diva.

Er sah sie mit unbeweglicher Miene an. »Nicht alle Sportler sind ungebildet, Liv. Ohne den Marshallplan hätten Kleinstädte in ganz Amerika keinen Sheriff.«

Sie zwinkerte und lachte, aber welche Antwort sie auch immer geben wollte, sie wurde unterbrochen durch das Erscheinen eines kleinen, rundlichen Mannes mit Haaren wie Stahlwolle und einem breiten Lächeln. »Olivia, meine Teuerste! Weiß Peter, dass du hier bist? Und Thomas? Es ist ja eine Ewigkeit her, dass wir dich zu Gesicht bekommen haben.«

»Vier Monate«, erwiderte sie, nachdem sie sich mit Wangenküsschen rechts und links begrüßt hatten, was Thad antiamerikanisch fand. »Und ich bin nicht offiziell hier. Charles, das ist mein ... Bekannter Thad Owens. Thad, Charles ist einer der Direktoren, die den Betrieb hier am Laufen halten.«

Charles gab ihm höflich die Hand, aber seine eigentliche Aufmerksamkeit gehörte der Diva. »Ich habe vorhin noch an *Elektra* und deine Klytämnestra gedacht. ›Ich habe keine guten Nächte‹. Davon bekomme ich noch immer eine Gänsehaut. Du hast alle überstrahlt.«

»*Elektra*«, sagte sie. »Unsere Opernvariante eines Horrorfilms.«

»So wunderbar blutig.« Er rieb sich die Hände. »Und demnächst singst du die Amneris in Chicago. Alle sind schon sehr gespannt.« Das Lächeln der Diva gefror für einen Moment, aber Charles bemerkte es nicht.

Sie plauderten weiter über die Opernwelt, und Charles behandelte Olivia, als wäre sie eine Göttin, die vom Olymp zu ihm herabgestiegen war. Andere Mitarbeiter der Met stießen dazu, und einer gab ihr tatsächlich einen Handkuss. Thad musste zugeben, dass es interessant war zu beobachten, wie jemand anderes als er selbst hofiert wurde. Es war außerdem aufschlussreich. Er wusste, dass Olivia eine große Nummer in der Opernszene war, aber dies mit eigenen Augen zu sehen, verdeutlichte es noch einmal mehr.

Und machte seine Mission sogar noch dringlicher.

Der Ausdruck in ihrem Gesicht, als sie am Frühstückstisch Cassandra Wilson gehört hatten, war zu viel für ihn gewesen. Er hatte ihr gesagt, dass er gerne einen Blick hinter die Kulissen der Met werfen würde, weil der Ort seine Neugier weckte – was der Wahrheit entsprach –, aber wichtiger war, dass er hoffte, eine Rückkehr in die vertraute Umgebung würde vielleicht irgendwie ihre Stimmblockade lösen.

Der Diva zu helfen, ihre Stimme wiederzufinden, war für ihn fast genauso zur Obsession geworden wie die Vorstellung, dass sie sich an ihrem letzten Abend in Las Vegas zusammen im Bett wälzen würden. Las Vegas schien immer noch Monate entfernt, obwohl es nur ein paar Tage waren. Aus Erfahrung wusste er, dass große Sportler großem Druck standhielten – Ausnahmen bestätigten die Regel. Er hatte sich ein wenig über psychogene Stimmstörungen informiert, und er fragte sich, ob die Lektionen, die er mit den Jahren im Leistungssport gelernt hatte, sich auf die Musik übertragen ließen.

Aus anderen das Potenzial herauszuholen, war etwas, worin er gut geworden war. Die Diva hatte ein mentales Problem, und damit hatte auch jeder Sportler irgendwann einmal zu kämpfen. Vielleicht ließ er sich von seinem Ego blenden, aber ihm gefiel die Vorstellung, dass er derjenige war, der Olivia von ihrer Blockade befreite.

Sie löste sich schließlich von ihren Bewunderern und führte ihn die Treppe hoch zu den Logen im ersten Rang, von wo aus sie die Proben für eine bevorstehende Aufführung aus dem Russischen verfolgten, deren Titel er sich nicht merken konnte. Zu sehen, wie sich bestimmt hundert Sänger und Sängerinnen auf der Bühne bewegten, war beeindruckend.

»Es gibt drei zusätzliche große Bühnen«, erklärte sie ihm. »Sie werden auf motorisierten Plattformen hochgefahren.«

Und er hatte immer gedacht, die Veranstaltung eines NFL-Spiels sei kompliziert.

Olivia führte ihn anschließend durch das Labyrinth der Kostümwerkstatt: Stofflager, Kleiderständer, Nähmaschinen, Arbeitstische, Bügeltische, Zuschneidetische und ganze Reihen von kopflosen Schneiderpuppen, die Kostümteile trugen.

»Madame Shore!« Eine ältere Frau mit kurzen kürbisroten Haaren und einer Lesebrille, die an einer langen Kette vor ihrer Brust hing, kam auf sie zugeeilt.

»Luella! Wie schön, Sie zu sehen!«

Olivia machte Thad und die Chefin der Kostümabteilung miteinander bekannt, und Luella übernahm die Führung und zeigte Thad endlos lange Ständerreihen, auf denen Tausende von Kostümen hingen. »Für *Krieg und Frieden* hatten wir allein schon vierzehnhundert Kostüme«, erklärte sie ihm.

Er lernte einen Schuster kennen, der gerade ein Paar Stiefel neu besohlte, und beobachtete, wie eine Perücke geknüpft wurde. Diese akribische Arbeit, bei der Haar für Haar einzeln eingearbeitet wurde, erforderte eine Geduld, die sein Vorstellungsvermögen sprengte.

Überall, wo sie hingingen, erlebte er Menschen, die Olivia Bewunderung und Zuneigung entgegenbrachten, eine Zuneigung, die sie erwiderte. Sie wusste die Namen von Ehemännern, Ehefrauen, Kindern und Lebensgefährten. Sie erkundigte sich nach körperlichen Beschwerden und dem Arbeitsweg. Sie bewegte sich in ihrer Welt auf dieselbe Art wie er in seiner und schenkte jedem Einzelnen ihre volle Aufmerksamkeit, von der Führungskraft bis zum kleinen Auszubildenden.

Ein paar Mitarbeiter erkannten ihn – ein Typ, der dafür zuständig war, Falten aus Stoffbahnen zu bügeln, und eine Frau mittleren Alters, die an einer komplizierten Stickarbeit saß, sowie ein paar Millennials –, aber das hier war eindeutig Olivias Show.

Luella verschwand um die Ecke und kehrte mit einem Kostüm zurück, das er aus den YouTube-Videos von *Carmen* kannte: ein absichtlich verschlissenes, tief ausgeschnittenes Kleid mit einem gewollt schmutzig weißen Mieder, einem Taillenkorsett und einem weiten scharlachroten Rock. Olivia versteifte sich neben ihm, als Luella das Kostüm auf einem Tisch ausbreitete und an der Rückseite öffnete.

»*L'amour est un oiseau rebelle*«, sagte die Frau. »Die Liebe ist ein widerspenstiger Vogel.«

Diesen Satz kannte er inzwischen; es war der offizielle Titel der Habanera. Als er den tiefen Ausschnitt musterte, hatte er das Bild vor Augen, wie Olivias eingeölte Brüste daraus hervorquollen. Wie der Rock um ihre nackten, gespreizten Beine wirbelte. Heißer als ein Porno.

Luella klappte das offene Rückenteil um. »Sehen Sie mal, Mr. Owens.«

Auf der Innenseite waren drei weiße Etiketten eingenäht, jedes davon beschriftet mit dem Namen der Künstlerin, die das Kleid getragen hatte, der Oper, in der das

Kostüm zum Einsatz gekommen war, und des jeweiligen Aktes.

Elīna Garanča, *Carmen*, 1. Akt
Clémentine Margaine, *Carmen*, 1. Akt
Olivia Shore, *Carmen*, 1. Akt

Olivia berührte das Etikett. »Die Geschichte jedes Kostüms.«

»Ich hoffe, Sie werden es schon bald wieder tragen«, sagte Luella.

Olivia nickte, obwohl ihre Lippen sich in den Mundwinkeln anspannten.

Luellas Bemerkung ließ Olivia für den Rest des Tages nicht mehr los. Was, wenn sie nie wieder das Carmen-Kostüm tragen würde? Oder drängender, Amneris' aufwendigen Kopfschmuck und Perlenkragen? Nach ihrer letzten Verurteilungsszene als Amneris war das Publikum aufgesprungen, um ihr Applaus zu spenden. Nun würde man sie ausbuhen.

Henri begleitete sie, als sie am nächsten Morgen an einem Konservatorium auf der Upper East Side vor Musikschülern sprach, während Thad mit Paisley eine Gruppe Sportstudenten besuchte. Die angehenden Musiker und Sänger waren eine dynamische Mischung aus Stipendiaten und Kindern wohlhabender Eltern. Ihre Begeisterung für Musik, ihre aufrichtigen Fragen und unzensierten Meinungen erinnerten Olivia an ihre eigene unschuldige Jugend vor vielen Jahren, als sie sich niemals hätte vorstellen können, dass sie sich einmal ihre Stimme rauben ließe.

Henri hatte auch für den Rückweg auf einer Limousine bestanden, obwohl sie mit der U-Bahn schneller gewesen wären. Während er telefonierte, nahmen ihre Gedanken eine unerfreuliche Wendung zu Adam und den Drohungen, die sie erhalten hatte, und zu ihrem bevorstehenden Auftritt in Chicago. Auf der Fifth Avenue warteten sie vor einer roten Ampel, und Olivia blickte zum Metropolitan Museum of Art hinüber. Eine winzige Eingebung reifte zum festen Entschluss. Sie warf einen Blick auf ihre Cavatina 3. Es war Punkt neun Uhr sechsundfünfzig. Perfekt.

»Henri, das Museum öffnet in vier Minuten. Ich werde kurz reinschauen. Wir treffen uns dann nachher im Hotel.«

»*Non, non!* Thad hat darauf bestanden ...«

»Das ist das Metropolitan. Mir wird schon nichts passieren.« Sie sprang aus dem Wagen, bevor er es verhindern konnte, und eilte zwischen dem wartenden Verkehr hindurch zum Bordstein, wo sie Henri fortwinkte. Ein spontaner Abstecher ins Metropolitan Museum, wenn es gerade seine Türen öffnete, barg wohl kaum ein hohes Risiko.

»Wir werden auf Sie warten!«, rief Henri, den Kopf mit den streng nach hinten gegelten Haaren aus dem offenen Fenster gestreckt. »Geben Sie mir Bescheid, wenn Sie fertig sind!«

Sie winkte zur Bestätigung und wandte sich dann zur Eingangstreppe.

Es dauerte nicht lange, die Sicherheitskontrolle zu passieren und eine Eintrittskarte zu kaufen. Sie wusste genau, wohin sie wollte – wohin sie musste –, und sie wandte sich rasch zum rechten Flügel, in dem die ägyptische Kunstsammlung untergebracht war. Zielstrebig ging sie am Mastaba-Grab des Perneb vorbei, ohne stehen zu bleiben. Perneb war bloß ein Hofbeamter der Fünften Dynastie gewesen, und sie brauchte jemand Mächtigeren. Sie setzte ihren Weg fort, vorbei an den Sarkophagen und Grabbeigaben der Ptolemäer und den Reliefbildern von Ramses, bis sie den Tempel von Dendur erreichte.

Füllten sonst Besuchermassen die große, lichtdurchflutete Halle mit der hohen, schrägen Fensterfront, die auf den Central Park hinauszeigte, herrschte nun einsame Stille. Der Tempel von Dendur war wahrscheinlich die größte Publikumsattraktion des Museums, aber das war nicht der Grund, der sie hierhergeführt hatte, genauso wenig wie nostalgische Erinnerungen an die Zeiten, als sie an ebendiesem Ort auf Kulturveranstaltungen und Galas gesungen hatte. Vielmehr war sie hier, weil der Tempel Isis gewidmet war, und Isis war im alten Ägypten eine der mächtigsten Gottheiten gewesen, zuständig für Magie und Heilung, zwei Dinge, die Olivia bitter nötig hatte.

Das reflektierende Wasserbecken, das den Nil darstellte, glitzerte im Morgenlicht. Sie beachtete das Eingangsportal nicht weiter und wandte sich direkt zum Tempelhaus, ging durch die beiden Zwillingssäulen mit ihren Pflanzenkapitellen hinein. Zwei andere Besucher waren ihr zuvorgekommen. Vielleicht spürten auch sie die Heiligkeit dieser Stätte, weil keiner etwas sagte.

Olivia hatte den Tempel einmal mit einem Ägyptologen besichtigt, der die alten Hieroglyphen lesen konnte, die die Sandsteinmauern bedeckten, aber sie hatte sich lieber das Leben der Nubier vorgestellt, die sich früher hier versammelt hatten.

Sie berührte die Mauer. *Isis, wenn noch etwas von deiner Zauberkraft übrig ist, könntest du mich heilen? Würdest du den Druck von meiner Brust nehmen, meine Stimmbänder öffnen? Gib mir mein Selbstvertrauen zurück. Lass mich ...*

»Olivia?«

Sie wirbelte herum und sah eine zierliche Frau das Tempelhaus betreten. Ihre Hoffnung, allein zu sein, löste sich in Luft auf.

»Meine Teuerste.« Die Frau ergriff Olivias Hände. »Ich habe gerade noch an Sie gedacht!«

»Kathryn, wie geht es Ihnen?«

»So viel Stress! Bis zur *Aida*-Gala sind es nur noch drei Wochen, und mir schwirrt der Kopf vor Ideen. Wir werden am Haupteingang das Dendur-Portal nachbauen, durch das die Gäste dann hereinkommen.«

»Das wird sicher grandios.«

Die Witwe von Eugene Swift entsprach äußerlich dem Klischee einer siebzigjährigen Kunstmäzenin: schmal und zierlich, in einem klassischen Kostüm, sicher Chanel, dazu schwarze Pumps mit einem niedrigen Blockabsatz, wahrscheinlich Ferragamo. Den silbergrauen Pagenkopf hatte sie mit einem schwarzen Samtband aus dem Gesicht gestreift – ein beliebter Stil von Frauen ihres Alters und gesellschaftlichen Ranges. Als Nachfolgerin ihres Mannes im Stiftungsrat der Municipal Opera von Chicago, zu deren großzügigsten Spenderinnen sie gehörte, war Kathryn die letzte Person, der Olivia von ihren Stimmproblemen erzählen würde.

»Was machen Sie in New York?«, fragte sie.

Kathryn machte eine wegwerfende Handbewegung. »Wir haben hier ein Apartment. Nur ich und mein Sohn, nachdem Eugene gestorben ist.«

»Er war ein wundervoller Mann«, sagte Olivia wahrheitsgemäß. »Wir alle vermissen ihn.«

Auf Kathryns Bitte hin hatte Olivia auf der Trauerfeier gesungen. Eugene Swift war ein ausgewiesener Opernforscher gewesen, mit einer tiefen Wertschätzung für all ihre Formen. Er war außerdem Olivias Freund gewesen.

»Er wäre von den Plänen für die *Aida*-Gala begeistert«, sagte Kathryn. »Ich schlage Kostümpflicht vor, aber nur für die Frauen. Offen gestanden würde mir der Anblick von dickbäuchigen Männern in weißem Leinenschurz das Festmenü verderben. Ich lasse mir für die Veranstaltung eine Tunika schneidern. Ich kann Ihnen gern den Namen des Ateliers geben, wenn Sie möchten.«

»Ich bin mir sicher, dass ich etwas im Kostümverleih finden werde.«

»Sie sind ein Schatz. Jeder wird auf Ihren Auftritt gespannt sein.« Kathryn sah an den Tempelmauern hoch. Olivia wusste, dass ihre wahre Leidenschaft antike Kunst war und nicht die Oper, und umso mehr schätzte sie ihr fortgesetztes Engagement für die Stiftung, um Eugenes

Andenken zu ehren. »Ich liebe diesen Tempel«, sagte Kathryn. »Da es sich nicht um Raubkunst handelt wie bei den Elgin Marbles der Akropolis, kann man ihn ohne schlechtes Gewissen bewundern.«

Olivia kannte die Geschichte des Tempels, ein Geschenk des ägyptischen Präsidenten an die Vereinigten Staaten für ihre Unterstützung, das antike Monument und andere nubische Kulturdenkmäler zu bewahren, als der Assuan-Staudamm gebaut wurde.

Im Gegensatz zur Stirn anderer feiner Damen hatte die von Kathryn noch die Fähigkeit, sich in Falten zu legen, als sie die Brauen zusammenzog. »Es ist wirklich ein Dilemma. Man müsste denken, dass die Museen sämtliche Raubkunst an die Herkunftsstaaten zurückgeben sollten, aber was, wenn es sich um ein Land wie Syrien handelt oder den Irak, wo der IS so viele antike Kulturschätze zerstört hat? Ich möchte nicht rücksichtslos erscheinen, aber solange diese Länder sich nicht stabilisieren, sollten unsere Museen das festhalten, was wir haben.« Sie legte eine Hand auf eine der ovalen Hieroglyphenkartuschen in der Tempelmauer. »Ich werde Lyndon B. Johnson nie verzeihen, dass er Dendur nach New York vergeben hat statt nach Chicago. Für das Art Institute wäre der Tempel eine wunderbare Ergänzung gewesen. Trotzdem muss man anerkennen, dass das Metropolitan gute Arbeit geleistet hat.«

Olivia hörte Kathryns restlichen Monolog nicht mehr, weil in diesem Moment eine vertraute, unwillkommene Gestalt durch die beiden Säulen kam und direkt auf sie zusteuerte, mit sportlicher Eleganz und frostiger Miene.

Als er vor ihr stehen blieb, bot sie ihr strahlendstes Lächeln auf. »Kathryn, das ist Thad Owens. Thad, Mrs. Swift ist unsere ehrenamtliche Gastgeberin auf der Operngala.«

Kathryn streckte eine runzlige Hand vor, die neben anderem Schmuck einen beeindruckenden Jadering zur Schau stellte. »Ja. Der Footballspieler. Ich bin Ihrer reizenden Besitzerin, Mrs. Calebow, schon mehrmals begegnet.«

Bevor Olivia darauf hinweisen konnte, dass Phoebe Calebow das Team gehörte, aber nicht Thad persönlich, schüttelte er die Hand der Mäzenin. »Angenehm, Sie kennenzulernen, Mrs. Swift.« Der Blick, den er Olivia zuwarf, war dagegen alles andere als freundlich.

Sie wusste seine Sorge zu schätzen, aber es gefiel ihr nicht, einen Vollzeitwachhund zu haben. »Wir müssen leider los, Kathryn.«

Kaum hatten sie dem Tempel den Rücken gekehrt, begann Thad, ihr eine Strafpredigt zu halten. Sie hörte ihm kaum zu. Sie war abgelenkt durch seine Victory 780 – nicht von der Uhr selbst, sondern wie sie um sein Handgelenk lag, in maskuliner Perfektion.

Egal wie Mariel Marchand darüber denken mochte, sie hätte keinen Besseren finden können, um diese Uhr zu repräsentieren. Thad war ein geborener Anführer, mit einem großen Beschützerinstinkt und einem hohen Anspruch an sich selbst. Er war selbstbewusst, nahm sich jedoch nicht allzu ernst. Er war intelligent, charismatisch und verführerischer, als irgendein Mann sein sollte.

Verlangen summte durch ihren Körper. *Las Vegas.*

Warum hatte sie diesen verrückten Deal mit ihm geschlossen? Warum bis Las Vegas warten? Warum nicht jetzt gleich? Heute Vormittag? Heute Abend?

Niemals?

Die Welt um sie herum geriet außer Kontrolle.

»Wann willst du etwas gegen deine Pornosucht unternehmen?«, fragte sie, als sie auf die Fifth Avenue hinaustraten.

»Meine was?«

»Glaub nicht, dass mir nicht aufgefallen wäre, wie oft du über deinem Laptop sitzt und wie du immer penibel darauf achtest, dass keiner einen Blick auf deinen Bildschirm werfen kann. Du bist ganz klar pornosüchtig.«

Er lächelte. »Wenn man es in echt nicht haben kann …«

Also veräppelte er sie wieder einmal. Er schaute gar keine Pornos. Etwas anderes fesselte seine Aufmerksamkeit, und sie fragte sich, was es war.

Viersternehotels zeichneten sich dadurch aus, dass sie spontane Wünsche ihrer Gäste erfüllten – in diesem Fall wurde Thad mit zwei Regenjacken versorgt. Die für Liv war zu groß, die für ihn zu klein, aber wenigstens blieben ihre oberen Körperhälften trocken.

Das Wetter war, typisch für April, kalt und feucht, was Thad die Gelegenheit verschaffte, nach der er gesucht hatte. Sie hatten noch ein paar Stunden Zeit bis zum Dinner, und der Besuch heute Morgen in der Metropolitan Opera sowie Olivias leichtsinniger Abstecher ins Museum hatten Thads Entschlossenheit verstärkt, etwas zu unternehmen, um ihr zu helfen. Aber für das, was er sich überlegt hatte, brauchte er einen besonderen Ort.

»Wohin führst du mich?«, wollte Olivia wissen.

»Das hat dich nicht zu kümmern. Vergiss nicht, dass ich der Mann in dieser Beziehung bin und das Sagen habe.«

Das ließ sie losprusten, wie er erwartet hatte, und sie grunzte ganz undamenhaft.

Sie stapften durch die North Woods, seine Lieblingsecke im Central Park. Während seiner Zeit bei den Giants hatte er hier oft seine Laufrunden gedreht. Weil der Wald am nordwestlichen Rand lag, war es hier nicht so überlaufen wie in der Mitte und den südlichen Abschnitten des Parks, und noch dazu war das Gelände heute aufgrund des schlechten Wetters praktisch wie ausgestorben.

Es war genau das, was er brauchte. Hotelzimmer, ganz egal wie luxuriös, waren nicht schallisoliert, was ihn vor die Frage gestellt hatte, wohin er in dieser geschäftigen, überfüllten Stadt eine Frau führen sollte, die mit ihrer Stimme potenziell Glas zum Bersten bringen konnte. Die Antwort war ihm gekommen, als sie vorhin das Museum verlassen hatten: in die North Woods an einem regnerischen Tag, wenn niemand da sein würde.

Er hatte sich gewundert, wie leicht es war, sie zu überreden, bei diesem nicht gerade idealen Wetter mit ihm loszuziehen, bis ihm einfiel, dass sie fast so gern draußen war wie er, wenngleich sie sich in typischer Diva-Manier ein paar Hundert Wolltücher um den Hals gebunden hatte.

»Es regnet«, bemerkte sie unnötigerweise.

»Es nieselt. Das ist ein Unterschied. Und ich dachte, Feuchtigkeit wäre gut für deine Stimme.«

»Nicht wenn ich mich zu Tode friere.«

»Tust du das?«

»Nein. Aber das kann noch passieren.«

»Bevor du erfrierst, werden wir auf direktem Weg ins Hotel zurückkehren, alle Türen verschließen und uns zusammen ins Bett kuscheln, welches auch immer am nächsten steht.«

Offenbar sah er genauso wollüstig aus, wie er sich fühlte. Sie schnaubte spöttisch. »Das hier ist Manhattan und nicht Las Vegas.«

»Wir könnten doch so tun, als ob.«

Sie lachte, aber es klang nervös. Er selbst war auch nicht gerade entspannt. Sie hatten aus diesem letzten Abend in Las Vegas eine viel zu große Sache gemacht. Stattdessen hätten sie gleich von Anfang an loslegen sollen. Das kam dabei heraus, wenn man auf eine neurotische Diva scharf war.

Sie bogen von dem asphaltierten Weg auf einen Seitenpfad ab, der ins Bachtal der North Woods führte, das unter dem Namen *The Ravine* bekannt war. Ein Specht hämmerte an einem toten Baum, und am Bachufer bahnte sich Farnkraut einen Weg durch das Winterlaub. Thad konnte das Rauschen eines Wasserfalls hören. Der Landschaftsarchitekt Frederick Law Olmsted hatte damals im neunzehnten Jahrhundert die Gebirgslandschaft der Adirondack Mountains hier nachbilden wollen, und er hatte das Tal mit einem Bach, drei Wasserfällen und Felswänden ausgestattet.

Es war ihnen schon eine Weile lang niemand begegnet, und als sie ein dichtes Waldstück erreichten, wo man den Verkehrslärm aus der Ferne kaum mehr hören konnte, beschloss er, dass jetzt ein guter Zeitpunkt sei. »Ich brauche eine Pause. Der Vormittag war anstrengend, und ich habe Lust auf eine dieser Arien, die dein Markenzeichen sind.«

Sie wirkte so tief getroffen, dass er seine Worte am liebsten sofort wieder zurückgenommen hätte, aber damit war ihr nicht geholfen. »Du meinst eine dieser Arien, die ich nicht mehr richtig singen kann?«

»Dazu habe ich eine Theorie.«

»Du hast keine Ahnung von Opern, wie kannst du also eine Theorie dazu haben?«

»Ich bin eben schlau.«

»Ernsthaft?« Sie brachte ein skeptisches Lächeln zustande.

»Sieh den Tatsachen ins Gesicht, Liv. Du hast nichts zu verlieren und alles zu gewinnen. Fang mit deinen Aufwärmübungen an. Außer mir ist hier keiner, der dich hören kann, und ich werde mir die Finger in die Ohren stecken.«

Ihre Stirn kräuselte sich vor Frustration. »Ich kann meine Stimmübungen nicht machen, jedenfalls nicht so, wie ich es gewohnt bin. Das weißt du. Mein Brustkorb fühlt sich an, als wäre er von einer Boa constrictor eingeschnürt.«

»Aus diesem Grund musst du dich auf ein Bein stellen.«

»Wie meinst du das?«

»So wie ich es gesagt habe.«

»Das ist doch bescheuert. Ich kann nicht auf einem Bein singen.«

»Du kannst auch nicht auf zwei Beinen singen, also was macht es für einen Unterschied?«

Liv zog ein langes Gesicht. Sie starrte ihn an, als hätte er sie reingelegt, und sein Magen krampfte sich zusammen. Er wehrte sich dagegen. »Der Regen wird langsam stärker, und wir gehen nicht von hier weg, bis du es versucht hast. Also, tu uns beiden einen Gefallen und hör auf, dich zu zieren. Sing dich auf einem Bein warm. Und das andere streckst du vor. Trau dich.«

»Ich mache es, aber nur, um dir zu zeigen, was für ein *Arsch* du bist!« Sie streckte ruckartig ein Bein in die Luft, wackelte, fand ihr Gleichgewicht und balancierte auf ihrem anderen Bein, während sie ihren Schal bis zum Kinn hochzog. Dann begann mit ihren *I*.

Für ihn klang es okay, aber nicht für sie, und er konnte spüren, dass sie kurz davor stand, den Kiefer zuzuklemmen. »Lauter!« Er umklammerte mit einer Hand den Knöchel ihres vorgestreckten Fußes und mit der anderen ihre Regenjacke, damit sie nicht umfiel.

Sie warf ihm einen mörderischen Blick zu, aber sie sang weiter. Ein Rotschwanzhabicht kreiste über ihnen. Aus dem *I* wurde *U* und dann *Ma*, und Teufel noch eins, ihre Stimme gewann an Kraft. Er wusste, dass es keine Einbildung war, weil er es an ihrem Gesicht ablesen konnte.

Er hielt ihr Bein weiter in der Luft und bewegte es ganz leicht zur Seite. Sie wackelte und warf ihm wieder einen tödlichen Blick zu, hörte jedoch nicht auf zu singen.

Auf diese Art gingen ihre Stimmübungen weiter. Immer wenn er den Eindruck hatte, dass sie anfing, sich zu verkrampfen, tat er etwas, um sie aus dem Gleichgewicht zu bringen. Er bewegte ihr Bein. Beugte ihr durchgestrecktes Knie. Dabei achtete er darauf, dass sie nicht umfiel, aber er sorgte auch dafür, dass sie sich darauf konzentrieren musste, ihr Gleichgewicht zu halten, statt ihren Gesang zu verurteilen, denn einer der wichtigsten Gründe für das Versagen von Sportlern war, dass sie sich in kritischen Situationen selbst zu viel Druck machten. Druck störte den Rhythmus. Ein erfahrener Spieler, der eine schlechte Phase hatte, machte alles nur schlimmer, wenn er zu lange überlegte, statt sich auf seinen natürlichen Instinkt zu verlassen. Das war genau die Art von mentalem Problem, das er bei ihr vermutete.

Sie war noch nicht ganz fertig, als er sie unterbrach. »Das genügt.« Er ließ ihr Bein los. Sie senkte den Kopf und schüttelte ihr Standbein, ohne seinen Blick zu erwidern. »Ich bin noch nicht warmgesungen.«

»Doch, bist du.«

Sie hob den Kopf und sah ihn mit gespielter Herablassung an. »Du weißt nichts über Opernkünstler.«

»Aber ich weiß viel über Sportler, und ich möchte eine deiner berühmten Arien hören. Du kannst dir eine aussuchen.«

»Es macht einen großen Unterschied, ob man sich warmsingt oder eine komplizierte Arie in eisiger Kälte schmettert, während ...«

»Keine Ausreden.« Er schob die Hände unter ihre Jacke und umfasste ihre Taille, direkt unterhalb ihres Pulloversaums, sodass er ein Stück nackte Haut fühlen konnte.

»Was machst ...«

»Sing!«

Sie gehorchte. Legte los in einer Sprache, die wie ziemlich angepisstes Deutsch klang. Ihre Stimme fing an, sich zu verzerren. Er zwickte leicht die nackte Haut unter seiner rechten Hand.

»*Lass das!*«

Donnerwetter. Sie sang die Worte an ihn, statt sie zu sagen.

Sie wirkte ähnlich überrascht wie er. Aber sie fuhr fort. Warf sich in die dunkle, düstere Arie.

Die Noten begannen aus ihr herauszuströmen, und ihre Töne waren laut und wütend genug, dass ihm die Ohren klingelten.

Ihre Haut fühlte sich warm an unter seinen Händen, aber er hielt irgendwie seine Konzentration aufrecht. Wenn er spürte, dass sie mit einem Ton zu kämpfen hatte, ließ er seine Hände über ihre Wirbelsäule wandern. Er zwang sich, von ihrem BH fernzubleiben und ihr nicht so nahe zu kommen, wie er es am liebsten gewollt hätte, weil es hier nicht um seine gottverdammte Lust ging, sondern um Olivia.

Die Arie ging immer weiter, und sie sang und sang und sang. Der Wind wurde stärker, der Regen verwandelte sich in Graupel, und diese prachtvolle Stimme forderte das aufziehende Gewitter heraus.

Als sie zur Metrostation 103rd Street gingen, blieb er still und gab Olivia die Zeit, die sie brauchte, um zu verarbeiten, was passiert war. Aber je länger das Schweigen zwischen ihnen anhielt, desto neugieriger wurde er, was sie gerade dachte.

»Das war aus der *Götterdämmerung*«, sagte sie schließlich. »Der letzte Teil von Wagners *Ring der Nibelungen*. Es war Waltrautes Arie ›Höre mit Sinn, was ich dir sage‹.«

»Und du hast sie gewählt, weil …«

»Waltraute ist eine der Walküren. Ich bin keine Wagner-Sängerin, aber ich dachte, ich brauche übernatürliche Hilfe.«

»Offenbar hast du sie bekommen.«

»Mein Vibrato wackelt noch immer, mein Passagio ist nicht annähernd das, was es sein sollte, und ich würge meine hohen Töne ab.«

»Du bist die Expertin.«

»Aber wenigstens habe ich gesungen.« Sie stieß einen erstickten Laut aus, der halb wie ein Lachen klang. »Alles, was ich jetzt zu tun habe, ist, auf einem Bein aufzutreten, während mich jemand betatscht.«

»Gern zu Diensten.«

Sie drückte seinen Unterarm durch den Ärmel der Regenjacke. Nur für einen Augenblick, bevor sie ihre Hand wieder wegzog. »Danke.«

»Du kannst dich in Las Vegas revanchieren.«

Olivias Haare waren kraus vom Nieselregen, und sie musste vor dem Kundendinner unter die Dusche. Als sie die Wassertemperatur regulierte, sah sie, dass ihre Hände zitterten. Sie verstand den tieferen Sinn dessen, was Thad mit ihr veranstaltet hatte. Die Konzentration darauf, ihr Gleichgewicht zu halten, statt ständig über die Töne nachzudenken, die sie hervorbrachte, hatte ihr über eine psychologische Hürde hinweggeholfen. Aber sie war trotzdem noch nicht wieder in der Spur.

Sie verteilte das Shampoo in ihren Haaren. Amneris' Duett mit Radamès im vierten Akt von *Aida*, »Già i Sacerdoti adunansi«, spielte in ihrem Kopf, aber selbst im sicheren Schoß der Duschkabine hatte sie Angst, sich daran zu versuchen.

Noch acht Tage bis zum Beginn der Proben. Noch zwei Tage bis Las Vegas. Der eine Termin erfüllte sie mit Panik, der andere mit einer Mischung aus Lust und Angst.

Thad hatte seine Sportjacke in Olivias Suite vergessen. Sie reagierte nicht auf sein Klopfen, also öffnete er die Tür mit dem Zweitschlüssel, den er sich in jedem Hotel geben ließ.

Im Bad hörte er das Wasser in der Dusche rauschen. Seine Jacke lag auf der Couch, genau an der Stelle, wo er sie abgelegt hatte. Auf seinem Weg dorthin entdeckte er auf dem Tisch neben der Tür einen ungeöffneten braunen Umschlag. Er war an Olivia adressiert. Thad nahm ihn ohne Skrupel an sich und öffnete ihn.

Zum Vorschein kam ein Hochglanzbild von einer Pistole Kaliber 38, deren Griff das Smith&Wesson-Emblem trug.

KAPITEL 12

Thad war kein unentschlossener Mensch. Sein Beruf erforderte schnelle Entscheidungen, und doch kämpfte er während des ganzen Geschäftsdinners, das im Speisesaal des Hotels stattfand, mit der Frage, ob er Olivia von dem Waffenfoto erzählen sollte. Sie wusste, dass es jemand auf sie abgesehen hatte, und es würde nichts Gutes dabei herauskommen, wenn er ihr das Bild zeigte. Die Arie, die sie heute Nachmittag gesungen hatte, mochte ihren Ansprüchen nicht genügt haben, aber ihm hatte sie eine Gänsehaut verursacht. Ein Blick auf diese neue Drohbotschaft könnte sie komplett zurückwerfen. Das war, als würde man einem bereits verängstigten Kind einen Horrorfilm vorführen.

Aber Olivia war kein Kind.

Während Henri die letzten Gäste aus dem Speisesaal begleitete, machten Thad und Olivia sich auf den Weg zu den Aufzügen. Thad steckte seine Zimmerkarte in den Schlitz und drückte auf den Knopf für die oberste Etage.

»Du hast Post bekommen.«

»Ich habe nichts gesehen.«

»Ich habe den Umschlag an mich genommen, bevor du ihn öffnen konntest.«

Sie neigte den Kopf zur Seite und wartete. Er zögerte.

»Er ist von der Person, die dieses Psychospielchen mit dir treibt.«

»Was ist es dieses Mal?«

»Ein Foto. Du brauchst es dir nicht anzusehen. Es liefert keine neuen Informationen, und du gewinnst nichts dadurch, dass du es dir anschaust.«

»Findest du nicht, dass ich das selbst entscheiden sollte?«

»Darum erzähle ich dir ja davon.«

Der Aufzug klingelte sanft, als sie ihre Etage erreichten. Olivia nickte bedächtig und überlegte.

Die Aufzugtür öffnete sich. Er blockierte sie mit seinem Körper, damit sie nicht wieder zuglitt.

»Du hast heute im Wald deine Stimme wiedergefunden, und du darfst dich von so einem Schwachsinn nicht aus dem Konzept bringen lassen. Darum bitte ich dich, dir das Bild nicht anzusehen.«

Sie berührte seinen Arm. »Ich verstehe, dass du mich beschützen willst, aber ich muss es trotzdem sehen.«

Er hatte gewusst, dass sie das sagen würde. Sie gingen hinaus in den leeren Flur mit dem weichen Teppichboden und den sanft schimmernden Wandleuchten.

»Ich werde dir vorher sagen, was darauf zu sehen ist«, erklärte er.

Sie blieb stehen. »Okay.«

»Es zeigt eine Pistole.« Er sprach in einem bewusst ruhigen und gleichmäßigen Ton. »Eine Smith & Wesson.«

Sie schnappte hörbar nach Luft.

»Ich vermute, das ist die Art von Waffe, die Adam benutzt hat.«

Sie antwortete mit einem kurzen, angespannten Nicken.

»Ich vermute weiter, dass der unbekannte Absender damit bezweckt, dass du sie für die echte Tatwaffe hältst, aber das Bild wurde aus dem Internet kopiert.«

»Ich will es sehen.«

»Lass gut sein, Liv. Es ist sinnlos.«

»Ich muss es sehen.« Stur marschierte sie los zu ihrer Suite, und ihre hohen Absätze versanken im Teppich.

Er folgte ihr rasch. »Solltest du auch nur mit dem Gedanken spielen, gleich auszuflippen, werde ich dafür sorgen, dass du das nie wieder vergisst.«

»Meinetwegen.« Sie ging an ihrer Zimmertür vorbei und blieb vor seiner stehen, wo sie darauf wartete, dass er aufschloss. Er musste sie vorbereiten, so gut er konnte. »Eins noch … Das Bild ist mit einer hirnrissigen Botschaft versehen.« Es widerstrebte ihm fortzufahren. »Sie lautet ›Du hast mich dazu getrieben, den Abzug durchzudrücken.‹ Na los. Fang schon an auszurasten, genau wie der anonyme Absender es beabsichtigt hat.«

Vielleicht hatte er das Richtige gesagt, denn es gefiel ihm, wie sie den Kiefer vorschob. »Mach die Tür auf.«

Sein Zimmer war identisch mit ihrem, und sie entdeckte den geöffneten Umschlag auf dem Tisch. Sie ging hinüber und nahm das Foto heraus. Thad machte sich auf das Schlimmste gefasst, aber statt betroffen zu reagieren, wirkte sie verdammt sauer.

Es passte ihm nicht, auf der Beifahrerseite zu sitzen, während Olivia fuhr, aber sie hatte darauf bestanden, und es würde sexistisch wirken, wenn er sich weigerte.

»Du hättest ja nicht mitkommen müssen«, sagte sie, als sie die Interstate 78 in Richtung Plainfield, New Jersey, entlangdüsten. »Tatsächlich wünschte ich, du wärst dageblieben, so wie du ständig zuckst und finster dreinblickst.«

»Ich fahre eben lieber selbst.«

»Ich auch. Und ich fahre besser als du.«

»Da irrst du dich.«

»Ich habe unseren Ausflug nach Breckenridge nicht vergessen. Du rast gern.«

»Sagt die Frau, die ständig sechs Meilen zu schnell fährt.«

»Sechs sind noch im Rahmen. Zwölf nicht.«

Sie hatte nicht unrecht.

Adams alte Heimatstadt Plainfield lag ungefähr eine Stunde westlich von New York. Es war spät am Nachmittag, nachdem Thad ihr gestern das Foto gezeigt hatte. Morgen Abend würden sie nach Las Vegas fliegen, und es konnte ihm nicht schnell genug gehen, obwohl es ihm missfiel, dass sie nie ein Wort über ihre Abmachung verlor, seit sie diese getroffen hatten.

»Du hättest wenigstens einen anständigen Wagen mieten können.« Er klang eingeschnappt.

»Verzeihung, Mr. Großkotz, aber ich brauche keinen Rolls-Royce. Mir genügt ein Mazda vollkommen.«

»Du bist ja auch keine eins neunzig«, erwiderte er.

»Und ich quengele auch nicht ständig herum wie ein Baby.«

Wenn er weiternörgelte, würde er ihr nur recht geben. Bis heute hatte er nie gezögert, sich von einer Frau chauffieren zu lassen, also war nicht Sexismus sein Problem. Ihn störte vielmehr, dass er Olivias Beifahrer war.

Er hatte sich nie als kontrollsüchtig betrachtet. Er respektierte Frauen. Achtete sie. Verdammt noch mal, er arbeitete für Phoebe Calebow. Aber wenn er mit Olivia Shore zusammen war, hatte er urplötzlich das Bedürfnis, das Heft in die Hand zu nehmen, etwas, das sie sicherlich nicht zulassen würde.

Nervös klopfte er mit dem Fuß auf die Bodenmatte. »Ich weiß nicht, was du dir von diesem Ausflug versprichst.«

»Das weiß ich auch nicht. Aber ich bin es leid, mich wie ein Opfer zu fühlen, und ich muss etwas dagegen unternehmen.«

»Und was genau?«

»Ich überlege noch.«

Was bedeutete, dass sie keinen blassen Schimmer hatte. Als sie die Highwayausfahrt nahm, streckte er die Beine so weit durch, wie der Mazda es erlaubte. »Ich habe eine bessere Idee. Suchen wir uns ein nettes Hotel und tun das, was wir tun wollen, seit wir uns begegnet sind.«

Sie starrte geradeaus, aber er sah, dass sie blinzelte. »Das hier ist nicht Las Vegas.«

»Aber fast. Wir reisen morgen Abend ab, schon vergessen? Und keiner von uns hat etwas unterschrieben. Wir können es uns jederzeit anders überlegen.«

Die Sorgenfalte, die sich zwischen ihren Brauen bildete, ließ ihn bereuen, dass er das Thema zur Sprache gebracht hatte.

»Sobald wir diese Linie überschreiten«, sagte sie, »wird sich alles zwischen uns ändern.«

»Es wird sich so oder so alles ändern«, erwiderte er im Bemühen, verlorenen Boden wettzumachen. »Du bist diejenige, die die Spielregeln festgelegt hat. Sobald die Gala vorüber ist, endet unser Vertrag mit Marchand, und wir sehen uns niemals wieder, schon vergessen?«

Sie bog auf eine vierspurige Straße, die von großen Grundstücken mit schlichten Häusern und vielen Bäumen gesäumt wurde, und verstärkte ihren Griff um das Lenkrad. »Es gibt jede Menge Leute, mit denen wir ins Bett gehen können, aber auf wen davon können wir uns verlassen? Wem können wir trauen? Wie viele verstehen einander so gut wie wir?«

Das klang, als versuchte sie, ihn in die Freundschaftszone zu schieben, was er nicht zulassen würde.

»Unsere Vereinbarung steht«, erklärte er, als wäre er der Einzige, der etwas zu sagen hatte. »Unser letzter Abend in Las Vegas. Du. Ich. Ein Bett. Und eine lange Nacht der Sünde.«

Eine lange Nacht der Sünde ... Sie besaß eine lebhafte Fantasie, und all die erotischen Bilder, die sie seit Wochen quälten, spulten sich vor ihrem geistigen Auge ab wie ein Film im Schnelldurchlauf. Was konnte sie dagegen tun, wenn Thad direkt neben ihr saß? Als das Ortsschild von Plainfield in Sicht kam, stellte sie sich vor, wie es wäre, mit ihm im Bett zu liegen. Seinen Körper zu erkunden. Ihn nackt zu umklammern. Ihn in sich zu spüren.

»Pass auf!«, rief er.

Sie trat voll auf die Bremse. Nachdem sie sich vorhin noch damit gebrüstet hatte, die bessere Fahrerin zu sein, wäre sie nun beinahe auf einen Chevrolet Malibu aufgefahren.

Thad schien zu glauben, dass es eine einfache Sache wäre, ihre Beziehung nach dem Ende der Tour fortzuführen. Für ihn war es das wahrscheinlich auch, aber sie wusste es besser. Sex veränderte alles. Obwohl es vor drei Wochen noch völlig undenkbar schien, passten die Operndiva und der Quarterback eigenartigerweise zusammen. Thad war ein besonderer Mann – mit seinem Humor, seiner Loyalität, seinem Anstand –, und er war genauso ambitioniert wie sie. Er sah kein Problem darin, ihre Beziehung auszubauen, aber er würde auch nicht derjenige sein, der sich Stück für Stück aufgab – zuerst nur in kleinen Mengen und danach in großen, bis sie sich selbst wieder verloren hätte.

Olivia checkte das Navi. Sie waren fast da. Als sie einen Klempnerwagen überholte, der auf der rechten Spur entlangzuckelte, schwor sie sich, jeden einzelnen Moment ihrer kurzen, hocherotischen Affäre auszukosten, und danach würde sie ihn ziehen lassen. Da sie keine richtige Beziehung miteinander eingingen, würde es nicht einmal eine offizielle Trennung geben, was es leichter machte, damit abzuschließen. Sie musste sich ausschließlich auf eine Sache konzentrieren. Sie musste ihre Stimme zurückbekommen. Ihr Karriereziel war von Anfang an in Stein gemeißelt – nämlich die Beste zu sein, eine Legende, eine der Unsterblichen. Und sie würde sich durch nichts davon abbringen lassen.

Die Bäckerei befand sich am Ende einer Ladenzeile, zu der auch ein Fliesengeschäft und ein Hundefriseur gehörten. Olivia parkte nah genug, dass sie das Schaufenster sehen konnten, aber nicht direkt davor. Thad musterte das altmodische Schild, das über der Eingangstür hing. »*My Lady's Bakery*?«

»Adams Großvater hat diesen Namen gewählt. Er fand, dass er vornehm klang.« Eine verdrehte Wimpelkette aus Plastik hing am oberen Rand des Schaufensters, und die künstliche Hochzeitstorte in der Mitte der Auslage sah extrem unappetitlich aus, selbst noch aus dieser Entfernung. »Früher wirkte der Laden nicht so vernachlässigt«, sagte sie. »Er ist zwar nie groß modernisiert worden, aber ...«

»Du wirst jetzt nicht die Verantwortung für die schäbige Auslage übernehmen, oder?«

»Sie hat was Symbolisches. Als hätten seine Schwestern aufgegeben, jetzt wo Adam tot ist.« Sie sah die Besorgnis in seinem schönen Gesicht. »Ich muss das hier allein machen.« Sein Kiefer verspannte sich auf diese trotzige Art, die sie inzwischen so gut kannte. Sie legte eine Hand auf seinen Oberschenkel. »Mir wird schon nichts passieren.«

Er war nicht begeistert, aber er protestierte nicht.

Kurz darauf näherte sie sich dem Eingang der Bäckerei. Die Gipsrosen auf der Hochzeitstorte hatten ein paar Blüten verloren, und dem Bräutigam fehlte eine Hand.

Sie hatte während ihrer Beziehung mit Adam einen tiefen Einblick in seine Familienverhältnisse bekommen. Keine seiner Schwestern hatte jemals geheiratet oder war überhaupt mit Männern ausgegangen. Zusammen mit ihrer Mutter waren sie zu sehr damit beschäftigt gewesen, sich auf den kleinen Nachzügler zu konzentrieren, der zehn Jahre nach Brenda und neun Jahre nach Colleen zur Welt gekommen war.

Der Vater war in Adams ersten Lebensjahren größtenteils nicht präsent gewesen. Er hatte morgens um vier in der Bäckerei begonnen, dort bis zum späten Nachmittag gearbeitet und war abends gleich nach dem Essen eingeschlafen, ein Tagesablauf, der zu einem tödlichen Herzinfarkt geführt hatte, als Adam fünf gewesen war. Seine Mutter und seine Schwestern hatten die Bäckerei weitergeführt, aber Adam mit seiner magischen Stimme war immer von allen Pflichten ausgenommen gewesen. Jungs brauchten ihren Schlaf, darum war von ihm nie verlangt worden, mitten in der Nacht aufzustehen und den Backofen vorzuheizen. Seine Klavier- und Gesangsstunden waren wichtiger gewesen, als schwere Backbleche zu schrubben oder hinter der Theke zu stehen und Kunden zu bedienen. Er war der Kronprinz gewesen, und sie hatten ihm alles ermöglicht, was sie sich selbst verwehrt hatten.

Statt ihm seinen Sonderstatus zu missgönnen, hatten seine Schwestern schon als Teenager jeden Dollar beiseitegelegt, den sie hatten erübrigen können, um ihn später auf die Eastman School of Music zu schicken, eine der besten Musikhochschulen im Lande. Selbst der Tod der Mutter hatte nichts an ihrer abgöttischen Hingabe geändert. Er war ihr Lebenssinn gewesen, sein musikalischer Durchbruch die einzige Möglichkeit, ihrem eigenen Dasein Bedeutung zu verleihen, und sie hatten von

Olivia erwartet, dass auch sie sich für ihn aufopferte. Nun sollte sie dafür bezahlen, dass sie ihn im Stich gelassen hatte.

Sie atmete tief durch und drückte dann die Türklinke herunter.

In der Glasvitrine lagen auf Tortenpapier die unverkauften Backwaren vom Nachmittag: ein paar Amerikaner, Cupcakes und Krümelmonster-Muffins. Genießbar, aber nicht originell.

Beide Schwestern standen hinter der Theke. Brenda hob den Kopf, als Olivia hereinkam, und ihr freundliches Begrüßungslächeln erstarb. Colleen nahm gerade einen Kuchen aus der Vitrine. Als sie Olivia sah, stellte sie ihn so ruckartig zurück, dass er von seiner Unterlage rutschte. »Was willst du hier?«

Ja, was eigentlich? Jetzt, wo Olivia hier war, wusste sie nicht, was sie sagen sollte.

Sie hatten auf unterschiedliche Weise Ähnlichkeit mit Adam. Seine klaren Gesichtszüge waren bei Brenda verwischt – als hätte jemand ihr Gesicht mit einem Radiergummi bearbeitet, sodass ihre Wangenknochen verschwunden waren, ihre kurze Nase unvollendet wirkte und ihre Augen, deren Winkel nach unten zeigten, sehr klein erschienen. Colleen dagegen hatte Adams dunkelbraune Rehaugen, aber alles andere in ihrem Gesicht war eckiger: ein kantiger Kiefer und eine spitze Nase, schräg stehende Augenbrauen, strenger Mund. Beide Schwestern schienen dieselbe Haartönung aus dem Drugstore zu verwenden, ein Rot, das ihre kurzen Haare stumpf aussehen ließ.

Olivia vergrub die Hände in den Taschen ihres Trench-coats. Ihre Finger streiften ein zerknülltes Papiertaschen-tuch und die Kante ihres Handys. »Adam sprach öfter darüber, wie hart ihr beide gearbeitet habt, damit er Ge-sangsstunden nehmen konnte«, sagte sie. »Er fühlte sich schuldig deswegen.«

Brendas konturloses Kinn hob sich. »Wir haben es nicht einen Moment lang bereut.«

Hinten in der Backstube klapperte ein Blech. Colleen spreizte ihre Hände auf der Schürze. »Er war immer gut zu uns. Immer.«

Olivia wusste, dass Adam seinen Schwestern oft fi-nanziell unter die Arme gegriffen hatte, obwohl das Geld von ihr gekommen war, wenn er knapp bei Kasse ge-wesen war. Als er gestorben war, hatte sie stillschwei-gend die Bestattungskosten übernommen, während die Schwestern davon ausgingen, dass Adams letztes Tour-neetheater alles bezahlt hatte.

Sie trat näher an die Theke heran und zeigte törichter-weise auf die Auslage. »Ich nehme alles, was übrig ist.« Sie hatte nicht einmal Geld dabei. Ihr Portemonnaie lag im Wagen.

»Wir verkaufen nicht an dich«, sagte Colleen.

Olivias Brustkorb schnürte sich zusammen. Selbst wenn sie jetzt auf einem Bein stünde und Thad ihren an-deren Fuß in der Luft hielte, würde sie keinen einzigen Ton herausbekommen.

»Ich konnte Adam nicht glücklich machen«, presste sie schließlich hervor.

»Du hast ihm das Herz gebrochen!«, schrie Brenda.

»Das war nicht meine Absicht.«

Colleen schoss hinter der Theke hervor, ihre scharfen Gesichtszüge grimmig verzogen. »Du musstest ja immer an erster Stelle stehen. Es hieß ständig Olivia dies, Olivia das. Es ging nie um *ihn*.«

»Das ist nicht wahr. Ich habe alles für ihn getan, was ich konnte.«

»Alles, was du getan hast, war, ihm deinen Erfolg unter die Nase zu reiben«, entgegnete Brenda.

Auch das entsprach nicht der Wahrheit. Vielmehr hatte Olivia sich für ihn kleiner gemacht, ihr eigenes Stimmtraining vernachlässigt, ihre Erfolge heruntergespielt, aber es war sinnlos, mit den beiden zu diskutieren. So sinnlos wie dieser Besuch hier.

»Ich habe ein paar hässliche Briefe bekommen«, sagte sie. »Ich will, dass das aufhört.«

»Was für Briefe?« Der rohe Hass in Colleens Augen, die so sehr an Adam erinnerten, verursachte Olivia Übelkeit.

Brenda wirkte beinahe selbstgefällig. »Was auch passiert, hast du dir selbst zuzuschreiben.«

Es war hoffnungslos. Olivia verstand den Kummer und Schmerz der beiden, doch das gab ihnen nicht das Recht, sie zu peinigen. »Ich will nicht die Polizei einschalten«, sagte sie so ruhig wie möglich, »aber wenn das so weitergeht, wird mir nichts anderes übrig bleiben.«

Colleen verschränkte die Arme vor der Brust. »Tu, was immer du tun musst.«

»Das werde ich.«

Der Besuch war reine Zeitverschwendung gewesen. Sie entdeckte Thad vor dem Fliesengeschäft, wo er auf und ab schlenderte, die Hände in den Taschen seiner dreitausend Dollar – sie hatte es überprüft – teuren Lederjacke von Tom Ford vergraben. »Das ging aber schnell. Wie ist es gelaufen?«

»Super. Sie sind vor mir auf die Knie gesunken und haben mich angefleht, ihnen zu verzeihen.«

»Mir ist es lieber, wenn ich die sarkastischen Sprüche klopfe.« Er hob den Arm, als wollte er sie an sich drücken, aber ließ ihn dann wieder sinken. »Lass uns verschwinden. Ich fahre.«

Dieses Mal sträubte sie sich nicht dagegen.

»Sing für mich«, sagte er, als sie auf dem Weg zurück nach Manhattan das Ortsschild von Scotch Plains passierten.

»Ich kann jetzt nicht singen.«

»Der Zeitpunkt ist ideal. Du bist wütend, aber es wird nicht lange dauern, bis dein überstrapazierter Schuldkomplex anschlägt, und dann fällst du wieder genau dorthin zurück, wo du warst. Lass mich was hören, bevor es so weit kommt.«

»Ich weiß, du willst mir helfen, aber mein Problem lässt sich nicht so einfach wegstecken wie eine Interception oder ein unvollständiger Pass.«

»Genau wie ich vermutet habe. Du weißt mehr über Football, als du vorgibst. Außerdem ist an einer Interception nichts einfach. Und jetzt hör auf mit den Mätzchen und sing.«

Sie stieß ein frustriertes Seufzen aus und stimmte dann zu seiner Überraschung ein Lied an. Eine Arie, die so wehmütig klang, dass er wünschte, der Text wäre nicht auf Englisch.

»*When I am laid ... am laid in earth ...*«

Trotz der düsteren Todesthematik waren die Töne, die sie erzeugte, so rund und voll, so klar und hell, dass sie nur aus der Kehle einer der besten Solistinnen der Welt kommen konnten.

»Ganz passabel«, sagte er, über das einschnürende Gefühl in seiner eigenen Kehle hinweg, als sie geendet hatte.

»Das war Didos Klagelied aus *Dido und Aeneas*.«

»Dachte ich mir.« Er grinste sie an, und sie antwortete mit einem zittrigen Lächeln. »Das war schön, aber irgendwie deprimierend«, sagte er. »Wie wäre es, wenn du mich wieder aufmunterst? Jetzt sofort. Mit einer deiner großen Nummern.«

»Vertrau mir, wenn ich dir sage, dass du mich nicht in einem geschlossenen Wagen aus voller Kehle singen hören willst.«

»Du denkst, ich bin nicht Manns genug, um das auszuhalten?«

»Ich weiß, dass du es nicht bist.« Sie kramte in ihrer Handtasche, nahm ein Papiertaschentuch heraus, riss zwei Streifen davon ab und rollte sie zu kleinen Stöpseln. Dann beugte sie sich zu ihm herüber und steckte ihm die Stöpsel in die Ohren, ihre Brust an seinen Oberarm gedrückt. Es war ein Wunder, dass er nicht von der Straße abkam. »Du hast es so gewollt.«

Und dann legte sie los. Trotz seiner provisorischen

Ohrstöpsel ließ ihre opulente, Kristallgläser zerschmetternde Prachtstimme seine Nackenhaare sich aufrichten.

Als sie fertig war, hatte es ihm die Sprache verschlagen. »Mein Gott, Liv ...«

»Dabei habe ich mich zurückgehalten«, sagte sie fast trotzig. »Man nennt das Markieren. Das machen wir manchmal in den Proben, um unsere Stimmen zu schonen.«

»Verstehe. Wie ein kontaktloses Footballtraining.« Er überlegte, wie er das vorbringen konnte, was ihn gedanklich nicht mehr losließ. »Bist du offen für einen Musikwunsch?«

»Ich werde nicht ›Love Shack‹ singen.«

Er lächelte. »Ich dachte da eher an ...« Er zögerte, aber er konnte sich nicht überwinden, es auszusprechen. Konnte nicht offenbaren, wie sehr er sich damit beschäftigt hatte. »Vergiss es. Ich habe es mir anders überlegt.«

»Was soll ich vergessen?«

Er stellte sich dumm. »Was meinst du?«

»Was soll ich für dich singen?«

»Was du willst. Ich bin nicht wählerisch.«

»Aber du hast gesagt ...«

Er brachte es nicht über sich. Er war nicht imstande, sie zu bitten, Carmens sinnliche, rebellische Habanera nur für ihn zu singen. Er konnte nicht zugeben, wie sehr er sich eine Privatvorstellung von ihr wünschte. Er trat aufs Gas und wechselte auf die linke Spur. »Wer bin ich, um der schönen Avocado etwas zu diktieren?«

»Tornado. Und du fährst schon wieder viel zu schnell.«

Er nahm den Fuß vom Gaspedal, und sie begann zu singen, zuerst auf Italienisch, dann auf Deutsch, dann auf Französisch – jedoch nicht die Habanera. Sie sang die ganze Strecke bis zum Lincoln Tunnel, und als sie am nächsten Abend in das Flugzeug nach Las Vegas stiegen, rauschten seine Ohren noch immer. Sie war nach wie vor unzufrieden mit ihrer Stimme, aber für ihn … klang sie meisterhaft.

In einer Woche sollte sie zu den Proben in Chicago erscheinen. Olivia starrte auf dem Flug nach Las Vegas aus dem Fenster, von innerer Unruhe erfüllt. Sie konnte in den ersten paar Tagen markieren, um sich Zeit zu verschaffen. Sie hatte die Amneris so oft auf der Bühne verkörpert, dass niemand sich etwas dabei denken würde. Aber früher oder später würde diese Zeit ablaufen.

Sie sagte sich, dass sie Fortschritte machte. Als sie im Auto gesessen hatten, hatte sie die hohen Töne eine Oktave tiefer singen müssen, aber wenigstens war ihre Stimme wieder halbwegs da. Wenigstens? Wann war es zu ihrem beruflichen Ziel geworden, etwas anderes zu liefern als ihr Bestes?

Las Vegas lag vor ihr, verlockend und beängstigend zugleich. Von Tag zu Tag wurden ihre körperlichen Sehnsüchte nach Thad dringender, ihre Nächte ruheloser, ihre Träume erotischer. Wenn sie es nicht bis zum logischen Ende durchzog, würde sie es für immer bereuen. Und wenn sie es durchzog? Würde ihre Beziehung nie wieder dieselbe sein.

Sie schloss die Augen und versuchte, ihre Gedanken auszuschalten.

Das Panoramafenster ihrer Doppelsuite im Bellagio zeigte auf die bunt schillernde Ausdehnung von Las Vegas. Es war Mitternacht, und Ruperts neuestes Präsent erwartete sie bereits: eine Damentasche von Louis Vuitton, gefüllt mit exotischen Käsesorten, Importkaviar und absurd teuren Pralinen. »Er wird bald pleite sein«, sagte Olivia.

»Ja, ich habe deswegen schon ein richtig schlechtes Gewissen.« Thad nahm sein Handy aus der Hosentasche. »Gib mir seine Nummer. Ich bin sicher, du hast sie.«

Die Vorstellung, was er zu Rupert sagen könnte, beunruhigte sie. »Die kriegst du nicht.«

»Egal. Ich habe sie bereits.«

»Wie bist du an seine Nummer gekommen?«

Er schenkte ihr einen bewusst herablassenden Blick. »Ich bin ein verwöhnter Spitzensportler, schon vergessen? Ich bekomme alles, was ich will.«

Als er auf sein Display tippte, versuchte sie, ihm das Handy wegzunehmen. »Es ist mitten in der Nacht. Du wirst ihm einen Schreck einjagen!«

»Das ist die Grundidee.« Er hatte jahrelange Erfahrung in der Abwehr von Gegnern, und er hielt Olivia auf Abstand, indem er seine Körpergröße und seinen Ellenbogen als Barriere einsetzte, während er zu den Fenstern hinüberging. »Hallo, Mr. Glass, hier ist Bruno Kowalski. Sorry, falls ich Sie geweckt habe.« Sein künstlicher Gangsterakzent ließ vermuten, dass er zu viele Scorsese-Filme gesehen hatte. »Ich bin der Bodyguard von Miss Shore.«

Sie rollte mit den Augen, hin- und hergerissen zwischen ihrem Mitleid mit dem armen Rupert und ihrer Neugier, was Thad zu ihm sagen würde.

»Die Sache ist die … Diese ganzen Geschenke machen Miss Shores Steuerberater Sorgen.« Thad zwinkerte ihr zu. »Der Kerl sagt, dass sie richtig Probleme mit dem Finanzamt bekommen wird, weil sie irgend so 'ne steuerliche Freigrenze überschreitet. Das stresst sie total. Sie überlegt sogar schon, die Oper für immer an den Nagel zu hängen und stattdessen mit 'ner Rockband auf Tournee zu gehen.«

Was?, formten ihre Lippen lautlos.

Er antwortete ihr mit einem Achselzucken. »Also, ich will damit bloß sagen … Wenn Sie sie nicht noch mehr unter Druck setzen wollen, hören Sie besser damit auf.« Eine lange, drohende Pause. »Wenn Sie wissen, was ich meine.«

Sie hörte schwach Ruperts hohe, piepsige Antwort.

»Ja, dacht ich mir, dass Sie das verstehen. Und jetzt wünsch ich Ihnen noch eine verflucht gute Nacht, Mr. Glass, okay?«

Sie stemmte die Hände in die Hüften, als er auflegte. »Steuerliche Freigrenze? Wer kommt denn auf so was?«

»Jemand mit einem Finanzdiplom von der University of Kentucky und einem ungesunden Interesse an der Steuerbehörde.« Er ließ sein Handy wieder in die Hosentasche gleiten. »Besser, als ihm zu drohen, dass ich ihm die Kniescheiben wegschieße, richtig?«

»Du hast wirklich ein großes Herz.«

Der Internationale Juwelierkongress in Las Vegas war die anstrengendste Station auf ihrer Tour, und die Meetings mit Schmuckexperten und Einkäufern erstreckten sich über zwei volle Tage. Etliche Vertreter der Branche fühlten sich verpflichtet, Olivia auf einen Aspekt hinzuweisen, der ihren eigenen Schmuck betraf und der ihr längst bekannt war: Ihr taubeneigroßer Anhänger war kein echter Rubin, ihr ägyptischer Armreif war bloß nachgemacht, ihr Giftring waren nicht wirklich antik, und ihre großen Flamenco-Ohrringe hatten lediglich Souvenirqualität. Als man ihr Echtschmuck zu einem guten Preis anbot, antwortete sie, dass sie schon Kunstschmuck zu leicht verlor, statt in Wahrheit zu sagen, dass sie durchaus hochwertige Stücke besaß, die sie aber nur selten trug und die in ihrer Wohnung gesichert waren.

Sie und Thad posierten für Fotos, ließen sich interviewen und chatteten mit Bloggern. Die ganze Zeit über knisterte die Luft zwischen ihnen vor prickelnder Vorfreude. Jede Geste, jeder Blick hatte eine besondere Bedeutung.

Ich kann es kaum erwarten, zu sehen ... zu berühren ... zu schmecken ... zu fühlen ...

Selbst in der klimatisierten Ausstellungshalle fühlten sich Olivias Wangen gerötet und ihre Haut heiß an. Sie vergaß Namen und verlor in Gesprächen den Faden, während Thad sogar noch unkonzentrierter war und irgendwann eine unverkennbar schwangere Frau mit »Sir« ansprach.

Wenn sie durch die überfüllten Gänge schlenderten, lag seine Hand auf ihrem Rücken. Ihr Arm streifte seine

Hüfte. Beim Posieren für Fotos berührten sich ihre Finger hinter der Person, die zwischen ihnen stand. Es war ein Vorspiel, das die Erregung bis in die Stratosphäre hochjagte.

Dann kam der letzte Abend. Olivia kleidete sich mit besonderer Sorgfalt für das Kundendinner in José Andrés' neuestem Restaurant. Die Haare offen. Ein superwinziger Slip. Sie überlegte hin und her zwischen zwei schwarzen Cocktailkleidern. Unter dem einen, das schlichter geschnitten war, konnte sie einen herrlich verführerischen BH aus schwarzer Spitze anziehen, der beim anderen herausschauen würde, da es einen drastisch tiefen V-Ausschnitt hatte, der Silikonbrustpads und ein bisschen Klebeband erforderte, um alles am richtigen Platz zu halten. Nicht annähernd so sexy wie der Spitzen-BH. Dafür reichte der Ausschnitt des schlichteren Modells nicht bis fast zu ihrer Taille und würde Thad nicht während des gesamten Dinners verrückt machen.

Sie stellte sich vor, wie sie am Saum des verlockenden »V« spielen und mit den Fingerspitzen über ihre nackte Haut streichen würde. Das war es definitiv wert, den Spitzen-BH zu opfern, beschloss sie.

Sie ließ ihren üblichen Vorzeigeschmuck weg und setzte stattdessen auf Understatement – mit einfachen Ohrsteckern und einer langen feinen Silberkette, an der ein kleiner silberner Stern hing. Den hatte Rachel ihr geschenkt, als sie beide völlig abgebrannt gewesen waren. Olivia schloss die Kette in ihrem Nacken, und der kleine Stern schmiegte sich zwischen ihre Brüste, genau dort, wo sie sich die Lippen des Quarterbacks ausmalte.

Sie zitterte. Zuerst mussten sie ein langes, ödes Dinner überstehen.

Die Gebäude in Las Vegas waren brutal klimatisiert, und sie kramte ein klassisches Flamenco-Tuch heraus, das ihr ein *Carmen*-Fan geschenkt hatte. Den Geist von Sevillas heißblütiger Zigarrendreherin für den Abend bei sich zu tragen, fühlte sich an wie der perfekte Glücksbringer.

Es klopfte an der Verbindungstür. Sie legte sich das Tuch um die Schultern und griff nach ihrer kleinen Abendtasche.

Zuerst sagte er kein Wort. Er stand einfach nur da und betrachtete sie. Dann fluchte er leise und anerkennend.

Sie neigte den Kopf, sodass ihre Haare über eine Schulter fielen, und atmete gerade tief genug, sodass die entblößten Wölbungen ihrer Brüste sich hoben.

Er stöhnte. »Du bist eine Teufelin.«

Genau das, was sie hören wollte.

Die Rezeption rief an, um ihnen Bescheid zu geben, dass ihre Limousine da war. Es war noch früh, aber Olivia und Thad waren beide startklar, und sie fuhren mit dem Aufzug hinunter in die Lobby. Als sie hinten in der Limousine Platz nahmen, waren sie so sehr aufeinander fixiert, dass sie kaum hörten, wie der Chauffeur ihnen erklärte, dass Henri bereits vorgefahren sei und sie im Restaurant erwarten würde.

»Genau das, was wir nicht brauchen.« Olivia zog das Flamenco-Tuch höher um ihre Schultern. »Mehr Zeit allein zusammen.«

Thad starrte auf ihre Beine. »Die nächsten drei Stunden können nicht schnell genug vorübergehen.«

Olivia rutschte hinüber auf die Sitzbank an der Längsseite des Wagens, wodurch sie einen kleinen Abstand zwischen ihnen herstellte. Er schenkte ihr ein träges Lächeln. »Erwarte nicht, dass ich dich heute Nacht verschone.«

Sie schluckte hart, ließ das Tuch von einer Schulterseite gleiten und nutzte ihre schauspielerischen Fähigkeiten, um ganz dick aufzutragen. »Mach dir lieber um dich selbst Sorgen, Cowboy. Ich bin nämlich in der Stimmung für einen langen, harten Ritt.«

»Das reicht! Es gibt ein Limit, was ein Mann aushalten kann.« Er nahm sein Handy heraus und steckte sich seine Earbuds in die Ohren. »Ignorier mich einfach. Du kannst ja ein bisschen Candy Crush spielen. Ich habe jetzt nämlich ein Date mit Dizzy Gillespie.«

Sie lächelte, als er die Augen schloss. Es würde ein denkwürdiger Abend werden.

Aber als sie zu dem blau und lila beleuchteten Dachhimmel der Limousine hochsah, verblasste ihr Lächeln. Sie hatte die Bedingungen vorgegeben. Sie würden heute Nacht und drei weitere Tage in Chicago haben, bevor sie in die Proben für *Aida* einstieg. In vier Tagen würde es mit ihnen vorbei sein. Es würde keine Hotelsuiten und Verbindungstüren mehr geben, keine Unterhaltungen mehr bis spät in die Nacht und kein gemeinsames Frühstück. Ihre Beziehung würde beendet sein.

Die Vorstellung, ihn danach nie wiederzusehen, fühlte sich an wie ein Messer in ihrer Brust. Sie schloss die Augen. Versuchte, die Wahrheit zu verdrängen, die seit Tagen an ihr nagte wie furchtbare Zahnschmerzen.

Sie hatte sich in ihn verliebt.

Wie dumm! Sie hatte sich wieder einmal in den falschen Mann verliebt.

Aber wie hätte sie das verhindern können? Thad war faszinierend, einfühlsam und von Grund auf anständig. Mit seiner Intelligenz stellte er jedes gängige Klischee über Profifootballer auf den Kopf. Sobald sie ihn sah, waren ihre Sinne in höchster Alarmbereitschaft, und selbst wenn sie ihre Gefühle für ihn leugnete, würden sie nicht einfach verschwinden. Außerdem ... Wenn es um Thad Owens ging, war Leugnen gefährlich.

Thad war ein starker, ehrgeiziger Mann mit einem aufregenden Leben. Seine Karriere hatte ihn auf die Ersatzbank geführt, wo er am Rand von Clint Garretts Scheinwerferlicht existierte, aber im Gegensatz zu Dennis Cullen würde Thad sich in seinem Privatleben niemals mit einer untergeordneten Rolle zufriedengeben, und mit einem Mann, der genau dazu nicht fähig war, konnte sie nie glücklich werden. Sie brauchte einen Partner, der bereit war, sie von Johannesburg nach Sydney zu begleiten und anschließend nach Hongkong. Der mit ihrem vollen Terminkalender und ihren verrückten Arbeitszeiten klarkam.

Die Oper war ihr Lebenselixier. Die Dramatik und Grandezza trieben sie an. Die Euphorie, einen unmöglichen Ton zu treffen oder so tief in sich zu graben, bis sie mit der Figur verschmolz. Das Hochgefühl, wenn der ganze Saal die Luft anhielt und gespannt darauf wartete, was sie als Nächstes tat. Sie lebte mit Leib und Seele für die Bühne, und das konnte sie nicht aufgeben, nicht einmal für die Liebe.

Seine Augen waren noch immer geschlossen, während er Dizzys Trompetenklängen lauschte. Thad repräsentierte alles, was sie nicht haben konnte, ohne sich selbst aufzugeben. Ohne ihre Bestimmung aufzugeben.

Sie musste die nächsten paar Tage nutzen, um Erinnerungen zu schaffen, die sie für den Rest ihres Lebens sicher verwahren konnte. Erinnerungen, die sie ausgraben konnte, wenn sie irgendwo allein in einem fremden Hotelzimmer war, wenn sie einen schlechten Auftritt hatte oder wenn ein Kritiker grausam war. Sie würde diese Erinnerungen genießen und wissen, dass sie die richtige Entscheidung getroffen hatte.

Thad streckte sich auf seinem Sitz und drückte einen Knopf an der Steuerkonsole über seinem Kopf.

»Fahrer?«

Olivia war so tief in Gedanken versunken gewesen, dass sie jegliches Zeitgefühl verloren hatte. Als sie nun durch die getönten Scheiben der Limousine blickte, sah sie nichts als schwarze Wüste. Sie hatten die Lichter von Las Vegas hinter sich gelassen.

KAPITEL 13

Fahrer!«, rief Thad in die Sprechanlage.

Die Limousine beschleunigte – sie fuhr viel zu schnell –, und die getönte Trennscheibe zwischen ihnen und dem Chauffeur blieb geschlossen. Thad kletterte an Olivia vorbei und hämmerte gegen das Glas. »Anhalten!«

Der Wagen schoss plötzlich von der Straße und bog schlingernd auf eine holprige Piste. Olivia wurde fast von ihrem Sitz geschleudert und klammerte sich an der Bar fest. Thad fand als Erster sein Gleichgewicht wieder. »Gib mir das.« Er schnappte sich Olivias seidenes Flamenco-Tuch und begann, es um seine Hand zu wickeln.

Olivia zückte hastig ihr Handy und drückte auf die Notruftaste.

Nichts geschah.

»Geh in Deckung!« Thad schob sie ein Stück zurück und rammte dann die eingewickelte Faust gegen die Trennscheibe, die daraufhin in tausend kleine Splitter zersprang.

Die Limousine geriet ins Schleudern, und sie wurden auf den Boden geworfen. Während Thad sich hochrappelte, versuchte sie wieder, den Notruf zu wählen. »Ich habe kein Signal!«

»Handy-Störsender.«

Plötzlich kam der Wagen ruckartig zum Stehen.

Thad hechtete zu der offenen Stelle, wo die Trennscheibe gewesen war, aber der Fahrer stieß die Tür auf, schaltete die Scheinwerfer aus und sprang aus dem Wagen, bevor Thad ihn packen konnte. Olivia rüttelte an der hinteren Fahrgasttür, während Thad die andere ausprobierte. Beide waren verschlossen. Er sah zur Bar und hielt nach etwas Ausschau, das er als Waffe verwenden konnte – eine Weinflasche oder ein Whiskyglas –, aber die Fächer waren leer.

»Egal was passiert, du bleibst hinter mir!«, befahl er ihr.

»Das geschieht nur meinetwegen!«, erwiderte sie panisch. »Das weißt du!«

»Tu, was ich dir sage.«

Ein Klicken, dann flog die hintere Fahrgasttür auf, und die Innenbeleuchtung ging an. »Aussteigen!«, befahl eine schroffe Stimme.

Thad drängte sich an ihr vorbei und stieg aus. Ihr Flamenco-Tuch fiel draußen auf den Boden, als er mit seinem Körper die Tür blockierte, um Olivia im Wagen zu schützen.

Das hier war total verkehrt. Sie sollte diejenige sein, die ihn schützte. Olivia blickte sich erneut verzweifelt in der Limousine um. Die leere Bar war nutzlos. In ihrer Handtasche war nichts außer ihrer Zimmerkarte und einer Packung Papiertaschentücher. Sie legte ihr Handy weg und schaufelte sich beide Hände voll mit Splittern der zerbrochenen Trennscheibe, die auf den Sitzen gelandet waren. Obwohl es Hartglas war, bohrten sich die Kanten in ihre Handflächen.

»Geh zur Seite!«, schrie die schroffe Stimme draußen. Olivia konnte durch die Fenster nichts als Dunkelheit erkennen.

Thad blieb, wo er war, und blockierte weiter die Tür. »Was wollen Sie?«

»Geh zur Seite, oder ich schieße. Ich knall euch beide ab! Raus aus dem Wagen!«

»Bleib!«, befahl Thad ihr.

Sie wollte nichts davon hören. Mit geschlossenen Fäusten voller Glassplitter schob sie Thad ein Stück zur Seite und zwängte sich an ihm vorbei, kletterte hinaus in die Leere der Mojave-Wüste.

Zuerst konnte sie außerhalb des trüben gelben Lichtscheins, der aus dem Wagen drang, nichts erkennen. Am Himmel flog ein Jet über sie hinweg, vielleicht vom Luftwaffenstützpunkt Nellis, vielleicht vom Flughafen McCarran. Als ihre Augen sich an die Dunkelheit gewöhnt hatten, konnte sie die grobschlächtige Gestalt des Fahrers ausmachen, der außerhalb des Lichts stand. Er trug einen dunklen Anzug, aber der Schirm seiner Chauffeursmütze verdeckte sein Gesicht zum größten Teil. War das der Mann, der sie im Antiquitätenladen angegriffen hatte? Er schien ungefähr dieselbe Größe zu haben, aber die hatten Millionen anderer Männer.

»Geht vom Wagen weg!«, befahl er laut.

Statt Angst übermannte Olivia eine heiße Welle der Wut. »Wir gehen nirgendwohin!«

Es knallte, und vor ihnen spritzte Erde hoch. Olivia keuchte erschrocken auf. Die Waffe war echt.

Thad packte ihren Arm und schob sie aus dem Licht. »Tu, was er sagt.«

»Warum?« Sie war aufgebracht. Besessen von einer rasenden Wut. Auf ihren Entführer. Auf sich selbst, weil sie Thad in ihr Chaos hineingezogen hatte. Auf diesen Schwachkopf, der sie terrorisierte. »Hey, du großer Revolverheld!« Sie verstärkte den Griff um die Glassplitter in ihren Fäusten. »Was willst du?«

»Halt die Klappe, Liv«, sagte Thad.

»Halt die Klappe!«, schrie der Entführer genau im selben Moment. Er richtete die Waffe blitzartig auf Thad. »Gib mir deine Brieftasche. Wirf sie hier rüber.«

Thad gehorchte.

»Und jetzt dein Handy«, sagte der Kidnapper.

»Tu es nicht!«, rief Olivia.

Thad ignorierte sie. Der Kerl zielte weiter mit seiner Waffe auf ihn, während er sich rasch bückte, um Thads Sachen aufzuheben.

»Und jetzt die Uhr.«

Thad nahm seine Victory 780 ab und warf sie dem Kidnapper vor die Füße.

Der Kerl drehte sich zu Olivia. »Gib mir deine Tasche.«

Sie konnte ihre Wut nicht zügeln. »Die liegt im Wagen, du Vollidiot.«

»Liv …« Thads Stimme hatte einen scharfen, warnenden Unterton.

Aber sie hatte Thad in etwas verwickelt, womit er überhaupt nichts zu tun hatte, und sie war bar jeder Vernunft. »Unser Revolverheld steht auf Drama. Und Drama ist meine Spezialität!«

Der Kidnapper machte einen Satz auf sie zu. Sie holte mit beiden Armen aus und schleuderte ihm die Glassplitter ins Gesicht.

Er heulte vor Schreck auf, und das war alles, was Thad brauchte, um sich auf ihn zu stürzen. Aus der Waffe löste sich ein Schuss, bevor sie in hohem Bogen durch die Luft flog. Olivia schrie, verlor ihr Gleichgewicht und fiel zu Boden.

»Liv!« Thad wirbelte zu ihr herum.

Ohne seine Waffe stürmte der Kerl auf die Fahrerseite der Limousine.

Die Fahrertür knallte zu, und Thad ging neben Olivia auf die Knie. Seine Hände bewegten sich fieberhaft über ihren Körper, und in dem Adrenalinrausch, der sie durchströmte, verstand sie nicht, warum er sie ausgerechnet in so einem Moment begrapschte.

»Liv! Wo hat es dich erwischt?«

Er begrapschte sie nicht, sondern ... »Es hat mich nicht erwischt.« Sie rollte sich auf die Seite. »Ich bin nur umgefallen.«

Thad entdeckte die Waffe und rannte damit der davonrasenden Limousine hinterher, aber als er einen Schuss abfeuerte, erreichte der Wagen bereits schlingernd die Straße, und Kies spritzte hoch wie Granatsplitter, bevor die Rücklichter sich in der Dunkelheit entfernten.

Für einen langen Moment sagte keiner von beiden etwas. In der Ferne blinkte ein Sendemast, und man konnte schwach das Rattern eines Güterzugs hören. Sie waren allein in der stockdunklen Wüste.

Als Olivia die Staubwolke einatmete, die die Reifen

der Limousine aufgewirbelt hatten, verflog ihre ganze Wut und ließ sie mit einem rasenden Puls und wackligen Beinen zurück, während sie sich auf alle viere hochstemmte.

»Tut mir leid«, sagte sie leise.

»Was tut dir leid?«

»Dass ich dich in meine Probleme hineingezogen habe.«

»Halt die Klappe, Liv, okay?« Es war das zweite Mal in kurzer Zeit, dass er das zu ihr sagte, aber nun brachte sein sanfter Ton sie fast zum Weinen. »Vielleicht war er auf die Uhren scharf.«

Sie wollte bereits widersprechen, als sie etwas neben ihrer Hand spürte. Ihre Finger schlossen sich um seine Uhr, und sie streckte sie ihm entgegen. »Viel Aufwand für nichts.«

»Dieser Bastard.« Thad sicherte die Waffe und steckte sie in seinen Hosenbund. Dann nahm er ihr die Uhr ab.

Das Gelpad unter ihrer rechten Brust hatte sich gelöst und war aus dem tiefen Ausschnitt ihres Kleids gefallen. Sie tastete den Boden ab und fand es, aber Sand und Kies hafteten auf der Klebeoberfläche, also griff sie stattdessen nach ihrem Flamenco-Tuch. Thad half ihr auf die Beine. »Lass uns von hier verschwinden.«

Zwei Brüste in ungleicher Höhe waren, so beschloss sie, nur ein kleines Problem, verglichen mit der Herausforderung, eine dunkle, unebene Schotterpiste auf dreizehn Zentimeter hohen Absätzen zu bewältigen.

Thad dachte offenbar dasselbe. »In diesen Schuhen

wirst du es niemals bis zur Straße schaffen. Ich werde dich huckepack nehmen.«

»Auf keinen Fall.« Olivia Shore, der Star der New Yorker Metropolitan Opera, das Juwel der Mailänder Scala, der Stolz des Londoner Royal Opera House, würde sich von niemandem huckepack tragen lassen, egal wie breit und stark der Rücken desjenigen war. Sie schlang das staubige Tuch um ihre Schultern. »Ich schaff das schon.«

»Du wirst dir das Genick brechen.«

»Aber ich werde meine Würde bewahren.«

»Du bist eine sture Nuss.«

Sie seufzte und knotete das Tuch vor ihrer Brust zusammen. »Ich weiß.«

Durch ihre Weigerung dauerte die schwierige Wanderung doppelt so lange, aber Thads stützender Griff bewahrte sie davor, umzuknicken und sich den Knöchel zu verstauchen, und wenigstens konnte sie so an einem Funken Stolz festhalten – oder zumindest an so viel, wie ihre schielenden Brüste es erlaubten.

Nachdem ihre Handys beide weg waren – ihres lag auf dem Rücksitz der Limousine, und seins steckte in der Hosentasche dieses Dreckskerls –, waren sie auf die Freundlichkeit von Fremden angewiesen, die sie in die Stadt mitnahmen. Leider entpuppten sich die Fremden als eine Gruppe von drei betrunkenen Verbindungsstudenten. Thad machte ihnen von Anfang an klar, dass er der einzigartige Thaddeus Walker Bowman Owens von den Chicago Stars war, und zum Glück ließen sie ihn ans Steuer. Olivia stellte er als seine Cheerleaderin vor. Zu ihrem Erstaunen konnte sie darüber lachen. Es war zwar ein klägliches Lachen, aber wenigstens war sie nicht am Heulen.

Sie lieh sich ein Handy von einem der Studenten und verständigte Henri. Er war außer sich vor Sorge. Er hatte in der Hotellobby auf sie gewartet, als der echte Chauffeur aufgetaucht war, und vom Portier hatte er erfahren, dass Olivia und Thad bereits zum Restaurant aufgebrochen waren. Er hatte angenommen, dass sie beschlossen hatten, früher loszufahren, um einen Aperitif an der Bar einzunehmen, aber als er dort angekommen war und festgestellt hatte, dass sie nicht da waren, hatte er sich zunehmend in seine Angst hineingesteigert. Es dauerte fast die gesamte Rückfahrt, um ihn zu überzeugen, dass sie und Thad unversehrt waren. Jedenfalls körperlich.

»Ich kann es spüren, wenn ein Middle Linebacker mit dem linken Auge zuckt!«, rief Thad aufgebracht, als sie gegen vier Uhr morgens den Aufzug zu ihrer Suite nahmen. »Aber ich kann nicht sagen, wie unser Chauffeur aussah. Und weißt du, warum?«

Sie wusste genau, warum, weil sie seine Tirade bereits zweimal gehört hatte.

»Weil ich zu sehr damit beschäftigt war, in deinen Ausschnitt zu glotzen! Darum!«

Ihre Befragung durch die Polizei von Las Vegas war nicht gut gelaufen. Olivia sah die Szene noch genau vor sich: Dem Officer, der ihre Anzeige aufnahm, fiel es schwer zu glauben, dass keiner von ihnen beiden den Chauffeur beschreiben konnte, und nach über einer

Stunde zähen Nachfragens gab er sich keine Mühe mehr, seine Zweifel zu verbergen. »Sie haben den Fahrer nicht gesehen, als Sie auf den Wagen zugingen? Sie haben nicht mit ihm gesprochen, als Sie eingestiegen sind?«

»Doch, aber ...« Olivia übernahm diese Runde. »Thad und ich waren ... in ein Gespräch vertieft, und keiner von uns hat auf den Mann geachtet.«

Der Officer hatte einen eiförmigen Kopf, eine Hornbrille, einen Schnauzbart und ein misstrauisches Wesen. »Also, lassen Sie mich kurz rekapitulieren. Sie glauben, der Mann war ein Weißer, aber vielleicht auch nicht. Er war weder klein noch groß. Und seine Stimme klang nach einem Mann im mittleren Alter oder vielleicht auch jünger.«

»Er trug eine Schirmmütze«, sagte Olivia zur Rechtfertigung, »die hatte er tief ins Gesicht gezogen. Das weiß ich sicher.« Sie raffte das schmutzige Flamenco-Tuch fester um sich, um ihre Brüste zu verbergen, und fragte sich kurz, was der Student wohl denken würde, wenn er ausgenüchtert war und die einzelne Silikoneinlage in seinem Wagen finden würde.

»Er trug einen dunklen Anzug«, fügte Thad hinzu. »Das haben wir Ihnen bereits gesagt.«

»Sind Sie überhaupt sicher, dass es ein Mann war? Könnte es auch eine Frau gewesen sein?«

»Thad und ich waren nicht in ein normales Gespräch vertieft«, erklärte sie verzweifelt. »Es war eher ein Streit, und Sie wissen ja, wie das ist.«

Der Officer – auf seinem Namensschild stand *L. Burris* – sah von seinem Bildschirm auf. »Sie hatten in letzter Zeit viel Publicity.« Olivia hätte sich denken können, was als Nächstes kam, aber das tat sie nicht. Officer Burris nahm seine Brille ab. »Miss Shore, das ist nicht der erste Vorfall, in den Sie verwickelt sind, seit Ihre Tour begonnen hat.«

»Das ist nicht meine Tour. Die Uhrenmanufaktur Marchand sponsert ...«

»Dieser Überfall in New Orleans ... Der Täter konnte bis heute nicht ermittelt werden.« Sein Stuhl quietschte, als er sich zurücklehnte. »Ihnen ist doch sicher bewusst, dass man sich mit einer Falschanzeige strafbar macht?«

Thad fuhr von seinem Stuhl hoch. »Falls Sie uns damit unterstellen wollen, dass wir uns das alles nur ausgedacht haben, um mehr Publicity zu bekommen, liegen Sie gründlich falsch!«

»Setzen Sie sich wieder, Mr. Owens. Ich unterstelle hier gar nichts. Ich weise nur auf ein paar Fakten hin.« Er strich mit dem Daumen über das Ende seines Schnäuzers. »Sie behaupten, Sie wurden entführt, aber Sie können den Täter nicht beschreiben. Es ist möglich, dass er es auf Ihre Uhren abgesehen hatte – die mehr als zwanzig Riesen wert sind, wie Sie mir eigens erklärt haben –, aber dass er am Ende nur Ihr Handy und Ihre Brieftasche einsackte.«

»Dann erklären Sie doch mal die Waffe, die wir Ihnen übergeben haben«, konterte Thad. »Statt unsere Aussage anzuzweifeln, warum überprüfen Sie nicht, ob ein Limousinenservice ein Fahrzeug als gestohlen gemeldet hat?«

»Wir kümmern uns bereits darum.«

Kurz darauf ließ Burris sie allein, was der Moment war, in dem Thad mit seiner ersten »Ausschnitt-Glotzer«-Tirade anfing.

Der Officer ließ sie fast eine Stunde warten, in der sie übereinstimmend zu dem Schluss kamen, es sei höchst unwahrscheinlich, dass Adams Schwestern die Mittel hatten, um so eine Nummer durchzuziehen.

»Wer dann?«, überlegte Olivia laut.

Thad schüttelte den Kopf. »Das ist die große Frage.«

Officer Burris kehrte mit der Neuigkeit zurück, dass die Nevada Highway Patrol nordwestlich der Stadt eine verlassene Limousine gefunden hatte, die von einem örtlichen Fuhrpark entwendet worden war.

»Wir werden uns die Videobänder der Überwachungskameras aus dem Hotel ansehen«, sagte Burris, bevor er sie hinausbegleitete. »Wenn die uns nicht mehr Informationen liefern als Sie beide, wird es schwierig werden, den Kerl zu finden.«

»Was ist mit der Waffe?«, fragte Thad.

»Wir werden sie zurückverfolgen. Aber versprechen Sie sich nicht zu viel davon.«

Burris war nicht glücklich darüber, dass sie am nächsten Tag nach Chicago abreisten, aber Olivia konnte es nicht erwarten, Las Vegas hinter sich zu lassen.

Es war fast Morgen, als sie ins Hotel zurückkehrten. Thad hörte schließlich auf, sich Vorwürfe zu machen, weil er nicht näher auf den Chauffeur geachtet hatte, aber als sie auf ihrer Etage den Aufzug verließen, trieb ihn etwas anderes um. »Liv, versprich mir, dass du nie wieder vor jemandem die Klappe aufreißt, der mit einer Waffe auf dich zielt.«

»Ich kann nichts dafür. Ich hasse es, herumkommandiert zu werden.«

»Ich verstehe. Du bist eine Opernsängerin.« Er sah sie eindringlich an. »Aber lass uns darauf einigen, dass Typen wie unser Entführer für künstlerisches Temperament nicht so viel Verständnis haben wie ich.«

Sie lächelte. »Eine deiner besten Eigenschaften.«

Er öffnete die Tür zu ihrer Suite mit der neuen Schlüsselkarte, die sie an der Rezeption bekommen hatten. Als Olivia hineinging, rutschte ihr Flamenco-Tuch von der Schulter zu den Ellenbogen herunter, und sie erhaschte einen Blick auf ihr Spiegelbild an der gegenüberliegenden Wand. Wilde Frisur, Gesicht, Arme und Kleid verdreckt von ihrem Sturz auf den Wüstenboden, bei dem wohl ihre feine Silberkette gerissen war, denn sie war samt dem silbernen Stern verschwunden.

»Liv, ich möchte nicht taktlos sein, aber ist heute Abend was mit deinen Brüsten passiert? Versteh mich nicht falsch, sie sind immer noch verdammt sexy, aber irgendwie sehen sie ein wenig – keine Ahnung – anders aus als zu Beginn des Abends.«

Sie zog das Tuch ruckartig wieder hoch über ihre Schultern, aber nicht ohne sich mit einem kurzen Blick zu vergewissern, dass ihre halterlosen Brüste aus dem tiefen V-Ausschnitt drängten. Außerdem hatten sie etwas von ihrer Spannkraft eingebüßt. »Keine Ahnung, wovon du redest.«

»Vergiss, dass ich was gesagt habe.«

»Schon erledigt.«

Er sah zu ihrer Zimmertür. »Vielleicht nach einer schnellen Dusche ...?« Doch selbst er wusste, dass ihre Gelegenheit verstrichen war.

Sie streifte mit einer schmutzigen Hand eine Haarsträhne aus ihrem Gesicht. »Wir sind beide dreckig und erschöpft, und in drei Stunden müssen wir zum Flughafen aufbrechen. So viel zu unserer langen Nacht der Sünde.« *Vielleicht war es ja besser so.*

»Morgen«, sagte er. »Chicago.«

Sie fummelte an den Fransen ihres Schultertuchs, ohne ihn richtig anzusehen. »Was, wenn das ein kolossales Zeichen des Universums ist, dass wir nicht weiter gehen sollten als bisher?«

»Das ist Unkerei. Lass es sein.«

»Aber du musst doch zugeben ...«

»Ich gebe gar nichts zu. Wenn man Champion sein will, Olivia Shore, muss man im Spiel bleiben.«

Und genau das war es für ihn. Ein Spiel.

Am frühen Morgen bekam Olivia von der Polizei ihr Handy und ihre Handtasche zurück, die in der Limousine gefunden worden waren. Selbst der ordentlich gefaltete Zwanzigdollarschein steckte noch im Seitenfach. Thad hatte den Rest der Nacht damit zugebracht, seine Kreditkarten sperren zu lassen, ein neues Handy zu bestellen und die Entführung zu reflektieren. Er nickte schließlich während des Fluges nach Chicago ein, und als er aufwachte, sah er, dass auch Olivia schlief, mit leicht geöffnetem Mund und leicht verrutschten purpurroten Kopfhörern über den Ohren. Sie wirkte jung und wehrlos, ganz anders als die wütende Frau, die gestern Abend auf den Kidnapper losgegangen war.

Henri hatte für sie eine Suite im Peninsula Chicago auf der Superior Street gebucht. Thads Penthouse und Olivias Apartment lagen nicht weit davon entfernt, aber sie waren sich einig, dass es umständlich wäre, für ihre Termine ständig hin und her zu pendeln, also würde das Hotel ihnen für die letzten drei Tage und Nächte als Bleibe dienen.

Die drei Tage und Nächte, die alles waren, was sie zusammen haben würden, wovon Olivia nicht abrückte.

Zum ersten Mal in seinem Leben hatte Thad die Kontrolle über eine Beziehung verloren. Er musste das wieder rückgängig machen.

Ihre Luxussuite im Peninsula hatte einen kleinen Konzertflügel und eine umlaufende Terrasse, die auf den Lake Michigan hinauszeigte. Während Henri darauf wartete, dass sein Zimmer fertig wurde, setzte er sich mit seinem Laptop hinaus, und Paisley ging shoppen auf der Michigan Avenue.

Olivia schenkte Thad ihren Königin-von-Saba-Blick. »Ich möchte spazieren gehen.«

Er wollte mehr, als nur spazieren zu gehen, aber nicht, solange Henri noch in ihrer Suite arbeitete. »Bin dabei.«

Sie tauschte ihre flachen Schuhe gegen Sneakers und den Trenchcoat gegen eine Fleecejacke, die er noch nie an ihr gesehen hatte – ein weiteres Kleidungsstück, das sie in den siebenhundertneunundneunzig Koffern verstaut hatte, mit denen sie reiste. Auf dem Weg zur Tür klaute sie das Chicago-Stars-Cap von seinem Kopf und setzte es sich selbst auf. »Damit fühle ich mich jung«, sagte sie und zog ihren Pferdeschwanz durch die Öffnung auf der Rückseite.

»Du bist jung«, erwiderte er. »Relativ.«

»Ich fühle mich aber nicht so.«

»Fünfunddreißig ist nur alt in Footballerjahren.«

»Dann bist du mit deinen fast vierzig also ein Greis.«

»Ich bin nicht fast vierzig. Ich bin sechsunddreißig.«

»Bald siebenunddreißig.«

»Noch nicht.«

»*Je m'excuse.*«

Sie wandten sich zur Michigan Avenue. Die Sonne schien, aber die Luft war kühl und frisch durch die feuchte Witterung, die vom See kam, was die Menschen jedoch nicht davon abhielt, sich auf den breiten Bürgersteigen zu drängen mit ihren Einkaufstüten von Nike, Bloomingdale, Chanel und dem Apple Store.

»Was wirst du mit dir anfangen, wenn deine Footballerkarriere vorbei ist?«, fragte sie.

»Ist noch nicht sicher.«

»Gib mir einen Tipp.«

»Ich weiß es nicht. Ich arbeite mit einem Freund an einem Projekt.« Ein Projekt, über das er mit niemandem sprechen wollte. »Ich habe eine Idee. Da drüben ist das Omni Hotel. Lass uns für ein paar Stunden einchecken. Nur du und ich.«

»Das Wetter ist zu schön, um sich drinnen aufzuhalten.«

»Es ist kalt, und du hast bloß Schiss. Schiss davor,

dass du mit mir nicht mithalten kannst, stimmt's? Dass du dich als Niete erweist.«

»Ich habe bestimmt keine Angst davor, mich als Niete zu erweisen.« Sie schob die Hände in ihre Jackentaschen. »Na schön, vielleicht bin ich ja eine.«

Er lachte. »Schon bewundernswert, wie du dich windest.«

»Alter! Das ist Thad Owens!« Drei junge Männer Anfang zwanzig in Hoodies und mit Basecaps, deren Schirme nach hinten zeigten, kamen auf sie zu. Einer trug eine lange Jeans, die anderen beiden Cargobermudas, trotz der einstelligen Außentemperatur.

»Wir sind totale Stars-Fans.« Der Größte von ihnen, mit einer auffälligen neongrünen Sonnenbrille, quatschte Thad einfach an.

»Freut mich zu hören«, antwortete er wie üblich.

Der Zweite in der Runde, der auf seinem Sweatshirt für Miller-Lite-Bier warb, stupste den Dritten neben sich an. »Außer Chad hier. Der ist durch und durch Bears-Fan.«

»Die Bears sind scheiße«, erklärte Neonsonnenbrille. »Genau wie Clint Garrett. Du solltest spielen.«

»Wäre ich besser als Clint, würde ich das auch«, erwiderte Thad milde.

Neonsonnenbrille schnaubte. »Was ist mit den Interceptions, die er gegen die Patriots geworfen hat?«

»Es ist leicht, von der heimischen Couch aus ein Quarterback zu sein.«

Sonnenbrille entging der Seitenhieb. »Und dieses Pick Six in St. Louis? Was ist damit?«

Thad spannte seine Kiefermuskeln an. »Zufällig ist Clint unser bester Spieler. Keiner in der Liga hat einen stärkeren Arm oder schnellere Beine. Die Stars können sich glücklich schätzen, dass sie ihn haben.«

»Ich sage trotzdem …«

»Er ist schnell, er ist aggressiv, und er ist clever. Ich bin stolz, zu seinem Team zu gehören. War nett, mit euch zu plaudern.« Thad nahm Olivias Arm und ergriff mit ihr die Flucht.

Hinter ihm meckerte einer der drei. »Wir haben nicht mal ein Foto bekommen.«

Liv schob ihre Hand durch seine Armbeuge. »Pick Six?«

»Der Blödmann hat den Ball direkt ins Getümmel geworfen«, brummte Thad. »Der gegnerische Safety hat ihn aus der Luft gepflückt und ist zu einem Touchdown gelaufen. Sechs Punkte.«

»Pick Six, ich verstehe.« Sie grinste und schüttelte den Kopf. »Blödmann.«

»Das ist nicht komisch.«

»Oh, und ob das komisch ist. Manche von meinen Kolleginnen könnten von euch Footballern ein paar Lektionen über Teamgeist und Loyalität lernen.« Sie blieb plötzlich ohne Vorwarnung stehen, drückte ihn mit dem Rücken gegen das Schaufenster von Burberry und küsste ihn mitten auf der Magnificent Mile, Chicagos berühmter Prachtmeile.

Er wusste nicht, was sie dazu veranlasst hatte, aber er würde nicht darüber streiten. Es war ein langer, inniger Kuss. Ihre Hände verschränkten sich um seinen Hals.

Ihre Lippen öffneten sich und seine ebenso. Ihre Zungen trafen sich zu einem intimen Techtelmechtel. Seine Hände legten sich um ihre Taille. Ihre Brüste drückten gegen seine Brust. Das war der Auftakt zu allem, worauf er gewartet hatte.

»Igitt!« Der schrille Ausruf eines jungen Mädchens war wie ein Schwall kaltes Wasser, der über den Kuss gekippt wurde. »Nehmt euch ein Zimmer!«

Er löste sich von Livs Lippen und sah in schimmernde, Diva-dunkle Augen, die sie so jung aussehen ließen wie die Teenager, die hinter ihr kicherten.

»Omni?«, flüsterte er.

Sie nickte. Ein kurzes, kaum wahrnehmbares Nicken, aber nichtsdestotrotz ein Nicken.

Er nahm sie an die Hand. Sie überquerten verkehrswidrig – *bei Rot!* – die sechs Spuren der Michigan Avenue unter lautem Hupen und Fluchen der Autofahrer.

Immer noch händchenhaltend stürmten sie ins Omni Hotel. Er besaß gerade noch genügend Verstand, um sie an die Seite zu führen. »Warte hier.« Es war nicht nötig, dass beide vor der Rezeption standen ohne ein einziges Gepäckstück.

Rasch erledigte er die Anmeldeformalitäten und bezahlte mit dem Geld für Notfälle, das er sich von Henri geliehen hatte, bis er auf seiner Bank gewesen wäre. Das kostenlose WLAN oder die hypoallergenen Kissen, die im Preis inbegriffen waren, interessierten ihn nicht. Alles, was er wollte, war ein Zimmer. Und ein Bett.

KAPITEL 14

Es war nicht wie im Kino. Thad drückte sie nicht gegen die Wand, kaum dass die Zimmertür zuschlug. Sie rissen sich nicht gegenseitig die Kleider vom Leib, ihre Münder miteinander verschweißt, oder wühlten sich in den Haaren oder zogen sich gegenseitig auf den Boden, von ihrer Lust dermaßen übermannt, dass sie es nicht mehr bis zum Bett schafften. So war es ganz und gar nicht.

Das Erste war …

Sie hatten keine Kondome. Was eigentlich kein Problem darstellte. Sie hatten zuvor darüber gesprochen. Keiner von ihnen hatte eine Geschlechtskrankheit, und Olivia nahm die Pille. Das eigentliche Problem war …

Sie hatten es zu lange laufen lassen, hatten es zu sehr aufgebaut, hatten sich zu stark unter Druck gesetzt.

Sie erklärte, dass sie pinkeln müsse, und schloss sich im Bad ein, wo sie ganz tief einatmete und ganz langsam wieder aus, eine Standardübung für sie als Opernsängerin mit einer hervorragenden Atemkontrolle – außer wenn sie sang.

Er klopfte an die Tür. »Ich komme rein.«

»Nein! Ich muss mich gerade übergeben.«

»Musst du nicht«, sagte er auf der anderen Seite der Tür.

»Ich glaube, ich habe einen Magenvirus.«

»Ich glaube, du hast einen Hosenscheißervirus.«

»Das auch.«

»Ich warte.«

Sie drehte den Wasserhahn auf und wusch sich die Hände. Sie war es gewohnt, sich mit Perücken und Kronen zu sehen. Sie war es nicht gewohnt, sich mit einer Stars-Mütze zu sehen, aber ihr gefiel der Look. Es wirkte sportlich. Unbekümmert. Alles, was sie nicht war. »Darf ich das Cap behalten?«

»Nein«, tönte es von der anderen Seite der Tür.

»Du hast doch sicher Dutzende davon. Und du willst nicht mal eins davon abgeben?«

»Im Moment ist mir nicht nach Großzügigkeit.«

»Ich verstehe.«

Sie zog widerstrebend ihre Fleecejacke und ihre Sneakers aus, behielt die Mütze aber an. »Ich ziehe mich jetzt aus.«

»Tu das.« Er klang nicht glücklich darüber.

Sie dachte an die herrlichen Dessous in ihrem Koffer und an den einfachen Sportslip, den sie stattdessen trug, zusammen mit einem hässlichen hautfarbenen Sport-BH. Was hatte sie sich dabei gedacht? Dass sie einen Abstecher ins Fitnessstudio machen würden für ein spontanes Kräftemessen?

Da sie in der vergangenen Nacht keine drei Stunden geschlafen hatte, konnte sie von Glück sagen, dass sie überhaupt Unterwäsche anhatte.

»Gib es zu«, sagte er auf der anderen Seite der Tür. »Du bist noch Jungfrau, richtig? Das ist dein großes, dunkles Geheimnis und der Grund, warum du Schiss hast.«

»Ich bin keine Jungfrau, und ich habe keinen Schiss. Ich habe nur Mühe damit, mich umzustellen. Du weißt, das hier wird alles ruinieren. Neben Rachel bist du inzwischen so was wie meine beste Freundin.«

»Genau das, was ein sexhungriger Mann nicht hören will.«

»Du hast recht. Ich verhalte mich albern.« Sie streifte ihre Cavatina 3 ab und legte sie auf die Badablage, gefolgt von ihrem Giftring, ihrem ägyptischen Armreif und schließlich der Stars-Mütze.

Sie löste ihren Pferdeschwanz und schüttelte die Haare, dann atmete sie wieder tief durch. Sie würde es tun. Sie würde verdrängen, dass sie sich in ihn verliebt hatte, und es einfach genießen. Hier ging es um ihren Körper, nicht um ihr Herz. Sie drehte den Türknauf.

Er saß auf dem Boden neben der Tür, den Rücken an die Wand gelehnt, und machte einen gelangweilten Eindruck. »Sorry, dass ich dir das sagen muss«, erklärte er, »aber ich habe das Interesse verloren.«

»Bedauerlich.« Sie hockte sich im Schneidersitz neben ihn.

Er winkelte ein Bein an und stützte seinen Ellenbogen aufs Knie. »Hier sind all die Gründe, warum du und ich nie eine ernsthafte Langzeitbeziehung führen können.«

»Sag weiter schmutzige Dinge zu mir.«

»Du hast dich vollkommen deiner Karriere verschrieben.«

»Stimmt.«

»In der Opernwelt geht die Sonne praktisch mit dir auf und unter.«

»Eine leichte Übertreibung, aber fahr fort.«

»Du bist eine Primadonna. Ein Superstar.«

»Vielen Dank.«

»Und ich bin ein Mann, der es leid ist, die zweite Geige zu spielen.«

»Verständlich.«

»Es ist nicht meine Bestimmung, deine Handtasche zu halten, während du Autogramme gibst.«

»Schwer vorstellbar.«

»Oder dir eine Flasche Wasser zu reichen, wenn du von der Bühne kommst.«

»Ziemlich umweltschädlich, diese Plastikflaschen, aber ich verstehe, was du meinst.«

»Fazit ...«

»Es gibt ein Fazit?«

»Das Fazit lautet, dass du in der vordersten Reihe stehst, Liv. Und es würde mich nicht glücklich machen, dir hinterherzulaufen und dir den Rücken freizuhalten.«

»Das heißt also ...«

»Dass es für mich nicht möglich ist, eine ernsthafte Beziehung mit dir zu führen.«

Sie neigte den Kopf zur Seite. »Du stimmst mir also zu? Wir sind zum Scheitern verurteilt?«

»Absolut.«

»Fantastisch!« Sie schwang sich auf seinen Schoß, drückte die Knie an seine Hüften und küsste ihn. Lang und intensiv. Ein Kuss, der nichts mit Liebe zu tun hatte, sondern nur mit Bedürfnissen. Der rasch eine andere

Form annahm, gieriger wurde. Thad schob die Hände unter ihren Pullover und tastete nach dem Verschluss ihres Büstenhalters.

Der nicht existierte. Weil … es ein Sport-BH war.

Er zog an dem elastischen Material.

Sie kletterte von ihm herunter und richtete sich auf. »Nur für dich.« Sie streckte ihm die Hände entgegen und zog ihn vom Boden hoch. Mit beiden Händen auf seiner Brust dirigierte sie ihn rückwärts zum Bett, schubste ihn auf die Matratze, zog ihm die Schuhe aus und warf sie zur Seite. Dann trat sie einen Schritt zurück, schenkte ihm ihr verführerischstes Dalila-Lächeln und streifte ihren Pullover über den Kopf. Es war Zeit zu spielen. Und nicht zu denken. Oder ihre Gefühle hochkommen zu lassen. Nur zu genießen.

Sie war vielleicht befangen wegen ihrer Funktionsunterwäsche, aber er – dieser herrliche Mann mit seinen kryptonitgrünen Augen und dem höllisch scharfen Körper – schien sich nicht daran zu stören.

Er lehnte sich gegen die Kopfkissenwand und sah ihr zu. Sie ließ sich eine Ewigkeit Zeit, um den Reißverschluss an ihrer Hose zu öffnen und sie von ihren Hüften zu streifen. Sie beugte sich langsam vor und bot ihm einen erstklassigen Blick in ihr Dekolleté, während sie langsam aus der Hose stieg.

Sport-BH. Funktionsslip. Sie griff mit beiden Händen in ihren Nacken und hob ihre Haare, ließ sie durch ihre Finger und über ihre Unterarme gleiten, fixierte ihn die ganze Zeit mit glühendem Blick.

»Du … bringst mich … noch um«, stammelte er heiser.

Ihre Stimme klang wie flüssiger Rauch. »Genieße deinen Tod.«

Die Rolle der Verführerin. Die gab sie regelmäßig auf der Bühne. Carmen. Dalila. Die verrückte, betörende Lady Macbeth. Ihr Körper bewegte sich in dieser Rolle, auf die er trainiert war, aber er bewegte sich nur für ihn – für diesen bärenstarken Mann, der unter ihrem Bann stand, so wie Dalila den bärenstarken Samson in ihren Bann geschlagen hatte.

Sie wiegte geschmeidig die Hüften und spielte mit ihren Haaren, während sie überlegte, wie man einen Sport-BH möglichst elegant, möglichst verführerisch über den Kopf ziehen konnte, ohne die Stimmung zu killen.

Ein Dilemma für jede Frau, aber sie war nicht jede Frau.

Sie drehte sich von ihm weg und hob das Unterband verstohlen über ihre Brüste, damit es nicht hängen blieb. Dann verschränkte sie anmutig die Arme. Ein Einhaken der Daumen, ein kleiner Ruck und ein entschlossenes Hochziehen ohne sichtbare Anstrengung ... und einfach so hatte sie das hässliche Ding über den Kopf gestreift. Sie ließ es von ihren Fingerspitzen baumeln und auf den Boden fallen.

Sie gab ihm Zeit, ihren Rücken zu studieren, den langen Bogen ihrer Wirbelsäule. Sie hakte ihre Daumen rechts und links in den Bund ihres Slips. Spielte ein bisschen damit herum, reizte ihn, als würde sie den Stoff jeden Moment herunterschieben, nur um ihre Daumen wieder herauszuziehen und den Slip an Ort und Stelle zu lassen.

Vom Bett kam ein leises Stöhnen. Langsam, noch immer in ihrem Slip, drehte sie sich wieder zu ihm um, ermöglichte ihm einen freien Blick auf ihre Brüste. Seine Lider waren halb gesenkt, sein Mund stand leicht offen, das Porträt eines voll bekleideten, voll erigierten Mannes.

Sie lächelte. *Du, mein Lieber, bist vielleicht der König auf dem Footballfeld, aber ich, ich bin* La Belle Tornade.

Wieder griff sie in ihre Haare, streckte ihren Oberkörper, präsentierte ihre Brüste. Ergötzte sich an ihrer Macht. Bis er etwas ganz Außergewöhnliches sagte.

»Sing für mich. Die Habanera.«

Für einen Moment dachte sie, dies sei eine seiner Desensibilisierungsübungen, bloß schrecklich schlecht getimt. Aber diese halb gesenkten Lider und seine heisere Stimme erzählten etwas anderes. Das war die Verführung, die er wollte, eine Verführung, die ihm keine Frau aus seiner Vergangenheit und keine aus seiner Zukunft bieten konnte. Nur sie.

Und so sang sie die Habanera, hielt die Kraft ihrer Stimme zurück, aber machte jede Note zu einer rauchigen, vollkommenen Versuchung. Der französische Text, die spanische Verführerin. Sie warnte ihn vor ihrer Unbeständigkeit.

»L'amour est un oiseau rebelle ...« Die Liebe ist ein widerspenstiger Vogel, den keiner zähmen kann ...

Sie stellte sich breitbeinig hin. Barbusig. Schwang die Arme in raffinierten, flüssigen Bögen. *Mich kann man nicht zähmen. Ich bin eine freie Frau.*

Ihre Haare fielen über ihre Hände. Sie wölbte den Rücken, mit biegsamer Taille und schmelzender Stimme. *Ich liebe dein perfektes Gesicht. Ich vergöttere deinen herrlichen Körper. Aber ich bin flatterhaft. Nur mir selbst treu.*

Sie badete ihn in ihrem seidigen Glissando. Sie hatte die Kontrolle. Nie wieder würde sie sich für einen Mann selbst aufgeben. Sich kleiner machen. Sie war ein wilder, ungezähmter Vogel, der sich nahm, was er wollte. *Wenn ich dich liebe, nimm dich in Acht. Denn ich werde nie die Sklavin eines Mannes sein. Stattdessen werde ich fortfliegen ...*

Als der letzte Ton verklungen war, kletterte er zu ihr hinüber und zog sie mit einem Stöhnen zu sich ins Bett. »Das ...«, flüsterte er, »war perfekt.«

Ihr Slip verschwand im Handumdrehen. Gemeinsam kämpften sie mit seinen Kleidern, bis er nackt war wie sie und sie den muskulösen Körper betrachten konnte, der ihm zu seiner Karriere verholfen hatte. Gestählt und definiert, athletisch und aerodynamisch. Sie berührte ihn. Kostete es aus. Spielte. Sie hätte sich ewig auf seinem Spielplatz ausgetobt, wenn er sie nicht zu Fall gebracht hätte, um sie auf eine köstliche Art mit seinem Körpergewicht zu fixieren.

Nun glitten ihre Haare über seine großen Hände. Seine Daumen legten sich an ihre Schläfen, als sie sich wieder küssten. Ein ungestümer, begehrender Kuss, der eine anschauliche Ouvertüre war für das, was gleich kommen würde.

Ihre Schenkel waren geöffnet. Sein Mund wanderte über ihren Körper, entdeckte jeden Lustpunkt – Brüste,

Hüften, Bauch –, tauchte tiefer, verweilte dort, aber nie lange genug. Sie stöhnte, flehte ihn an.

Er drückte ihre Handgelenke auf beiden Seiten ihres Kopfes in die Matratze und hielt den wilden Vogel gefangen, als er in sie eindrang. Sie lachte über die Unmöglichkeit des Ganzen. Versenkte die Zähne in seine Schulter. Er knabberte an ihrem Ohr. Sie schlang die Beine um seine, und ihr Lachen verwandelte sich in ein kehliges Stöhnen.

Er zog sich zurück und lächelte, das besitzergreifende, freche Lächeln eines Eroberers. Zur Vergeltung grub sie die Nägel in seinen Rücken. Er stöhnte und stieß tiefer. Das hier war Sex als ganz große Oper – schamlos übertrieben und Tausende von Komparsen, die mit ihrem Körper spielten.

Er presste den Mund auf ihren, und sie bewegten sich zusammen. Langes, hartes Vordringen und köstliche Gegenschläge. Missionarssex, gesegnet vom Teufel. Ihre Körper glänzten vor Schweiß. Sie atmeten heiß und abgehackt. Sie waren Ausdauersportler. Er wusste, wie er auf den perfekten Receiver warten musste. Sie wusste, wie sie einen Ton hielt, bis er den Himmel durchbohrte. Keiner von beiden wollte aufgeben.

Bis …

Selbst der beste Athlet erreichte irgendwann seine Grenze. Er stieß die Hüften vor, mit voller Härte. Sie reagierte auf seine Aggression mit ihrer eigenen.

Bis sie den Gipfel erreichten.

Olivia kämpfte gegen einen Tsunami von unerwünschten Emotionen, in dem sie zu ertrinken drohte. Das hier war ein Spiel. Nur ein Spiel. Ein köstliches, erotisches Spiel, das nichts mit dem überwältigenden Ansturm von Liebe zu tun hatte, die sie für diesen unmöglichen Mann empfand.

»Das war schon zu perfekt.« Sie schmiegte sich an seine Schulter. »Von nun an wird alles Weitere eine einzige große Enttäuschung sein.«

Er gab ihr einen Kuss auf den Kopf. »Wir haben die Messlatte sehr hoch gelegt.«

»Ich habe länger durchgehalten«, frotzelte sie.

»Hast du nicht.«

»Hab ich wohl.«

Seine Hand legte sich auf die Wölbung ihrer Hüfte. »Du bettelst förmlich darum.«

»Bitte.«

»Gib mir ein paar Minuten.«

»So lange?«

Er gab ihr einen leichten Klaps auf den Po. »Wochenlang hast du mich hingehalten, und jetzt willst du alles auf einmal?«

Sie setzte sich auf. »Ich bin eine Primadonna. Wir dürfen unvernünftig sein.«

»Was du nicht sagst.« Er stützte sich auf seinen Ellenbogen und spielte mit einer ihrer Haarlocken, und in seinen Augen lauerte Unheil. »Ich will dich nicht kränken – schließlich bist du eine Primadonna und so –, aber ich glaube, du brauchst ein bisschen mehr Übung.«

»Wirklich?«

»Ich bin mir sicher.« Sein Zeigefinger glitt von ihrem Schlüsselbein hinunter zwischen ihre Brüste und tiefer. Ihr Blick wanderte über seinen Körper, und sie ließ sich zurück auf die Matratze fallen. Er grinste, beugte sich über sie, und sie begannen wieder, sich zu küssen.

Sie zwang ihn, still dazuliegen, während sie auf Erkundungstour ging und mit den Augen alles in sich aufsog, worauf sie so sehnsüchtig gewartet hatte. Sie probierte aus, was ihm gefiel. Was ihr gefiel. Sie staunte darüber, dass ein Mann, der sein Leben einem so brutalen Sport gewidmet hatte, einen derart perfekten Körper haben konnte.

Dann war er an der Reihe. Zuerst ließ sie seiner Neugier freien Lauf, aber genug war genug. Sie hockte sich auf ihn und benutzte ihn auf die herrlichste Art, bis beide in einem turbulenten, atemberaubenden Jeder-gegen-jeden miteinander verbunden waren. Keine Liebe. Nur ein Spiel.

Danach ruhten sie sich aus.

Später beugte er sie über die Lehne des Sessels.

Sie blieben lange in der Dusche.

Hielten sich in den Armen.

»Scheiße!« Er schoss vom Bett hoch.

Sie folgte seinem Blick zur Uhr, die auf dem Nachttisch stand. »*Merde!*«

Es war fast halb acht. Ihr erstes Geschäftsdinner in Chicago begann in einer halben Stunde. Sie sammelten hektisch ihre Sachen ein. Sie verzichtete auf ihren BH. Er steckte die nackten Füße in seine Sneakers und stopfte seine Socken in die Jackentaschen. Dann stürmten sie aus dem Hotel in die kalte Abendluft von Illinois.

Thad war schneller fertig für das Dinner, aber er schlug sie nur um knappe zehn Minuten, und wenn man berücksichtigte, dass sie ihre Haare entwirren und ihr Make-up auflegen musste, war er beeindruckt, wie fix sie sich zurechtgemacht hatte. Sie hatte ihr dunkles Haar zu einem tiefen Dutt gewickelt, der sich in ihren Nacken schmiegte, und trug eins dieser schmalen Kleider, die ihr besser standen als jeder anderen Frau. Er hoffte, er würde der Einzige sein, der die geröteten Hautstellen wahrnahm, die sie überschminkt hatte. Morgen würden die Abdrücke, die sie auf seiner Haut hinterlassen hatte, zu sehen sein, aber er konnte sie unter seiner Kleidung verbergen. Beim nächsten Mal musste er vorsichtiger mit ihr sein.

Und es würde definitiv ein nächstes Mal geben.

Es war der beste Sex seines Lebens gewesen, als hätte er mit einem Dutzend verschiedener Frauen geschlafen. Ihre rapiden Stimmungsänderungen, ihre wechselnden Charaktere – von der Jungfrau bis zur Hure –, ihre sinnlichen Bewegungen und ihr schöner Körper, das Lachen in ihren dunklen Augen, die Gefahr. Sie hatte für ihn die Habanera gesungen, genau wie er es sich vorgestellt hatte. Er hatte das ungute Gefühl, dass sie ihn für die restliche Frauenwelt verdorben hatte. Was unfair war. Wie konnte es irgendeine Frau mit einer ausgebildeten Schauspielerin von Olivias Format aufnehmen? Aber Olivia hatte nicht den Eindruck gemacht, als würde sie schauspielern. Stattdessen hatte er deutlich das Gefühl, dass sie ihm genau gezeigt hatte, wer sie war.

»Wer ist Ihr Lieblingsspieler, Thad? Abgesehen von Ihnen selbst.«

Es kostete ihn eine enorme Anstrengung, um seine Aufmerksamkeit wieder auf den überschwänglichen, überparfümierten Besitzer einer Juwelierladenkette in Illinois zu richten, der neben ihm saß und sein Filet Mignon verspeiste.

Thad hatte mehrere vorbereitete Antworten auf diese Frage, aber da sie in Chicago waren, passte nur eine davon. »Das ist Walter Payton.« Abhängig davon, in welcher Stadt er gerade war, nannte er manchmal Jerry Rice oder Reggie White. Vielleicht noch Dick Butkus. Er wählte bewusst keinen Quarterback. Wie sollte er die großen Quarterbacks der Chicago Stars – Bonner, Tucker, Robillard und Graham – mit Legenden wie Montana, Young und Manning vergleichen? Oder aktuell mit Brady, vielleicht sogar – eines Tages – mit Clint Garrett. Solche Vergleiche brachten seinen Verstand durcheinander.

Sein Tischnachbar nickte zustimmend. »Walter ›Sweetness‹ Payton. Der größte Runningback aller Zeiten.«

Jim Brown hätte vielleicht etwas dagegen einzuwenden gehabt, aber Thad nickte.

Am anderen Ende des Tisches musste Olivia gerade die Fragen von dem bärtigen Ehemann einer Einkäuferin ertragen. »Also, wie kommt es, dass Sie noch nie in der Jury von *American Idol* waren?«

Thad konnte spüren, wie sehr sie sich bemühte, nicht mit ihren Zähnen zu knirschen. »*American Idol* hat nicht wirklich etwas mit der Oper zu tun.«

Sein Tischnachbar hatte einen Monolog über Peyton

Manning begonnen, und Thad nickte, ohne richtig zuzuhören. Sein Gewissen ließ ihm keine Ruhe.

*Du und ich können nie eine ernsthafte Langzeitbezie-
hung führen* ... Das hatte er Olivia erklärt, und er wusste
noch, wie glücklich sie darüber gewesen war. Aber er
und sie hatten verschiedene Vorstellungen davon, was
»Langzeit« bedeutete. Wenn es nach ihm ginge, würden
sie diesen Sommer auf einem Segelboot im Michigansee
verbringen und nach dem Ende der Footballsaison vielleicht sogar in die Karibik fliegen, wenn Olivia eine spiel-
freie Zeit hatte.

Doch sie würde ihn nach ihrer Premiere abservieren.

Das war nicht akzeptabel nach dem, was zwischen ihnen passiert war.

Vollkommen undenkbar.

Da waren sie ... überall im Internet. Ein vergrößerter
Schnappschuss von ihm und Olivia.

Die Diva und der Quarterback beim innigen Kuss
auf Chicagos Flaniermeile

Nur die *Chicago Tribune*, seine Lokalzeitung, setzte seinen Namen an erste Stelle.

Thad Owens, der berühmte Ersatzquarterback der
Chicago Stars, führt eine überraschende Liebesbezie-
hung mit dem Opernmegastar Olivia Shore, die bald
in *Aida* an der Chicagoer Municipal Oper auftreten
wird ...

Er legte den Laptop mitten in die zerwühlten Bettlaken. Es war der Morgen ihres dritten Tages. Ihr letzter Tag, nach Olivias Vorstellung. Sie schob ruckartig die Hände in die Taschen des Hotelbademantels aus weißem Frottee. Die Haare mit einem Scrunchie hochgebunden, sah sie überhaupt nicht aus wie die heiße Sexmieze, mit der er sich vor weniger als einer halben Stunde vergnügt hatte. »Wieso treiben die das immer weiter?«

Er schob eine Hand hinter seinen Kopf. »Wir sind im Moment ein Thema, Liv.« Er wusste, wie schnell sie nervös wurde, und achtete darauf, die Betonung auf »im Moment« zu legen.

Sie stemmte eine Hand in die Hüfte und erneuerte ihren Protest. »Das mit uns braucht nicht die ganze Welt zu wissen.«

Thad schwang die Beine über die Bettkante. »Du musst zugeben, dass eine Affäre zwischen der Königin der Hochkultur und einem einfach gestrickten Sportler wie mir etwas ist, das die Leute wahrscheinlich interessant finden.«

Sie bedachte ihn mit ihrem majestätischen Blick. »Du bist in keiner Weise einfach gestrickt. Und ich hasse den Begriff ›Affäre‹. Das klingt so anrüchig.« Sie griff nach einem Handtuch. »Ich gehe jetzt duschen. Dieses Mal allein, weil wir gleich mit Henri verabredet sind. Wenn wir beide gehen, weißt du ja, was passieren wird.«

»Sag es mir.« Er schenkte ihr ein laszives Lächeln.

Sie vergaß vorübergehend ihren Zorn über das Kussfoto und antwortete ihm mit ihrem eigenen lasziven Lächeln, ein Lächeln, das ihn sofort wieder erregte. »Du bist unverbesserlich.« Sie verschwand im Bad.

Er ließ sich in die Kissen zurücksinken. Er, Thaddeus Walker Bowman Owens, genoss das Privileg, dass eine der größten Opernsängerinnen exklusiv für ihn sang. Nackt. Er brauchte nur zu fragen. Natürlich konnte sie in der Hotelsuite ihre kraftvolle Stimme nicht vollends entfalten, ohne dass der Sicherheitsdienst anklopfte. Und natürlich war sie nicht glücklich mit den Tönen, die sie erzeugte. Aber wenigstens sang sie – Whitney Houston, wenn sie zusammen unter der Dusche waren, Nina Simone nach dem Frühstück, und heute Morgen im Bett hatte sie sich in ihrer herrlichen Nacktheit vor ihn hingekniet und ihn mit Mozart beglückt. Er bedauerte jede Minute, die sie an ihrem letzten offiziellen Tourtag in Interviews und Kennenlerntreffen investieren mussten. Er wollte mit ihr allein sein.

Noch nie war er mit einer Frau zusammen gewesen, die so großzügig war, so frei, so unvorhersehbar. Sie verknäuelten sich, sie experimentierten, sie lachten. Sie spielten die beste Art von Spielchen miteinander, und keinem von ihnen konnte etwas daran liegen, das alles wegen einer albernen Frist wegzuwerfen, die nur einer von ihnen für notwendig erachtete. Liv war stur, aber sie war nicht dumm. Sie wusste genauso gut wie er, dass sie etwas Besonderes verband. Nun musste er sie nur noch dazu bringen, es zuzugeben. Dieses Kussfoto hätte zu keinem schlechteren Zeitpunkt veröffentlicht werden können.

Trotz ihrer ganzen professionellen Empörung war Olivia nicht völlig unglücklich über dieses Foto. Ihr Ego hatte in den letzten paar Monaten Schaden genommen, und es verschaffte ihr ein gutes Gefühl, dass die Öffentlichkeit sie mit einem Mann wie Thad Owens in Verbindung brachte. Was deprimierend war, denn es deutete darauf hin, dass sie ihren Selbstwert von einem Mann abhängig machte, obwohl das absolut nicht der Wahrheit entsprach. Trotzdem fand sie es befriedigend, dass die Leute sie nun vielleicht in einem anderen Licht betrachteten – nicht als eine elitäre Opernsängerin, sondern als eine Frau, die einen Mann wie Thad Owens reizen konnte, was …

Sie schlug die Hände über die Ohren. Alles an Thad hatte sie ins Schleudern gebracht, noch bevor sie miteinander schliefen. Und jetzt, wo sie miteinander schliefen, war es tausendmal schlimmer. Vielleicht war es keine Liebe. Vielleicht war es nur eine Schwärmerei. Konnte eine Frau in ihrem Alter sich noch verknallen? Vielleicht konnte sie sich einreden, dass genau das passiert war, denn es gab keinen ungeeigneteren Mann, in den sie sich hätte verlieben können. Thad Owens, der Anti-Dennis.

Sie hielt sich vor Augen, dass sie sich auf die Gegenwart – heute – konzentrieren musste und nicht auf die Zukunft, denn es würde entsetzlich sein, ihn aus ihrem Leben zu streichen, und wenn sie zu viel darüber nachdachte, würde sie das bisschen Zeit, das ihnen noch blieb, ruinieren.

Henri und Paisley fanden sich zu ihrem letzten Tag, bevor die Tour endete, in der Suite ein. Statt sich über das Kussfoto aufzuregen, freute Henri sich darüber. »Sehr romantisch, nicht wahr? Die Redaktion von *Windy City Live* hat sich bereits gemeldet. Die wollen euch beide gleich morgen in der Talkshow haben. Ich hoffe, es macht euch nichts aus, einen Zusatztermin wahrzunehmen.« Sein Handy klingelte, und sein Lächeln verwandelte sich in ein Stirnrunzeln. »Entschuldigt mich.« Er ging hinaus in den Flur.

Olivia und Thad saßen noch am Frühstückstisch und tranken ihren Kaffee. Sie zog die Nase kraus. »Wetten, das ist Mariel, die Henri zusammenfaltet, weil wir den Namen Marchand in den Dreck ziehen.«

Paisley, die vor dem Spiegel der Suite an ihrem Augen-Make-up arbeitete, steckte die Wimperntusche zurück in ihre Tasche. »Mariel hat null Ahnung von Publicity. Sie ist irgendwo in den Fünfzigern hängen geblieben. Sie hat nicht mal ein Profil auf LinkedIn. Wenigstens rafft Henri das langsam.« Sie griff in ihre Tasche – vielleicht für einen Lippenstift, vielleicht für ihr Handy –, aber verharrte plötzlich. »Ich habe mir überlegt ...« Sie zog ihre Hand wieder heraus. »Vielleicht könntet ihr mich bei einem eurer Promifreunde als persönliche Assistentin empfehlen? Oder als PR-Frau. Nicht du, Olivia, nichts für ungut – außer du kennst zufällig ein paar Popstars oder meinetwegen sogar B-Promis, die eine Assistentin brauchen?«

»Gott, da fällt mir gerade niemand ein«, sagte Olivia unschuldig. »Aber ich wette, Thad hat jede Menge Kontakte.«

Er starrte in seine Kaffeetasse und entschied sich für den feigen Ausweg. »Ich werde es im Kopf behalten.«

Paisley drehte den Riemen ihrer Tasche zwischen ihren Fingern und starrte sie beide an. »Keiner von euch will mir helfen, oder? Ihr respektiert mich nicht.«

»Das hat nichts mit Respekt zu tun«, sagte Thad diplomatisch.

»Ihr findet, ich mache meinen Job nicht gut«, murmelte Paisley.

Olivia betrachtete sie mitfühlend. Paisley war privilegiert aufgewachsen, und es war genauso die Schuld ihrer Eltern, dass sie so planlos war, wie ihre eigene. »Paisley«, sagte sie so freundlich wie möglich, »du hast dich nicht gerade überschlagen, um uns auf dieser Tour eine Hilfe zu sein.«

Paisley ließ ihre Handtasche los. »Das liegt nur daran, dass es mich nun mal nicht mit Begeisterung erfüllt, Sandwiches an Journalisten zu verteilen oder dafür zu sorgen, dass euer Gepäck auf das richtige Zimmer kommt.«

Eine Aufgabe, die sie mehr schlecht als recht bewältigt hatte.

Thad ergriff das Wort. »Ich verstehe ja, dass Uhrenwerbung nicht deine Lieblingsbeschäftigung ist, aber wenn man einen Job übernimmt, gibt man sein Bestes. Das schließt auch die Dinge ein, die man nicht so gern macht. Und die gibt es in jedem Job. Man muss sie genauso gewissenhaft erledigen wie alles andere auch.«

Olivia hatte den starken Verdacht, dass er gerade von sich selbst sprach und von der Arbeit, die er für Clint Garrett aufwendete.

Paisley machte ein Gesicht, als würde sie gleich losheulen. »Das ist so unfair! Ich strenge mich total an! Und ich habe euch doppelt so viel Publicity verschafft, wie ihr bekommen hättet, wenn ihr es Henri oder Mariel überlassen hättet! Ich …« Sie verstummte abrupt. Dann schnappte sie sich ihre Tasche und wandte sich zur Tür.

Olivia schoss vom Tisch hoch und versperrte ihr den Weg. »Vielleicht erklärst du uns das näher.«

»Vergiss es.« Paisley warf ihre Haare zurück und wirkte so trotzig wie ein Teenager, der dabei erwischt worden war, dass er zu spät nach Hause kam.

Plötzlich fügte sich alles zusammen. Olivia blickte zu Thad und sah, dass er gerade genau dasselbe dachte. »Du hast diese Fotos gemacht«, sagte sie zu Paisley. »Du bist diejenige, die die Klatschseiten damit füttert.«

KAPITEL 15

Olivia starrte Paisley an, während es ihr wie Schuppen von den Augen fiel. Wäre sie nicht so abgelenkt gewesen, wäre sie schon früher darauf gekommen. Diese vier Fotos: Phoenix, Los Angeles, New Orleans und gestern der Kuss auf der Michigan Avenue. »Du bist uns gefolgt«, stellte sie fest, was nun so offensichtlich war.

Thad stand vom Tisch auf, und Paisley wich einen Schritt zurück, als hätte sie Angst, er würde ihr eine scheuern. »Und wenn schon. Ihr hattet weit mehr Interviews, als wenn ihr nur über eure öden Uhren geredet hättet.«

»Das ist nicht der Punkt«, sagte Olivia.

Paisley senkte den Blick auf ihre Hände. »Ich habe euch gesagt, dass ich weiß, wie man sich reinhängt. Ich bin zum Beispiel superfrüh aufgestanden für dieses Foto, als ihr von eurer Wanderung zurückkamt. Und ich weiß, wie man Publicity kriegt. *Offensichtlich.*«

Thad wirkte so streng, wie Olivia ihn noch nie erlebt hatte. »Du hattest kein Recht dazu, unser Privatleben öffentlich zur Schau zu stellen.«

»Ich habe meinen Job gemacht! Genau wie du gesagt hast, Thad. Wenn man einen Job übernimmt, erledigt man seine Aufgaben. Und nichts anderes habe ich getan.«

»Was du getan hast, war unprofessionell und unmoralisch«, erwiderte Olivia.

»Tut mir leid, okay?«

Es tat ihr nicht leid, und Olivia legte nach. »Um in einem Job erfolgreich zu sein, muss man nicht nur sein Bestes geben, sondern auch integer sein. Du wirst es bei keinem Promi weit bringen, wenn du nicht diskret und vertrauenswürdig bist.«

Paisley zupfte an ihrer Nagelhaut herum. »Wahrscheinlich hätte ich es nicht tun sollen. Aber als ich gesehen habe, wie lahm die Feeds von Marchand waren, hat mich das wahnsinnig gemacht. Ich wusste, das kann ich besser.«

»Dann geh offen damit um«, sagte Thad, »und mach für Henri ein paar Probeaufnahmen. Bilder, die frisch wirken, aber gleichzeitig zu der Marke Marchand passen.«

»Bilder, die Thads Hinterteil außen vor lassen«, fügte Olivia hinzu.

Paisley wirkte nur für einen Augenblick enttäuscht. »Das kann ich einrichten.« Sie strich ihre Haare zurück. »Seid ihr noch sauer auf mich? Wenn nicht, könnt ihr mir vielleicht eine Empfehlung schreiben?« Sie fügte rasch hinzu: »Und vielleicht könnt ihr Clint fragen, ob er mir Chicago zeigt oder so.«

»Du treibst es zu weit«, sagte Thad. »Lass uns diese Probeaufnahmen sehen, bevor du sie Henri vorlegst, und danach reden wir weiter.«

Der Jazzclub im Szeneviertel Logan Square lag im Souterrain, zu dem eine Treppe hinunterführte. Der Raum war klein und dunkel, mit zusammengewürfeltem Mobiliar, klebrigen Tischoberflächen und einem bunt gemischten Publikum aus Hipstern, Vorstädtern und älteren Semestern. Hier wurde sanfter, introspektiver Livejazz gespielt. Zurückhaltend und melodisch, mit leicht schleppendem Rhythmus, ein perfekter Gegenpol zu dem brodelnden Gefühlschaos, das in ihr herrschte.

Heute war ihre letzte gemeinsame Nacht im Hotel. Morgen würde Olivia in ihr Apartment zurückkehren, das sie kurz vor der Tour angemietet hatte, und Thad würde nach Hause gehen. Morgen fand ihre erste Probe statt. Morgen würde ihre Beziehung vorbei sein.

Sie sah auf Thads Hand, die um sein Scotchglas lag. Diese kräftigen, geschickten Finger waren so schön wie der Rest von ihm. Er hatte sich heute Abend dezent gekleidet: ein langärmeliges schwarzes T-Shirt zu einer Jeans, dazu seine Victory 780. Keine knalligen Farben oder ausgefallenen Muster – seine nackten Fußknöchel in den Designerslippern waren das einzige Zugeständnis an seinen Status als männliche Fashionista. Olivia zog ihn zwar gern auf wegen seines Modegeschmacks, aber er sah in allem umwerfend aus.

Eigentlich sollten sie jetzt zusammen im Bett liegen, aber das taten sie nicht, und Thad schien es genau wie ihr zu widerstreben, diesen letzten Abend zu einem natürlichen Abschluss zu bringen. Sie konzentrierte sich auf die Musik. Wenn sie ihre Gedanken schweifen ließ, würde sie die Schönheit dieses letzten Abends versäumen, ein Abend, an dem sie für immer festhalten wollte.

Er nippte an seinem Scotch. Bei ihrem nervösen Magen ließ sie lieber die Finger vom Wein. Die Band ging nun nahtlos über zu »Come Rain or Come Shine«. Am liebsten würde sie in diesem zwielichtigen Jazzkeller auf die Bühne gehen, die Augen schließen und diese dunklen Töne aus sich herausströmen lassen. Sie könnte auf Jazz umsatteln. Sie könnte ihre Karriere neu schreiben, von Club zu Club tingeln und die ganzen alten Klassiker vortragen. Sie liebte Jazz, und sie hatte eine gute Stimme dafür.

Aber Jazz lag ihr nicht im Blut, im Gegensatz zur Oper. Als Laie konnte Thad ihre Stimmprobleme nicht beurteilen, aber von dem Moment an, wenn Sergio sie singen hörte – von dem Moment an, wenn irgendjemand an der Chicagoer Oper sie singen hörte –, würde jeder wissen, dass etwas nicht stimmte. Für kleine Aufführungen auf Provinzbühnen war ihre Stimme gut genug, aber nicht für die großen Häuser. Weder für das Royal Opera House noch für die Scala oder das Teatro Colón in Buenos Aires. Weder für die Opernbühnen in Chicago oder München noch für den Pariser Palais Garnier. Und vor allem nicht gut genug für sie selbst.

Thad schenkte ihr ein Lächeln, zärtlich und voller Versprechungen. Aber das einzige Versprechen zwischen ihnen war eine weitere heiße Liebesnacht, und das fühlte sich plötzlich billig an, was völlig verkehrt war. Nichts war an den letzten beiden Nächten, die sie miteinander verbracht hatten, billig gewesen. Olivia richtete den

Blick wieder auf die Bühne, entschlossen, ihren Katzen-
jammer zu verdrängen und jeden Moment zu genießen.

Sie verließen den Jazzclub erst nach Mitternacht, was
genau genommen ihr vierter Tag war, aber Olivia wollte
nicht kleinlich sein. Zurück im Hotel liebten sie sich ausgiebig und ohne jede Hast, sprachen kaum miteinander.
Noch nie war ihr die Nacktheit, die Verwundbarkeit eines Menschen, den sie liebte und der sie hinter sein öf-
fentliches Gesicht blicken ließ, so stark bewusst gewesen,
während ihre Haut an seine gepresst war.

Es war noch nicht richtig hell, als sie die Augen öffnete. Sie glitt lautlos aus dem Bett, achtete darauf, ihn
nicht zu wecken. Selbst im Schlaf war er perfekt.

Mit einem heftigen Zwinkern wandte sie sich ab und
schlich aus dem Zimmer.

Liv stahl sich davon wie eine Diebin in der Nacht, obwohl es genau genommen bereits fünf Uhr morgens war.
Er hörte sie, aber er brauchte einen klaren Kopf für das
Gespräch, das er mit ihr führen musste, und so stellte
er sich schlafend. Um zehn Uhr begann ihre erste Probe
an der Oper, aber vorher mussten sie beide noch Bilanz
ziehen.

Drei Stunden später, nach einer Dusche, ein paar Te-
lefonaten und zwei Tassen Kaffee hämmerte er an ihre
Wohnungstür. Die persönliche Bilanz stand auf seiner
Tagesordnung nun nicht mehr an erster Stelle.

Sie öffnete die Tür, perfekt frisiert, in einer dunklen
Hose und einer weißen Bluse mit offenem Kragen, der
den großen falschen Rubin um ihren Hals zur Geltung

brachte. Ihre Miene wurde weich, aber nur für einen Moment, bevor sie ihn ansah, als hätte er mitten in ihrer Arie ein Bonbon geräuschvoll ausgewickelt. »Wie bist du reingekommen?«

»Dazu brauchte ich nur mit einem deiner Nachbarn in den Aufzug zu steigen. Erklär mir mal Folgendes: Warum wohnt eine berühmte Diva wie du in einem Haus ohne Security?«

Sie trat nicht zur Seite, um ihn hereinzulassen. »Ich bin erst vor ein paar Monaten hier eingezogen. Das habe ich dir gesagt. Es ist nur vorübergehend, bis ich etwas Dauerhaftes gefunden habe.«

Er schob die Sonnenbrille in seine Hemdtasche und drängte sich an ihr vorbei in das Zweizimmerapartment, das im Stadtteil River North lag. Glänzender Parkettboden, ein briefmarkengroßer Balkon, beige Teppiche und teure, aber austauschbare moderne Möbel, die wahrscheinlich mitvermietet waren, weil sie nicht Olivias Stil entsprachen. Die Einrichtung wäre langweilig, hätte Olivia sie nicht mit persönlichen Erinnerungsstücken aus ihrer Karriere dekoriert: gerahmte Fotos, Poster, ein paar Trophäen aus Kristallglas. Diverse Requisiten und Kostümteile zierten Tische und Kommoden – venezianische Karnevalsmasken, eine Sammlung von Cherubfiguren, die Krone, die er auf Bildern von Olivia als Lady Macbeth gesehen hatte, und ein gefährlich aussehender Dolch.

Seine Heisman Trophy dagegen war im obersten Wandschrankfach seines Gästezimmers verstaut, zusammen mit einer Reihe von Medaillen, Spielbällen und ein paar eigenen Trophäen aus Kristallglas. Er stellte nichts davon in seiner Wohnung aus. Statt ihm ein gutes Gefühl zu geben, erinnerten ihn diese Andenken nur an unerfülltes Potenzial.

Er stieg um eins der siebentausend Gepäckstücke herum, die wahrscheinlich der Chauffeur in ihre Wohnung hochgeschleppt hatte. Er hoffte inständig, dass sie sich vor dem Einsteigen vergewissert hatte, dass der Fahrer sauber war. »Für jemanden, der so oft verreist, sollte man annehmen, dass du inzwischen gelernt hast, dich zu beschränken.«

»Ich muss mein Image aufrechterhalten.« Sie schob ihren Schminkbeutel in ihre Umhängetasche. »Wenn ich privat in Urlaub fahre, nehme ich nur kleines Gepäck mit.«

»Schwer zu glauben.« Ein Plakat für *Die Hochzeit des Figaro* hing neben einem gerahmten, signierten Porträt von ihr und einem Kerl, der aussah wie ein junger Andrea Bocelli. Die Widmung am unteren Rand war in Italienisch geschrieben, aber es bereitete ihm keine große Mühe, die Worte »Amore mio« zu übersetzen. »Liv … du weißt, das wird so nicht funktionieren.« Er nahm ein besticktes Kissen in die Hand, auf dem stand: *Je tiefer die Bässe, desto higher bin ich.*

Sie sah ihn misstrauisch an.

»Du kannst nicht in einem Haus ohne Security wohnen.«

»Es gibt eine Gegensprechanlage«, sagte sie abwehrend. »Die hättest du benutzen können.«

»Das war nicht nötig. Ich brauchte nur in den Aufzug zu steigen, schon vergessen?« Er legte das Kissen zurück.

»Das heißt also nichts anderes, als dass jeder Spinner, der sich mit einer Pizzaschachtel tarnt, ungehindert zu dir hochkommen kann.«

Sie verstand genau, was er meinte, aber sie widersprach ihm trotzdem. »Ich bin vorsichtig, und ich werde mir eine bessere Wohnung suchen, sobald ich dazu komme. Ich mag Chicago.«

»Ich erinnere mich. Mitten im Land und so.« Er stieß versehentlich gegen eine ihrer Reisetaschen auf Rollen. »Die Sache ist die, du wurdest in New Orleans angegriffen und in Las Vegas entführt. Glaubst du wirklich, dass es vorbei ist?«

»Ich bin jetzt zu Hause«, antwortete sie vorsichtig. »Ich kann mich nicht für den Rest meines Lebens verstecken.«

»Wir sprechen hier nicht vom Rest deines Lebens. Wir sprechen von jetzt.« Er hatte das nicht geplant, aber er sah keine andere Möglichkeit. »Ich möchte, dass du für eine Weile zu mir ziehst.«

Ihr Kopf fuhr hoch. »Das ist lächerlich. Mit uns ist es vorbei, schon vergessen?«

»Ich rede nicht davon, dass wir als Paar zusammenleben.«

»Doch, genau davon redest du.«

»Nein, mir geht es nur um Sicherheit. Um deine persönliche Sicherheit. Und diese Wohnung hier ist nicht sicher.«

»Ich soll also packen und …«

»Du hast bereits gepackt.«

»Bei dir einziehen?«

Ihre Zurückhaltung war nicht überraschend, und er

versuchte, ihr die Idee schmackhafter zu machen. »Um ganz ehrlich zu sein, ich habe noch nie einer Frau angeboten, bei mir einzuziehen, und ich würde es auch jetzt nicht tun, wenn du nicht ausgerechnet hier wohnen würdest. Mein Gott, du musst deine Balkontür mit einem Besenstiel sichern.«

»Ich bin hier im neunten Stock!«

»Die Balkone deiner Nachbarn grenzen direkt an deinen.«

Er nahm den gefährlich aussehenden Dolch in die Hand und zeigte damit in ihre Richtung. »Mein Haus ist sicher. Es gibt einen Portier, Kameras, eine Alarmanlage, einen Concierge. Du hast hier nichts davon.«

»Ich brauche das nicht.«

»Oh doch, das tust du.« Offenbar kam er nicht länger drum herum. Er legte den Dolch neben ein Tintenfass mit einem Federkiel und zog den gefalteten Briefumschlag, den er bereits geöffnet hatte, aus seiner Gesäßtasche. Sie zögerte, bevor sie ihn entgegennahm. Ganz vorsichtig holte sie den Inhalt heraus, als handelte es sich um eine Giftschlange. Nicht so weit hergeholt.

Es war ein Zeitungsausschnitt mit dem Bild von ihrem Kuss auf der Michigan Avenue. Bloß dass jemand ein Loch in das Papier gerissen hatte, wo vorher Olivias Kopf war, und am unteren Rand eine Botschaft in roter Tinte stand.

Du hast mich zerstört, und nun zerstöre ich dich, mein Liebling. Denk an mich bei jeder Note, die du zu singen versuchst.

»Das wurde vor einer Stunde im Hotel für dich abgegeben«, erklärte er behutsam.

Sie zerriss den Zettel und stopfte die Fetzen in den Papierkorb neben der Couch. »Ich werde das nicht an mich heranlassen. Auf gar keinen Fall.«

»Du hast es schon an dich herangelassen, und die Drohung wird sich nicht in Luft auflösen, nur weil du sie zerreißt.«

Sie ließ sich auf die Couch sinken, senkte den Kopf und massierte ihre Schläfen. »Ich hasse das.«

Er setzte sich neben sie und nahm einen ihrer Silberringe zwischen seine Finger.

»Die Botschaft lautet ›Denk an mich bei jeder Note, die du zu singen versuchst‹. Was bedeutet das deiner Meinung nach?«

»Das bedeutet gar nichts. Es bedeutet …« Sie hob den Kopf. »Ich weiß es nicht.«

»Wer auch immer dieser anonyme Briefeschreiber ist, weiß, dass du Probleme mit deiner Stimme hast, und versucht, das auszunutzen. Irgendjemand legt es darauf an, dass du nicht mehr singst.«

»Das ist unmöglich. Niemand außer dir weiß von meinen Stimmproblemen.«

»Und Rachel, richtig? Deine beste Freundin, der du alles erzählst.«

»Ich vertraue Rachel!«, erwiderte sie empört. »Außerdem habe ich ihr nicht die ganze Geschichte erzählt. Sie weiß nicht, wie schlimm es wirklich ist.«

Ihm war bewusst, dass sie es nicht hören wollte, aber er musste es trotzdem sagen. »Ihr beide konkurriert um dieselben Rollen. Du hast mir erzählt, dass sie auch die Amneris singt, richtig?«

»Genau wie Dutzende andere Sängerinnen!«, rief Liv. »Rachel und ich sind auf verschiedenen Karrierewegen.«

»Aber vielleicht möchte Rachel auf deinem Weg sein.«

Sie sprang auf. »Ich will kein Wort mehr davon hören. Das ist mein Ernst, Thad. Ich würde Rachel mein Leben anvertrauen.«

Was vielleicht genau das war, was sie tat, aber er hütete sich davor, es auszusprechen. »Unabhängig davon, wer hinter dieser ganzen Sache steckt – Fakt ist, jemand bedroht dich, und hier kannst du nicht bleiben.« Er stand auf und legte seine Hände auf ihre Schultern. »Wir waren fast einen ganzen Monat lang zusammen unterwegs. Wir wissen, wie man sich den Platz teilt. Es muss nicht kompliziert sein. Du kannst deinen Weg gehen, ich meinen.«

Sie wandte den Blick ab. »Du weißt, dass es nicht so einfach sein wird.«

»Es wird so einfach sein, wie wir es machen.«

Sie drehte sich von ihm weg. »Ich will das nicht.«

»Ich verstehe.«

»Ich … nehme mir eine andere Wohnung.«

»Das wird ein wenig dauern.«

Ihre Schultern sackten herunter. »So war das nicht geplant.«

»Ich weiß«, sagte er. »Wir werden uns einen neuen Plan überlegen.«

Wenn die Lyric Opera mit ihrem majestätischen, thronförmigen Art-déco-Gebäude die Grande Dame der Chicagoer Opernhäuser war, war die Municipal Opera ihre stylische, freche Enkelin. In der kühlen Vormittagssonne spiegelte sich ihre fließende, modern geschwungene Fassade aus Glas und Beton perfekt im Chicago River.

»Ich war hier schon mal«, sagte Clint, als sie auf den Parkplatz fuhren.

»Beim Casting für den *Bachelor?*«, entgegnete Thad vom Rücksitz aus, wohin Clint und Olivia ihn verbannt hatten.

Clint grinste. »Alter, da war ich nicht mehr, seit du mich gezwungen hast, deine Hand zu halten, als du dich für die Rolle beworben hast. Erinnerst du dich, wie heftig du geweint hast, als man dir sagte, du seist zu alt?«

Thad schnaubte, und Olivia lächelte zum ersten Mal an diesem Morgen. Den beiden bei ihrem Schlagabtausch zuzuhören, war ihr schönster Moment, seit sie sich heute Morgen aus dem Bett geschlichen hatte.

Thad hatte darauf bestanden, sie zur Oper zu bringen, obwohl ihr geliebter alter roter BMW M2 geduldig in der Garage wartete. Ihren Einwand, dass mit Thads Brieftasche auch sein Führerschein gestohlen worden war, hatte er mit einem Achselzucken abgetan. »Wenn man in Chicago für ein Profiteam spielt, achten die Cops nicht auf so einen Unsinn wie Führerscheine.«

»Das trifft ganz sicher nicht auf alle zu«, hatte sie erwidert. »Und das Letzte, was du gebrauchen kannst, ist, beim Schwarzfahren erwischt zu werden.«

Also hatte er Clint angerufen, und nun war sie hier –

mit einer unbeständigen Stimme, das unheilvolle Bild von ihrem kopflosen Körper in dem Zeitungsausschnitt vor Augen – und wurde von zwei berühmten Sportlern der Stadt zu ihrem ersten Arbeitstag eskortiert. Ihr Leben war so weit aus seiner gewohnten Umlaufbahn katapultiert worden, dass sie in ein anderes Universum eingedrungen war.

Clint hielt vor dem Hintereingang, nahe dem Stellplatz, der für sie reserviert war. Als Erstes stand für sie eine Kostümanprobe auf dem Programm, dann das Begrüßungstreffen mit dem Maestro, Sergio Tinari, das sie fürchtete, und danach erwartete sie ein ganzer Nachmittag mit Stellproben. Ihr Magen hatte sich bereits verkrampft, bevor Thad mit dieser hässlichen Botschaft aufgetaucht war, und nun war es zehnmal schlimmer.

Thad hatte recht, was die mangelnde Sicherheit in ihrem Wohnhaus betraf. Es war nicht so, als hätte sie sich keine Gedanken darüber gemacht, aber sie hatte sich schließlich damit arrangiert, da sie ohnehin die meiste Zeit an der Oper verbringen würde. Ein perfektes Beispiel für wahnhaftes Denken.

Clint stieg aus, um ihr die Beifahrertür zu öffnen, wozu Thad, eingezwängt auf dem schmalen Rücksitz, die Knie in Höhe seines Oberkörpers, nicht in der Lage war. Nicht dass sie jemanden brauchte, um ihr die Tür aufzuhalten. Sie brauchte vielmehr jemanden, der ihr ihre Stimme zurückgab, ihre Atemkontrolle und ihr Selbstvertrauen. »Sorg dafür, dass er heute noch zur Zulassungsstelle geht«, sagte sie zu Clint, als sie aus dem Wagen stieg.

»Ach, Livia, es gibt nicht einen Cop in dieser Stadt, der T-Bo einen Strafzettel verpassen würde.«

»Habe ich es dir nicht gesagt?«, rief Thad triumphierend.

Sie starrte Clint an. »Tu es einfach.«

Thad schälte sich aus dem Rücksitz, ein Vorgang, den sie unterhaltsam fände, wäre sie nicht so beunruhigt wegen all der Dinge, die sie erwarteten. »Ich werde zur Zulassungsstelle gehen«, sagte er, »aber nur, wenn du mir versprichst, dass du dich meldest, sobald du fertig bist, damit ich dich abholen kann.«

»Ich brauche keinen Chauffeur«, sagte sie.

»Doch, brauchst du.« Urplötzlich hatte Clint, ihr treuer Verbündeter, die Seite gewechselt. »Thad hat mir erzählt, was los ist. Du hast da eine krasse Sch ... Sache am Hals. Auf keinen Fall solltest du allein durch die Gegend laufen.«

»Ich werde mit der Polizei von Chicago reden, ich kenne da jemanden persönlich.« Thad umfasste ihren Arm mit festem Griff, um sie zum Hintereingang zu führen.

Sie nickte widerwillig. Sosehr es ihr auch widerstrebte, die Polizei einzuschalten, aber dieser Terror artete allmählich aus.

»Du wirst großartig sein«, sagte er leise zu ihr, als sie die Tür erreichten. »*Toi, toi, toi.*«

»Toi, toi, toi« war der traditionelle Wunsch, dass jemand Glück und Erfolg haben möge, den Opernkünstler untereinander austauschten – ihre Version von »Hals- und Beinbruch«. Der Ausdruck stammte aus dem

Deutschen und war in der breiten amerikanischen Bevölkerung kaum bekannt. Olivia war gerührt, dass Thad sich die Mühe gemacht hatte, das herauszufinden.

Er lächelte und öffnete ihr die Tür. Sie kehrte zurück in ihre Welt.

Olivia hatte schon viele Male an der Chicago Municipal Opera gesungen, und doch fühlte sich alles anders an. Ja, in der Kostümwerkstatt roch es wie immer nach Dampfbügelpressen, Stoffen und staubigem Muff. Der ägyptische Kopfschmuck passte gut, und ihre Kostüme benötigten nur kleine Änderungen. Sie plauderte mit der Gewandmeisterin, wie sie das immer tat, und tauschte mit dem technischen Direktor Nettigkeiten aus. Sie kam am Musiksaal vorbei, wo für ein bevorstehendes Konzert geprobt wurde. Aber sie achtete stärker auf neue Gesichter, die ihr auf den Gängen begegneten, war wachsamer, während sie von einem Raum zum nächsten wanderte.

Auf dem Weg zu ihrem Treffen mit dem Maestro ging sie im Geiste den Gesamtplan für die nächsten zwei Wochen durch. Für die Stellproben musste sie nicht singen, und für die Klaviersitzungen konnte sie problemlos markieren, was dem Regieteam zugutekam, aber spätestens für die Sitzprobe mit dem Orchester musste sie ihr volles Stimmregister abrufen. Und natürlich musste sie auch in der Generalprobe ihr Bestes geben, ganz zu schweigen von der Premiere am Samstagabend.

Sie sammelte sich kurz vor dem Büro des Maestros und klopfte dann an die Tür.

»*Avanti!*«

Sergio Tinari, der großartige Chefdirigent des Hauses, war zwar klein gewachsen, besaß jedoch eine enorme Ausstrahlung. Mit seiner grauen Löwenmähne, den buschigen Augenbrauen und der langen toskanischen Nase war er ein Traummotiv für jeden Karikaturisten. »Olivia, *mia cara*.« Er begrüßte sie mit einem Handkuss in altmodischer europäischer Eleganz.

Sie wechselte in die italienische Sprache und erklärte ihm, wie sehr sie sich freue, ihn zu sehen, wie glücklich sie sei, wieder mit ihm zusammenzuarbeiten, und dass sie gerade eine Erkältung auskuriere und ein paar Tage benötige, bevor sie richtig loslegen könne.

Sergio antwortete in seinem hübsch akzentuierten Englisch. »Aber natürlich. Du musst deine Stimme noch schonen. Falls du morgen markieren kannst, werden wir die Phrasierung in ›A lui vivo, la tomba‹ üben.«

Lebendig begraben ... Sie verzog die Lippen zu einem Lächeln. »Natürlich.«

Die Botschaft, die sie vorhin erhalten hatte ... *Du hast mich zerstört, und nun zerstöre ich dich, mein Liebling. Denk an mich bei jeder Note, die du zu singen versuchst.*

Ihr falscher Riesenrubin fühlte sich an, als würde er ihr die Luft abschnüren.

Als sie das Büro des Maestros verließ, wusste sie, dass sie die Erkältung nicht sehr lange als Ausrede verwenden konnte.

Eine markante Frau in Olivias Alter erschien aus dem hintersten Probenraum. Olivias Stimmung hellte sich sofort auf. »Sarah!« Sie eilte durch den Gang, um die begabte südafrikanische Sopranistin zu begrüßen, die die Aida verkörpern würde.

Olivia fühlte sich nicht mehr wohl dabei, die Amneris als Gegenpart einer weißen Aida zu singen. Die Rolle der versklavten äthiopischen Prinzessin mit einer schwarzen Sängerin zu besetzen, verlieh Inszenierungen für ein modernes Publikum eine zusätzliche Komplexität und Dimension, und Sarah Mabunda zählte zu den Besten. Aber als Olivia sie zur Begrüßung umarmen wollte, wich Sarah ihr aus, und ihr angespanntes Lächeln war beunruhigend kühl.

Olivia war verdutzt. Sarah und sie verband eine längere Freundschaft. Sie waren zuvor schon zusammen in der *Aida* aufgetreten, einmal in Sydney und das andere Mal an der Staatsoper in Wien, wo sie an ihren freien Nachmittagen durch die Museen der Stadt geschlendert waren und wo Sarah ihr von ihrer Kindheit in Soweto erzählt hatte, bevor ihr Talent sie zuerst nach Kapstadt auf die Musikhochschule und danach an die Royal Academy of Music in London geführt hatte. Sie hatten sich auf Anhieb verstanden, und das Einzige, worauf Olivia sich heute gefreut hatte, war, Sarah wiederzusehen.

Sie überlegte fieberhaft, womit sie Sarah gekränkt haben könnte, aber ihr fiel nichts ein. Vielleicht hatte Sarah einfach nur einen schlechten Tag? »Wie geht es dir?«, fragte sie verunsichert.

»Sehr gut.« Mit einem förmlichen Nicken ließ Sarah sie stehen und rauschte davon.

Olivia starrte ihr nach. Verdattert betrat sie den Probenraum. Lena Hodiak, die polnische Mezzosopranistin, die sie in den Anfangsproben vertreten hatte, begrüßte sie enthusiastisch. »Miss Shore!« Sie kam mit einem breiten Lächeln auf sie zugeeilt. »Es ist ein solches Privileg, mit Ihnen zusammenzuarbeiten.«

Lena, eine große, attraktive Blondine, betrachtete Olivia mit dem bewundernden Blick einer Nachwuchssängerin, die ihr Idol traf. Olivia kam in den Sinn, wie begeistert Lena erst sein würde, wenn sie wüsste, dass sie eine echte Chance hatte, in den Vorstellungen für ihr Idol einzuspringen. Aber so durfte sie nicht denken. »Bitte, nennen Sie mich Olivia. Rachel Cullen hält große Stücke auf Sie.«

Olivia dachte an die Zeiten zurück, als sie noch die Zweitbesetzung gewesen war. Die Arbeit hatte ihr ein regelmäßiges Einkommen verschafft, als sie es dringend gebraucht hatte, und da Reservisten bei jeder Probe anwesend sein mussten, hatte sie sich ihre Kunst von den Besten abgeschaut. Trotzdem war der Frust darüber, eine Rolle zu perfektionieren, ohne die Chance zu bekommen, vor echtem Publikum aufzutreten, nicht ausgeblieben. Es wimmelte zwar von Geschichten, wonach eine junge Zweitbesetzung in der letzten Minute für den verhinderten Star einsprang und auf einen Schlag berühmt wurde, aber in Wirklichkeit kam so etwas selten vor. Die Ersatzleute verbrachten die meiste Zeit in einem Raum hinter der Bühne und spielten auf ihren Handys.

»Geben Sie mir Bescheid, wenn ich Sie irgendwie unterstützen kann«, sagte Lena.

»Danke. Das werde ich.«

Irgendjemand legt es darauf an, dass du nicht mehr singst.

Das war Thads Theorie, und Olivia weigerte sich, sie zu akzeptieren. Lena war ein großes Gesangstalent, sonst wäre sie nicht hier, und eine so bedeutende Rolle zu übernehmen wie die der Amneris – besonders am Premierenabend, wenn die Kritiker anwesend waren –, konnte ihre Karriere gewaltig beschleunigen. Aber ihre einladende Art sprach nicht dafür, dass sie plante, die Hauptdarstellerin zu sabotieren.

»Olivia, ich freue mich ja so, dass Sie hier sind.« Gary Vallin, der Operndirektor, kam zu ihr, um sie zu begrüßen. Im Gegensatz zu Musikdirektoren waren Operndirektoren gewöhnlich keine Musiker, aber die Besten von ihnen brachten eine frische Perspektive in eine Operninszenierung, indem sie der Dramaturgie Rechnung trugen, statt nur die Partitur zu lesen. Zu denen gehörte Gary.

Während er Olivia mit der künstlerischen Umsetzung vertraut machte, setzte Lena sich ein Stück abseits, wo sie aufmerksam die Proben verfolgte und sich Notizen machte, genau wie es ihre Aufgabe war.

Am Ende des Tages war Olivia erschöpft von der Anstrengung, so zu tun, als wäre alles normal. Sie musste eine freundliche Stimme hören, und kaum war sie in ihrer Garderobe, wählte sie Rachels Nummer.

Es dauerte nicht lange, bis ihre Freundin auf den Punkt kam. »Wie geht es dir wirklich?«

Olivia antwortete ausweichend. »Ganz okay. Ich bin noch nicht da, wo ich sein möchte, aber ...«

»Das wird schon. Ganz sicher!«

»Ja, ganz sicher.« Aber im Moment war Olivia sich bei gar nichts mehr sicher.

Nachdem das Gespräch beendet war, verstaute sie das Handy in ihrer Tasche und sammelte ihre restlichen Sachen ein. Als sie ihre Garderobe verließ, erhaschte sie einen flüchtigen Blick auf eine Gestalt, bevor diese hinter einer Ecke verschwand. In dem trüben Licht am Ende des Flurs konnte sie nicht erkennen, ob es ein Mann oder eine Frau war, aber etwas an der Art, wie die Person sich bewegte, wirkte verdächtig. Allerdings wirkten in letzter Zeit zu viele Dinge verdächtig, und sie traute sich nicht mehr zu zu beurteilen, was real war und was nicht.

Auf ihrem Weg zum Ausgang begegnete sie erneut Sarah Mabunda. Die aktuelle Aida ging wortlos an ihr vorüber.

»Zeig mir deinen Führerschein«, sagte sie zu Thad, als sie auf den Beifahrersitz einer sehr luxuriösen schneeweißen Corvette ZR1 glitt, die aussah, als käme sie von einer NASA-Startrampe. Am liebsten hätte Olivia ein Taxi bestellt, aber sie hatte keine Lust auf die Konfrontation, die dann sicher folgen würde.

Er klappte die Brieftasche auf und zeigte ihr seinen vorläufigen Führerschein. »Nur so als Anmerkung ... Es war nicht gerade deine beste Idee, zwei der bekanntesten Sportler der Stadt zusammen zur Zulassungsstelle zu schicken. Wir hätten beinahe einen Aufstand verursacht.«

»Sorry. Das habe ich nicht bedacht.«

Als er auf die West Kinzie Street fuhr, begann sie abzuschalten. Seine Gegenwart beruhigte sie nicht gerade. Wie konnte sie sich entspannen, wenn die Bilder von all ihren kreativen Liebesakten in ihrem Kopf Pingpong spielten? Dafür gaben ihr das Zusammensein mit ihm, das Absorbieren seines Selbstvertrauens und seiner Energie das Gefühl, als könnte sie die Kontrolle über ihr Leben zurückgewinnen.

»Ich nehme an, du möchtest zuerst in deiner Wohnung vorbeischauen, um ein paar Sachen zu holen«, sagte er.

»Ich habe heute Nachmittag meinen Makler angerufen. Er wird in den nächsten paar Tagen eine besser gesicherte Wohnung für mich finden. Mein Aufenthalt bei dir wird nur kurz sein. Sehr kurz.«

»Das ist auch besser so. Ich weiß nämlich nicht, wie lange ich eine neurotische Mitbewohnerin ertragen kann. Und falls du dich an meinen Pflegeprodukten vergreifst, schmeiße ich dich sofort wieder raus.«

Sie lächelte. Soweit sie wusste, waren seine einzigen Pflegeprodukte eine Seife und eine Sonnencreme.

Er parkte in der Garage neben ihrem BMW-Coupé, und sie fuhren mit dem Aufzug hoch zu ihrer Wohnung. Sie schloss die Tür auf und betrachtete das Chaos, das sie hinterlassen hatte. Leider waren keine magischen Elfen aufgetaucht, um all ihre Koffer auszupacken.

Bloß ... der Dolch, mit dem Thad gespielt hatte ... Sie erinnerte sich deutlich, dass er ihn neben dem Tintenfass abgelegt hatte statt neben der Krone von Lady Macbeth, wo er hingehörte. Nun lag er auf einem Beistelltisch neben der Couch.

Jemand musste in der Wohnung gewesen sein.

KAPITEL 16

Der kleine Koffer, der Olivias Toilettenartikel enthielt, lag umgestürzt auf der Seite. Zwei andere Koffer schienen nicht an dem Platz zu sein, wo sie sie zurückgelassen hatte. Und es gab weitere Kleinigkeiten, die ihr auffielen. Die Tür zum Schlafzimmer war geschlossen gewesen, als sie gegangen war, und nun stand sie offen. Sie hatte das Bad heute Morgen nicht benutzt, aber die Schublade neben dem Waschbecken war halb aufgezogen.

Es überraschte sie nicht, dass Mr. Cool die Fassung verlor und eine erstaunliche Folge von Umkleidekabinen-Obszönitäten losließ, die in der Forderung mündeten, auf der Stelle zur Polizei zu gehen. Dies würde ihr dritter Besuch auf einer Polizeiwache innerhalb von etwas mehr als zwei Wochen sein – ein Rekord, mit dem sie nie gerechnet hätte.

Alles, was sie tun wollte, war, in ihren Pyjama zu schlüpfen und es sich mit einem Glas Wein und guter Jazzmusik gemütlich zu machen. Aber sie wusste, dass er recht hatte.

Thads persönlicher Kontakt beim Chicago Police Department entpuppte sich als eine langbeinige Brünette, die ungefähr in Olivias Alter und seine Exfreundin war, falls Olivia richtig vermutete. Olivia bestätigte die Angaben, über die er Lieutenant Barbie bereits in einem vorausgegangenen Telefongespräch unterrichtet hatte. Und sie »Lieutenant Barbie« zu nennen, war total unfair. Lieutenant Brittany Cooke war tüchtig, kompetent und mitfühlend, und Olivia war eine eifersüchtige Schande für die Schwesternschaft.

»Ich habe mit der Polizei in New Orleans und Las Vegas gesprochen«, erklärte Lieutenant Cooke ihr. »Und ich betreibe gerade ein paar Nachforschungen über die Schwestern Ihres ehemaligen Verlobten und über einen Ihrer glühendsten Verehrer.«

Olivia starrte Thad wütend an. »Rupert hat nichts damit zu tun!«

»Wir befolgen nur das Protokoll«, sagte Lieutenant Cooke mit einem beschwichtigenden Lächeln. »Fürs Erste sollten Sie sich gut überlegen, was Sie tun und wohin Sie gehen.«

Thad sah aus, als hätte er dazu etwas zu sagen, aber er hielt den Mund.

Thads Penthouse entsprach genau dem, was sie von einem steinreichen Junggesellen mit einem hervorragenden Geschmack erwartet hatte. Es war modern und geräumig, mit einer umlaufenden Fensterfront, durch die man sowohl auf die Stadt als auch auf den See blicken konnte. Die Einrichtung war auf dem neuesten Stand und überwiegend in Stahlgrau und Blau gehalten, mit überraschenden Farbtupfern hier und da. Aber abgesehen von einem vollen Bücherschrank und einer großen Schallplattensammlung fehlte Thad selbst. Es gab keine privaten Fotos. Nichts, was die Menschen widerspiegelte, die ihn im Laufe der Jahre begleitet hatten, oder die Orte, die er bereist hatte. Und es gab nicht einen Gegenstand, der von seinen zahlreichen sportlichen Erfolgen zeugte.

»Ich bringe dein Zeug ins Gästezimmer«, sagte er, »aber ich bitte darum, dass das deinen Körper nicht mit einschließt.«

Sie zog an ihrer Halskette. »Wir müssen reden.« Aber Thad war mit den zwei Koffern, die sie mitgenommen hatte, bereits verschwunden und entweder konnte er sie nicht hören oder er wollte es nicht.

Sie betrachtete ein abstraktes Gemälde, in dem sie die Handschrift des berühmten amerikanischen Street-Art-Künstlers Ian Hamilton North erkannte – ein großflächiges buntes Kaleidoskop, das fast die gesamte Wand einnahm.

Sie musste rasch eine neue Wohnung finden. Definitiv noch vor der Premiere. Sie hatte heute bereits zweimal mit ihrem Makler gesprochen, und er hatte ihr versichert, dass es nicht lange dauern dürfte, bis er ihr ein besser gesichertes Objekt anbieten könnte. Vielleicht konnte sie irgendwo befristet einziehen. Oder vielleicht …

Vielleicht war das ein Zeichen des Universums, dass sie ihre Wachsamkeit für ein paar weitere Tage schleifen lassen durfte – eine Woche. Vielleicht ein bisschen länger.

Zum Abend aßen sie Truthahnsandwiches und Kartoffelchips. Sie erfuhr, dass Thad ursprünglich geplant hatte, einen Teil der kommenden zwei Wochen bis zur

Operngala zu nutzen, um seine Eltern in Kentucky zu besuchen. »Du solltest definitiv hinfahren«, sagte sie.

»Mal schauen.« Er griff in die Chipstüte. »Da sind noch ein paar geschäftliche Dinge, um die ich mich kümmern wollte.«

Was bedeutete, dass er sich nicht aus Chicago fortbewegen würde, und sie bezweifelte, dass das etwas mit geschäftlichen Dingen zu tun hatte. Sein Verantwortungsbewusstsein ihr gegenüber war eine Bürde, die er nicht tragen sollte. »Wie du ja bereits bis zum Erbrechen betont hast«, sagte sie, »ist dein Haus gut gesichert. Ich werde tagsüber bei den Proben sein, und wenn nicht, werde ich diese Bruchbude für dich hüten. Es besteht also kein Grund, deine Pläne zu ändern.« Sie legte den Rest ihres Sandwiches auf den Teller. »Nur um jede Peinlichkeit zu vermeiden, werde ich heute Nacht im Gästezimmer schlafen.«

»Von mir aus.« Er hätte nicht desinteressierter wirken können.

Sie schlief im verdammten Gästezimmer! Was sollte das? Am liebsten hätte er mit ihr eine Diskussion angefangen, aber sie war müde und gereizt, also ließ er sie in Ruhe. Vorerst.

Am nächsten Morgen wurde er von ihren Gesangsübungen wach. Es war ihre echte Stimme, nicht die aufgezeichnete Version, und sie klang fantastisch. Aber er kannte sie mittlerweile gut genug, um auf ein Kompliment zu verzichten, weil sie darauf nur erwidern würde, dass ihre Stimme zu fett sei oder zu mager oder aus ihrem Ellenbogen komme statt aus ihrem Hintern oder irgend so ein dummes Zeug.

Sie kam zu ihm ins Bad, als er sich gerade rasierte. Heute hatte sie sich für die Arbeit leger gekleidet: langer schwarzer Strickpullover, perfekt sitzende schwarze Jogginghose, Slip-on-Sneakers. Ein roter Strickschal war um ihren Hals geschlungen, zum Schutz vor dem Zugwind, dem Erzfeind jedes Berufssängers. Ihr Make-up war makellos – dunkel nachgezogene Brauen, kräftiger Eyeliner und purpurrote Lippen. Sie wirkte so beeindruckend wie die Diva, die sie war. Aber er wusste, dass sie sich nicht so fühlte.

»Nächsten Montag ist Sitzprobe«, sagte sie. »Das sind von heute an nur noch fünf Arbeitstage.«

»Blitzprobe?« Thad legte den Kopf in den Nacken, um sich unter dem Kinn zu rasieren.

»*Sitz*probe. Das ist die Probe, bei der das Ensemble und das Orchester zum ersten Mal richtig zusammenkommen. Ohne Kostüme, ohne Requisiten. Alles wird weggelassen bis auf die Musik. Man setzt sich hin und singt.« Sie starrte auf einen Punkt über dem Spiegel, sah Thad nicht mehr, in Gedanken versunken. »Die Sitzprobe ist pur. Nur Instrumente und Stimmen. Dabei entstehen diese magischen Momente, in denen die Musik transzendent wird.«

Er musste an jene Spielzüge denken, wenn er den Lärm der Zuschauer nicht mehr hörte. Wenn es nur ihn gab und das Feld und den Ball.

»Die Sitzprobe ist mein persönliches Highlight.« Sie senkte den Blick auf ihre Hände. »Man kann dabei nicht tricksen. Markieren ist nicht drin. Entweder man hat es drauf oder nicht.« Sie starrte auf sein Spiegelbild. »Ich habe gelogen«, sagte sie.

Er wartete.

»Ich habe den Maestro belogen. Ich habe ihm erzählt, dass ich eine Erkältung auskuriere.« Sie wandte sich ab und verschwand in den Flur. »Ich werde selbst zur Arbeit fahren.«

Olivia hatte alles in ihre Umhängetasche gepackt, was sie für den Tag benötigte: einen zweiten Pullover, ihre wiederverwendbare Wasserflasche, einen Bleistift, eine markierte Kopie der Partitur, damit sie jede neue Bühnenposition vermerken konnte. Dazu hatte sie Kräutertee, Hustenbonbons, Nasenspray, zwei Tüten gebrannter Mandeln, einen Apfel, Handdesinfektionsmittel, Schminkutensilien, Papiertaschentücher, Portemonnaie und Handy sowie ihren Lippenbalsam eingesteckt. Nun brauchte sie nur noch eine Großpackung Nerven. Sitzprobe. In nicht mal einer Woche. Ihr Wagen stand auf einem der beiden Stellplätze, die Thad gehörten. Sie hatte sich schon gewundert, dass er keine Diskussion vom Zaun brach, weil sie selbst fahren wollte, bis sie in ihrem Rückspiegel eine schnittige schneeweiße Corvette sah, die ihr zur Oper folgte. Und direkt hinter ihr parkte.

Er stieg aus seinem Wagen und ging zu ihr, und die Gläser seiner Sonnenbrille blitzten in der kühlen Morgensonne. Obwohl sie einen Anflug von Nervosität spürte, wurde ihr wieder bewusst, wie sehr sie diesen Mann liebte. Was wäre, wenn …

Keine Gedankenspielchen. Sie schnappte sich ihre prall gefüllte Tasche und stieg aus. Während sie sich zu ihrer vollen Größe aufrichtete, bot sie ihr hochmütigstes »Ja?« auf, als wäre er ihr Lakai und nicht der Mann, an den sie hoffnungslos ihr Herz verloren hatte.

Er knallte ihre Wagentür zu, schnappte sich ihren Arm und führte sie um die Ecke, während ihre schwere Umhängetasche gegen ihren Oberschenkel schlug. Auf dieser Seite des Gebäudes gab es eine kleine Grünoase, in der sich bei wärmeren Temperaturen die Sänger und Sängerinnen versammelten, um frische Luft zu tanken. Nun waren die Holzbänke unbesetzt, und die großen Blumengefäße warteten auf ihre Frühjahrsbepflanzung.

Olivia fand sich eingekeilt zwischen ihm und der Hauswand wieder. Sie hob das Kinn und sah ihn herablassend an. »Was?«

Er kannte ihre Tricks, und er ließ sich nicht einschüchtern. »Du hast behauptet, du hättest eine Erkältung.«

Ihr verzerrtes Spiegelbild starrte von den Gläsern seiner Sonnenbrille zu ihr zurück. »Das habe ich dir selbst gesagt.«

Sein vollkommener Mund bildete eine tödliche Linie. »Du hast gelogen.«

»Auch das habe ich dir gesagt.« Sie wünschte, sie hätte den Mund gehalten.

Er nahm ruckartig seine Sonnenbrille ab und durchbohrte sie mit diesen absurd grünen Augen, die nun genau dieselbe Farbe zu haben schienen wie eine besonders giftige Efeusorte. »Weißt du was, Babe? Du hattest eine wundersame Heilung.«

»Du verstehst nicht.« Sie versuchte, an ihm vorbeizukommen, aber er verlagerte sein Gewicht, um sie zu blockieren.

»Oh, ich verstehe sehr wohl.« Er schob seine Sonnenbrille in seine Jackentasche. »Zum Teufel, du bist Olivia Shore. Die größte Mezzosopranistin der Welt!«

»Ich bin nicht die größte …«

»Du bist in Hochform. Du stehst in der Startaufstellung! Du bist ein verdammter *Tornado* und nicht irgendeine zwanzigjährige Möchtegernsopranistin, die vor Angst den Mund nicht aufkriegt!«

»Du hast leicht reden. Du bist nicht …«

»Hör auf, so eine Memme zu sein.« Er packte sie an den Schultern. »Ich habe dich heute Morgen laut und deutlich gehört. *Sitzprobe.* Die ist für dich immens wichtig, und du hast nur noch eine knappe Woche Zeit, um dich darauf vorzubereiten. Du hast verdammt noch mal viel zu hart geschuftet, um die Flinte ins Korn zu werfen. Deine Stimme ist genau da, wo du sie haben musst.«

»Du hast keine Ahnung …«

»Du gehst jetzt da rein, und du wirst dir die Kehle aus dem Leib singen!« Er schüttelte sie nun tatsächlich! »Sing auf einem Bein, im Kopfstand oder mit geschlossenen Augen. Völlig egal. Du wirst dich verdammt noch mal zusammenreißen und denen zeigen, mit wem sie es zu tun haben. Hast du mich verstanden?«

»Ja.«

»Lauter!«

»*Ja!*«

332

»Gut.«

Er stolzierte davon.

Sie strich den Kragen ihres Trenchcoats glatt und starrte
wütend auf seine Rückansicht – der ignorante Footballspieler. Sie verließ den verwaisten Garten. Thad hatte
leicht reden. Er verstand das nicht. Er hatte keine Ahnung von dem Druck, der auf ihr lastete. Keine Ahnung
von den Kritikern, die darauf warteten, sie zu verreißen,
keine Ahnung von den Fans, die sich von ihr abwenden
würden, keine Ahnung von ihrem Ruf, der zu Staub zer-
fiele. Er musste sich nie damit auseinandersetzen …

Musste er wohl. Er wusste genau, wie sie sich fühlte.
Er hatte mit einer Verletzung gespielt. Er hatte vor einem
Publikum gespielt, das ihn auspfiff. Er hatte in brütender
Hitze und eisiger Kälte gespielt und gegen die tickende
Uhr, auf der die letzten zehn Sekunden herunterliefen.
Er hatte unter jeder Form von Druck gespielt, und er
konnte sehr gut nachvollziehen, wie ihr zumute war.

Sie marschierte schnurstracks zum Büro des Maestros
und klopfte an die Tür.

»*Avanti.*«

Sie stürmte in den Raum. »Maestro.« Sie stellte ihre
Tasche neben der Tür ab. »Ich weiß, ich bin früh dran,
aber … Ich bin bereit zu singen.«

Es war nicht schön, aber es war auch nicht grauenhaft. Sie hatte nicht den Atem, den sie benötigte, um ihr
Vibrato gleichmäßig durchzuhalten oder um zu verhindern, dass sie bei ein paar hohen Tönen passen musste,
aber ihr ging kein einziges Mal die Puste aus.

Sergio glaubte noch immer, dass sie an den Nachwirkungen einer Erkältung litt, und er war nicht übermäßig besorgt nach dem, was er gehört hatte. »Für dich ist jetzt das Wichtigste, dass du deine Stimme gut pflegst.«

In ihrer Garderobe griff sie zu ihrem Handy und wählte eine Nummer. Die Stimme, die sich meldete, klang ausgesprochen ungehalten. »Olivia Shore? Dieser Name ist mir unbekannt.«

Olivia ging darüber hinweg. »Kann ich heute vorbeikommen? Ich habe um eins eine längere Pause.«

»Meinetwegen. Bring mir Pflaumen mit. Die lilafarbenen.« Die Verbindung wurde getrennt.

Die alte Frau empfing Olivia an der Tür ihres angestaubten Apartments in der Randolph Street. Sie trug ihr gewohntes schwarzes Sackkleid und pinkfarbene Pantoffeln mit abgelaufenen Fersen. Ihre krausen grau melierten Haare waren zu einem hohen Dutt aufgesteckt, aus dem sich widerspenstige Strähnen rund um ihr Gesicht gelöst hatten. Ihre Lippen leuchteten wie üblich scharlachrot.

Sie begrüßte Olivia mit einem schroffen »Komm rein«.

Olivia antwortete mit dem anmutigen Nicken, das Batista erwartete, wie sie wusste.

Batista Neri war seit langer Zeit eine von Olivias Gesangslehrerinnen und jemand, den Olivia absichtlich ignoriert hatte, seit sie ihre Stimme verloren hatte. Batista war früher eine vollendete Sopranistin gewesen. Nun war sie eine der landesweit besten Lehrerinnen für klassischen Gesang. Sie war unerträglich anmaßend, aber auch höchst effektiv.

Olivia stellte die Tüte Pflaumen auf einen verzierten Mahagonitisch neben der Tür. »Meine Stimme ...«, sagte sie. »Sie ist weg.«

»Soso.« Spott troff aus Batistas Worten. »Und nun wirst du dir einen Mann suchen, der sich um dich kümmert, und du wirst ihm jeden Abend Gnocchi kochen.« Sie machte eine wegwerfende Geste. »Genug von diesem Unsinn. Lass mich was hören.«

Als Olivia am Nachmittag in den Probenraum zurückkehrte, traf sie Lena Hodiak dabei an, wie sie Amneris' Positionen für die Verurteilungsszene im vierten Akt einübte. Olivia beobachtete, wie Lena ihren Text in Lippensprache rezitierte. »Ohimè! Morir mi sento ... Oh!, chi lo salva?« *Weh mir! Ich fühl', ich sterbe ... Oh! Wer wird ihn retten?*

Lena winkte, als sie Olivia entdeckte, und stieg rasch vom Podium, um ihr die Bühne zu überlassen.

Olivia kam es vor, als wäre bereits Mitternacht statt Nachmittag. Sie hatte vor dem Maestro nicht besonders gut gesungen und vor Batista nur ein wenig besser. Wenigstens hatte Batista ihr launisches Primadonnaverhalten abgelegt und war ernst geworden, als sie den Zustand von Olivias Stimme gehört hatte.

»Heb deinen Gaumen, Olivia. Hoch damit.« Am Ende der Gesangsstunde hatte Batista ihr Bienenharzspray und Bauchmuskeltraining verordnet und ihr befohlen, am nächsten Tag wiederzukommen.

Arthur Baker, der alternde, aber noch immer attraktive Tenorsänger, der den Radamès spielte, kam nun in den Probenraum, zusammen mit Gary, dem Operndirektor. Ein paar Stunden später war die erste Szene im zweiten Akt dran, in der Amneris mit der Lüge, Radamès sei in der Schlacht gefallen, ihrer Sklavin Aida deren Liebesgeheimnis entlockte. Sarah war wie immer perfekt vorbereitet, aber die Chemie, die sie und Olivia früher auf der Bühne geteilt hatten, war verschwunden.

Olivia war noch nie so froh gewesen, dass ein Arbeitstag endete. Um achtzehn Uhr, als sie die Tür zu ihrer Umkleidekabine öffnete, sah sie Thad breitbeinig in ihrem Besuchersessel sitzen, wo er sie erwartete. »Wie bist du reingekommen?«, fragte sie.

»Ich bin ein berühmter Footballspieler. Ich komme überall rein.«

Zu erleben, wie ihr Liebhaber die Rolle des arroganten Arschlochs spielte, hob ihre Stimmung. »Ich hätte es wissen müssen«, sagte sie und schloss die Tür hinter sich.

»Es gibt schlechte Neuigkeiten.« Er kreuzte lässig die Beine. »Dein Wagen wurde gestohlen.«

Sie musterte ihn misstrauisch. »Irgendeine Idee, wer das gewesen sein könnte?«

»Wahrscheinlich Garrett. Er ist ein Gauner.«

»Ich verstehe.« Sie musste an den Ersatzschlüssel für ihr Auto denken, den sie unklugerweise auf der Kommode in seinem Gästezimmer liegen gelassen hatte. »Und in wessen Auftrag hat er diese spezielle Straftat wohl begangen?«

»Ich bin mir ziemlich sicher, dass er sich das ganz allein ausgedacht hat.«

»Und ich bin mir ziemlich sicher, dass er dazu ange-stiftet wurde.«

Thad deutete mit dem Kopf auf ihr persönliches Bad. »Lust auf eine flotte Nummer?«

Ihre Antwort war für ihn genauso überraschend wie für sie selbst. »Ja. Ja, hab ich.«

Sie schlossen sich in dem kleinen Bad ein, rissen sich gegenseitig die Kleider herunter und fielen übereinan-der her. Genau das, was Olivia brauchte, um ihren Tag zu vergessen. Teils nackt landeten sie in der engen Du-sche, ohne Wasser, Olivia an die Wand gedrückt, einen Fuß noch in ihrer Hose, während Thads Jeans bis zu den Knien heruntergezogen war, beide ungelenk und hek-tisch – wie von Sinnen. Es war nicht die dritte Nacht. Es war der fünfte Tag, und das hier sollte eigentlich nicht passieren, weil sie nicht länger einen Mann lieben konnte, der nicht ein Teil ihrer Welt war, aber in diesem Moment war ihr das egal.

Danach nicht mehr. »Was stimmt nicht mit mir? Das macht alles nur noch schwerer«, sagte sie, als ihr Ver-stand sich wieder einschaltete.

»Nur wenn du an dieser Einstellung festhältst.« Er klappte den Toilettendeckel herunter und setzte sich dar-auf, beobachtete, wie sie mit sich kämpfte. »Ich will dich nicht kritisieren, Liv, aber du bist viel zu verkrampft.«

»Ich bin nicht verkrampft, ich denke nur an meine Karriere«, erwiderte sie angespannt. Sie schnappte sich eine Haarbürste. »Was hast du heute gemacht? Au-ßer dass du dafür gesorgt hast, dass mein Wagen ver-schwindet.«

»Ich habe an der Börse gehandelt und mir erneut dein Portfolio vorgenommen. Du musst deine Calistoga-Aktien unbedingt abstoßen. Die dümpeln schon seit Jahren vor sich hin.« Sein Bein streifte ihren Oberschenkel, als er den Fuß über sein Knie legte. »Außerdem habe ich Coop und seine Frau besucht. Ich meine Cooper Graham, den letzten großen Quarterback der Stars.«

»Bis der Blödmann daherkam.«

»Der Blödmann ist noch nicht in dieser Kategorie.«

»Aber er kann es dorthin schaffen.«

»Möglich«, brummte Thad widerwillig.

»Es ist gut, dass du was zu tun hast.« Sie nahm einen Make-up-Pinsel in die Hand und spielte auf Zeit. »Ich habe heute Morgen Sergio Tirani vorgesungen«, erklärte sie ihm.

»Jetzt doch?«

Sie drehte das Wasser im Waschbecken auf. »Und ich war bei meiner alten Gesangslehrerin.«

Er ignorierte die tiefere Bedeutung dieser Aussage. »Wie bist du dort hingekommen?«

»Zu Fuß.«

»Nicht klug.«

»Es dürfte schwer sein, am helllichten Tag in der Innenstadt verschleppt zu werden. Und ich brauche meinen Wagen wieder. Ich muss Wohnungen besichtigen.«

»Das werde ich für dich übernehmen.«

»Du brauchst nicht ...«

»Du musst arbeiten. Ich nicht. Das ist nur fair.«

Das Angebot war verlockend. Das Letzte, worauf sie nach einem anstrengenden Arbeitstag Lust hatte, war, auf Wohnungssuche zu gehen. Andererseits, je früher sie fündig wurde, umso besser wäre es für sie, besonders nach dem, was gerade passiert war.

Am Abend kam Thad in ihr Zimmer und testete die neuen Grenzen aus, die sie gesetzt hatte. »Ich glaube, ich schlafe bei dir«, sagte er. »Aber ohne Anfassen, okay?«

Sie schenkte ihm ein sanftes Lächeln und breitete die Arme aus. »Ohne Anfassen.«

Er lachte und kletterte zu ihr ins Bett, zog ihren Körper an seinen. Als er sie küsste, wurde ihm bewusst, wie sehr er das Zusammensein mit dieser Frau liebte. Nicht liebte in dem Sinne, dass er Liebe empfunden hätte, sondern dass er es genoss. Am meisten bedeutete es ihm jedoch, dass jemand, der nicht zu seiner Welt gehörte, ihn so gut verstand. Wäre die Diva ein Mann und sportlich talentiert gewesen, hätte sie einen großartigen Teamkameraden abgegeben.

Er massierte mit den Daumen ihre Ohrläppchen. Küsste sie. Es dauerte nicht lange, und sie gab diese herrlichen kehligen Laute von sich. Sie gingen zusammen auf die Reise, stiegen empor, erreichten den Gipfel, fielen … Die Welt zersplitterte in eine Million Stücke.

Danach, Gott stand ihm bei, wollte sie reden. Er schmiegte sich in sein Kissen und tat so, als würde er gleich einschlafen, was sie keineswegs davon abhielt.

»Das hier ist nur vorübergehend, Thad. Ein vorübergehender Irrsinn von meiner Seite. Am Premierenabend ist Schluss. Das meine ich ernst.«

Er murmelte etwas absichtlich Unverständliches. Zum Glück sagte sie nichts weiter.

Er kapierte es nicht. Karriere hin oder her, selbst Primadonnen brauchten ein Privatleben, und er war viel pflegeleichter als sie. Sicher, wenn er ausging, zog er jede Menge Aufmerksamkeit auf sich, aber sie war auch nicht gerade unsichtbar. Und ja, jetzt wo die Tour vorbei war, hatte er einiges nachzuholen – Extrastunden mit seinem Personal Trainer, Mehreinsatz für seine anderen Projekte. Es gab Leute, die er treffen, Meetings, an denen er teilnehmen musste, Neulinge, die sich von ihm beraten lassen wollten, wie sie ihr Geld am besten anlegten. Und vielleicht verbarg er mehr vor ihr als sie vor ihm, aber das alles zusammen bedeutete nicht, dass es mit ihm anstrengend war, richtig?

Schließlich schlief sie ein, lange vor ihm.

Mittwoch. Donnerstag. Die Proben vergingen. Olivia arbeitete jeden Tag mit Batista und gewann langsam wieder mehr Selbstvertrauen. Aber es war nie gut genug. Die Sitzprobe am kommenden Montag schwebte über ihrem Kopf wie ein Fallbeil. In den technischen Proben am Dienstag und Mittwoch konnte sie markieren, aber nicht in der Sitzprobe und auch nicht in der Generalprobe am Donnerstag, die vor ausgesuchtem Publikum stattfinden würde. Freitag war dann Ruhetag, bevor sich am Samstag der Premierenvorhang hob.

Sie spürte, dass die anderen Ensemblemitglieder hinter ihrem Rücken redeten. Mit ihrem feinen Gehör blieb ihnen nicht verborgen, dass ihren tiefen Tönen Timbre und

Resonanz fehlten, dass ihre Obertöne gelegentlich wackelten, ihre Phrasierung manchmal unsauber war. Aber jeder führte das auf ihre Erkältung zurück, und nur Sergio wirkte langsam besorgt.

Lena war in der Zwischenzeit zu Olivias Schatten geworden und verfolgte hoch konzentriert, was Olivia in den Proben tat. Hin und wieder stellte sie eine Frage, wurde jedoch nie aufdringlich. Obwohl sie noch so jung war, verhielt sie sich absolut professionell, und doch konnte Olivia nicht anders, als ihren Anblick zu hassen. Bei ihren anderen Vertreterinnen hatte sie nie so empfunden, aber sie hatte sich auch noch nie so stark von einer bedroht gefühlt. Sie schämte sich. Lena war kein Aasgeier, der am Bühnenrand stand und darauf lauerte, sich Olivias Beute zu schnappen. Sie war fleißig und respektvoll und tat genau das, wofür man sie engagiert hatte, und sobald das hier vorbei war, würde Olivia ihre ungerechtfertigten Ressentiments wiedergutmachen, indem sie Lena ein hübsches Schmuckstück schenkte oder sie zu einem Wellnesswochenende einlud oder ... Was, wenn sie Lena mit Clint Garrett verkuppelte?

Die letzte Idee schien genial zu sein, bis sie sah, wie Lena einen langhaarigen jungen Mann küsste, der sich später als ihr Ehemann entpuppte. Dann also Schmuck.

Nachdem Thad tagsüber die ersten Wohnungen besichtigt hatte, holte er Olivia abends von der Oper ab. Wie sich herausstellte, hatte er an jeder Wohnung etwas auszusetzen. Die eine war zu laut, die andere zu dunkel, die dritte zu eng für ihr Klavier, die vierte hatte einen Whirlpool, aber keine anständige Dusche. Und die fünfte …

»Roch nach toter Hase«, sagte er. »Frag mich nicht, woher ich das weiß.«

»Tu ich nicht.«

Am Freitag hatte sie die ersten drei Stunden frei, während die Komparsen den berühmten Triumphmarsch probten – eine komplexe Szene, an der mehr als hundert Statisten, sechsundzwanzig Balletttänzer und -tänzerinnen sowie zwei Pferde beteiligt waren, aber glücklicherweise keine Elefanten, nicht in dieser Produktion. Olivia nutzte die Zeit, um sich mit ihrem Makler zu treffen, und war nicht überrascht, als Thad beschloss, mitzukommen.

Der Makler ignorierte ganz bewusst Thads missbilligende Miene und zeigte ihr drei Wohnungen, die Thad zuvor abgelehnt hatte. Der ersten mangelte es, wie Thad gesagt hatte, an natürlichem Licht. Die zweite war fast perfekt, nur dass für ihr Klavier kein Platz war. Was die dritte Wohnung betraf … Es gab einen Portier, Videoüberwachung und reichlich Platz. Die Lage war super, sie konnte sofort einziehen, und es roch überhaupt nicht nach Hase.

»Die nehme ich«, sagte sie zu ihrem Makler.

»An Ostern wirst du es bereuen«, sagte Thad.

KAPITEL 17

Natürlich war während ihrer Abwesenheit jemand in ihre Garderobe an der Oper eingebrochen! Wieso auch nicht, bei all dem Chaos?

Olivia streifte den Mantel ab und warf ihn über die Stuhllehne. Es kam regelmäßig vor, dass Geld und Wertsachen aus Künstlergarderoben entwendet wurden. Schließlich waren ein Dutzend Schlüssel im Umlauf. Es hätte jeder sein können. Vielleicht war es einfach nur Zufall.

Aber sie glaubte nicht länger an Zufälle. Also machte sie sich an das, was inzwischen zu einer allzu vertrauten Routine geworden war: nämlich nachzuschauen, ob etwas entwendet worden war.

Im Gegensatz zu den anderen Einbrüchen fehlte dieses Mal tatsächlich etwas. Der Dieb hatte sich mit einer Tüte gebrannter Mandeln aus dem Staub gemacht.

Sie ließ sich auf den Stuhl sinken. Was wollte diese Person? Der einzige Wertgegenstand, den sie zur Arbeit mitnahm, war ihre Cavatina 3, und die trug sie an ihrem Handgelenk. Wann würde das endlich aufhören? Wenn sie Thad davon erzählte, würde er sich in der Oper postieren, um auf sie aufzupassen, und das würde den Eindruck erwecken, als hätte sie ihren berühmten Liebhaber zu ihrem Lakaien gemacht. Was ihn nicht davon abhalten würde, so, wie er gestrickt war.

Undenkbar. Sie würde es nicht zulassen, dass er sich selbst erniedrigte.

Der Makler sorgte für ein Wunder, und Olivia nutzte den Sonntag, den sie freihatte, um in ihre neue videoüberwachte, portiergesicherte möblierte Wohnung umzuziehen. Ihr Klavier stand vor dem Fenster, aber sie hatte gerade erst damit begonnen, die Kartons mit ihrer Andenkensammlung zu öffnen, die die Möbelpacker unter Thads Aufsicht eingepackt und hierhergeliefert hatten.

Er kam mit einer Banane in der Hand aus ihrer Küche. »Ich weiß nicht, warum du es mit dem Umzug so eilig hattest.«

Sie hielt einen Notizblock hoch, auf den sie geschrieben hatte: *Ich halte Stimmruhe.*

»Immer nur dann, wenn es dir passt.«

Sie lächelte über seinen sanften Ton. Er wusste, wie viel morgen für sie auf dem Spiel stand. Er verstand alles.

»Zieh deinen Mantel an«, sagte er, nachdem er die Banane verdrückt hatte. »Dieses Chaos hier läuft dir nicht davon, und ich will dich ein paar Leuten vorstellen.«

Der Haushalt von Cooper Graham und Piper Dove-Graham war ein lauter. Die dreijährigen Zwillinge Isabelle und Will stritten sich um zwei identische Kartons, während ihr Vater untätig zusah. »Der Stärkere überlebt«, erklärte er und führte Thad und Olivia in den geräumigen, mit Spielsachen übersäten Wohnbereich auf der

Rückseite seines Hauses in Lincoln Park. »Piper und ich versuchen, uns möglichst rauszuhalten, außer es droht ein Blutvergießen.«

Cooper Graham war der ehemalige Quarterback der Chicago Stars und Thads bester Freund. Kaum entdeckten die Zwillinge Thad, verwandelte sich ihr Tauziehen um die Kartons in ein Wettrennen, wer als Erster bei ihm war. Thad, ganz diplomatisch, fing beide gleichzeitig auf und hob ein Kind auf jeden Arm. »Seht mal, was ich da habe. Zwei Elefanten.«

»Wir sind keine Elefanten!«, krähte Will.

»Wir sind Affen!«, schrie Isabelle.

»Stimmt«, sagte Cooper.

Eine hübsche dunkelhaarige Frau in Leggings erschien und begrüßte Thad mit einer Umarmung. Er machte die Frauen miteinander bekannt. »Liv, das ist Piper, Coopers verblendete Frau und die Besitzerin der Detektei Dove Investigations. Piper, das ist die großartige Olivia Shore.«

Piper Dove-Graham ähnelte in keiner Weise dem Bild, das Olivia von einer Detektivin hatte. Aus ihrem Mundwinkel hing keine Zigarette, sie trug keinen schmuddeligen Trenchcoat und hatte keinen Schmerbauch. »Ich habe das Gefühl, als sollte ich einen Knicks machen«, sagte sie.

Ihr Grinsen war so einnehmend, dass Olivia sofort lachte. »Nach dem, was Thad mir erzählt hat, sollte ich vor Ihnen auf die Knie gehen. Ich habe noch nie einen Privatdetektiv persönlich getroffen, geschweige denn eine Detektivin.«

»Wir sind schon ziemlich großartig«, erklärte Piper, und ihr Lächeln wurde sogar noch breiter.

»Liv schont gerade ihre Stimme«, sagte Thad. »Und falls ihr euch wundert – das bedeutet, dass sie nur spricht, wenn sie möchte, aber nicht, wenn ich ihr eine Frage stelle, die sie nicht beantworten will.«

Olivia nickte zustimmend. »Das ist wahr.«

Isabelle verlangte nach Thads Aufmerksamkeit, und sie drehte sein Gesicht mit beiden Händen zu sich. »Wo wohnen Miezekatzen? Im *Miezhaus*!«

Beide Zwillinge fanden das zum Schreien komisch.

»Der war nicht schlecht, Izzy«, sagte Thad und setzte die beiden wieder ab. »Obwohl du noch ein bisschen an deiner Vortragsweise arbeiten könntest.«

»Ich hab was Besseres!«, rief Will. »Was ist grün und sitzt auf dem Klo? Ein Kaktus!«

Piper stöhnte. »Das ist ein klares Zeichen, dass ihr zwei jetzt nach oben geht und eure Hubschrauber sucht, damit ihr sie Onkel Thad zeigen könnt. Onkel Thad liebt Hubschrauber.«

Die Kinder stürmten drängelnd zur Diele hinaus, und jeder versuchte, der Erste zu sein. Cooper sah seine Frau mit hochgezogener Augenbraue an. »Du hast ihre Hubschrauber versteckt, nicht wahr?«

»Tu nicht so, als hättest du sie nie versteckt.« Piper wandte sich an Olivia. »Mir ist jedes Mittel recht, das uns ein paar Minuten Ruhe und Frieden verschafft. Wie sich herausgestellt hat, ist mein Mann nur ein Ehrenmann, wenn es um Football geht. Er hat mir versprochen, dass ich die Kinder bloß zur Welt bringen muss und er dann ihre Erziehung übernimmt. Ich war so schlimm in ihn verschossen, dass ich ihm geglaubt habe.«

Cooper grinste. »Bis sie dahinterkam, dass ich sie reingelegt hatte, war es schon zu spät. Da hatte sie bereits ihr Herz an unsere kleinen Satansbraten verloren.«

Piper lächelte.

»Du stehst hier vor zwei echten Weltverbesserern«, erklärte Thad Olivia. »Cooper managt das größte Urban-Gardening-Projekt in der Stadt und ein Ausbildungscenter, das benachteiligten Kids hilft, einen Job zu bekommen.«

»Meine Frau ist die wahre Heldin«, warf Cooper ein. »Sie ist inzwischen eine Expertin darin, Kinderhändler hinter Gitter zu bringen.«

Piper nickte. »Nur weil das Gesetz mir verbietet, diese Dreckskerle zu töten.«

Cooper legte einen Arm um die Schultern seiner Frau. »Versteht ihr, warum ich mit einem offenen Auge schlafen muss?«

Olivia war noch nie einem Paar wie den Grahams begegnet, das sich so offensichtlich liebte und der Arbeit des anderen so viel Respekt entgegenbrachte.

»Thad hat mir am Telefon erzählt, dass Sie bedroht werden.« Piper deutete auf eins der beiden Sofas im Raum. »Er hat mir die Situation grob beschrieben, aber ich würde die Details gern von Ihnen hören. Warum erzählen Sie mir nicht mehr darüber, während die Männer nach den Kindern schauen?«

»Ich bleibe hier«, sagte Thad. »Ich liebe diese zwei

kleinen Rabauken, aber Liv neigt dazu, die Situation zu verharmlosen.«

»Nein, das stimmt nicht«, widersprach Olivia. »Na schön, vielleicht doch. Damit ich bei Verstand bleibe.«

Während Cooper sich um die Kinder kümmerte, schilderten Thad und Olivia seiner Frau, was alles auf der Tour passiert war. Erst am Schluss, als Thad aufstand und sich zu Cooper in die Küche verzog, erzählte Olivia Piper von dem Einbruch in ihre Garderobe.

»Hier passt einiges nicht zusammen«, sagte Piper.

»Die Polizei in Las Vegas hielt die Entführung anfangs für einen Werbegag. Glücklicherweise haben sie die Limousine gefunden.«

»Aber nicht den Fahrer.« Piper sah auf die Notizen, die sie sich gemacht hatte. »Ich werde mich mal umhören. Halten Sie in der Zwischenzeit die Augen offen, und rufen Sie mich sofort an, falls wieder etwas passiert.«

»Mach ich.«

Piper klopfte mit dem Kugelschreiber auf den Notizblock. »Sie und Thad … Hat es zwischen Ihnen sofort gefunkt?«

»Nicht ganz.«

»Sondern?«

»Ist das relevant?«

»Kein bisschen.« Piper grinste. »Ich bin neugierig, und er ist ganz offensichtlich verrückt nach Ihnen.«

»Gegensätze ziehen sich an«, sagte Olivia.

»Vielleicht, vielleicht auch nicht. Thad ist ein interessanter Mann. Hat er Ihnen erzählt, dass er für mich jede Menge unbezahlte Arbeit leistet?«

»Was für eine Art von Arbeit?«

»Detektivarbeit. Thad ist ein Genie, was Finanzen betrifft, und Kinderprostitution ist ein Milliardengeschäft. Mädchenhändler nutzen Banken, um dort ihr Geld zu deponieren und zu waschen. Thad kennt sich mit Banken und Bilanzen viel besser aus als ich, und wenn er sich Geschäftsberichte ansieht, bemerkt er viele Dinge, die mir nicht auffallen.«

Mit einem Mal fügte sich alles zusammen. Das steckte also hinter seiner Heimlichtuerei, wenn er an seinem Laptop saß, und hinter den geflüsterten Telefonaten, die sie mitbekommen hatte! »Er hat mir gegenüber nie ein Wort darüber verloren.«

»Er spielt seinen eigenen Weltverbessererinstinkt gern herunter. Und praktisch gesehen, ist es für ihn besser, sich bedeckt zu halten. Spitzensportler haben Zugang zu Leuten, die mit einem Detektiv niemals reden würden.«

Während Olivia versuchte, diese neue Information zu verarbeiten, kamen die Zwillinge hereingestürmt, ihre Hubschrauber im Schlepptau, und forderten die Aufmerksamkeit ihrer Mutter.

Auf dem Rückweg zu Olivias neuer Wohnung konfrontierte sie Thad mit dem, was er ihr verschwiegen hatte. »Findest du nicht, du hättest mir das sagen können?«

»Es ist keine große Sache. Piper erledigt die Schwerstarbeit.«

Aber es war eine große Sache und ein Beweis für seinen Charakter. »Ich weiß, warum du das tust. Du bist insgeheim einer von den Avengers. Der Finanz-*Man*.«

Er lächelte. »Die Arbeit ist interessant, und erzähl das bloß nicht deinem Kumpel Garrett, aber es bereitet mir eine ebenso große Befriedigung, wenn ich helfen kann, dieses üble Pack aus dem Verkehr zu ziehen, wie wenn ich auf dem Spielfeld stehe.«

»Faszinierend.«

Thad verbrachte die Nacht in ihrer neuen Wohnung. Da in der letzten Woche die Proben abends stattfanden, versuchte Olivia, am Montagmorgen auszuschlafen, aber nach einer unruhigen, von Albträumen geplagten Nacht war sie um sieben Uhr wach. In zwölf Stunden musste sie zur Sitzprobe erscheinen. Was ihr normalerweise die größte Freude bereitete, kam ihr nun vor wie eine gefährliche Schlangengrube.

Als sie das Bad verließ, entdeckte sie Thad mit seinem Laptop an ihrer neuen Küchentheke, eine Kaffeetasse in der Hand – in zerknittertem weißem T-Shirt, Jogginghose, barfuß. Ihr Herz zog sich zusammen. Das hier war alles, was sie wollte. Sie beide, für immer. Sie wollte für ihn das Frühstück machen und von ihm das Frühstück gemacht bekommen. Sie wollte seine Socken waschen und seine Schultern massieren, wenn er nach einem langen Tag nach Hause kam. Er würde von der Spieler- auf die Trainerbank wechseln. Sie würde an der Seitenlinie sitzen und sein Team anfeuern und vielleicht für den ganzen Kader Lasagne kochen. Nannte man das überhaupt einen Kader?

Sie wusste nicht einmal, wie man Lasagne zubereitete, und sie wollte es auch nicht lernen, und seine Socken konnte er gefälligst selbst waschen. *La Belle Tornade* würde ihr Streben nach Unsterblichkeit nicht opfern, nicht einmal für diesen Mann, der sie mit seinem trägen Lächeln und seiner unendlichen Güte umhegte.

Sie wandte sich rasch ab, ein schöner Tornado, dem das Herz brach in der Gewissheit, dass sie nicht beides haben konnte – die Unsterblichkeit, nach der sie sich sehnte, und ihr privates Glück.

In den alten Tagen hatte sich jeder für die Sitzprobe herausgeputzt, die Männer in Anzügen, die Frauen in eleganten Kleidern und ihrem besten Schmuck. Aber diese Zeiten waren vorbei. Heutzutage kam jeder so, wie er wollte, sei es in sportlicher Freizeitkleidung oder in der Bikerjacke. Im Bemühen, ihr Selbstvertrauen zu stärken, wählte Olivia eine Tunika aus schwarzer Seide zu einer schmalen schwarzen Hose und einen Kaschmirschal für den Fall, dass es im Probensaal kalt wäre. Sie ergänzte ihr Outfit mit ihren Flamenco-Ohrringen, dem ägyptischen Armreif, dem falschen Rubin, dem Giftring und einer Münze, die der berühmte Cellist Yo-Yo Ma ihr geschenkt hatte und die sie sich in den Schuh steckte. Sie vermisste nur die Kette mit dem silbernen Stern von Rachel, die sie in der Wüste verloren hatte.

Thad fuhr sie zur Oper, trotz ihres Einwands, dass es spät werden könnte. Er wusste, wie nervös sie war, und er ließ sie in Ruhe, ohne sie mit einer Motivationsrede aufzumuntern.

Das Schloss zu ihrer Garderobe war auf ihre Bitte hin ausgetauscht worden. Als sie die Tür öffnete, entdeckte sie auf dem Boden ein Blatt, das von außen durchgeschoben worden war. Sie hob es auf. Es war eine Kopie von ihrem Verlobungsfoto. Darauf saß sie vor der Tastatur eines Konzertflügels, während Adam in ihrer unmittelbaren Nähe stand und beide sich tief in die Augen schauten. Sie sah aus wie eine Frau, die bis über beide Ohren verliebt war, aber sie war eine Schauspielerin, und schon damals hatte sie gewusst, dass es falsch war. Hätte sie doch nur den Mut besessen, den Fotografen wegzuschicken und die Verlobung zu lösen, bevor der Auslöser klickte.

Auf dem Blatt stand keine Botschaft. Ihr Kopf war nicht herausgetrennt. Es war nur dieses Bild von ihr und Adam, das sie daran erinnerte, wie er sie geliebt hatte und wie unbegreiflich sein Selbstmord an jenem Tag gewesen wäre.

Sie legte eine Hand auf ihr Zwerchfell und zwang sich, tief zu atmen. »Du wirst großartig sein«, hatte Thad ihr heute Morgen ins Ohr geflüstert.

Aber das war sie nicht.

Alle anderen aus dem Ensemble glänzten in der Sitzprobe. Sarah sang Aidas »Ritorna vincitor«, das einer Leontyne Price würdig war. Als die letzten Töne der Arie verklangen, klopften die Geiger mit ihren Bögen auf die Notenständer, ihre traditionelle Beifallsgeste.

Tap ... tap ... tap ... tap ...

Arthur Baker mochte vielleicht ein alternder Radamès sein, aber seine Arie »Celeste Aida« war mitreißend.

Tap ... tap ... tap ... tap ...

Nach Olivias Einsatz blieb das Klopfen jedoch aus. Sie hatten mehr erwartet von *La Belle Tornade*. Viel mehr.

Lena saß währenddessen am Rand und verfolgte alles aufmerksam mit.

Hinterher beobachtete Olivia, dass der Maestro und Mitchell Brooks, der angesehene Generalintendant der Chicagoer Oper, die Köpfe zusammensteckten. Ein schiefer Blick von Mitchell in ihre Richtung verriet ihr, über wen sie gerade sprachen. Beide wirkten so besorgt, dass sie Mitleid mit ihnen empfand. Das hier war ihre Schuld, nicht die der anderen, und sie musste das Richtige tun.

Sie zwang sich, zu den beiden hinüberzugehen. »Ich weiß, ich war nicht in Bestform.« Eine Untertreibung.

»Die Kritiker werden nicht wohlwollend sein, *mia cara*«, erwiderte der Maestro ohne Umschweife. »An Olivia Shore werden sehr hohe Erwartungen gestellt. Du musst mindestens überragend sein.«

Sie wusste das genauso gut wie er. Sie wandte sich an Mitchell Brooks. Letzten Endes lag es an ihm als Intendanten, eine Entscheidung zu treffen. »Was wollen Sie tun, Mitchell?«

Er war ein anständiger Mann. Er legte eine Hand auf ihre Schulter. »Nein, Olivia. Was wollen *Sie* tun?«

Sie wollte die Zeit zurückdrehen. Sie wollte, dass sie Adam niemals begegnet wäre. Dass sie nicht ihre eigenen Bedürfnisse seinetwegen vernachlässigt und zugelassen hätte, dass ihre Stimme in einem Sumpf der Schuld unterging. Sie wollte nie wieder vergessen, dass ihre Arbeit der Kern ihres Lebens war.

Offenbar wirkte sie genauso hilflos, wie sie sich fühlte, denn Mitchell schlug einen sanften Ton an. »Wir haben noch zwei weitere Tage, bevor wir uns entscheiden müssen. Wir werden uns vor der Generalprobe neu abstimmen.«

Sie hakte die Tage im Geiste ab. Heute, Montag, eine katastrophale Sitzprobe. Morgen, Dienstag, Klavierprobe, wo sie markieren konnte. Mittwoch erste Kostümprobe. Unter anderen Umständen könnte sie sich durchmogeln, aber nach ihrer blamablen Vorstellung gerade eben musste sie ihr volles Potenzial aufbieten, und wenn sie nicht lieferte, würde Lena für sie einspringen, nicht nur in der Generalprobe, sondern auch …

Sie durfte nicht an den Premierenabend denken.

Als sie anfing, ihre Sachen einzupacken, kam Sarah auf sie zu, überlegte es sich aber im letzten Moment anders und wandte sich ab.

Thad stellte keine Fragen, als er sie nach Hause fuhr. Ein Blick in ihr Gesicht schien ihm alles zu sagen, was er wissen musste.

»Lass mich vor dem Haus aussteigen«, bat sie, als er sich der Einfahrt zur Tiefgarage näherte. »Danke fürs Abholen, aber du brauchst mich nicht mehr zu fahren. Ein Kollege nimmt mich ab morgen mit. Wir kennen uns schon lange, und bei ihm werde ich vollkommen sicher sein.«

Mit einem abrupten Nicken hielt er vor dem Hauseingang. Sie beugte sich nicht zu ihm hinüber, um ihn zu küssen, bevor sie ausstieg, und das fühlte sich genauso verwerflich an wie die schwache Leistung, die sie in der Probe abgeliefert hatte.

Thad war fertig mit der Diva und all den Komplikationen. Sie hätte ihn nicht deutlicher zurückweisen können. Er war ein einfacher Mann. Vielleicht nicht einfach gestrickt, aber unkompliziert, wenn es darum ging, das Leben zu genießen mit Freunden, Sport, guter Jazzmusik, schöner Kleidung, einem spannenden Buch und tollen Frauen. Besonders tolle Frauen hatten es ihm angetan. Er hatte Freude an ihrer Intelligenz, ihrem Wissen, ihrem Talent und ihrem Ehrgeiz. Er hatte Freude an ihrem Humor, an ihrer Art, mit ihm zu streiten, ihn zum Lachen zu bringen. Und bei Gott hatte er Freude daran, sie anzuschauen. Dann war da noch der Sex. Gab es etwas Besseres als Sex mit einer Frau, die sich vollkommen fallen ließ? Einer Frau, die lachen und schreien konnte, die genauso gut geben konnte wie nehmen? Einer Frau, die nackt die Habanera nur für ihn sang.

Ja, sie war ihm wichtig. Sogar verdammt wichtig. Sie war seine Freundin, seine Kameradin, aber sie hatte eine Vision von ihrem Leben, die ihn nicht einbezog, und zu viele Probleme, bei denen er ihr nicht helfen konnte. Er war ein Macher, ein Mann, der sich um Probleme kümmerte. Aber mit ihr ging das nicht.

Er dachte an die Ultimaten, die sie ständig stellte. Von dem Tag an, als er in diesen Privatjet gestiegen war, hatte sich sein Leben mit ihrem verflochten. Es war Zeit, einen Schlussstrich zu ziehen, egal wie sehr es ihm widerstrebte, all die Pläne zu canceln, die er für sie beide gemacht hatte – die gemeinsame Segeltour auf dem See im Sommer, Strandausflüge, ein Baseballspiel der Chicago Cubs, Wanderungen. Trotz allem, was sie zusammen erlebt hatten, trotz der neuen Interessen, die sie in ihm wachgerufen hatte, trotz der sexuellen Höhenflüge – der großartigste Sex überhaupt –, trotz der Musik, dieser unglaublichen Musik ... Trotz der Art, wie sie ihn ansah, als könnte sie in seine Seele blicken ... Trotz ihrer Fürsorglichkeit, nicht nur ihm gegenüber, sondern jedem ... Es war Zeit, mit ihr Schluss zu machen.

Er musste an diese endlosen Dinnerabende denken. Im Gegensatz zu ihm hatte sie sich aufrichtig für das Leben der Kunden und ihre Familien interessiert. Er hatte beobachtet, wie sie sich fremde Handys geben ließ und über FaceTime mit der betagten Mutter eines Kunden telefonierte, die eine große Opernliebhaberin war, oder mit einem Musikstudenten, mit dem einer der Gäste befreundet war. Trotz ihres Hangs zur Dramatik und ihrer kritischen Kommentare zu seinem Kleidungsstil hatte sie einen moralischen Kompass, der korrekt ausgerichtet war.

Er musste sich von ihr trennen.

Er würde es nicht gleich tun. Er würde bis zur nächsten Woche warten, nachdem sie den Premierenabend und die Gala hinter sich gebracht hatte. Was die Drohungen betraf, mit denen sie noch immer konfrontiert war ... Er würde Piper beauftragen, auf seine Diva aufzupassen und das zu tun, was er nicht länger leisten konnte.

Die Achterbahnfahrt war zu Ende. Dieses Mal war er derjenige, der eine Frist setzte, nicht sie. Nächste Woche.

In sechs Tagen. Die Trennung würde ihn zerreißen, aber er musste sich weiterorientieren. Das tat er immer.

Am nächsten Morgen fuhr Thad bei ihr vorbei, um seinen Laptop zu holen. Sie öffnete die Tür. Er wusste, wie sie aussah, wenn sie frisch aus dem Bett kam – sexy, mit verwuschelten Haaren und Kissenabdrücken auf ihrer Wange. Das war heute anders. Ihr Anblick war furchtbar: tiefe dunkle Augenringe, teigig blasse Haut, Haare, die auf einer Seite schlaff herunterhingen und auf der anderen Seite ein verfilztes Knäuel bildeten. Und sie war völlig falsch angezogen. Pinkes T-Shirt zu einer rosaroten Jogginghose. Was zum Teufel? Normalerweise kleidete sie sich ausschließlich in Schwarz und Weiß. Manchmal auch in klassisches Anthrazit. Hier und da mit einem roten Farbtupfer. Er war derjenige, der Pink trug.

Ihr Gesicht wurde weich vor Zärtlichkeit, bevor im nächsten Moment die Jalousien heruntergingen.

»Komm rein«, sagte sie mit einer kühlen Förmlichkeit, die ihn misstrauisch machte.

Im Gegensatz zu gestern sah die Wohnung ordentlich aus – die Kartons waren ausgepackt, die Koffer weggeräumt. Sie hatte entweder letzte Nacht, als sie hätte schlafen sollen, Ordnung geschaffen, oder heute in aller Herrgottsfrühe. Das gefiel ihm nicht. Weder die aufgeräumte Wohnung noch ihr Aussehen. »Ich brauche meinen Laptop«, sagte er. »Was ist los?«

»Miese Nacht.«

»Das sehe ich. Gibt es Kaffee?«

Sie deutete mit dem Kopf in Richtung Küche, wo es

genauso ordentlich aussah wie in der restlichen Wohnung. Er nahm eine Tasse aus dem Regal, die ein Souvenir aus der Oper von Sydney war, goss sich Kaffee ein und nahm einen Schluck, während sie im Türrahmen stand und ihn beobachtete.

Der Kaffee war ungenießbar. Sie hatte bei der Zubereitung irgendwas vergessen. Etwas Elementares wie Kaffee. Er lehnte sich gegen die Anrichte. »Ich nehme an, die Sitzprobe gestern lief nicht gut. Möchtest du darüber reden?«

»Wir können uns nicht mehr sehen.«

Es dauerte einen Moment, bis ihre Worte bei ihm ankamen, und als sie es taten, riss etwas in ihm auf. Er knallte die Tasse auf die Anrichte, und der ungenießbare Inhalt schwappte auf seine Hand. »Jetzt geht das wieder los.«

»Es muss Schluss sein, Thad«, beschwor sie ihn. »Es war wundervoll. Mehr als wundervoll. Aber nun ist es vorbei.«

Er verhärtete sein Herz gegen das Schimmern von Tränen in ihren Augen. »Mhm.«

»Ich kann so nicht weitermachen. Du bist eine Bedrohung für mich.«

Thad wurde wütend. »Eine Bedrohung?«

Sie machte eine ruckartige, willkürliche Bewegung mit der Hand. »Ich setze immer wieder neue Fristen, die ich dann regelmäßig verstreichen lasse, weil ich nicht will, dass es vorbei ist.«

»Ja, du stehst in der Tat auf Fristen«, erwiderte er so kühl wie möglich.

Sie zupfte am Saum ihres pinkfarbenen T-Shirts. »Die aktuelle ist abgelaufen.«

Er hatte genug. »Gut. Bis dann.« Er stolzierte aus der Küche und schnappte sich im Vorbeigehen seinen Laptop.

»Du musst wissen«, sagte sie in seinem Rücken, »dass ich mich in dich verliebt habe.«

Das brachte ihn abrupt zum Stehen. Als er sich umdrehte, sah er ein ganzes Universum voller Emotionen, das sich in ihrem Gesicht spiegelte. Hilflosigkeit, Schmerz, Entschlossenheit. »Gott, Olivia, du hast dich nicht in mich verliebt. Du bist ... Wir sind ...« Er suchte stammelnd nach dem richtigen Wort. »Wir sind Teamkameraden. Wir lieben uns nicht. Wir haben Ziele. Ambitionen. Wir denken gleich. Wir sind Teamkameraden, nichts weiter.«

Sie drückte ihre Finger gegen ihren Hals, als bekäme sie keine Luft. »Es geht nicht mehr, Thad. Ein Teil von mir möchte alles für dich aufgeben. Mein Leben neu ausrichten. Die Musik hintanstellen. Aufhören zu singen! Das kann ich nicht machen.«

»Das verlangt auch niemand von dir.«

»Aber ich kann es spüren. Das Bedürfnis, in deiner Welt zu sein – früher aus der Probe abzuhauen, damit wir mehr Zeit miteinander verbringen können. Meinen Terminplan so auszurichten, dass ich deine Spiele sehen kann. Nicht mehr durch die Welt zu fliegen. Abends für dich zu kochen.«

»Gottverdammt, du kannst überhaupt nicht kochen!«

Eine Träne hing an ihrem unteren Wimpernkranz,

wollte aber nicht auf ihre Wange fallen. »Verstehst du nicht? Ich möchte dich über meine Karriere stellen, genau so, wie ich es mit Adam getan habe. Das ist ein Muster. Und dieses Muster wird zerstören, wer ich bin. Wofür ich lebe!«

»Du und deine gottverdammte Theatralik.« Die Worte klangen wie ausgespuckt, befeuert von Angst, von Schmerz. »Du liebst das Drama. Du lebst dafür. Und ich habe genug davon.«

Er wollte sie kränken, aber seine Anschuldigung entsprach nicht der Wahrheit. Sie liebte das Drama, das ihr übergestülpt worden war, genauso wenig wie er. Er überlegte, wie er ihr das sagen konnte. Wie er seine Worte zurücknehmen konnte. Aber sie reagierte vollkommen kalt.

»Ja. Natürlich, du hast recht. Und nun verstehst du auch, warum es so am besten ist.«

Worte, die er nicht sagen wollte, schossen aus ihm heraus. »Verdammt richtig. Wir sind fertig miteinander.«

Er stolzierte zur Tür und ließ sie allein, genau so, wie sie es haben wollte.

Keiner von Thads Freunden hatte ihn jemals betrunken erlebt, und während sie sich an ihrem Tisch im Spiral, Coopers ehemaligem Nachtclub, gegenseitig Blicke zuwarfen, wussten sie nicht so recht, wie sie damit umgehen sollten. Thad war weder ein gemeiner Betrunkener noch ein glücklicher Betrunkener. Er war ein totenstiller Betrunkener. Letzten Endes bot Clint an, ihn mit zu sich nach Hause zu nehmen. »Aber wenn er mir den Wagen vollkotzt, sorge ich dafür, dass er mir einen neuen kauft«, erklärte er Ritchie.

Clint wusste, dass Thads momentaner Zustand mit Olivia zusammenhing, denn als er ihn gefragt hatte, wo sie sei, hatte er ein schroffes »Woher zum Teufel soll ich das wissen?« als Antwort bekommen.

Er fuhr mit Thad nach Burr Ridge, einem noblen Vorort von Chicago, wo er eine Villa bewohnte, und schleppte ihn ins Wohnzimmer, um ihn auf ein Brokatsofa zu verfrachten. Nachdem er sich vergewissert hatte, dass Thad nicht herunterfallen konnte, ging er in die Küche und nahm eine Tüte Chips aus dem Schrank. Olivia war ihm vom ersten Moment an sympathisch gewesen, aber nun kamen ihm Zweifel. Thad war sein Teamkamerad, und egal wie sehr er einem auf den Sack gehen konnte, Clint liebte diesen Kerl und würde ihm immer den Rücken stärken.

Als er die Chipstüte aufriss, überlegte er, ob er T-Bo, sobald er am Morgen wieder nüchtern wäre, überreden konnte, sich ein paar Spielaufzeichnungen anzuschauen. Die Chancen standen eher schlecht, und auch dafür machte er Olivia verantwortlich.

Dank Thad hatte Olivia nun Bodyguards. Das sah ihm wieder einmal ähnlich. Sie hatte ihn in seinem Stolz gekränkt, aber er hatte trotzdem getan, was er für richtig hielt. Er hatte außerdem zu Piper gesagt, dass er die Kosten übernehmen würde, was Olivia sofort korrigierte. Er mochte deutlich wohlhabender sein als sie, aber sie bezahlte ihre Rechnungen immer noch selbst.

Olivia wurde nun von Piper oder einer ihrer Mitarbeiterinnen zur Arbeit und wieder nach Hause gebracht, aber obwohl in ihre Garderobe eingebrochen worden war, ließ sie ihre Aufpasserinnen nicht mit ins Opernhaus kommen. Die Wände waren zu dünn, als dass ihr hier jemand nach dem Leben trachten würde. Und wenn es dieser Jemand trotzdem versuchte? Im Moment war ihr das ziemlich egal.

Sie mogelte sich durch die Klavierprobe und sang dann richtig in der ersten Kostümprobe, gab ihr Bestes, was nicht gut genug war. Sie war die Hauptattraktion in dieser Produktion, und von ihrem Auftritt hingen finanzielle Interessen ab. Sie war für diese Krise verantwortlich, nicht die Opernleitung, und wenn Mitchell wollte, dass sie auf der Bühne stand, würde sie es tun, ohne Rücksicht auf die Folgen.

Aber Mitchell wollte nicht, dass sie auf der Bühne stand, jedenfalls nicht am Premierenabend. Er brachte ihr die Neuigkeit so schonend wie möglich bei.

»Olivia, jeder Spitzensänger hat diese Phasen, in denen er seinen eigenen Ansprüchen nicht gerecht werden kann. Ich bin sicher, das geht vorüber, aber im Moment ist es für uns und für Sie am besten, wenn Lena bei der Premiere für Sie übernimmt.«

Olivia war todunglücklich. *Du hast gewonnen, Adam. Du wolltest, dass ich scheitere, und nun bin ich gescheitert.*

Aber Adam traf keine Schuld. Sie war diejenige, die ihre Macht abgegeben hatte.

Statt am Donnerstagabend der Generalprobe beizuwohnen, schloss Olivia sich in ihrer Wohnung ein und betrank sich mit Negroni-Cocktails. Sie hatte die Kombination aus Campari, süßem Wermut und Gin in ihren Zwanzigern perfektioniert, als sie in Italien studiert hatte, aber sie hatte noch nie so viele Gläser nacheinander getrunken. Und nie hatte sie den klassischen Aperitif mitten in der Nacht und unter Tränen getrunken, die sich in ein hässliches Schluchzen verwandelten bei der Erinnerung an diesen kalten, harten Ausdruck auf Thads Gesicht.

Sie war eine emotionale Versagerin, unfähig, eine gesunde Beziehung zu führen. Er hatte ihr vorgeworfen, das Drama zu lieben, aber er täuschte sich. Sie liebte das Drama nur auf der Bühne. Im echten Leben hasste sie es. Sie war schlecht in Sachen Liebe. Grottenschlecht. Ein schlechter Mensch. Ein Mensch, der einen weiteren Drink benötigte. Sie mixte sich den nächsten Negroni und sparte vor allem nicht am Wermut. Wie viele Gläser von dieser Mischung würde sie brauchen, um das Bewusstsein zu verlieren?

Sie erhielt keine Antwort darauf, weil der Portier anrief, um ihr zu sagen, dass sie einen Besucher hatte.

KAPITEL 18

Wäre Olivia nicht derart betrunken gewesen, hätte sie niemanden hereingelassen, doch offenbar hatte ihr vom Alkohol benebeltes Gehirn beschlossen, dass sie einen Trinkgefährten brauchte. Als sie die Tür öffnete und Sarah Mabunda vor sich stehen sah, änderte sie allerdings ihre Meinung.

»Was willst du?« Olivia hatte ihre guten Manieren vergessen. Sarah, eine Frau, die sie als ihre Freundin betrachtet hatte, war eine Verräterin.

Sarah hatte die lange Aida-Perücke ausgezogen, aber sie trug noch immer ihr Bühnen-Make-up mit dick nachgezogenen Brauen, übertrieben geschminkten Augen und mattbraunen Lippen. Weder sie noch Olivia verließen jemals die Oper, ohne sich vorher abzuschminken, aber nun hatte es eine von ihnen doch getan.

Sarah schob den Daumen unter den Träger ihrer Umhängetasche. »Es tut mir leid.«

Olivia brauchte ihr Mitleid nicht. Es war nicht Sarahs Schuld, dass Olivia nicht auftreten konnte. »Danke.« Sie schickte sich an, die Tür wieder zu schließen, aber Sarah hatte Kraft, und Olivia war betrunken, sodass es Sarah gelang, sich an Olivia vorbei in die Wohnung zu drängen.

»Lena war gut, aber sie ist nicht du«, sagte Sarah.

»Interessiert mich nicht.« Olivia hielt nach ihrem Drink Ausschau, entdeckte aber nur den Stapel Cocktailservietten, den der Vormieter zurückgelassen hatte. »Amneris liebte Aida.« Ihre Zunge funktionierte nicht so, wie sie sollte. »Sie waren Freundinnen. Geborene Prinzessinnen, alle beide. Die denselben Mann liebten. Freundinnen.«

»Bloß dass eine von ihnen eine Sklavin in Gefangenschaft war.« Sarah legte ihre Tasche auf den Sessel neben der Couch und ignorierte den Umstand, dass sie nicht willkommen war.

Olivia musste sich die Nase putzen von ihrem Weinkrampf kurz zuvor, aber sie fand nirgends ein Taschentuch. »Amneris wollte nicht, dass Aida stirbt. Sie waren wie Schwestern.« Ihre Stimme klang nuschelig, und ihr war wieder nach Heulen zumute. Wo war ihr Drink?

»Eifersucht richtet mit einer Frau seltsame Dinge an«, sagte Sarah.

Olivia schnappte sich eine Cocktailserviette, auf der *Spart Wasser – trinkt Gin* stand, und schnäuzte sich damit. »Eifersucht war noch nie mein Problem, darum kann ich dazu nichts sagen.«

»Du Glückliche.« Sarah entdeckte Olivias Cocktail auf dem Kaminsims, aber statt ihr das Glas zu geben, trank sie selbst einen Schluck daraus.

»Alkohol ist nicht gut für deine Stimme.« Etwas, das Sarah eigentlich selbst wissen müsste.

»Ich riskier es.«

»Das bringt dich ins Grab.« Olivia stieß ein ersticktes

Lachen aus. »Das ist echt komisch. Wo Aida ja auch im Grab landet. Dank mir.«

»Zum Brüllen«, sagte Sarah trocken. Sie trat mit Olivias Cocktail in der Hand zum Fenster und sah auf die Straße hinaus. »Ich habe ihn geliebt, weißt du. Es ging so schnell, aber ich habe ihn mehr geliebt als du.«

Olivias betäubter Verstand machte es ihr schwer, ironisch zu lächeln. »Niemand kann ihn so lieben, wie ich ihn liebe.«

Sarah drehte sich zu ihr um. »Noch immer?«

»Ich werde nie aufhören, ihn zu lieben.«

»Warum hast du ihn dann verlassen?«

»Weil ich musste.« Olivia nahm sich die nächste Cocktailserviette – *Irgendwo ist immer gerade Happy Hour* – und schnäuzte sich wieder. »Ich bin nicht wie andere Frauen. Ich bin nicht fähig, eine Karriere und eine Beziehung unter einen Hut zu bekommen. Sieh dir an, was dabei herauskommt.« Sie schnäuzte sich ein weiteres Mal geräuschvoll. »Ich habe mir meine Stimme rauben lassen.«

Sarahs Haare waren von der Perücke platt gedrückt, aber sie war dennoch schön und wirkte trotzig, mehr wie die kraftvolle Amneris denn wie Aida. »Hätte er dich wirklich geliebt, wäre er mir nicht so rasch verfallen. Zwischen uns war von Anfang an etwas Besonderes.«

»Du bist verrückt.« Olivia schnappte sich ihren Negroni von Sarah. Das Eis im Glas war längst geschmolzen, aber es kümmerte sie nicht. »Du kennst ihn gar nicht.«

»Er hat mich eingeladen an dem Tag, an dem ihr heiraten wolltet.«

»Heiraten?« Olivia versuchte, sich zu konzentrieren. Ihr war eindeutig etwas entgangen.

»Das hast du nicht gewusst, oder? Keine Woche, nachdem du mit ihm Schluss gemacht hast, hat er mich gefragt, ob ich mit ihm ausgehe, und am Ende unseres ersten Dates wussten wir, dass uns etwas Besonderes verbindet. Er hat für mich mehr empfunden, als er jemals für dich empfunden hat.«

Olivia strengte sich an, um die Puzzleteile zusammenzufügen. »Sprichst du etwa von Adam?«

»Von wem sollte ich sonst sprechen?«

»Von Thad! Ich liebe Thad!«

»Diesen Footballspieler, mit dem du dich triffst?«

»Er ist nicht irgendein Footballspieler! Er ist einer der Größten. Er ist …« Ein Schluck Negroni schwappte über.

»… der größte Ersatzquarterback aller Zeiten.«

»Du bist betrunken.«

»Natürlich bin ich betrunken! Ich kann nicht mehr singen, und ich habe meine Richtung verloren.« Sie konnte es nicht länger zurückhalten. »Adam hat sich meinetwegen umgebracht!«

Statt schockiert zu reagieren, sah Sarah sie spöttisch an. »Bilde dir bloß nichts ein.«

»Was soll das heißen? Er hat mir eine E-Mail geschickt!«, erwiderte sie entrüstet. »Eine Abschieds-E-Mail. Moderne Zeiten, richtig? Ich meine, was ist aus dem guten alten Abschiedsbrief geworden? Heute läuft alles nur noch elektronisch.«

Sarah neigte den Kopf zur Seite. »Du hast auch eine E-Mail von ihm bekommen?«

»*Auch?* Was soll das heißen, auch?«

»Dieser Mistkerl.« Sarah klang nicht wütend. Eher so, als würde sie gleich in Tränen ausbrechen. Sie sank auf die Couch. »Dann sind wir schon zu dritt.« Sie nahm sich eine Cocktailserviette.

»Zu dritt?«

»Du, ich und Sophia Ricci.«

»Sophia Ricci?« Olivia verstand kein Wort. Sophia Ricci war die lyrische Sopranistin, die einer Mezzosopranistin die Rolle der Carmen weggeschnappt hatte. Rachel hatte ihr davon erzählt, als sie sich in L.A. zum Lunch getroffen hatten, und Sophia war vor Olivia mit Adam zusammen gewesen. Aber eine E-Mail …?

Sarah putzte sich die Nase mit einer Cocktailserviette, auf der in Goldprägung *Auf ex, ihr Bitches* stand. »Sophia und ich kennen uns von der Royal Academy. Wir sind seit Jahren befreundet, aber ich hatte eine Weile lang nichts mehr von ihr gehört. Vor ein paar Tagen rief sie mich an. Sie leidet an Panikattacken, und sie dachte, ich könnte ihr vielleicht helfen. Ich glaube, sie hatte gar nicht vor, mir von der Abschiedsmail zu erzählen, aber dann kam sie trotzdem darauf zu sprechen.«

»Ich verstehe nicht.«

Sarah schlang die Arme um ihren Oberkörper. »Wie es scheint, hat er uns dreien eine E-Mail geschickt. Die an Sophia und die an mich waren identisch. ›Du hast mir vorgespielt, dass wir für die Ewigkeit bestimmt sind. Du hast mir alles bedeutet, und ich habe dir nichts bedeutet …‹«

Olivias matschiges Gehirn verarbeitete endlich das Gehörte, und sie vollendete den Rest der Nachricht: »›Wozu soll ich weiterleben?‹ Ja, das stand auch in meiner Mail.«

Sarah ließ sich in die Couch zurückfallen. »Du hast deine Stimme verloren, Sophia hat Panikattacken, meine Neurodermitis ist außer Kontrolle geraten – an den Beinen, an den Armen, am ganzen Oberkörper. Und ich kann nicht aufhören zu essen. Ich habe zwanzig Pfund zugenommen.«

»Du siehst gut aus.« Ein dummer Kommentar, aber so kam Olivia sich gerade vor. Dumm und ahnungslos.

»Ich habe ihn von ganzem Herzen geliebt.« Sarah wischte sich mit der Serviette über die Augen und verschmierte etwas von ihrem Make-up. Selbst in ihrem alkoholisierten Zustand sah Olivia Sarahs Schmerz, und sie hätte am liebsten mit ihr geweint. »Ich habe mich sofort Hals über Kopf in ihn verliebt«, sagte Sarah, »aber ich war nicht blind für seine Fehler. Er war ein wundervoller Lehrer, und er hätte einen tollen Gesangscoach abgegeben, aber er wollte Pavarotti sein, bloß dass er nicht die Stimme dafür hatte.« Sie zerknüllte die Serviette in ihrem Schoß und starrte darauf. »Wenn er für eine Rolle nicht genommen wurde, machte er die Akustik oder seinen Korrepetitor dafür verantwortlich. Oder das Wetter. Manchmal gab er auch mir die Schuld. Indirekt. Hätte ich nicht darauf bestanden, in das türkische Restaurant zu gehen, hätte er besser gesungen … Kleine Sticheleien dieser Art.«

Olivia schlug einen Bogen zurück zum Anfang. »Aber diese E-Mails? An uns alle? Der Adam, den ich kannte, war verwöhnt, aber er war nicht grausam.«

»Er hat eine Absage zu viel bekommen. Er versank in einer tiefen Depression und weigerte sich, zum Arzt zu gehen. Er behauptete immer wieder, ihm fehle nichts.«

»Immer waren die anderen schuld.« Olivia starrte auf den Rest in ihrem Glas. Der Cocktail erinnerte sie an braunes Abwasser, und sie konnte sich nicht vorstellen, auch nur einen weiteren Tropfen davon zu trinken. »Du warst nicht auf seiner Beisetzung.«

»Ich habe ihn an dem Tag gesehen, an dem er sich das Leben genommen hat. Wir haben uns gestritten.« Sie starrte ins Leere, ihr Gesicht hatte einen gequälten Ausdruck. »Er hat seinen Schwestern nie von mir erzählt, und ich war nicht in der Lage, ihnen gegenüberzutreten. Feige, ich weiß.«

»Aber warum warst du zu mir so abweisend? Wir waren Freundinnen.«

»Eifersucht. Aus diesem Grund bin ich hergekommen, um mit dir über Adam zu sprechen und mich für mein Verhalten zu entschuldigen.« Sie zupfte mit den Zähnen an ihrer Unterlippe. »Ich habe immer angenommen, dass er dich mehr liebte. Paradox, nicht wahr? Aida, zerfressen von ihrer Eifersucht auf Amneris. Ich frage mich, was Verdi daraus gemacht hätte.«

»Adam war kein Held wie Radamès.« Olivia hatte plötzlich einen klaren Moment. »Er hat mich nicht mehr geliebt als dich. Er hat das geliebt, was er sich von mir versprochen hat.«

Sie gingen beide kurz in sich und hingen ihren Gedanken nach. Olivia rieb mit dem Glas über ihre Stirn. »Adam wäre nie ein Spitzentenor geworden, aber er hatte andere Möglichkeiten. Er hätte unterrichten können, sich mit kleineren Rollen auf kleineren Bühnen zufriedengeben können.«

»Stattdessen jagte er sich eine Kugel in den Kopf und machte uns dafür verantwortlich.« Sarah wischte über ihre Augen. »Wie überflüssig.«

Olivia stellte ihr Glas zur Seite. »Dann haben du und Sophia denselben seelischen Stress durchgemacht wie ich. Aber keine von euch hat ihre Stimme verloren.«

»Meine Stimme hat zwar nicht darunter gelitten, aber dafür habe ich mir die ganze Haut blutig gekratzt.«

»Das tut mir so leid.« Olivia starrte auf ihre Hände, die von dem verschütteten Drink klebrig waren. »Die Schuld auf andere schieben … Er wollte, dass wir uns für seinen Tod verantwortlich fühlen.«

»Mir reicht es!«, stieß Sarah wütend hervor. »Ich habe genug davon, mich zu kratzen, bis ich blute. Du, Sophia und ich sollten uns alle drei zusammensetzen und miteinander reden.«

Sarah hatte recht. »Lass uns ein Gespräch zu viert daraus machen und einen Therapeuten hinzuziehen«, sagte Olivia.

»Gute Idee. Und, Olivia … Es tut mir wirklich leid, dass ich dir die kalte Schulter gezeigt habe.«

»Ich verstehe das. Wirklich.« Sie wusste nur allzu gut, was Schuldgefühle anrichten konnten.

Sarah hatte wieder angefangen zu weinen. Olivia setzte sich zu ihr auf die Couch und legte einen Arm um sie.

»Du hast ihn geliebt. Und du hast versucht, ihm zu

helfen.« Sie lehnte die Wange an Sarahs Kopf, nicht sicher, an wen von ihnen beiden sie sich gerade wandte. »Keine Schuldgefühle mehr. Du wirst dir verzeihen, und ich werde mir verzeihen, und Sophia wird dasselbe tun.« Ihr fiel ein, worüber sie nicht gesprochen hatten. »Dann werden wir über diese Drohbriefe reden ...« Sie schauderte. »Über das blutverschmierte T-Shirt.«

Sarah hob ihr tränenüberströmtes Gesicht. »Was meinst du? Was für Drohbriefe?«

Am nächsten Tag wurde Olivia um die Mittagszeit wach, mit hämmernden Kopfschmerzen. Sie schluckte zwei Ibuprofen, schwor sich, nie wieder Alkohol zu trinken, und schleppte sich unter die Dusche.

Sarah und Sophia hatten nur den Abschiedsbrief erhalten, nichts von den anderen Dingen. Man hatte ihnen keinen Zeitungsausschnitt geschickt, auf dem ihr Kopf herausgetrennt worden war, oder einen Umschlag, in dem ein T-Shirt voller Kunstblutflecken steckte. Auch war keine von beiden im Obergeschoss eines Antiquariats angegriffen oder in die Wüste entführt worden. Am liebsten hätte sie Thad angerufen. Der Umstand, dass sie das nicht tun konnte, war schlimmer als ihr Kater.

Sie hüllte sich in ihren flauschigsten Bademantel und wankte in die Küche, um sich einen Kaffee zu machen. Vor drei Tagen, als Thad bei ihr aufgekreuzt war, hatte sie für den Kaffee die doppelte Menge Wasser verwendet, die nötig war. Danach hatte sie ihren Wohnungsschlüssel verlegt und später auf der Klavierbank gefunden. Sie hatte Kümmel statt Zimt in ihr Müsli gestreut und hätte sich fast mit einem Gesichtsserum die Zähne geputzt.

Wäre Thad doch nur ein Mann wie Dennis, ein Mann mit einer flexiblen Arbeit und ohne großes Ego. Ein Mann, der nie die Heisman Trophy gewonnen oder eine glanzvolle Footballsaison mit einer Quote von siebzig Prozent vollständiger Pässe abgeschlossen hatte. Thad war ihr männlicher Doppelgänger. Sie hatten verschiedene Karrierewege eingeschlagen, aber sie hatten dieselbe Veranlagung, dieselbe Leidenschaft für ihren Beruf, dasselbe Streben nach Spitzenleistungen und dieselbe Abneigung, jemanden zwischen sich und den Ruhm kommen zu lassen.

Mit ihrer dampfenden Kaffeetasse in der Hand rief sie Piper an und erzählte ihr, was gestern Abend passiert war. Danach ging sie ins Wohnzimmer und starrte ihr Klavier an. Wie würde es sein, ohne die erdrückende Last der Schuld zu singen? Mit ihrer freien Hand tippte sie ein paar Klaviertasten an. Wie würde es sein, mit nichts zu singen als einem gebrochenen Herzen?

Thad kannte inzwischen die einschlägigen Opernseiten im Internet, und die Meldung war überall zu lesen. Olivia war für den Eröffnungsabend aus dem Spiel genommen worden. Er hatte sie zwar zum Singen gebracht, aber es reichte nicht für die große Bühne, und er hasste es zu scheitern.

Er sprach jeden Tag mit Piper. Meist mehr als einmal. Manchmal so oft, dass sie ihn fragte, ob er nichts Besseres zu tun habe. Aber er hatte ständig das Bild vor

Augen, wie Olivia eine dunkle Gasse durchquerte oder in ein fremdes Fahrzeug stieg. Selbst gesicherte Wohnhäuser waren nicht hundertprozentig sicher. Er rief wieder Piper an, und dieses Mal hatte sie Neuigkeiten.

»Wie sich herausgestellt hat, hatte Olivias ehemaliger Verlobter Gefallen daran, die Schuld auf mehrere Schultern zu verteilen.«

»Was soll das heißen?«

Sie erzählte ihm von Sarah Mabundas Enthüllungen. »Ich habe daraufhin ein bisschen nachgeforscht«, sagte sie, »und herausgefunden, dass Adam noch ein viertes Ziel hatte, eine französische Hornistin, mit der er was nach Sophia Ricci und vor Olivia hatte.«

»Offenbar kam er bei den Frauen ziemlich gut an.«

»Er war sehr attraktiv, wie ein Engel mit verstrubbelten Haaren.«

Thad unterdrückte das Bedürfnis zu fragen, wer von ihnen besser aussah – er oder Adam –, was nur bewies, wie tief er gesunken war.

Es kam der Samstag, der Tag der *Aida*-Premiere. Um sich abzulenken, schwang er sich aufs Rad und fuhr die rund dreißig Kilometer lange Strecke auf dem Lakefront Trail, der am Westufer des Michigansees entlangführte. Olivia hatte gesagt, dass sie ihn liebte, und er kannte sie gut genug, um zu wissen, dass sie solche Worte nicht leichtfertig in den Raum warf. Aber was für ein Mensch gestand jemandem seine Liebe und gab dieser Liebe dann den Laufpass?

Als er von seiner Radtour zurückkehrte, sah er, dass sein Lieblingsopernblogger etwas Neues gepostet hatte.

Entgegen anderslautender Berichte wird Olivia Shore heute Abend bei der Premiere von *Aida* auf der Bühne der Chicagoer Municipal Opera stehen.

Olivia traf frühzeitig in der Oper ein. Es war ihr irgendwie gelungen, Mitchell umzustimmen, was ihren Auftritt heute Abend betraf, indem sie ihn daran erinnerte, dass die Abonnenten verärgert sein würden, wenn sie nicht sang. Schließlich hatte er klein beigegeben.

In der vergangenen Woche, als sie noch hoffnungsvoll gewesen war, hatte sie für ihre Künstlerkollegen Gateau Opéra in hübschen Tortenkartons bestellt. Nun klapperte sie pflichtbewusst eine Garderobe nach der anderen mit ihren Premierengeschenken und einem »Toi, toi, toi« für diejenigen ab, die schon da waren.

Alle behandelten sie mit Vorsicht, als hätte sie eine tödliche Krankheit. Nur Sarah begrüßte sie mit einer langen Umarmung. »Toi, toi, toi, meine Freundin. Lass uns auf der Bühne zaubern.«

Vom Zaubern war Olivia weit entfernt, aber sie hatte sich von der Last der Verantwortung befreit, die sie zu lange mit sich herumgeschleppt hatte. Es war Zeit, das zu tun, was sie liebte, selbst wenn sie es schlecht machte. Sie würde Amneris, Verdi und sich selbst huldigen, so gut sie konnte. Wenn die Kritiker sie hinterher massakrierten, dann sollte es so sein. Wenn sie ihre Reputation zunichtemachte, war das ihre Sache. Sie hatte sich zu lange von ihrer Angst vor dem Scheitern beherrschen lassen. Heute Abend würde sie so furchtlos sein wie Amneris, die um die Liebe von Radamès buhlte.

Was für alle Beteiligten ziemlich böse endete.

Sie schüttelte diese unliebsame Mahnung ab.

In ihrer Garderobe erwarteten sie Glücksbringer von den anderen: ein lustiger Schlüsselanhänger von Arthur Baker, eine Alabasterstatue der Isis von Sarah. Lena hatte eine Packung duftender ägyptischer Räucherstäbchen dazugelegt und ein Kärtchen, auf dem stand, dass es ein Vergnügen sei, Olivia bei der Arbeit zuzuschauen. José Alvarez, der den Hohepriester Ramphis spielte, steuerte Pralinen bei, und der Maestro hatte Blumen geschickt.

Nachdem sie fertig geschminkt und kostümiert war, schloss sie die Tür ihrer Garderobe für ihr persönliches Ritual vor jeder Vorstellung: ein paar Aufwärmübungen für ihre Stimme, ein letztes Überfliegen ihrer Notizen und ein Teelöffel Nin-Jiom-Kräutersirup in warmem Wasser, um ihren Rachen geschmeidig zu machen.

Gestern waren ihre Stimmübungen vielversprechend gewesen, aber das enge Gefühl in ihrer Brust war noch immer nicht ganz verschwunden. Keine Angst mehr, schwor sie sich. Lieber öffentliche Demütigung als private Feigheit.

Sie wünschte, Thad könnte sie jetzt sehen. In ihrem körperbetonten amethystblauen Gewand, den goldenen Sandalen und dem kunstvollen, mit Edelsteinen besetzten Halskragen wirkte sie ganz und gar wie eine Pharaonentochter. Zum Glück war der Schmuck nicht so schwer, wie er vom Saal aus wirkte. Ihre breite weiße Schärpe, bestickt mit goldenen Hieroglyphen, reichte bis zu ihrem Rocksaum. Ihre Brauen bildeten tiefschwarze Bögen über ultramarinblau geschminkten Katzenaugen mit dicken schwarzen Lidstrichen, die bis zu den Schläfen gezogen waren. Auf ihrer langen, kunstvoll geflochtenen schwarzen Perücke thronte eine goldene Kobra in Angriffsstellung. Mit großen, tropfenförmigen Lotusohrringen und ihrem eigenen Armreif am Handgelenk verkörperte sie eine kämpferische ägyptische Königstochter – eine Frau, die einen Anspruch auf alles hatte, was sie begehrte – bis auf den Mann, der ihr Herz in Beschlag nahm.

Während ihrer Abwesenheit war ein weiteres Geschenk auf ihrem Frisiertisch hinterlassen worden, eine kleine Schachtel, verpackt in weißes Seidenpapier. Sie sah auf die Uhr an der Wand – noch zwanzig Minuten bis zur Ouvertüre –, löste mit dem Fingernagel das Klebeband, entfernte das Papier und nahm den Deckel von der Schachtel ab.

Mit einem erschrockenen Keuchen ließ sie den Karton fallen.

Ein toter gelber Kanarienvogel landete vor ihren Füßen, sein schwarzes Auge starrte zu ihr hoch.

Sie schauderte. Wer tat so etwas Schändliches?

Da war dieser Geruch. Ein starker Geruch, der ihr bekannt vorkam. Aber nicht von dem toten Vogel. Nein. Sie hob die Schachtel auf, in der der Kadaver gelegen hatte. Sie verströmte den Geruch von ägyptischen Räucherstäbchen.

Wut kochte in ihr hoch. Es gab nur eine einzige Erklärung, die Erklärung, die sie sich geweigert hatte zu akzeptieren. Das Geschenkpapier war ein anderes, aber die Schachtel roch genau so wie die Räucherstäbchen, die sie von Lena geschenkt bekommen hatte.

Mit bloßen Fingern hob sie den Vogel auf, zu aufgebracht, um nach einem Papiertaschentuch zu greifen, und verließ ihre Garderobe, das tote Tier in ihren Händen von sich gestreckt. Sie marschierte strammen Schrittes an den Komparsen vorbei, die auf dem Weg zu den Umkleideräumen waren, um ihre Kostüme für den Triumphmarsch anzulegen. Ihre goldenen Sandalen klapperten auf dem gefliesten Boden, während das blaue Gewand um ihre Waden wirbelte. Die anderen wichen nach einem einzigen Blick auf sie automatisch zur Seite aus.

Olivia stürmte ins Treppenhaus und hob mit einer Hand ihren Rock an, um nicht über den Saum zu stolpern. Sie jagte die Stufen hoch in die nächste Etage und anschließend durch den Flur zur Lounge, wo die Reservisten sich während einer Vorführung aufhielten, damit sie schnell verfügbar wären, wenn sie gebraucht würden. Zum Beispiel, falls eine berühmte Mezzosopranistin von einem toten Vogel derart traumatisiert war, dass sie nicht mehr singen konnte.

Sie alle waren in der Lounge versammelt, wo auf dem Fernseher ein stumm geschaltetes Golfturnier lief. Der Tenor, der Arthur Baker vertrat, spielte Solitär. Sarahs Zweitbesetzung löste ein Kreuzworträtsel. Andere waren mit ihren Handys beschäftigt, während Lena an einem Tisch saß und in einem Buch las.

Sämtliche Köpfe hoben sich gleichzeitig, als Olivia in den Raum gestürmt kam – mit wehendem Rock, in ihren Händen den toten Kanarienvogel, auf dem Kopf die goldene Kobra. Sie durchquerte den Raum und ließ den Vogel in Lenas Schoß fallen.

Lena stieß einen spitzen Schrei aus und sprang von ihrem Stuhl auf, dann sank sie vor dem toten Vogel auf die Knie. »Florence?«

Lenas unverfälschte Emotionen – die Art, wie ihr Gesichtsausdruck von Schock zu Entsetzen zu Trauer wechselte – durchdrangen nach und nach Olivias Zorn. Sie begann zu realisieren, dass sie womöglich einen Fehler gemacht hatte. Unter den Anwesenden im Raum waren drei Gesichter, die sie nicht kannte. Die Frau oder Freundin von jemandem, dann eine ältere Frau, wahrscheinlich die Mutter eines Ensemblemitglieds, sowie eine Person, die sie nun doch wiedererkannte. Ein Mann, den Lena ihr als ihren Ehemann Christopher vorgestellt hatte.

Statt sich um seine verzweifelte Frau zu sorgen, waren seine Augen auf Olivia geheftet, als schätzte er sie ab – oder als wäre er auf der Hut vor ihr. Als wäre er bei etwas erwischt worden, was er nicht hätte tun sollen.

Lenas Mann …

Olivia ging plötzlich ein Licht auf. Rachel und Lena hatten in Minneapolis zusammengearbeitet. Rachel hatte erwähnt, dass die beiden Paare gemeinsam Zeit verbrachten. Sosehr Olivia Dennis vergötterte – er war ein Klatschmaul. Wie oft hatte sie zu Rachel gesagt: »Wehe, du erzählst es Dennis!« Rachel hielt sich normalerweise daran, aber hin und wieder vertraute sie ihm eine Neuigkeit an, bevor Olivia bereit war, diese publik zu machen. Olivia hatte mit Dennis darüber gesprochen, und er hatte sich entschuldigt. »Du hast recht. Es tut mir leid. Rachel hat mich gebeten, es nicht weiterzuerzählen. Es ist mir einfach so rausgerutscht.«

Olivia hatte keine Ahnung, wie die einzelnen Puzzleteile sich zusammenfügten, aber sie war sich sicher, dass sie zusammenpassten. Rachel wusste, dass Olivia sich seit Adams Selbstmord mit Schuldgefühlen quälte, und sie hatte wohl vermutet, dass Olivias Stimmprobleme gravierender waren, als diese zugab. Sie hatte eins und eins zusammengezählt und vermutlich mit Dennis darüber gesprochen. Wenn Dennis Bescheid wusste, war es gut möglich, dass er Lenas Mann irgendwann davon erzählt hatte, als die beiden Paare zusammensaßen.

Nicht Lena Hodiak war die Saboteurin, sondern ihr Mann Christopher Marsden, der die Karriere seiner Frau in einem beträchtlichen Maß vorantrieb! Ein Mann, der seine Frau auf der Bühne sehen wollte anstelle von Olivia.

Lena hob ihr tränenüberströmtes Gesicht zu ihrem Mann. »Was ist mit Florence passiert?«

»Das ist nicht Florence!«, rief er.

»Doch, das ist sie! Sieh doch, hier, die weiße Maserung auf ihrem Schwanzgefieder, der kleine dunkle Strich neben ihrem Auge.«

Christopher wandte sich mit einem künstlichen, abschätzigen Lachen an die anderen im Raum. »Florence ist Lenas zahmer Kanarienvogel. Er frisst nicht mehr richtig, und Lena macht sich Sorgen um ihn, aber …« Er richtete seine Aufmerksamkeit wieder auf seine Frau. »Florence hat noch gelebt, als ich das Haus verlassen habe. Ich schwöre es.«

Seinem Schwur mangelte es an Überzeugungskraft. Lena, die verloren und verwirrt wirkte, ihren toten Vogel in der Hand, starrte zu Olivia hoch. »Ich verstehe das nicht.«

Aus dem Lautsprecher drangen die ersten Takte der Ouvertüre. »Sie sollten mit Ihrem Mann ein langes Gespräch führen«, sagte Olivia. »Und ich würde mir an Ihrer Stelle einen Anwalt nehmen.«

Sie eilte zurück in ihre Garderobe. Dort angekommen, verständigte sie Piper kurz darüber, was passiert war, und stellte danach ihr Handy stumm.

Die Stimme des Bühnenmeisters drang aus dem Lautsprecher. »Mr. Baker, Mr. Alvarez, bitte begeben Sie sich zur Bühne.« Als Nächstes würde ihr Aufruf kommen.

Sie schloss ihre Garderobe von innen ab und schaltete das Licht aus. Sie hatte so viele Fragen, aber für den Moment musste sie alle beiseiteschieben. Die Sabotageakte von Lenas Mann hatten ihr genug zugesetzt. Sie würde sich nichts mehr rauben lassen.

Sei furchtlos. Sie richtete sich zu ihrer vollen Größe auf und atmete in der Dunkelheit. Tief ein. Langsam aus. Gleichmäßige, bewusste Atemzüge. Sie versuchte, sich selbst wieder zu vertrauen.

Einatmen … ausatmen …

»Miss Shore, bitte begeben Sie sich zur Bühne.«

KAPITEL 19

Olivias Auftritt wurde mit donnerndem Applaus bedacht. Thad verschlug es den Atem. Sie stand nicht allein auf der Bühne, aber es wirkte so. Wie ein Magnet zog sie alle Blicke auf sich. In ihrem blauen Gewand und mit dieser Kobra auf dem Kopf erschien sie majestätisch groß.

Er hatte das Libretto gelesen, und er wusste, was sie als Erstes singen würde. »Quale insolita gioia nel tuo sguardo!« – Welch unnennbares Feuer in deinem Auge.

Sie hatte mit ihm darüber gescherzt. »Nicht dein Auge«, hatte sie ihn aufgezogen. »Das von Radamès.«

Nun stand sie da und warf sich dem alten Knacker an den Hals, der den Radamès spielte, welcher ihre Liebe nicht in einer Million Jahre erwidern würde. Dämlicher Idiot.

Thad hatte sich auf den letzten Drücker in den Saal geschlichen, und bis jetzt hatte er nur ein Minimum an Aufmerksamkeit erzielt. Olivia sollte nicht mitbekommen, dass er da war, aber er konnte die Aufführung nicht sausen lassen, obwohl er immer noch eine Wahnsinnswut auf sie hatte. Die jedoch nicht so weit ging, dass er sie scheitern sehen wollte.

Aida erschien nun auf der Bühne, ganz in Weiß. Sarah Mabunda war üppiger gebaut und nicht so groß wie Olivia, aber sie besaß eine Leuchtkraft, die ihr Gesicht erhellte und sie zu einer würdigen Rivalin machte. Jammerschade, dass sie am Ende sterben musste.

Seine Aufmerksamkeit richtete sich wieder auf Olivia. So prachtvoll ihre Amneris auch war, er wünschte trotzdem, sie würde die Carmen singen, damit er sie in diesem roten Kleid sehen könnte.

Nein. Er musste sie nicht in diesem roten Kleid sehen. Besser, sie war verhüllt.

Die erste Szene ging zu Ende, und das Publikum applaudierte. Für seine Ohren hatte Olivia fantastisch geklungen, aber niemand rief »Bravo!«, und der Beifall wirkte eher höflich, als dass der Saal mitgerissen wäre.

Das Handy vibrierte in seiner Hose. Er ignorierte es und konzentrierte sich weiter auf die Bühne.

Der Schlussapplaus brandete auf ... Olivia hatte den Premierenabend überstanden.

Zwischen ihr und Sarah hatte es im ersten Akt gefunkt, und von da an war dieser Funke nicht mehr erloschen, sondern entlud sich über die gesamte Schlafgemachszene im zweiten Akt hinweg. Was die bedeutsame Verurteilungsszene im Schlussakt betraf ... Olivias Höhen hatten hier und da einen winzigen Hänger gehabt, und sie hatte ein paar Koloraturen verwischt, aber ihr Auftritt war trotzdem gut gewesen. Angemessen. Die Zuschauer hatten vielleicht nicht alles bekommen, was sie von *La Belle Tornade* erwarteten, aber es war nicht das Desaster, das sie befürchtet hatte. Sie hatte nicht brillant gesungen, aber souverän. Das würden die Kritiker sagen. Eine souveräne Darbietung, wenngleich etwas glanzlos. Souverän war in Ordnung.

Nein, souverän war nicht in Ordnung. Sie wollte glänzen. Etwas, das Thad verstehen würde.

In ihrer Garderobe gaben sich die Gratulanten die Klinke in die Hand, viele davon wohlhabende Gönner des Hauses. Es war leicht, die wahren Opernkenner von den anderen zu unterscheiden. Letztere ergingen sich in Lobeshymnen auf sie, während Erstere sich darauf beschränkten, ihre Freude darüber zum Ausdruck zu bringen, dass sie an die Municipal Opera zurückgekehrt war.

Kathryn Swift gehörte zu den Schwärmern. »Olivia, Darling, Sie waren superb. Spektakulär! Ich wünschte, Eugene hätte Sie heute Abend hören können.«

Olivia war froh, dass er sie nicht gehört hatte, denn er hätte sofort gewusst, dass sie ganz und gar nicht spektakulär gewesen war.

Der Mensch, den sie am meisten sehen wollte – derjenige, der besser als jeder andere verstehen würde, wie sie sich fühlte –, ließ sich nicht blicken. Und warum sollte er das auch tun, wenn sie ihn aus ihrem Leben verbannt hatte?

Ihre Gäste verabschiedeten sich schließlich. Die Garderobiere holte ihr Kostüm und ihre Perücke ab. Eingehüllt in einen weißen Bademantel, saß Olivia vor dem Spiegel und schminkte sich ab. Sie war erschöpft. Leer. Als sie Amneris' hoch geschwungene Augenbrauen und den verlängerten Lidstrich entfernte, versuchte sie, sich mit dem Gedanken aufzumuntern, dass sie wenigstens den Mut gehabt hatte, heute Abend auf die Bühne zu gehen. Das war immerhin etwas.

Aber es war nicht genug.

Sie nahm ihre Perückenhaube ab und fuhr mit den Fingern durch ihre Haare. Sie verstand Christopher Marsdens verdrehtes Motiv, das ihn zu diesen Taten getrieben hatte, aber wie hatte er das alles bewerkstelligt? Und was war mit dem Überfall im Antiquariat und der Entführung?

Es klopfte an ihrer Tür. Sofort keimte in ihr die Hoffnung auf, dass Thad doch noch käme. »Herein.«

Es war Lena Hodiak. Ihr wirres Haar, das runde, fleckige Gesicht und ihre roten Augen erzählten eine eigene Geschichte. Sie stürzte in den Raum und fiel vor Olivia auf die Knie. »Ich wusste nicht, was er getan hat! Das müssen Sie mir glauben!«

Olivia stellte sich vor, wie Thad diese grandiose, opernhafte Szene beobachten und kopfschüttelnd »Sopranistinnen« murmeln würde. »Bitte, Lena, stehen Sie auf.«

Lena umklammerte Olivias weißen Bademantel und verharrte auf ihren Knien. »Ich wusste nichts davon. Bitte glauben Sie mir! Ich hätte so etwas niemals zugelassen!«

Obwohl Olivia vollkommen erschöpft war, konnte sie Lenas Kummer nicht ignorieren. »Setzen Sie sich«, sagte sie sanft.

Die junge Frau blieb, wo sie war. Weinend und flehend starrte sie zu Olivia hoch. »Sie verkörpern alles, was ich sein möchte. Ich käme niemals auf die Idee, Ihnen schaden zu wollen. Bitte sagen Sie mir, dass Sie mir so etwas Schlimmes nicht zutrauen.«

Die Fassungslosigkeit, mit der Lena vorhin in der Lounge ihren Mann angestarrt hatte, war für Olivia der sichere Beweis, dass ihre Kollegin nicht diejenige war, die hinter diesen Sabotageakten steckte. Sie zog Lena vom Boden hoch und führte sie zum Besuchersessel. »Ich weiß, dass Sie nichts damit zu tun haben. Und das mit Ihrem Vogel tut mir sehr leid.«

Lena ließ den Kopf in ihre Hände fallen und begann wieder zu weinen. »Florence war etwas ganz Besonderes. Sie trällerte mir hinterher, wenn ich das Zimmer verließ. Ich konnte sie in meiner Hand halten und streicheln, und wenn sie fand, dass ich ihr nicht genügend Aufmerksamkeit schenkte, schmollte sie.« Lena fuhr sich mit dem Ärmel über die Nase. »Sie hat seit ein paar Wochen nicht mehr richtig gefressen und die meiste Zeit geschlafen, daher war mir klar, dass mit ihr etwas nicht stimmte, aber ...« Sie rang nach Luft. »Ich glaube, er hat sie getötet.«

Olivia zuckte zusammen.

Die Worte strömten nun aus Lena heraus. »Nachdem Sie die Lounge verlassen haben, hat er mich vor die Tür geschleift und mir einzureden versucht, dass Sie mich nur bloßstellen wollten. Ich habe ihm mitten ins Gesicht gesagt, dass er lügt. Daraufhin ist er wütend geworden und hat mir alles erzählt. Alles, was er Ihnen angetan hat. Er hat es mir förmlich entgegengeschleudert. Als sollte es mich glücklich machen. Da ich mich nicht selbst um meine Karriere kümmern würde, müsste er es tun – das hat er gesagt.«

Olivia saß wieder an ihrer Frisierkommode und rieb sich die Augen. »Er wollte mich loswerden, damit Sie Ihren großen Moment haben konnten.«

»Ihre Zweitbesetzung zu sein, *war* mein großer Moment, aber er kann das nicht verstehen. Er hat immer wieder davon angefangen, dass das meine Chance sei und dass ich das, was er Ihnen angetan hat, als Beweis dafür betrachten sollte, wie sehr er mich liebt.«

»Verrückt.«

»Ich hätte es früher merken müssen. Er tat immer so geheimnisvoll. Ich habe ihm gesagt, dass ich ihn hasse. Dass ich die Scheidung einreiche und ihn nie wiedersehen will.« Sie biss sich auf die Unterlippe. »Ich dachte schon, er würde mich verprügeln, aber dann kam Jeremy heraus, um nach mir zu sehen, und warf ihn hochkant raus.«

Jeremy war der große, breitbrüstige Bass, der für Ramphis den Ersatz spielte.

»Sie sind bei Ihrem Mann nicht sicher«, sagte Olivia.

»Ich weiß.« Lena zupfte an der Sessellehne. »Als wir uns kennenlernten, war er so charmant. Er interessierte sich für alles, was ich tat. Noch nie hat jemand sich so intensiv um mich bemüht.« Sie hob den Kopf. »Ein paar Monate nach unserer Hochzeit veränderte er sich plötzlich. Er wollte immer wissen, wo ich war. Nichts, was ich tat, war ihm gut genug. Ich strengte mich nicht genug für die Arbeit an. Als ich ein paar Pfund zunahm, bezeichnete er mich als fett. Er fing an zu überwachen, was und wie viel ich aß. Er gab mir ständig das Gefühl, dumm zu sein. Er sagte, er wäre nur so streng zu mir, weil er mich so sehr liebe und das Beste für mich wolle. Er sagte, ich könne mich glücklich schätzen, mit einem Mann verheiratet zu sein, der sich so gut um mich kümmern würde. Aber ich wusste, dass es verkehrt war. Gleich nach dem Ende der Spielzeit von *Aida* hätte ich ihm gesagt, dass ich die Scheidung will.«

»Wo ist er jetzt?«

»Keine Ahnung.«

»Sie können nicht in Ihre Wohnung zurück.«

»Ich habe eine Freundin angerufen. Ich kann bei ihr unterkommen.«

»Versprechen Sie mir, dass Sie mir Bescheid geben, wenn ich Ihnen helfen kann.«

»Wie können Sie das sagen nach dem, was passiert ist?«

Olivia lächelte sie an. »Wir Sopranistinnen müssen zusammenhalten, richtig?«

Das ließ Lena wieder in Tränen ausbrechen.

Thad klopfte laut an die Tür von Lena Hodiaks Apartment und trat dann zur Seite, damit nur Piper durch den Spion zu sehen war.

Die Tür wurde geöffnet. Thad schob Piper mit der Schulter zur Seite – genau das, wovor sie ihn gewarnt hatte – und stellte einen Fuß in die Tür. »Christopher Marsden?«

Marsden rieb sich die verschlafenen Augen. »Wer sind Sie? Augenblick ... Sind Sie nicht ...«

»Ja. Thad Owens. Ein Freund von Olivia Shore.«

Marsden versuchte, die Tür zuzuschlagen, aber Thad ließ sich das nicht bieten. Er drängte sich gewaltsam in die Wohnung, bevor Piper ihn aufhalten konnte, und holte zu einem perfekt gezielten Kinnhaken aus, gefolgt von einem Fausthieb in Marsdens Eingeweide, der den Lump auf die Bretter schickte, wo er alle viere von sich streckte.

»Okay, das war nicht hilfreich«, sagte Piper. »Aber absolut verständlich.« Sie schloss die Tür hinter ihnen.

Thad wollte den Job zu Ende bringen, aber Piper schob ihn zur Seite und wandte sich an Marsden. »Ich habe ein paar Fragen an Sie, Mr. Marsden. Und ich denke, es ist nur fair, Sie darauf hinzuweisen, dass mein Freund hier ein hitziges Temperament hat und wenig Geduld mit Lügnern. Daher empfehle ich Ihnen, bei der Wahrheit zu bleiben.«

Marsden wimmerte. Seine Unterlippe blutete, und er sah aus, als müsste er sich gleich übergeben. Thad hatte einen robusten Magen, und der Anblick würde ihm nichts ausmachen.

Piper stellte einen ihrer zierlichen Füße, die in schwarzen Motorradstiefeln steckten, auf Marsdens Brust. »Ich denke, wir sollten ganz von vorn anfangen, Sie nicht auch?«

Es kam alles ans Licht. Marsden hatte sich mit Dennis Cullen, Rachels Mann, angefreundet, als ihre Frauen zusammen in Minneapolis aufgetreten waren. Von Dennis wusste Marsden, dass Olivia den Selbstmord ihres Exverlobten nicht gut verkraftet hatte. Dennis, der dringend lernen musste, wie man seine verdammte Klappe hielt, hatte Rachels Vermutung ausgeplappert, dass Olivia traumatisiert sei und dass ihre Stimmprobleme größer seien, als sie zugab. Mehr hatte Marsden nicht zu hören brauchen. In kurzer Zeit hatte er einen Plan ausgeheckt, wie er aus Olivias Schuldgefühlen Profit schlagen könnte. Die Gelegenheit, dass seine Frau an Olivias Stelle rücken und ganz groß herauskommen konnte, war für ihn unwiderstehlich gewesen. Er betrachtete es als ein geringes Risiko, mit Olivia diese Psychospielchen zu treiben, wo doch die Karriere seiner Frau enorm davon profitieren könnte.

»Lena fehlt der nötige Ehrgeiz«, klagte er, während er sich den Bauch hielt. »Sie gibt sich damit zufrieden, zweitklassig zu sein. Ich muss alles selbst machen.«

»Uh-huh.« Piper drückte ihre Stiefelspitze auf seine Brust, nicht so fest, um ihm Schmerzen zu bereiten, aber doch fest genug, um weibliche Solidarität mit seiner Frau herzustellen. »Sprechen wir über diese Botschaften, die Sie verschickt haben.«

Marsden sang, wie der Kanarienvogel seiner Frau es früher getan hatte. Er hatte mit einer Idee experimentiert – er wollte sehen, ob er Olivia zusetzen konnte, indem er ihr die anonymen Briefe schickte. Nach ein paar Unterhaltungen mit der Labertasche Dennis hatte er in Erfahrung gebracht, dass es Olivia offenbar schlechter ging, was ihn dazu ermutigt hatte, eine Schippe draufzulegen mit den Fotos, dem blutigen T-Shirt und dem Anruf, als Olivia und Thad wandern waren. Er gab zu, dass er hinter dem ganzen Terror steckte, bis zu dem Zeitpunkt, als Piper den Einbruch im Hotelzimmer und den Überfall in New Orleans erwähnte.

Der armselige Wicht machte sich praktisch in die Hosen. »Ich war noch nie in New Orleans, ich schwöre es! Und ich bin auch noch nie in ein Hotelzimmer eingebrochen!« Er krümmte sich zu einer Kugel zusammen aus Angst, dass Thad wieder auf ihn losgehen könnte.

Thad und Piper wechselten einen Blick. Marsden war ein Feigling und ein hinterhältiger Tyrann, aber er hatte nicht die Eier, um jemanden direkt anzugreifen oder in die Wüste zu verschleppen. Olivia war noch immer in Gefahr.

Olivia schlief am nächsten Tag aus. Am Abend war die Operngala, ihre letzte Verpflichtung gegenüber Marchand und der letzte Ort, wo sie nach ihrem glanzlosen Auftritt gestern Abend sein wollte. Den Kopf oben zu halten und so zu tun, als würde sie das Getuschel über ihre Darbietung nicht hören, würde anstrengend sein. Bloß ... Sie würde Thad wiedersehen.

Sie würde ihn umbringen, falls er in weiblicher Begleitung erschien.

Er würde eine Frau mitbringen, dessen war sie sich sicher. Er war kein Mann, der eine Zurückweisung hinnahm, ohne zurückzuschlagen.

Sie brauchte ebenfalls einen Begleiter. Im Geiste ging sie die möglichen Kandidaten durch, aber sie fand die Vorstellung, den Abend mit jemandem zu verbringen, der Teil der Opernwelt war, wenig berauschend. Sie könnte Clint fragen, aber wenn sie ihn mitbrachte, würde Thad denken, dass sie nach der Trennung noch einen drauflegte, obwohl sie doch eigentlich nur die Arme um ihn schlingen und ihm einmal mehr sagen wollte, dass es ihr leidtat. Er verdiente seine Rache. Sie würde ihren Groll herunterschlucken, allein zur Gala gehen und besonders nett zu der Frau sein, die er fast sicher anschleppen würde. Selbst wenn es sie zugrunde richtete.

Und so versuchte sie, sich auf das Positive zu konzentrieren. Sie freute sich darauf, Henri wiederzusehen. Paisley hatte sich irgendwie ihren Traumjob verschafft und arbeitete nun als persönliche Assistentin für eine der Real Housewives, darum würde sie nicht kommen, aber Mariel schon. Mariels blinder Ehrgeiz, Henri auszustechen, hatte Olivia von Anfang an gestört. Die Werbekampagne war kostspielig gewesen, und wenn sie sich nicht auszahlte, würde Mariel sich an Henris Gebeinen weiden.

Olivia wollte unbedingt mit Dennis reden. Er musste erfahren, was er mit seinem losen Mundwerk angerichtet hatte. Sie wollte das Gespräch mit ihm vertraulich führen, weil Rachel am Boden zerstört wäre, wenn sie mitbekäme, was ihr Ehemann sich geleistet hatte.

Sie schrieb ihm eine Nachricht.

Ruf mich an.

Keine Minute später klingelte ihr Telefon. Es war Rachel. »Schickst du jetzt schon heimlich Nachrichten an meinen Mann?«

Olivia überlegte rasch. »Jemand, der bald Geburtstag hat, sollte keine Fragen stellen.«

»Mein Geburtstag ist erst in zwei Monaten.«

»Und?«

Rachel lachte. »Na gut. Ich geb ihn dir.«

Im nächsten Moment vernahm sie Dennis' Stimme. »Hey, altes Haus. Was gibt's?«

Sie konnte nicht mit ihm reden, wenn Rachel neben ihm stand. »Ruf mich an, wenn die Frau mit den großen Lauschern nicht in deiner Nähe ist. Wir müssen uns dringend unterhalten.«

»Sie möchte mit mir privat reden«, hörte sie Dennis zu Rachel sagen. »Wir haben da was am Laufen.«

Ihre Freundin lachte. »Falls ihr eine Überraschungsparty plant, werde ich euch umbringen.«

»Bleib dran. Ich geh kurz in ein anderes Zimmer.« Ein paar Sekunden später meldete er sich wieder. »Was gibt's? Rachels Geburtstag ist erst in zwei Monaten.«

»Es geht nicht um Rachels Geburtstag.« Sie wappnete sich für das Gespräch. »Ich fürchte, wir beide haben ein Problem ...«

Olivia legte ihm die Sache dar. Sie schilderte ihm alles, was passiert war und welchen Anteil er daran hatte. Während sie noch sprach, begann er, Entschuldigungen zu stammeln.

»Gott, Olivia ... Oh weh, das tut mir so leid ... Ich hasse mich selbst dafür ... Rachel schimpft immer mit mir wegen meiner großen Klappe ... Gott, Olivia ... Ich hatte nie die Absicht ... Scheiße ... Es tut mir leid ...«

»Keine Entschuldigungen mehr.« Olivia hatte genug gehört. »Du bist ein Tratschmaul, und mit deiner Geschwätzigkeit gefährdest du meine Freundschaft zu

Rachel. Mir ist bewusst, dass Frauen ihren Männern persönliche Dinge anvertrauen, aber sie erwarten in der Regel, dass diese vertraulich bleiben. Wie kann ich jemals wieder offen mit Rachel reden, wenn ich weiß, sie spricht mit dir darüber, und du posaunst es in die Welt hinaus?«

»Du hast recht. Das wird mir eine Lehre sein. Gott, und was für eine. Sag Rachel nichts davon. Bitte. Sie hat schon genug Probleme damit, dass ich mich ständig in ihr Leben einmische.«

Das war neu für Olivia. »Dennis, ich schwöre dir, wenn du jemals wieder Dinge ausplauderst, die ich Rachel erzähle, werde ich ihr bis ins Detail beschreiben, wie Christopher Marsden dich für seine Zwecke benutzt hat.« Sie legte auf, bevor er weitere Entschuldigungen stammeln konnte.

Danach ging sie hinüber zu ihrem Klavier und begann mit ihren Stimmübungen. Nur noch ein paar Stunden bis zur Gala, wenn sie Thad wiedersehen würde.

Das große Foyer des Opernhauses war in eine Kopie des alten Ägypten verwandelt worden. Die Gäste betraten den Saal durch einen Nachbau des Dendur-Portals, während antike Tempelsäulen und Statuen von Ramses II., gespickt mit dem Marchand-Logo, auf die Wände projiziert waren. Künstliche Palmen mit Wedeln aus funkelnden Lichterketten trugen zu der glamourösen Kulisse bei.

Olivias spätes Erscheinen erregte Aufsehen. Zahlreiche Köpfe drehten sich nach ihr um, und die Gespräche verstummten kurz. Die Premierenbesprechung der

394

Chicago Tribune würde erst morgen erscheinen, aber die Onlinekritiken waren bereits auf allen wichtigen Opernseiten zu lesen, und fast jede verwendete den Begriff »enttäuschend«. Olivia zwang den Kopf ein Stück höher, obwohl sie gerade überall anders lieber gewesen wäre als hier.

Kathryn Swift, die Organisatorin der Gala, kam flatternd angerauscht. »Olivia! Meine Teuerste, Sie sehen fantastisch aus!«

Olivia trug ihre eigene Abendrobe – bodenlang, schmal, weiß und ärmellos, mit einem zierlichen Goldgürtel. Ihre Haare waren offen, und sie hatte sich aus der Kostümabteilung einen Stirnreif im ägyptischen Stil ausgeliehen. Ihre fächerförmigen goldenen Ohrringe ähnelten den Flügeln der Isis und waren mit Korallen und Türkisen besetzt.

Der Großteil der Männer trug Smoking, nur eine Handvoll hatte den empfohlenen Dresscode ignoriert. Einer davon hatte eine griechische Toga mit einem ägyptischen Gewand verwechselt. Ein paar andere hatten sich in eine zeitgemäßere Dschellaba gehüllt. Glücklicherweise war niemand im Lendenschurz erschienen. Fast alle Frauen waren ägyptisch kostümiert, viele in schmuckvollen Gewändern, manche mit Halskragen. Nicht wenige trugen eine lange schwarze Perücke. Kathryn Swift hatte für ihre Tunika mit Fledermausärmeln und Ziehharmonikafalten einen silbernen Stoff gewählt, der ihre klassische silbergraue Bobfrisur betonte. Sie griff nach Olivias Händen und begutachtete ihre Ringe. »Ist das ein Giftring? Eugene hat mir einen ganz ähnlichen aus dem viktorianischen Zeitalter geschenkt, aber ich kann mich nicht erinnern, was ich damit getan habe.«

»Ja, das ist ein Giftring, aber er ist nicht antik.« Olivia hatte bei Etsy, eine ihrer Lieblingsquellen für Kunstschmuck, dreißig Dollar dafür bezahlt. Von den fünf Ringen, die sie heute Abend trug, war nur der kissengeschliffene Saphir echt, mit dem sie sich selbst belohnt hatte, nachdem sie den Belvedere-Gesangswettbewerb gewonnen hatte.

Derzeit könnte sie den Wettbewerb nicht gewinnen. Sie würde es kaum durch die Qualifikationsrunde schaffen.

Die meisten Gäste hatten ihre Plätze an den Tischen eingenommen, die mit weißen Leintüchern bedeckt waren, goldbestickt mit dem Marchand-Logo. Über Kathryns Schulter hinweg entdeckte Olivia einen leeren Platz am Mitteltisch, der auf sie wartete, direkt neben Henri und einem gut aussehenden jüngeren Mann, der wohl sein Ehemann Jules war, wie sie vermutete. Mitchell Brooks, der Intendant der Oper, und seine Frau saßen auch am Tisch, zusammen mit dem Vorsitzenden des Stiftungsrats und Lucien Marchand, den Olivia von Fotos her kannte. Dann war da noch Thad.

Ein Mann erschien an Kathryns Seite. Er war um die vierzig, groß und stämmig, hatte ein rötliches Gesicht und einen Ivy-League-Haarschnitt. Olivia kannte ihn von einem Familienfoto, das Eugene ihr gezeigt hatte. Er war sein Stiefsohn. »Entschuldige die Störung, aber Wallis und ihr Mann möchten mit dir über den Krankenhausball reden«, sagte er zu seiner Mutter.

Kathryn wies ihn ungeduldig ab. »Sie müssen eben warten. Mein Sohn, Norman Gillis«, fügte sie an Olivia gewandt hinzu, während er sich wieder entfernte. »Er interessiert sich mehr für Basketball als für die Oper.« Sie drückte Olivias Hand. »Ich schätze, ich sollte mich um die Gäste kümmern. Ich wünsche Ihnen einen wunderbaren Abend, meine Liebe.«

»Den werde ich sicher haben«, meinte Olivia, nun sogar noch mehr vom Gegenteil überzeugt.

Sie holte tief Luft und steuerte den Mitteltisch an. Zeit, es hinter sich zu bringen.

Jeder Tisch war stilecht mit Blumen, Granatäpfeln und pyramidenförmigen Platzkarten geschmückt. Über den goldenen Stuhllehnen hingen Pappmasken – Tutanchamun für die Männer und Nofretete für die Frauen. Einige Gäste posierten damit für Fotos. Andere trugen sie auf dem Kopf.

Henri begrüßte sie mit einer Umarmung und machte sie zuerst mit Jules bekannt, dann mit Lucien Marchand. »Und das hier ist mein Onkel.«

Olivia neigte den Kopf. »*Enchanté, Monsieur.*«

Der Präsident und Geschäftsführer der Uhrenmanufaktur Marchand hatte eine stattliche Hakennase, eine gepflegte silberweiße Haarmähne und eine elegante Art. »Madame Shore. Ich bin entzückt, Sie endlich kennenzulernen.«

Mitchell stand auf, um sie zu begrüßen. Sie nahm an, dass er lieber am Nachbartisch säße mit Sergio, Sarah Mabunda und Mariel Marchand statt neben seiner enttäuschenden Diva.

Sie konnte das Unvermeidliche nicht länger hinaus-schieben und nickte Thads weiblicher Begleitung zu. »Lieutenant Cooke.«

»Bitte, nennen Sie mich Brittany.«

Olivia und Brittany verstanden sich auf Anhieb, als wä-ren sie schon seit einer Ewigkeit miteinander befreundet, was Thad nicht gefiel. Er hatte Brittany zwar nicht ein-geladen, um Olivia eifersüchtig zu machen, aber er hatte zumindest gehofft, dass der Diva, wenn sie ihn mit einer anderen Frau sah, bewusst würde, was sie weggeworfen hatte. Nämlich ihn.

Außerdem wollte er sie in Wahrheit doch eifersüch-tig machen.

Aber *La Belle Tornade* stand über solch niederen menschlichen Empfindungen.

Olivia war nicht so herausgeputzt wie einige andere Frauen, trotzdem stellte sie alle in den Schatten, ganz die Herrscherin, die sie war. Bestimmt kannte sie inzwi-schen das einhellige Urteil der Fachwelt zu ihrer Vorstel-lung gestern Abend, aber sie ließ sich nichts anmerken. Sie war von Kopf bis Fuß eine Königin, die dem gewöhn-lichen Volk gnädigerweise erlaubte, ihre dünne Luft zu atmen. Sie hätte sich nicht mehr von der sanften, groß-zügigen, alltäglichen Frau unterscheiden können, die er in den Armen gehalten hatte.

Am Nachbartisch machte Mariel Marchand ein Gesicht, als hätte sie verdorbene Pilze gegessen. Mit-chell Brooks nahm Thad mit hinüber und stellte ihn der Runde vor. Offenbar entwickelte er eine Vorliebe für Sopranistinnen, weil er Sarah Mabunda auf Anhieb mochte.

Er kehrte an seinen Tisch zurück, als die Reden begannen. Es gab viele Danksagungen, einen Vortrag über das außerschulische Musikförderprogramm, in welches der Erlös der Gala fließen würde, und noch mehr Danksagungen. Mitchell Brooks präsentierte Lucien Marchand als den Sponsor des Abends, obwohl Henri diesen Titel verdiente. Aber Onkel Lucien mit seinem französischen Akzent und seinem Diplomatenauftreten, machte in der Tat eine beeindruckende Figur. Er bat Thad und Olivia auf die Bühne, um die Siegerlose für die Hauptgewinne des Abends zu ziehen: eine Victory 780 und eine Cavatina 3. Thad war froh, dass er keine Rede halten musste, denn er war nicht in der Verfassung dafür.

Auf dem Weg zurück zum Tisch nahm er Olivias Arm. Die Geste erfolgte automatisch, und nur für einen Moment hätte er schwören können, dass sie sich an ihn lehnte.

Der Moment ging vorüber. Sie löste sich von ihm. »Rupert! Wie schön, Sie zu sehen.«

Rupert?

Sie machte ihn mit einem kleinen Mann bekannt, der an einem Tisch ganz außen saß. »Rupert, das ist Thad Owens. Thad, Rupert Glass.« Sie warf Thad einen vielsagenden Blick zu, den er sofort verstand. Rupert ähnelte einem der sieben Zwerge, und zwar demjenigen, der niemanden ansehen wollte. Mit dem Kopf reichte er gerade mal bis zu Olivias Schulter. Ein Haar-

399

büschel zierte seine Schädeldecke und ein paar mehr seine Ohren, und er wirkte ungefähr so gefährlich wie ein Plastiklöffel.

»Meine Teuerste«, flüsterte er und errötete in verschiedenen Schattierungen. »Ich möchte mich zutiefst entschuldigen, falls ich Ihnen mit meinen bescheidenen Geschenken Kummer bereitet habe.«

»Sie könnten mir niemals Kummer bereiten, Rupert.« Olivia tätschelte seine Hand. »Aber es gibt so viele junge Sängerinnen, die bei der Art von Unterstützung, die Sie mir gegeben haben, aufblühen würden.«

Thad konnte sich nicht zurückhalten. »Und die das Finanzamt nicht so genau unter die Lupe nimmt wie Madame Shore.«

Olivia entschuldigte sie beide rasch. »Den Kommentar hättest du dir sparen können«, zischte sie, als sie ihn weiterschob.

»Es sind gerade die Stillen, die sich als Serienkiller entpuppen.«

Sie tauschten ein kurzes Lächeln aus, nur für einen Augenblick, aber dann fiel ihm ein, dass er wütend auf sie war, und er knipste seins wieder aus.

»Es tut mir leid«, flüsterte sie. »Ich würde dir niemals wehtun wollen.«

»Hast du nicht«, erwiderte er schroff.

Sie drückte seinen Arm. Mehr nicht. Drückte ihn nur.

Zurück am Tisch plauderte sie mit Brittany auf Englisch und mit Lucien *en français*. Der Chefdirigent kam zu ihr herüber, und sie unterhielten sich auf Italienisch. Dann – Teufel noch eins – wechselte sie zu Deutsch, als ein alter Knabe auftauchte, der sich auf einen Gehstock mit einem silbernen Griff stützte.

Verdammt, er vermisste sie. Er hatte noch nie so sehr mit einer anderen Person auf gleicher Wellenlänge gelegen. Mit keiner seiner Exfreundinnen. Mit keinem Kumpel oder Teamkameraden. Mit niemandem.

Er schalt sich innerlich, dass er damit aufhören musste. Sie behauptete, ihn zu lieben, aber es war nicht so, als würde er sie heiraten wollen. Das wäre ein echter Albtraum – ein Leben als Mr. Olivia Shore. Alles, was er wollte, war, dass sie für eine Weile zusammen waren. Einfach. Unkompliziert. Warum konnte sie das nicht verstehen?

Er rührte sein Dinner, Kalbsfilet mit Garnelen und irgendeiner Soße, kaum an. Während Olivia und Brittany munter miteinander quasselten, unterhielt er sich hauptsächlich mit Jules, Henris Mann, ein interessanter Gesprächspartner und großer Fußballfan. Trotzdem wünschte er sich, Olivias Aufmerksamkeit ganz für sich allein zu haben.

Zwischen dem Hauptgang und dem Dessert wurden die Lichter im Saal gedimmt, um auf der Videoleinwand einen Film über das Musikförderprogramm für Kinder und Jugendliche zu zeigen. Olivia sagte leise zu Brittany, dass sie zur Toilette müsse, und entschuldigte sich.

Thad war nicht bewusst, dass er ihr hinterherstarrte, bis er Brittanys mitfühlendes Lächeln auffing. »Die hättest du nicht sausen lassen sollen«, flüsterte sie.

Er sagte ihr nicht, dass es genau umgekehrt war.

Olivia hatte nicht beabsichtigt, sich während des Films zu verdrücken, aber ihr Besäufnis vor zwei Tagen hatte ihr fürs Erste den Alkohol vergällt, und sie hatte zu viel Wasser getrunken. Als sie die Damentoilette betrat, traf sie auf Mariel Marchand, die sich soeben die Hände wusch. Mariel schenkte ihr ein kühles Nicken im Spiegel. »Sie sehen heute Abend bezaubernd aus, Olivia.«

Mariel sah nicht bezaubernd aus. Obwohl sie ihre schwarze Robe und ihren glitzernden Schmuck mit der ganzen Eleganz einer echten Französin trug, wirkte ihre Haut fahl und sie selbst müde.

»Danke. Und Ihr Kleid ist wundervoll«, antwortete Olivia aufrichtig.

»Chanel.« Das Wort klang traurig, beinahe bitter, als redete sie über ihren Gemütszustand. »Ich nehme an, Sie haben mittlerweile gehört, dass Henris Kampagne ein rauschender Erfolg war. Sündhaft kostspielig natürlich, aber die Verkaufszahlen von Marchand haben sich verdoppelt. Ein Triumph für ihn.«

»Das wusste ich noch nicht.«

»Henri hat Ihnen nichts davon gesagt?« Sie schnappte sich ein Handtuch. »Er war schon immer ein viel besserer Mensch als ich.«

Olivia verzichtete darauf, ihr zuzustimmen.

»Lucien hat uns beide in der Tradition von Marchand erzogen, aber offenbar war Henri schlauer als ich.«

Olivia antwortete ausweichend. »Ich freue mich, dass die Kampagne so erfolgreich ist, aber mir ist bewusst, dass das eine schwierige Zeit für Sie sein muss.«

»Ich bin eine ehrgeizige Frau, was Sie sicher verstehen.« Sie trocknete ihre Hände mit dem Handtuch ab, als würde sie sie schrubben. »Morgen geht die Pressemitteilung raus. Lucien Marchand wird sich im September zur Ruhe setzen, und Henri übernimmt seinen Posten als Präsident und Geschäftsführer, während ich weiterhin Finanzvorstand bleibe.«

»Ich verstehe.«

»Meine Karriere bedeutet mir alles. Das können Sie bestimmt nachvollziehen. Sie sind wie ich. Wir leben für unseren Beruf. Frauen, die heiraten und Kinder bekommen« – sie sprach die Worte aus, als wären es Leichtsinnigkeiten –, »erlauben sich, ihre Ambitionen aufzugeben, aber wir nicht. Wir verlieren unsere Ziele nicht aus dem Blick.«

Olivia gefiel es nicht, in dieselbe Schublade wie Mariel gesteckt zu werden.

»Sie sind eine kluge Frau, Mariel. Sie werden sich sicher arrangieren.«

»Ich will mich nicht arrangieren!« Sie knüllte das Handtuch zusammen und schleuderte es in den Korb. »Ich will führen!« Sie stolzierte aus dem Waschraum.

Erfolgreiche Menschen mussten in der Lage sein, sich zu arrangieren, dachte Olivia. Im Laufe ihrer Karriere hatte sie gelernt, flexibel zu reagieren – auf neue Regisseure, unterschiedliche Inszenierungen, eine Vielzahl von Lehrern. Sie war gut darin, sich anzupassen, etwas, worüber sie sich keine großen Gedanken gemacht hatte bis zu diesem Moment.

Als sie wenig später die Toilette verließ und auf den leeren Gang trat, war leise die Musik aus dem Saal zu

403

hören, und das Licht erschien mit einem Mal weniger hell als noch vor einigen Minuten. Während sie sich in Richtung Foyer wandte, wünschte sie, sie müsste nicht an den Tisch zurückkehren. Könnte sie doch nur nach Hause gehen. Könnte sie doch nur ...

Jemand packte sie von hinten. Bevor sie schreien konnte, presste sich eine grobe Hand auf ihren Mund.

KAPITEL 20

Es ging so schnell. Ein Arm zerrte sie rücklings um eine Ecke und weiter in einen verwaisten Gang, der in den Haustechnikbereich des Gebäudes führte und von dort in einen Abstellraum. Der Angreifer war groß und stark, und seine Hand auf ihrem Mund erstickte ihre Schreie. Die Tür des Abstellraums fiel hinter ihnen zu, und der Geruch von chemischen Abgasen und Gummi umfing sie.

Ihr Kleid behinderte sie, als sie versuchte, um sich zu treten. Er drückte sie mit seinem Körper gegen die Wand, mit dem Gesicht voran, ihren Hals in einem unbequemen Winkel zurückgebogen, während er die Hand nicht von ihrem Mund nahm.

Sein Knie stieß von hinten in ihr Kreuz, um sie zu fixieren. Sein Atem rasselte in ihren Ohren. Er grapschte nach ihren Fingern. Zog an ihren Ringen. Sie rang nach Luft, während sie hörte, wie sie auf den Boden fielen. Der Giftring saß ziemlich fest und wollte nicht abgehen. Der Angreifer gab es auf und zerrte stattdessen den ägyptischen Armreif von ihrem Handgelenk, schürfte ihre Haut dabei auf. Seine Hand wanderte zu ihrem Hals, aber sie trug keine Kette.

Ihre Ohrstecker waren als Nächstes dran. Die Gewissheit, dass er sie brutal aus ihren Ohrläppchen reißen

405

würde, sorgte für einen neuen Adrenalinschub, der sie durchströmte. Sie rammte die Spitze ihres Ellenbogens so hart wie möglich in seinen Leib. Mit einem Stöhnen wich er gerade weit genug zurück, dass sie sich halb umdrehen konnte.

Sie starrte in das Gesicht von Tutanchamun.

Er versteckte sich hinter einer Maske. Die Feigheit seiner Anonymität, die Gefahr für ihre Ohrläppchen … Es war alles zu viel. Mit ihrem freien Arm schlug sie ihm ihre Krallen in den Hals. Ihr Kleid riss auf, als sie nach ihm trat. Sie kämpfte – mit Fingernägeln, Armen, Beinen und Füßen. Ihre Schulter stieß gegen etwas Spitzes, und Licht flutete den Raum.

Sie war an den Lichtschalter gekommen. Schnell zog sie an seiner Pappmaske.

Das Gummiband riss.

Kathryns Sohn Norman Gillis starrte ihr entgegen.

»Das war ein Fehler.« Er packte sie und stieß sie wieder mit dem Kopf voran gegen die Wand. Etwas Hartes bohrte sich in ihre Rippen. Ein Finger vielleicht, aber sie wusste es besser. Es war eine Waffe. Er drehte ihr den Arm auf den Rücken. Ihre Schulter durchzuckte ein stechender Schmerz, und ihre Wange knallte gegen die Betonsteinwand des Abstellraums. Aus dem Augenwinkel, dicht neben ihrem Gesicht, sah sie die Waffe – schwarz mit einem kurzen Lauf. Hässlich. Grauenvoll.

»Wenn du schreist, schieße ich.« Seine Stimme war ein Zischen, sein Atem war heiß an ihrem Ohr. »Ich habe jetzt nichts mehr zu verlieren.«

Weil sie sein Gesicht gesehen hatte.

Sein Unterarm schlängelte sich um ihren Hals und drückte gegen ihre Luftröhre. Sie bohrte die Fingernägel in seinen Arm und versuchte, sich zu befreien. Er presste die Waffe an ihre Schläfe, dann manövrierte er sie aus dem Abstellraum in den dunklen Gang hinaus. Sie hörte schwach die Musik aus dem Saal, wo der Film noch immer lief. Es waren erst ein paar Minuten vergangen, seit Gillis sie attackiert hatte. Ein ganzes Leben.

Sein Arm verstärkte den Druck auf ihren Hals. Sie machte sich absichtlich schwer, als er sie zum Hinterausgang am Ende des Gangs schleifte. Wenn er sie töten wollte, würde er sich anstrengen müssen.

Er trat sie grob von der Seite ins Bein. »Beweg dich!«

Thad würde ausflippen, wenn er das erfuhr. Dieser willkürliche Gedanke schoss ihr durch den Kopf, während sie verzweifelt nach Luft rang.

Sie erreichten die Sicherheitstür. Er drückte den Riegel mit seiner Hüfte herunter. Als er sie nach draußen zerrte, versuchte sie, die frische, feuchte Luft zu inhalieren.

Es regnete in Strömen, und sie sah, dass er sie in die Ladezone auf der Rückseite des Gebäudes geschleift hatte, fernab der vorderen Glasfassade, wo die Gäste versammelt waren. Fernab von allem außer den Müllcontainern, Transportfahrzeugen und dem dunklen Band des Chicago Rivers.

»Hier treibt sich viel Gesindel herum.« Er bohrte die Waffe in ihre Schläfe. »Du wolltest frische Luft schnappen. Jammerschade, dass du ausgeraubt und erschossen wurdest.«

Er würde sie umbringen. Niemand würde ihn aufhalten. Sie senkte den Kopf und biss ihn fest in den Arm. Er zuckte zurück und lockerte seinen Griff gerade genug, dass sie sich freiwinden konnte.

Sie begann zu rennen.

Etwas schwirrte dicht an ihrem Kopf vorbei. Eine Kugel. Der Fluss war direkt vor ihr.

Er schoss erneut. Und noch einmal.

Sie tauchte in das Wasser ein.

Olivia war schon zu lange weg. Während der Film weiterlief, schob Thad seinen Stuhl zurück und schlängelte sich zwischen den Tischen hindurch aus dem Saal. Draußen im Flur war niemand zu sehen. Er steuerte die Damentoilette an und stürmte hinein, ohne anzuklopfen. Leer. Er sah auf seine Uhr. Es war 21 Uhr 48. Er eilte durch einen anderen Gang. Um eine Ecke.

Vor ihm auf dem gefliesten Boden lag ihre Handtasche. Sein Herz begann auf Hochtouren zu schlagen. Am Ende des Flurs war ein Ausgang. Mit einem Adrenalinschub stürmte er darauf zu.

Draußen platzte er mitten in eine verregnete Szene aus einem Horrorfilm. Ein großer, massiger Kerl mit einer Waffe. Der Knall von drei Schüssen, die abgefeuert wurden. Und Olivia.

Die in den Fluss fiel.

Der Hüne hörte die Tür zuschlagen und wirbelte herum, die Waffe im Anschlag.

Quarterbacks wandten normalerweise kein Tackling an, aber Thad wusste verdammt gut, wie es ging. Als der Hüne ihn ins Visier nahm, duckte er sich und sprin-

tete los, zielte mit der Schulter auf die Brust des Huren-
sohns.

Der Kerl war groß, schwer und robust. Thad brachte
ihn zu Fall.

Die Waffe flog in die Luft. Freier Ball! Ein Gerangel
um den Ballbesitz. Selbst Quarterbacks konnten ins Getümmel geraten, Thad hatte das schon viele Male erlebt.
Den Ball fangen um jeden Preis. Auf die Augen zielen,
auf die Nüsse. Stechen. Würgen. Bei Rudelbildung gab
es keinen Ehrenkodex, nur rohe Gewalt. Der Stärkere
überlebte.

Der Hüne war nicht auf den Schlachtfeldern der NFL
ausgebildet geworden, und Thad richtete sich schließlich
mit der Waffe in der Hand auf.

Der Bastard lag zusammengekrümmt auf dem Boden,
außer Gefecht gesetzt, aber Thad konnte sich nicht darauf verlassen, dass es dabei bliebe. Olivia war im Wasser. Untergegangen? Angeschossen? Fair Play war keine
Option, nicht wenn ihr Leben in Gefahr war. Lebte sie
noch? Thad straffte sich, zielte auf das Knie des Bastards
und drückte ab.

Der Kerl schrie vor Schmerz auf. Thad stürmte los
zum Fluss. Im vollen Lauf entledigte er sich seines Ja-
cketts, dann stoppte er abrupt und schleuderte die Waffe
ins Wasser, streifte rasch die Schuhe ab und sprang.

Der Kälteschock beim Eintauchen – der Fluss war um
diese Jahreszeit noch eisig – traf ihn wie ein Tsunami. Er
öffnete unter Wasser die Augen, aber er konnte nicht mal
die eigene Hand vor seinem Gesicht sehen, geschweige
denn den Schimmer eines weißen Kleides. Er schwamm

an die Oberfläche, holte tief Luft und tauchte wieder unter, kämpfte gegen die frostige Temperatur und die schreckliche Vorstellung, dass sie vielleicht schon tot war.

Wieder und wieder tauchte er ab und kam hoch, während das Wasser sich anfühlte wie Tausende Nadelstiche.

Das Leuchtzifferblatt seiner Victory 780 zeigte 21 Uhr 52. Vier Minuten waren vergangen, seit er den Saal verlassen hatte, und mindestens drei Minuten, seit er sie in den Fluss hatte fallen gesehen. Sie war schon zu lange unter Wasser, um zu überleben.

Verzweifelt schwamm er ein Stück weiter und tauchte wieder unter. Kam hoch.

Vier Minuten.

Fünf.

Eine der Kugeln hatte ihr Ziel getroffen. Sie war verschwunden. Er hatte sie verloren.

Thad warf den Kopf zurück und stieß ein lautes Heulen aus.

Das Wasser wallte auf.

Olivia durchbrach die Oberfläche und inhalierte kostbaren Sauerstoff in ihre ausgehungerte Lunge. Wo war dieser primitive, animalische Schrei hergekommen? Sie hatte keinerlei Gefühl mehr in ihren Händen und Füßen, und sie klapperte heftig mit den Zähnen. Dieser Schrei … Er hatte unter Wasser nachgehallt, als hätte der Teufel persönlich geschrien. Sie sah sich fieberhaft nach der Quelle um.

Ein Mann war im Wasser, vielleicht fünf Meter von ihr entfernt. Nicht Norman Gillis. »Thad!«

Er drehte sich hektisch im Wasser um. »*Olivia?*«

Sein durchnässtes weißes Hemd war ein schwaches Leuchtsignal in der verregneten Dunkelheit. Sie versuchte, zu ihm zu schwimmen, aber ihre Glieder waren so steif von der schleichenden Unterkühlung, dass sie sich kaum bewegen konnte.

Gleich darauf war er bei ihr und drückte sie an sich. Dunkle Haarsträhnen klebten an seiner Stirn, als er keuchend ihren Kopf zwischen die Hände nahm. »Ich dachte, du wärst tot. Ich dachte …«

Ihre Zähne klapperten so heftig, dass sie nicht sprechen konnte. Nichts tun konnte, außer sich an ihn zu klammern. Ihn zu lieben.

»Liv … Meine Liv …« Er barg sie in den Armen, hielt ihren Kopf über Wasser. »Wo warst du? Ich konnte dich nicht finden. Ich dachte schon …«

Ihre Lippen gehorchten ihr nicht, als sie ihm sagen wollte, dass sie die ganze Zeit unter Wasser gewesen war aus Angst, erschossen zu werden, wenn sie auftauchte. Sie hatte keine Luft übrig, um das enorme Lungenvolumen einer Opernsängerin zu erklären oder ihm von den Wettbewerben mit Rachel zu erzählen, wer von beiden am längsten die Luft anhalten konnte. Das letzte Mal hatte Rachel gewonnen, aber nur um Bruchteile von Sekunden.

»Liv …« Er sagte immer wieder ihren Namen, als könnte er nicht genug davon bekommen. Selbst in der Dunkelheit konnte sie den Ausdruck in seinem Gesicht erkennen. Verhärtet. Verwundet. »Halt dich an mir fest.« Er schlang einen Arm um sie und schwamm zum

Ufer, lieferte ihr die Energie, die die Kälte ihr geraubt hatte.

Sie erreichten die Ufermauer, ein Ort, wo die Leute bei schönem Wetter saßen, um die Sonne zu genießen. Das Taubheitsgefühl hatte nun vollständig Besitz von ihr ergriffen und trennte sie von ihrem Körper. Mit der Armkraft, die ihm im Laufe seiner Karriere so gute Dienste geleistet hatte, stemmte er sie auf den Uferweg hoch und hievte sich dann selbst aus dem Wasser.

Erschöpft brach er neben ihr zusammen und hielt ihren zitternden Körper. Sie hatte noch sie so gefroren.

»Tu das ... nie wieder«, sagte er unsinnigerweise.

Sie klammerte sich an ihn. Ihr Stirnreif war verschwunden, zusammen mit ihren Schuhen. Sie hörte jemanden stöhnen. Nicht Thad.

Er rappelte sich hoch auf die Knie. Sie zwang ihre Arme zu funktionieren, und stützte sich weit genug auf, um den massigen Körper von Norman Gillis zu sehen, der sich auf dem Rasen hinter dem Uferweg krümmte. Er lag da und stöhnte, als käme er gerade zu Bewusstsein. Und er war nicht allein.

»Du inkompetenter Trottel!« Kathryn Swift beugte sich über ihren Sohn und begann seine Kleidung abzusuchen. »Du bist genau wie dein Vater. Nichts kannst du richtig machen!«

Irgendwie schaffte Olivia es auf die Knie, aber Thad stand bereits wieder, und sein nasses Smokinghemd und seine schwarze Hose klebten an seinem Körper. »Treten Sie von ihm zurück, Mrs. Swift«, sagte Thad mit einer Stimme, die es gewohnt war, Gehorsam einzufordern.

Kathryn ignorierte ihn und fuhr fort, die Taschen ihres Sohnes zu durchsuchen.

»Ich sagte, treten Sie zurück!« Thad bellte den Befehl.

Kathryn richtete sich auf. In der einen Hand hielt sie Olivias ägyptischen Armreif, in der anderen eine handtaschengroße Pistole.

»W-wirklich?« Das Wort, kaum hörbar, kroch durch Olivias klappernde Zähne. Warum hatte Kathryn eine Waffe und ihren Armreif?

»Ruhig, Liv«, sagte Thad sanft, der zweifellos die Szene mit dem bewaffneten Chauffeur in der Wüste vor Augen hatte – hinter dem sich Norman Gillis verbarg, wie sie nun vermutete.

Norman kam mühsam auf die Beine, wimmernd vor Schmerzen, aber statt sich seiner Mutter zuzuwenden, humpelte er zurück in Richtung Ladezone. Kathryn ignorierte seine Fahnenflucht, als wäre es nichts weiter als ein lästiges Ärgernis. Stattdessen zielte sie mit ihrer Waffe auf Thad. »Die hier war ein Geschenk an mich selbst zu meinem siebzigsten Geburtstag. Ich habe Swarovski-Kristalle in den Griff einarbeiten lassen.«

»Sie sind eine echte Trendsetterin«, sagte Thad.

Hätte Olivias Zunge funktioniert, hätte sie hübsche Diamantohrringe statt einer Swarovski-Pistole vorgeschlagen. Aus dem Augenwinkel sah sie, dass Norman gerade in einen Wagen stieg, den er zuvor dort abgestellt haben musste.

Thad fror in seiner nassen Kleidung und dem kalten Wind bestimmt genauso erbärmlich wie sie, aber er stand stabil. »Ihr Sohn wird überleben.«

»Wahrscheinlich«, stieß Kathryn bitter hervor. Hinter ihr sah Olivia Normans Wagen davonfahren. »Er war schon immer eine Enttäuschung für mich.«

Thad bewegte sich ganz leicht nach links, um seinen Körper zwischen Kathryn und sie zu bringen, aber Olivia würde es unter keinen Umständen zulassen, dass er eine Kugel abfing, die für sie gedacht war. Sie zwang ihre Beine dazu, sie zu tragen, und rappelte sich hoch. Ohne Schuhe fühlte es sich an, als stünde sie auf Eisblöcken, und ihr unterkühlter Körper in dem triefend nassen weißen Kleid kribbelte.

Sie hatte Kathryns Aufmerksamkeit auf sich gezogen, genau wie beabsichtigt. »Männer richten Chaos an«, sagte Kathryn zu ihr, »und ich darf es beseitigen. Zuerst Eugene und seine Leichtfertigkeit. Und jetzt Norman.«

»Was für ein Chaos, Mrs. Swift?« Thad lenkte absichtlich ihre Aufmerksamkeit wieder auf sich.

»Dieser Armreif!« Sie umklammerte das Schmuckstück fest in ihrer Hand und schwenkte die Waffe auf Olivia. »Er war so unglaublich vernarrt in Sie.«

»Was ist so Besonderes an dem Armreif?«, fragte Thad rasch.

»Genug gefragt!« Kathryn machte eine scharfe Geste mit ihrer Pistole in Richtung Wasser. »Ab in den Fluss mit euch.«

»Bleib, wo du bist, Liv«, befahl Thad. »Mrs. Swift, keiner von uns geht in den Fluss. Und jetzt lassen Sie die Waffe fallen.«

Sie stieß ein harsches Lachen aus. »Sie denken, nur weil ich alt bin, weiß ich nicht, wie man so ein Ding benutzt? Mein Vater nahm mich mit auf die Jagd, als ich noch keine sechs Jahre alt war.«

»Eine zärtliche Erinnerung, dessen bin ich mir gewiss, aber lassen Sie mich darauf hinweisen, dass es eine sehr schlechte Idee ist, zwei Berühmtheiten der Stadt mit Kugeln zu durchlöchern, denn nur so bekommen Sie uns ins Wasser. Die Polizei wird Sie gnadenlos jagen.«

»Chicago kann eine gefährliche Stadt sein.«

»Die Polizei ist nicht blöd.«

»Niemand wird mich jemals verdächtigen. Und jetzt bewegt euch!«

Olivia konnte Thads Gedanken lesen. Sie wusste so sicher wie nur irgendwas, dass er die Absicht hatte, sich auf Kathryn zu stürzen und ihre Kugel abzufangen.

Das Ufer war menschenleer. Niemand im Gebäude würde sie schreien hören, und ihre Kraft war aufgebraucht. Sie konnte spüren, dass Thad sich zum Angriff bereit machte, und Kathryn spürte es auch, weil sie mit der Waffe auf seine Brust zielte, direkt auf sein wunderbares Herz. Wenn es Olivia gelang, Kathryn für einen Moment abzulenken, hätte er eine Chance, ihr die Pistole abzunehmen. Aber Olivia hatte nichts, womit sie Kathryn aus dem Konzept bringen konnte. Keine Glassplitter von einer zerbrochenen Autotrennscheibe. Keinen Schuh zum Werfen. Alles, was sie hatte, war ihre Stimme.

Die Idee war grotesk.

Aber ihr fiel nichts anderes ein.

Thad spannte die Muskeln an und wartete auf seinen Moment. Olivia sammelte ihre ganze Kraft und sog jedes Luftmolekül ein, das sie kriegen konnte – öffnete ihre Brust, ihre Kehle, ihre Seele –, und schmetterte dann Brünnhildes Schlachtruf hinaus in die wilde Nacht.

»*Ho-jo-to-ho!*«

Ein wütender, ohrenbetäubender Schlag. Das Donnern der Erde, die aufriss. Der Schrei des explodierenden Universums.

»*Ho-jo-to-ho!*«

Die Höhe war schrill, die Mitte gebrochen. Sie war eine Mezzosopranistin. Sie hatte nicht die richtige Stimmlage für Brünnhilde, aber der Schlachtruf der Walküre erfüllte seinen Zweck und ließ Kathryn vor Schreck zusammenfahren, sodass sie die Waffe für einen winzigen Augenblick senkte.

Gerade lange genug für Olivia, um sich mit dem letzten bisschen Kraft, das sie noch hatte, auf sie zu stürzen.

Thad war natürlich schneller. Er packte den Unterarm der alten Dame und zwang sie, die Pistole fallen zu lassen.

»Keine Bewegung!«

Brittany stand ungefähr zehn Meter von ihnen entfernt, ihren Dienstrevolver im Anschlag.

Ist denn jeder in dieser Stadt bewaffnet?

Kathryn stieß einen kläglichen Schrei aus, mickrig im Vergleich zu Olivias Schlachtruf, und sank auf den Boden.

Die Ladezone hinter der Oper füllte sich mit blinkenden Rotlichtern und Rettungsfahrzeugen. Die Sanitäter wickelten Olivia und Thad in Wärmedecken und überprüften ihre Vitalfunktionen, während Brittany ihre Kollegen telefonisch über den flüchtigen Norman Gillis verständigte. Der ägyptische Armreif war bereits in einem Beweisbeutel gesichert.

Ein paar von den Gästen, die die Gala verließen, bemerkten den Tumult. Mit aufgespannten Regenschirmen standen sie zusammengedrängt auf dem Parkplatz und beobachteten, wie Kathryn Swift in einen Polizeiwagen verfrachtet wurde.

Thad starrte Olivia aus seinem Folienkokon an, als rechnete er damit, dass sie jeden Moment verschwand, aber er sagte nichts, und sie hatte einen schockierenden Ausblick, wie er als alter Mann aussehen würde. Noch immer attraktiv, aber müde, sein Gesicht von den Sorgen eines Lebens gezeichnet.

Am liebsten hätte sie den Kopf an seine Schulter gelehnt, aber er hatte eine unsichtbare Barriere errichtet, die sie nicht überschreiten dufte.

Die Sanitäter drängten darauf, sie ins Krankenhaus zu fahren, aber sie weigerten sich beide. Thad beobachtete, wie man Olivia in einen Streifenwagen half, der sie nach Hause bringen würde. Er konnte sie nicht begleiten. Er konnte jetzt nicht bei ihr sein.

Thad fuhr selbst nach Hause und nahm die längste und heißeste Dusche seines Lebens. Während der Schmutz des Chicago Rivers den Abfluss hinunterrann, wünschte er, er könnte die Bilder, die durch seinen Kopf jagten, hinterherschicken. Jener Moment, in dem er dachte, sie für immer verloren zu haben, würde für alle

Ewigkeit in seinem Gedächtnis eingebrannt sein … Der sicher geglaubte Verlust dieser tapferen, klugen, lustigen, ehrgeizigen, Herzschmerz verursachenden Frau war der schlimmste Moment in seinem Leben gewesen, schlimmer, als auf der Bank zu sitzen, schlimmer, als nur der Ersatzmann zu sein, weitaus schlimmer, als zu wissen, dass er nie mehr die Nummer eins sein würde.

Am nächsten Morgen saß Olivia mit Piper auf dem Polizeirevier, um bei Brittany ihre Aussage zu machen. Sie war froh darüber, dass Piper sie begleitete, aber eigentlich sollte Thad an ihrer Seite sein und ihre Angaben ergänzen.

Und wessen Schuld war das?

Sie hatte letzte Nacht kaum geschlafen. Selbst nachdem sie sauber, aufgewärmt und mit Kräutertee geflutet war, hatte sie kein Auge zubekommen. Schon absurd. Wie jeder Opernsänger auf diesem Planeten hatte sie eine Paranoia vor Erkältungen. Sie schützte sich gegen Zugwind, mied Zigarettenqualm, schlief nie ohne Luftbefeuchter und trank kein eisgekühltes Wasser – nur um Anfang Mai in den Chicago River zu springen. Sie hatte Glück, dass sie noch am Leben war, aber das war nicht der Grund, der sie hellwach hielt. Vielmehr war es das Bild von Thads Gesicht, als sie zum Luftholen aufgetaucht war.

Olivia und Piper hatten gerade vor dem Schreibtisch Platz genommen, als Brittany ihnen auch schon eröffnete, dass Gillis geschnappt worden war. »Er wurde kurz vor Mitternacht auf der Sheridan Road festgenommen.«

Brittany sah aus, als hätte sie die restliche Nacht damit verbracht, Gillis zu verhören, statt zu schlafen. Sie hatte ihr eisblaues Abendkleid und die hohen Riemchenpumps gegen eine zerknitterte weiße Bluse, eine dunkle Hose und vernünftige Mokassins getauscht. Neben ihrem Tisch stand die große Umhängetasche, die sie gestern Abend dabeigehabt hatte. Olivia hatte sich bereits gefragt, warum Brittany für die Gala nicht etwas Schickeres gewählt hatte, und nun wusste sie, warum. In einer hübschen Clutch wäre kein Platz für ihren Dienstrevolver gewesen, und wie die meisten Cops trug sie ihre Waffe gern bei sich.

Brittany sah von ihrem Notizblock auf. »Erzählen Sie mir von dem Armreif.«

Erzähl du mir von Thad, dachte Olivia. *Geht es ihm gut? Hast du mit ihm gesprochen? Hat er nach mir gefragt? Liebst du ihn?*

Sie sprach nichts davon aus. »Kathryns Mann Eugene war ein erklärter *Aida*-Liebhaber, und kurz vor seinem Tod ließ er mir den Armreif zukommen. Er erklärte mir, einer seiner Einkäufer hätte ihn auf einem Souvenirmarkt in Luxor entdeckt. Ich weiß noch, dass er ihn als Billigschmuck bezeichnete und hinzufügte, dass er meines Talents nicht würdig sei.« Sie massierte ihre Schläfen. »Ich denke, wir können sicher davon ausgehen, dass es sich nicht um Kunstschmuck handelt.«

»Wie lange kennen Sie die Swifts schon?«, fragte Brittany.

»Eugene kannte ich fast zehn Jahre. Er war ein fester Bestandteil im Stiftungsrat der Oper. Unsere Freundschaft war nie unangemessen, falls Sie sich das fragen. Er genoss es, in Erinnerungen über Opernsänger aus seiner Kindheit zu schwelgen oder über sein Faible für düstere Opern zu sprechen – *La finta giardiniera*, *Medea in Corinto*, *Tolomeo* –, solche Werke. Ich hörte ihm gern zu. Ich habe ihn bewundert.«

Piper vergaß, dass nicht sie diejenige war, die hier die Fragen stellte. »Was ist mit seiner Frau?«

»Seine erste Frau habe ich nie kennengelernt. Was Kathryn betrifft … Sie war immer herzlich zu mir, aber sie teilte nicht Eugenes Begeisterung für die Oper. Eugene erzählte mir einmal, dass sie sich früher immer heimlich aus den Aufführungen geschlichen habe. Kathryns Leidenschaft ist die antike Kunst. Das und ihr gesellschaftlicher Status in Chicagos höchsten Kreisen.«

Brittany klickte mit ihrem Kugelschreiber. »Sie mag keine Opern, aber ist Mitglied im Stiftungsrat? Das erscheint mir merkwürdig.«

»Sie hat Eugenes Platz übernommen, als er gestorben ist. So hat sie ihre soziale Stellung gestärkt. Außerdem ist sie gut im Spendensammeln, daher war die Oper mehr als froh, sie zu haben.«

»Was ist mit Norman?«, fragte Piper.

»Eugene hat nie viel über seinen Stiefsohn gesprochen. Sie standen sich nicht sehr nahe.«

Piper zog ihren eigenen Notizblock heraus. »Ich habe ein paar Nachforschungen über das Auktionshaus Swift angestellt. Es handelt sich um ein Unternehmen, das mit hochwertiger Kunst und Antiquitäten handelt – Gemälde, Skulpturen, Schmuck. Eine kleinere Version von

Sotheby's.« Sie hob den Blick von ihrem Notizblock. »Es hat sich auf antike Kunst spezialisiert.«

»Nicht alles davon legal«, bemerkte Brittany. »Norman war letzte Nacht ziemlich gesprächig, jedenfalls für eine Weile. Er hat gesagt, Eugene Swift habe nebenbei mit Raubkunst gehandelt – gestohlene Objekte, die aus ihrem Herkunftsland geschmuggelt und an wohlhabende und sehr diskrete private Sammler in Asien, dem Mittleren Osten, Russland und auch in den USA verkauft wurden.«

»Niemals!«, rief Olivia. »Eugene hätte so etwas nie getan. Wenn das Auktionshaus in illegalen Kunsthandel verwickelt war, dann muss Kathryn dahinterstecken.«

»Laut Norman nicht.«

»Der Kerl ist ein falscher Hund. Wenn Sie tiefer graben, werden Sie bestimmt herausfinden, dass potenzielle illegale Geschäfte erst dann stattgefunden haben, nachdem Kathryn die Leitung übernommen hat.«

Piper schritt ein. »Dutzende von Museen haben antiken ägyptischen Schmuck in ihrer Sammlung. Darum verstehe ich das nicht. Was macht diesen Armreif so wertvoll, dass jemand bereit ist, dafür zu töten?«

Brittany schüttelte den Kopf. »Norman hat dichtgemacht, bevor das Thema zur Sprache kam, und Mrs. Swift sagt im Moment kein Wort.«

Piper klappte ihren Notizblock zu. »Wollen wir hoffen, dass sich das ändert.«

Nach seiner Aussage bei Brittany war Thad fünf Meilen gelaufen, aber der Sport hatte sein Elend nicht gemindert.

Er brauchte jemanden, an dem er seine schlechte Laune auslassen konnte, also rief er Clint an. Aber als der Bursche bei ihm vorbeikam, konnte Thad nicht die Energie aufbringen, um mit ihm Spiele zu analysieren oder ihm überhaupt zu sagen, dass er ein Idiot war, und so warf er ihn wieder raus.

Auf dem Weg zur Tür schenkte Clint ihm einen ungerührten Blick wie der Anführer, der er bereits war. »Du solltest dich besser zusammenreißen, alter Mann, denn im Moment bist du nutzlos.«

Thad murmelte etwas vor sich hin und schloss dann die Tür hinter ihm.

Er verbrachte die nächsten paar Stunden im Internet und las alles über ägyptischen Antikschmuck, was er finden konnte. Die ganze Zeit musste er daran denken, was in Las Vegas passiert war. Olivia hatte ihren Armreif an dem Abend getragen, als Gillis sie entführt hatte, genau wie sonst auch während ihres Aufenthalts in Las Vegas, aber Gillis hatte zuerst Thads Brieftasche und Armbanduhr einkassiert. Das war offensichtlich ein Ablenkungsmanöver gewesen, um einen Raubüberfall vorzutäuschen und zu verhindern, dass jemand Gillis verdächtigte, allein hinter dem Armschmuck her zu sein.

Gestern Abend hatte Olivia den Polizisten erklärt, dass Gillis ihr zuerst die Ringe abgenommen habe, bevor er sich den Armreif schnappte. Ein weiteres Ablenkungsmanöver. Es lag nahe, dass Kathryn vermeiden wollte, jemand könnte den Schmuck mit dem Auktionshaus in Verbindung bringen, was jedoch zu spät gewesen war, nachdem Olivia Normans Gesicht gesehen hatte.

Am Nachmittag konnte er den Knoten in seinem Magen nicht länger ignorieren. Es gab eine letzte Sache, die er tun musste.

KAPITEL 21

Olivia gab Rachel ein Taschentuch. »Bist du immer noch nicht fertig mit Heulen?«

Rachel schnäuzte sich. »Ich werde nie damit fertig sein. Dennis und ich sind für den ganzen Mist verantwortlich, der dir passiert ist.«

»Ihr hattet nichts damit zu tun, dass Norman Gillis versucht hat, mich auszurauben und zu töten.«

Rachel hörte nicht zu. »Die ganzen Probleme mit deiner Stimme. Ich hasse mich selbst. Du solltest mich auch hassen.«

»Tu ich.«

Ein weiteres Trompeten erklang aus ihrer stark geröteten Nase. »Nein, tust du nicht, aber das solltest du. Jedes Mal, wenn ich an die arme Lena und ihren toten Kanarienvogel denke … Daran, was dieser Typ dir angetan hat …« Sie schauderte. »Es tut mir leid. Mir hat in meinem ganzen Leben noch nie etwas so leidgetan.«

»Ich glaube, das hast du bereits erwähnt«, sagte Olivia. »Ungefähr ein Dutzend Mal. Es wird allmählich langweilig, dir zu verzeihen.«

Es war Montag am frühen Nachmittag. Rachel war vor zwei Stunden vor Olivias Tür aufgetaucht, nachdem sie aus Indianapolis hergefahren war, wo sie in *Hänsel und Gretel* auftrat. Seitdem hatte sie nur geweint und sich in einem fort entschuldigt.

»Ich hab dich lieb«, sagte sie. »Du bist die beste Freundin, die man sich wünschen kann, und ich habe unser Vertrauen beschädigt.« Sie brach aufs Neue in Tränen aus.

Olivia gab ihr das nächste Taschentuch und stand von der Couch auf. »Ich werde uns jetzt was zu essen machen, und du wirst lange genug aufhören zu weinen, um alles aufzuessen.«

»Okay …« Sie schniefte. Schnäuzte sich. »Ich helfe dir.«

Olivia sah mit hochgezogener Augenbraue auf die zerknüllten Taschentücher in Rachels Schoß. »Wasch dir zuerst die Hände.«

Das rief ein Lächeln in Rachels tränennassem Gesicht hervor. Sie machte sich auf zum Bad, und Olivia ging in die Küche. Sie hatte sich am Morgen Lebensmittel liefern lassen, obwohl sie nicht genau wusste, warum, da ihr viel zu elend zumute war, um etwas hinunterzubekommen.

An Thad zu denken, führte sie in eine schmerzhafte, fruchtlose Abwärtsspirale, also dachte sie stattdessen an Eugene. Sie hatte vorhin noch einmal mit Brittany gesprochen. Kathryn weigerte sich nach wie vor zu kooperieren, aber die Angaben, die Norman zum Auktionshaus gemacht hatte, trafen offenbar zu. Neben dem rechtmäßigen Handel hatte das Unternehmen Raubkunst veräußert, zwar immer nur Einzelstücke, aber jedes davon hochprofitabel.

Die Ermittler hatten noch keinen Überblick über die zeitlichen Abläufe, aber wie Olivia vorausgesagt hatte, sah es ganz so aus, als hätten die illegalen Aktivitäten ein paar Jahre vor Eugenes Tod begonnen, nachdem er das Geschäft an seine Frau und seinen Stiefsohn übergeben hatte. Norman hatte erst dann geschwiegen, als er zu Olivia und dem Armreif verhört worden war, wohl aus Selbstschutz. Kunstschmuggel war eine Sache, Mordversuch eine andere.

Olivia machte sich bewusst, dass sie nun endlich sicher war. Norman und Kathryn waren in Untersuchungshaft ohne Kautionsmöglichkeit. Marsden erwartete eine Anklage wegen Stalking und Belästigung in mehreren Bundesstaaten. Niemand bedrohte sie mehr.

Aber sie hatte Thad verloren, und was würde passieren, wenn sie morgen wieder auf der Bühne stand? Ihr Körper hatte das Kältebad im Fluss überstanden. Ihre Nase lief nicht, ihr Hals fühlte sich nicht rau an. Bloß ihr Herz war nicht annähernd in so guter Verfassung.

Sie wollte Thad sehen. Mit ihm reden. Hören, wie es ihm ging. Verstehen, warum sie nicht wieder zusammen sein konnten. Warum sie ihre Beziehung nicht von Tag zu Tag weiterführen konnten. Warum sie nicht aufhören konnten, sich über die Zukunft Sorgen zu machen ... Was im Grunde genommen genau das war, worum er sie gebeten hatte. Doch sie hatte ihn abgewiesen. Sie war diejenige, die ihre Beziehung beendet hatte, weil ihre Arbeit immer an erster Stelle kam. Selbst noch vor der Liebe.

Sie öffnete den Kühlschrank. Sie hatte auf nichts Lust,

abgesehen von dem Himbeersorbet im Gefrierfach. Als sie zwei Portionen anrichtete, kehrte Rachel zurück und setzte sich auf einen Hocker an die Theke. Olivia blieb auf der anderen Seite der Theke stehen und nahm ihre Glasschale und ihren Löffel in die Hand. Rachel starrte auf das Sorbet. »Hast du Schokoladensirup?«

»Nein. Geht auch Ketchup?«

»Egal.« Rachel bohrte den Löffel in das Sorbet, ohne davon zu probieren. »Ich glaube, Dennis und ich sollten uns für eine Weile trennen.«

Olivias Kopf schoss hoch. »Du wirst dich nicht wegen dieser Sache von Dennis trennen! Er hätte es dir niemals sagen dürfen.«

»Es ist nicht nur das.« Sie spießte ihren Löffel in dem Eis auf. »Mein Leben gehört mir nicht mehr.« Sie sah Olivia gequält an. »Er nimmt mir die Luft zum Atmen!«

Olivia stellte ihre Schale ab, ohne das Sorbet angerührt zu haben. »Ra …«

»Ich hasse es, dass ich so empfinde. Er tut alles für mich. Ich muss nie eine Rechnung bezahlen oder einen Flug buchen. Er plant unsere Mahlzeiten, hält die Wohnung sauber. Er kauft Geburtstagsgeschenke für meine Familie. Jede Woche ruft er meinen Vater an. Ich brauche nichts zu tun. Er kümmert sich um alles.« Ihre Augen begannen wieder überzulaufen, auch wenn die lauten Schluchzer dieses Mal ausblieben. »Ich habe das Gefühl, als wäre es seine Karriere und nicht meine.«

»Rachel, du musst mit ihm reden.«

»Das habe ich versucht, aber er ist so schnell gekränkt.

Er fragt ständig, was er tun kann, damit ich mich besser fühle, und ich würde ihn dann am liebsten anschreien, dass er endlich sein eigenes Leben führen soll und aufhören, meins zu leben!«

Ein kleiner Schwindelanfall zwang Olivia, sich am Rand der Spüle abzustützen. Ihre Welt stand plötzlich kopf. Ein Mann wie Dennis verkörperte alles, was sie sich immer von einem Lebenspartner erträumt hatte, alles, wovon sie geglaubt hatte, es würde sie glücklich machen. Aber Rachel war nicht glücklich. Olivia musterte das fleckige Gesicht und die roten Augen ihrer Freundin. »Ich hätte nie gedacht ... Ich habe geglaubt ... Ihr beide liebt euch doch so sehr.«

»Ich brauche Raum!« Rachel stopfte sich einen Löffel Sorbet in den Mund, gefolgt von einem zweiten, und schob dann ihre Schale zur Seite. »Heirate bloß nicht, Olivia. Sieh nur, wie es Lena ergangen ist.«

»Dennis ist nicht Christopher Marsden. Nicht einmal ansatzweise. Marsden war gefährlich und gewalttätig. Dennis ist ein guter Mann.«

»Aber vielleicht nicht gut für mich. Heirate niemals einen Mann, der kein eigenes Leben hat, außer du willst, dass er deins übernimmt.«

Olivia ließ sich auf einen Hocker sinken. »Du hast mir nie was davon erzählt. Du und Dennis wart immer ein Traumpaar, ein absolutes Vorbild für mich.«

»Ich weiß, und jetzt, wo ich dir die Wahrheit offenbare, komme ich mir vor wie eine verwöhnte, undankbare, miese alte Nörglerin.« Sie schnappte sich ihren Löffel und zeigte damit auf Olivia. »Du wirst morgen

Abend eine spitzenmäßige Amneris zeigen. Hast du mich verstanden? Du wirst diese Bühne beherrschen. Du wirst dir von niemandem – nicht von Marsden, nicht von Dennis, nicht von mir – deine Stimme auch nur eine Sekunde länger nehmen lassen. Du wirst singen, wie du noch nie zuvor gesungen hast, oder ich werde nie wieder ein Wort mit dir reden.«

Rachel war nicht gerade in der Position, um ihr zu drohen, aber Olivia verstand und schenkte ihr ein schwaches Lächeln. »Ich würde nichts lieber tun als das, aber ...«

»Dann tu es! Wehe, du lässt die Arschlöcher gewinnen.«

Rachel fuhr zurück nach Indianapolis, und Olivias Gedanken schwankten zwischen der ungeheuerlichen Neuigkeit über Rachels Eheprobleme mit Dennis, die sie erst noch verarbeiten musste, der Aufführung morgen Abend, die ihr Kopfzerbrechen bereitete, und ihrer zwanghaften Beschäftigung mit Thad. Als sie den Tumult in ihrem Kopf nicht länger ertragen konnte, setzte sie sich vor ihren Computer, etwas, das sie regelmäßig machte, wenn sie eigentlich schlafen sollte.

Ihr goldener Armreif war offensichtlich kein billiger Tand, wie Eugene angenommen hatte, oder ein Imitat, zu dem die Juweliere in Las Vegas es erklärt hatten. Aber es kam tatsächlich vor, dass in Auktionshäusern geraubte Kunstobjekte auftauchten. Die Geschäftsleitung brauchte dann nur Unwissenheit vorzuschützen und sich um eine Rückgabe an den rechtmäßigen Besitzer zu bemühen. Warum hatte Kathryn das nicht getan? Was war so besonders an diesem Armreif?

Olivia war zwar keine studierte Ägyptologin, aber sie hatte sich eingehend mit der ägyptischen Geschichte auseinandergesetzt, so wie sie den historischen Hintergrund jeder Figur, die sie spielte, durchleuchtete. Sie hatte bereits den Begriff »ägyptischer Schmuck« in Verbindung mit »antik«, »altes Königreich«, »mittleres Königreich« und »neues Königreich« gegoogelt. Sie hatte auf Pinterest Pinnwände durchforstet und Links zum Ägyptischen Totenbuch verfolgt, aber nichts gefunden.

Im alten Ägypten trugen sowohl die Männer als auch die Frauen Armschmuck, und vor Rachels Ankunft hatte sie begonnen, die Pharaonen durchzugehen. Nun machte sie einen Schlenker zu den Frauen der Pharaonen und suchte nach Bildern von Armbändern, die einen Bezug zu den bekanntesten Königinnen aufwiesen: Hatschepsut, Nefertari und Nofretete. Ohne Ergebnis. Kleopatra war mehr griechisch als ägyptisch, aber Olivia bezog sie trotzdem in ihre Suche ein und fand wieder nichts.

Und dann ... Olivia schnappte nach Luft. »Oh mein Gott ...«

Brittany war an jenem Abend nicht im Dienst, aber sie wollte unbedingt wissen, was Olivia herausgefunden hatte, also trafen sie sich nicht auf der Wache, sondern in einem Café mit Ziegelwänden, viel dunklem Holz und Ohrensesseln mit abgewetzten grünen und goldfarbenen Samtbezügen.

»Bei dem goldenen Armreif handelt es sich um Raubkunst?«, fragte Brittany, nachdem sie ihre Getränke bestellt und sich in eine ruhige Ecke gesetzt hatten.

Olivia nickte. »Ja. Er wurde am 28. Januar 2011 gestohlen.«

Brittany sah sie fragend an. »Woher wissen Sie das genaue Datum?«

»Weil das der Tag war, an dem das Ägyptische Museum in Kairo von Plünderern heimgesucht wurde. Es geschah während der Unruhen im sogenannten Arabischen Frühling, die zum Sturz des Mubarak-Regimes führten. Dabei wurden unter anderem eine vergoldete hölzerne Statue von Tutanchamun, eine Steinfigur von Echnaton und ein Armreif von Königin Hetepheres gestohlen.« Olivia unterbrach sich kurz. »Die Statue und die Steinfigur wurden gefunden und zurückgegeben.«

»Aber nicht der Armreif.«

»Nicht der Armreif.« Sie gab Brittany ihr Handy. »Dieses Foto stammt aus dem Museumsarchiv.«

Brittany musterte die Aufnahme. »Das ist Ihr Armreif. Entweder das – oder eine exakte Kopie.«

»In Anbetracht der Umstände können wir wohl davon ausgehen, dass er das Original ist. Ich habe die ganze Zeit Königin Hetepheres' Goldarmreif getragen.«

»Sie haben mir gesagt, dass Mr. Swift Ihnen den Armreif vor einem Jahr schenkte, kurz vor seinem Tod. Warum hätten Kathryn und ihr Sohn so lange warten sollen, bevor sie versuchten, ihn zurückzuholen?«

»Wahrscheinlich haben sie erst vor Kurzem erfahren, dass ich ihn hatte.« Olivia lehnte sich zurück in das verschlissene Sesselpolster. »Einer der Steine fiel heraus, gleich nachdem ich den Armreif geschenkt bekommen habe. Ich habe ihn in eine Schublade gelegt und dann vergessen, bis kurz vor der Tour, als ich meinen Schmuck einpackte. Ich habe den Stein wieder angeklebt und den Armreif dann zu dem restlichen Haufen Schmuck in den Koffer gelegt.« Sie runzelte die Stirn. »Ich traue mich gar nicht, dem Ägyptischen Museum von dem Sekundenkleber zu erzählen.«

»Ich schätze, das wird man Ihnen verzeihen.«

Olivia beugte sich vor. »Ein paar Tage nach dem Beginn der Tour erschien in der Zeitung ein Foto von mir, auf dem ich den Armreif trug. Es war das erste Mal, dass ich damit fotografiert wurde. Gleich danach fing der Ärger an, also muss Kathryn dieses Foto wohl gesehen haben.« Olivia dachte an die sorgfältig getimte Ankunft der Limousine vor ihrem Hotel in Las Vegas. Da Kathryn Mitglied im Stiftungsrat der Oper war, hatte sie leichten Zugang zu allen Details des Tourprogramms von Marchand gehabt.

»Sie wusste endlich, wo der Armreif war«, sagte Brittany, »und sie hatte Angst, dass die Leute ihn erkennen würden.«

»In so einem Fall wäre es ein Leichtes gewesen, die Spur von mir zu Eugene Swift nachzuverfolgen und von dort zu seiner Firma.«

»Eine direkte Verbindung zwischen einem gestohlenen ägyptischen Exponat und dem Auktionshaus hätte sie ruiniert.«

»Nicht zwingend. Es ist nicht einfach, die Herkunft – die Beweismittelkette – von antiken Kunstgegenständen zurückzuverfolgen. Wenn ein Objekt, das sich als Raubkunst oder Beutekunst entpuppt, in einem Katalog auftaucht, gesteht das Auktionshaus seinen Fehler ein, bemüht sich, die Sache in Ordnung zu bringen, und alles ist gut.«

»Warum haben die Swifts das nicht getan?«

»Weil mein Armreif aus einem Museum gestohlen wurde, das eine weitverbreitete Liste der vermissten Objekte erstellt hat.«

»Was bedeutet, dass das Auktionshaus nicht auf Unwissenheit plädieren konnte.«

»Genau. Jeder Kunsthändler im Land wusste, was auf dieser Liste stand, und hätte Kathryn den Armreif nicht zurückbekommen, wäre ihr ganzes illegales Nebengeschäft aufgeflogen.« Olivia strich mit dem Daumen über ihr Handgelenk. »Eugene liebte *Aida*. Es fühlte sich richtig an, den Armreif zur Premiere auf der Bühne zu tragen. Ich kann mir vorstellen, welche Panik Kathryn bekommen hat, als sie ihn sah.«

»Ihre Panik wurde wahrscheinlich noch größer, als Sie damit auf der Gala erschienen sind.«

»Ich denke, damit hat sie gerechnet. Vor drei Wochen, als ich in Manhattan war, bin ich ihr zufällig begegnet, und sie hat mich eigens gebeten, dass ich mich für die Gala kostümiere. Sie konnte nicht sicher wissen, ob ich den Armreif tragen würde, aber es war naheliegend. Und so muss sie den Event als eine todsichere Gelegenheit betrachtet haben, um ihn sich zurückzuholen, falls ihr Sohn versagte. Ich schätze, sie hatte nicht viel Vertrauen in Norman.«

»Er hat sich tatsächlich ein bisschen stümperhaft angestellt.«

»Ein Glück für mich.« *Und für Thad.*

Brittany machte sich Notizen und versprach, Olivia zu informieren, sobald sie mehr in Erfahrung gebracht hätte. Nachdem sie gegangen war, bestellte Olivia sich noch einen Kräutertee und rief dann Piper an.

»Fantastische Arbeit«, sagte Piper, nachdem sie Olivias Bericht gehört hatte. »Ich würde Sie sofort bei mir einstellen, wenn Sie nicht diese andere läppische Karriere am Laufen hätten.«

Olivia lächelte und zögerte dann kurz. »Thad sollte darüber Bescheid wissen. Würden Sie es ihm sagen?«

»Warum sagen Sie es ihm nicht selbst?«

Piper würde niemals ahnen, wie sehr Olivia genau das tun wollte. »Es … wäre besser, wenn Sie mit ihm sprechen.«

Am anderen Ende der Leitung entstand eine lange Pause. »Na gut.«

Sie konnte sich nicht zurückhalten. »Wie geht es ihm?«

»Er ist nicht gerade in der besten Verfassung«, antwortete Piper unverblümt.

»Ist er krank? Er war ziemlich lange im kalten Wasser, und der Chicago River ist nicht gerade besonders sauber. Er hätte nicht in den Fluss springen sollen. Er … Ist er in Ordnung?«

»Er ist nicht krank. Er ist still. Ich habe ihn noch nie so still erlebt. Cooper war heute bei ihm, um nach ihm zu schauen. Er hat gesagt, Thad würde schlimm aussehen. Anscheinend trug er ein kariertes Hemd zu einer

Radlerhose und schwarze Anzugschuhe. Sie wissen, das ist ein Alarmzeichen. Cooper hätte ihn fast in die Notaufnahme eingeliefert.«

Olivia umklammerte ihren Hörer fester. »Würden Sie … Könnten Sie vielleicht … Keine Ahnung. Ihn zum Dinner einladen oder so?«

»Es wird mehr nötig sein als nur ein Dinner, um ihn wiederherzustellen.« Olivia hörte im Hintergrund Papier rascheln. »Olivia, ich mag Sie, aber ich bin schon lange mit Thad befreundet, und ich schulde ihm meine höchste Loyalität. Sie haben ihn tief verletzt.«

Aber nicht so tief, wie sie sich selbst verletzt hatte.

Mit gesenktem Kopf, den Blick auf den Asphalt geheftet, trottete sie anschließend vom Café nach Hause und wünschte, sie wäre unsichtbar.

Am nächsten Morgen wärmte sie ihre Stimme in der hohen Luftfeuchtigkeit der Dusche auf. Sie testete ihre Tiefen, ihre Höhen, ohne sich zu sehr unter Druck zu setzen, lotete einfach nur aus. Im Gegensatz zu ihrem Herzen fühlten sich ihr Bauch und ihr Zwerchfell stark und stabil an. Sie suchte nach dem beengenden Gefühl, das ihr den Atem geraubt hatte. Sie fand Traurigkeit, Verzweiflung, aber nichts von der Verkrampfung, die ihre Stimme abgewürgt hatte.

Schon früh machte sie sich auf zur Oper, unfähig, das Gefühl abzuschütteln, dass alles, was sie gewonnen hatte, ihr jeden Moment wieder genommen werden würde. Sie ging zum Klavier und überprüfte ihre Stimme. Noch immer stabil. Vielleicht …

Sie kümmerte sich um ihre Haare und ihr Make-up. Als sie fertig angekleidet und auf dem Rückweg zu ihrer Garderobe war, hatte sie einen Entschluss gefasst. Heute Abend würde sie die Vorstellung liefern, die sie bei der Premiere hätte liefern sollen. Heute Abend würde sie sich selbst zurückerobern.

Und dann bog sie um die Ecke.

Im Gegensatz zu Pipers Beschreibung war Thad perfekt gekleidet – Sakko, Hemd, Hose, Schuhe –, alles aufeinander abgestimmt.

Er war nicht allein.

Sarah Mabunda, umwerfend in ihrem weißen Gewand als Aida, stand bei ihm. Oder besser gesagt, vor ihm. Oder besser gesagt, zwischen ihm und der Wand.

Beide drehten den Kopf zu Olivia, musterten sie mit süffisanten und abschätzigen Blicken. Dann konzentrierten sie sich wieder aufeinander. Sarah schlang den Arm um Thads Hals. Thad legte seinen Arm um Sarahs Taille. Und dann küssten sie sich.

Es war kein Küsschen auf die Wange, sondern ein ungestümer, leidenschaftlicher Zungenkuss. Sarah Mabunda und Thad Walker Bowman Owens.

Sie waren ein schönes Paar.

Zu schön.

Ausgerechnet …

Das Orchester beendete die Ouvertüre. Radamès und Ramphis sangen vom Angriff der verfeindeten Äthiopier. Ramphis ging ab und ließ Radamès allein, der von

Führung, Sieg und seiner geliebten Aida träumte. Seiner »Celeste Aida«.

Olivia stand hinter den Kulissen, mit Herzklopfen, und wartete auf ihren Auftritt. Im Gegensatz zu Amneris verstand sie genau, wen Radamès liebte.

Er erreichte das hohe B, mit dem seine Arie endete, und sie rauschte auf die Bühne, eine königliche Prinzessin, die es gewohnt war, alles zu bekommen, was sie wollte. Sie sang von ihrer Liebe, von ihrer Leidenschaft für diesen schönen Krieger. Sie sang aus voller Inbrunst.

Doch alles, worüber er reden wollte, war Krieg.

Sie stampfte mit dem Fuß auf. *Amneris stampfte mit dem Fuß auf!* Das hatte sie nie zuvor in diesem speziellen Moment getan, aber nun schon. Sie schenkte ihm ihr Herz, und alles, was ihn interessierte, war, wie er sein Team zum Sieg führen konnte.

Ihre Zehen krümmten sich in den goldenen Sandalen. Etwas an seinem Gesichtsausdruck, an seinem Verhalten, wie er ihrem Blick auswich – etwas lief grundlegend falsch.

Ein hässlicher, quälender Gedanke kam ihr in den Sinn. Was, wenn er eine andere liebte?

Er drückte sich vor ihren Fragen.

Ihre geliebte Aida erschien. Ja, ihre Sklavin, aber auch ihre engste Freundin. Die Schwester ihres Herzens. Also, warum zum Teufel starrte Radamès Aida die ganze Zeit so an?

Und warum fing Sarah an zu weinen? Thad liebte schöne, talentierte Frauen. Er hatte einen einzigen Blick auf Sarah geworfen, und alle anderen Frauen, die er kannte, hatten aufgehört zu existieren.

Aida hätte Amneris genauso gut ein Messer in die Rippen stoßen können.

Etwas passierte auf der Bühne. Thad konnte es spüren. Er sah es daran, dass die Zuschauer sich gerader hinsetzten. Sich gespannt vorbeugten. Eine Frau legte erstaunt die Hand vor den Mund. Eine andere klammerte sich an die Rückenlehne ihres Vordermannes. Ein Mann in der nächsten Reihe hob den Kopf zur Decke, als könnte er nicht ertragen mitanzusehen, was sich auf der Bühne entfaltete.

Olivia türmte sich über allen auf. Grimmig. Gequält. Grausam. Sie besaß alle Macht, ihre Sklavin keine, was ihre Manipulationen sogar noch unverzeihlicher machte. Am liebsten würde er ihr empfehlen, die Macht, die ihr in die Wiege gelegt worden war, nicht zu missbrauchen. Ihre Freundin nicht zu verraten. Freundinnen sollten zusammenhalten. Dieser Kerl hatte keine von beiden verdient. Thad verstand genau, wie sich extreme Eifersucht anfühlte. Jeder um ihn herum verstand das. Aber sie war zu sehr darin gefangen, um zu sehen, wohin das führen würde.

Er sah es kommen.

Seine Nackenhaare stellten sich auf.

Verrat und Vergeltung. Olivia schäumte. Scheiß auf die Konsequenzen! Niemand sonst in Ägypten kümmerte sich um die Konsequenzen, und Amneris verzichtete auch darauf.

Sie kochte vor Wut. Sie tobte. Sie bettelte und flehte. Radamès sollte sie heiraten, nur sie lieben!

Endlich! Ägyptens Triumph über Äthiopien und Radamès' Siegesparade. Zur Belohnung für seine Verdienste bekam er die Hand der ägyptischen Prinzessin. Amneris' Hand. Nicht die seiner Liebsten.

Aber Radamès wollte nichts davon wissen. Und Olivia wollte nichts davon wissen, dass er nichts davon wissen wollte.

Radamès beging einen tödlichen Fehler. Hochverrat.

Der dickköpfige, sture Bastard machte nur das, was er wollte.

Dann sollte es so sein.

Die Verurteilungsszene begann … die berühmte Verurteilungsszene. *La Belle Tornades* kolossale Tour de Force. Sie fleht ihn an, sich zu verteidigen. Er will nicht. Sie umschmeichelt ihn. Droht ihm.

Gib Aida auf, mein Geliebter, und heirate mich. Im Gegenzug wirst du leben! Vertraue mir. Niemand im Königreich wird dir ein besseres Angebot machen. Heirate mich, und wir werden gemeinsam über ganz Afrika herrschen, zusammen mit ESPN und der NFL. Alles, was du tun musst, ist, dich von ihr loszusagen, und ich werde dich retten!

Aber er will lieber sterben.

Das Messer bohrt sich tiefer zwischen ihre Rippen. Amneris' Liebe verwandelt sich in Zerstörung. Sie verlangt nach Rache, und in ihrem glühenden Hass verfolgt sie, wie er zum Tode verurteilt wird.

Wartet! Augenblick! Ich nehme alles zurück! Sie stößt

einen Schrei aus. Ihr Schrei erschüttert die Bühne, malträtiert die Zuschauer, hallt über die Michigan Avenue und schießt hinaus über den See in die Ewigkeit.

Zu spät, Schätzchen. Er ist dem Untergang geweiht.

Nein! Das könnt ihr nicht machen! Er hat den Tod nicht verdient! Sie verflucht ihren Vater, verflucht die Priester. Sie ist für all das verantwortlich, und sie verflucht ihre eigene Eifersucht, während sie beobachtet, wie ihr Liebster in sein unterirdisches Gefängnis zurückkehrt, wo er lebendig eingemauert wird.

Zusammen mit seiner großen Liebe.

Wenngleich Amneris das nicht weiß.

Sie wirft sich auf den Stein, der sein Grab bedeckt, und betet für Frieden. Aber es ist zu spät. Ohne ihn gibt es für sie keinen Frieden.

Vorhang.

Brava! Brava! Brava!

Es war ein Triumph.

Später würden die Kritiker schreiben:

Der glänzende Lack von Shores legendärer Stimme schwang mühelos von honigsüßem Pianissimo-Geflüster zum gallebitteren Fortissimo-Schrei in rasender Wut.

Shore brillierte und verblüffte mit einem grandiosen hohen C, an das sich sonst nur eine Handvoll Mezzosopranistinnen heranwagen.

»A lui vivo, la tomba!« war kristallklare Perfektion.

Shore behauptete die Rolle der Amneris wie nur wenige Sängerinnen vor ihr. Die Zeugen dieser stimmlichen Urgewalt werden noch in Jahrzehnten den jungen Opernfans erklären: ›Ah, hättet ihr doch nur einmal die großartige Olivia Shore als Amneris auf der Bühne erlebt!‹

La Belle Tornade war auf dem Gipfel ihres Erfolgs angelangt. Tat das, wofür sie lebte.

Und es war nicht genug.

KAPITEL 22

Olivia empfing routinemäßig die Gratulanten in ihrer Garderobe, während sie die ganze Zeit auf Thads Erscheinen hoffte. Sie hatte den Auftritt ihres Lebens abgeliefert und sehnte sich danach, den Triumph mit ihm zu teilen.

Blumensträuße wurden gebracht, mehr Gratulanten strömten in ihre Garderobe. Mitchell Brooks hatte Tränen in den Augen. Sergio drückte sie so fest, dass er ihr fast die Rippen brach. Erst nachdem der letzte Gast sich verabschiedet und sie sich abgeschminkt hatte, akzeptierte sie die Tatsache, dass Thad nicht mehr kommen würde.

Sarah erschien in normaler Straßenkleidung und mit blank geschrubbtem Gesicht. Nach dem letzten Vorhang war sie Olivia ausgewichen, und nun betrachtete sie sie vorsichtig durch die offene Tür.

»Sei nicht sauer auf mich. Es war seine Idee.«

»Ich weiß. Seine letzte Variante davon, mich auf einem Bein singen zu lassen.«

»Was?«

»Nicht so wichtig.« Sie sah keinen Grund, Thads Theorie über Leistungssportler und die Auswirkungen von mentalen Blockaden zu erklären. Jener Kuss hatte ihr etwas gegeben, auf das sie sich fokussieren konnte, statt darauf zu warten, dass ihre Stimme sie im Stich ließ. Sie war sich ziemlich sicher, dass sie auch ohne diesen Trick einen starken Auftritt gehabt hätte, aber sie konnte nicht bestreiten, dass der Anblick der beiden in inniger Umarmung das perfekte Bild gewesen war, um es in ihren Kopf einzupflanzen und mit auf die Bühne zu nehmen.

Sie lächelte Sarah an. »Ich hoffe, du hast jede Sekunde davon genossen.«

»Du bist nicht sauer?«

Olivia streifte sich den roten Kapuzenpullover über, mit dem sie in die Oper gekommen war. »Ich kenne euch beide zu gut, um euch so eine Nummer abzukaufen, aber trotzdem schien es länger zu dauern als nötig.«

Sarah grinste verschmitzt. »Er küsst wirklich gut.«

»Und du bestimmt auch. Versuch es bloß nicht wieder.«

Sarah lehnte sich gegen den Türrahmen. »Du warst heute Abend der Hammer.«

»Da bin ich nicht die Einzige.« Sarah hatte sich das Herz aus dem Leib gesungen. Noch nie hatte es auf der Bühne so intensiv zwischen ihnen geknistert.

Sarah streifte mit einer Hand durch ihre Haare. »Er ist nicht gekommen, oder? Wahrscheinlich hat er Angst, dass du ihn töten könntest.«

»Das bezweifle ich.« Thad würde ahnen, dass sie seinen Bluff durchschaut hatte, und es war nicht die Angst vor Vergeltung, die ihn ferngehalten hatte.

»Du bist eine eigenartige Person, Olivia«, sagte Sarah. »Jede andere Frau würde mir die Augen auskratzen.«

Olivia lächelte. »Ich weiß, wer meine Freunde sind.«

Sarah schob die Hände in ihre Jacke. »Ich habe Adams Schwestern angerufen und ihnen alles erzählt.«

»Ich kann mir vorstellen, dass das kein leichtes Gespräch war.«

»Sie mussten die Wahrheit erfahren. Vielleicht können sie jetzt anfangen, ihr eigenes Leben zu führen.«

Olivia umarmte sie. »Du bist eine gute Frau, Sarah Mabunda.«

»Gleichfalls, Olivia Shore.«

Nachdem Sarah gegangen war, sammelte Olivia ihre Sachen ein. Thad war wütend auf sie, und doch hatte er ihr Schützenhilfe gegeben. Sie zögerte kurz, dann schrieb sie ihm eine Nachricht.

Ich habe euch die Show keine Sekunde lang abgekauft.

Dachte ich mir, aber es war trotzdem einen Versuch wert. Außerdem ist Sarah heiß.

Zur Kenntnis genommen. Und danke.

Gern geschehen.

Ich bin auf dem Weg nach Hause. Treffen wir uns dort?

Nein.

Als sie die Oper verließ, wartete sie, dass noch etwas von ihm kam, aber Fehlanzeige. Zurück in ihrer Wohnung versuchte sie es wieder.

Schläfst du schon?

Ja, bis eben.

Können wir reden?

Nein. Ich schalte jetzt mein Handy aus.

Wieder hatte sie eine grauenvolle Nacht. Als sie am nächsten Morgen aufstand, sparte sie sich die Mühe, die Kritiken zu lesen. Sie wusste genau, wie gut sie und Sarah gewesen waren. Die Meinung der anderen war unwichtig. Sie musste Thad sehen.

Ich muss mit dir reden.

Keine Lust.

Ich werde nicht betteln.

Brauchst du nicht. Ich werde dich blockieren.

Er wollte sie blockieren?

Nein!

Sie zog sich an – ganz in Schwarz, um ihm zu zeigen, dass sie es ernst meinte – und machte sich auf den Weg zu seinem Penthouse, nur um auf eine weitere Person zu stoßen, die entschlossen war, sie zu ignorieren.

Der Concierge erinnerte sie an einen hochnäsigen Ralph Fiennes. »Er ist nicht da, Miss Shore.«

»Hat er gesagt, wohin er wollte?«

Der Concierge musterte sie über seinen gebogenen Empfangstisch hinweg. »Nein.«

»Wissen Sie, wann er zurückkommt?«

»Nein.«

»Wann ist er gegangen?«

Er sah auf seine Uhr, als käme er zu spät zu einer Verabredung. »Wir sind nicht befugt, Informationen über unsere Hausbewohner herauszugeben.«

»Ich verstehe. Aber Mr. Owens und ich sind enge Freunde. Er hätte sicher nichts dagegen.«

»Tut mir leid. So lauten unsere Vorschriften.«

Er machte nicht den Eindruck, als täte es ihm leid. Vielmehr wirkte er zufrieden – ein kleiner Mann, der sein bisschen Macht über jemanden ausübte, den er als privilegiert betrachtete. Olivia hasste ihn. Sie bedachte ihn mit einem vernichtenden Blick und stolzierte dann aus der Lobby. Draußen auf der Straße holte sie ihr Handy heraus.

Wo bist du? Ruf mich an.

Sie wartete. Der Verkehr rauschte an ihr vorbei. Sie wartete noch etwas länger, aber er ghostete sie. Sie winkte einem Taxi und rief Piper vom Rücksitz aus an.

»Ich suche Thad. Wissen Sie, wo er ist?«

»Nein.«

»Haben Sie mit ihm gesprochen?«

»Nein.«

»Ihr Mann vielleicht?«

»Warten Sie.« Sie hörte, wie Piper sich vom Telefon wegdrehte. »Coop, hast du mit Thad gesprochen?«

Olivia hörte ihn im Hintergrund. »Ja, warum?«

»Olivia sucht ihn«, antwortete seine Frau. »Weißt du, wo er ist?«

»Nein.«

»Sorry.« Piper war wieder am Telefon. »Vielleicht weiß Clint etwas.«

»Könnten Sie mir seine Adresse geben? Ich habe sie irgendwo verbummelt.« Tatsächlich hatte Olivia sie nie gehabt.

Es stellte sich heraus, dass Clint in einem westlichen Vorort von Chicago wohnte statt in der Stadt wie jeder andere normale junge Mann in seinem Alter.

Olivia schrieb ihn an.

Kann ich zu dir kommen?

Ist gerade ungünstig.

Ich komme trotzdem.

Das Taxi setzte sie vor ihrer Wohnung ab, wo sie in ihren BMW umstieg und nach Burr Ridge aufbrach.

Clints riesige Villa im Stil eines französischen Schlosses

stand bereit für die Reinkarnation von Ludwig XIV. Der Prachtbau hatte steile Schieferdächer, fünf hohe Kamine, zahlreiche Balkone mit schmiedeeisernen Ziergeländern und, um dem Ganzen die Krone aufzusetzen, einen Turm. Das Einzige, was fehlte, war Marie Antoinette, die durch den Lustgarten wandelte. Clint hatte eindeutig zu viel Geld, um zu wissen, was er damit anfangen sollte.

Bevor sie aus dem Wagen stieg, versuchte sie es noch einmal bei Thad.

Hör auf, mich zum Narren zu halten, und ruf mich an.

Sie wartete.

Ein mitternachtsblauer Alfa Romeo kam plötzlich hinter dem Gebäude hervor und beschleunigte auf der Zufahrt zur Straße. Olivia erhaschte einen Blick auf nicht nur eine, sondern gleich zwei hübsche junge Frauen.

Der kleine Perversling sah zerknittert aus, als er die Tür öffnete.

Sie stapfte an Clint vorbei in den Eingangsbereich aus Marmor. »Wirklich? Gleich zwei?«

Er fuhr sich mit der Hand durch die zerzausten Haare. »Keine Ahnung, wovon du sprichst.«

Ein unliebsamer Gedanke drängte sich auf. »Ist Thad hier?«

»Glaubst du, ich würde es dir sagen, wenn es so wäre?«

Was bedeutete, dass er nicht hier war. Eine Erleichterung. »Ich muss dringend mit ihm reden.«

Clint gähnte und streckte sich, sodass sie durch den Ärmel seines schlabbrigen weißen T-Shirts eine behaarte Achselhöhle sehen konnte. »Nicht mein Problem.«

»Werd jetzt bloß nicht frech, junger Mann!«

Das brachte ihn zum Lachen. »Na komm. Ich brauche einen Kaffee.«

»Und einen Test auf Geschlechtskrankheiten«, murmelte sie.

»Das habe ich gehört. Die Dinge sind nicht immer so, wie sie scheinen.«

Sie brummte missbilligend wie eine alte Witwe.

Seine Küche sah genauso übertrieben aus wie der Rest des Hauses. Weißer Marmor, weiße Fliesen und nicht bloß einer, sondern gleich zwei Kronleuchter. »Nur mal so aus Neugier: Wie viel hast du für dieses Haus bezahlt?«

»Da musst du T-Bo fragen.«

»Das würde ich ja, wenn ich ihn erreichen könnte!« Sie nahm die Puttenmalerei an der Decke wahr. »Und warum weiß er, was dein Haus gekostet hat?«

»Thad ist so was wie mein Finanzberater und hat den Kauf abgewickelt. Er hat ein Auge auf uns jüngere Spieler, damit wir nicht unser ganzes Geld verpulvern.«

Sie musterte die Kronleuchter, starrte auf die umhertollende Engelschar. »Er hat dich schlecht beraten.«

»Nicht wirklich.« Er grinste. »Du hast ja keine Ahnung, welche Summe in meinem Vertrag steht.«

»Bestimmt genug, um ganz vielen Lehrern ein höheres Gehalt zu bezahlen.«

»Jetzt bist du unfair.« Er zog einen Barhocker unter der Theke hervor.

»Ich werde noch viel unfairer, wenn du mir nicht sagst, wo Thad ist.«

»Denkst du, es ist meine Aufgabe, ihn im Auge zu behalten?«

»Bis jetzt hast du das gut hinbekommen, darum ja.«

Er glitt auf den Hocker und lehnte sich zurück. »Lass es mich so ausdrücken. Würde er Wert darauf legen, dass du weißt, wo er ist, würde er es dir sagen.«

»Du hast ernsthaft die Absicht, mir diese Information vorzuenthalten?«

»Ja. Ich fürchte schon.«

»Schön. Dann ruf ihn für mich an.«

»Klar. Gib mir dein Handy.«

Verdammt. Er war viel schlauer, als er aussah. »Ruf ihn mit deinem Handy an.«

»Definitiv nein.«

Sie erklärte ihm das Offensichtliche. »Bei deiner Nummer wird er drangehen, bei meiner nicht.«

»Soll ich uns Pfannkuchen machen?«

»Nein.«

»Möchtest du frühstücken gehen?«

»Ich möchte nur eins: mit ihm reden.« Sie klang weinerlich und kläglich, genau so, wie sie sich fühlte.

Clint sah sie mit hochgezogenen Augenbrauen an. »Das lief beim letzten Mal ja nicht so gut.«

»Er hat dir davon erzählt?«

»Sagen wir einfach, ich durfte die Scherben aufsammeln, die du hinterlassen hast.«

Sie zuckte zusammen. »Ich muss das wieder geradebiegen.«

»Ich fürchte, du hast eine völlig andere Vorstellung vom Geradebiegen als er.«

»Das weiß ich erst, wenn ich mit ihm rede. Bitte. Ruf ihn mit deinem Handy an.«

»Für wie selbstzerstörerisch hältst du mich? Ich brauche ihn.«

Sein stur vorgeschobener Kiefer sagte ihr, dass er sich keinem Druck beugen würde. Wer sonst könnte wissen, wo Thad steckte? Vielleicht sein Kumpel Ritchie Collins, der Wide Receiver der Stars, den sie an jenem Abend in Phoenix kennengelernt hatte? »Ritchie! Wie kann ich ihn finden?«

»Ritchie ist gerade auf einer Missionsreise nach Haiti mit seiner Kirche.«

»Mist. Mit wem aus der Mannschaft ist er sonst noch befreundet?«

»Mit fast jedem, aber wenn du denkst, ich gebe dir eine Namensliste, hast du dich getäuscht.«

»Dann sein Agent. Mit seinem Agenten muss er sprechen, richtig?«

Clint schenkte ihr ein öliges Lächeln. »Der Mann heißt Heath Champion. Der größte Sportagent in der Branche. Und ein kleiner Tipp: Man nennt ihn nicht umsonst den *Python*.«

Das Büro von Spitzenagent Heath Champion wirkte einschüchternd mit seinen in Hochglanz lackierten Wänden und der Luxuseinrichtung, die aus viel Leder bestand. Eine Reihe von silbergerahmten Familienfotos – darauf eine hübsche Frau mit kastanienbraunem Haar und zwei

451

Kinder – sollten dem Raum wohl einen menschlichen Touch verleihen. Der Mann selbst – rau, kantig, auf eine einschüchternde Art attraktiv – betrachtete sie mit kühler Höflichkeit.

»Das wäre eine Verletzung der Schweigepflichtvereinbarung zwischen Agent und Klient.«

»Ich will ihn nicht umbringen!«, erwiderte sie ungehalten. »Ich will nur mit ihm reden.«

Er starrte sie über den Schreibtisch hinweg an. »Das sagten Sie bereits. Aber Thad hatte in der Vergangenheit Probleme mit einer Stalkerin.«

»Sehe ich aus wie eine Stalkerin?«

»Sie sehen schon ein bisschen verstört aus.«

Und das war der Grund, warum man ihn den Python nannte.

Sie kam hier nicht weiter, obwohl sie ernsthaft in Betracht zog, ihren eigenen gutmütigen Agenten gegen diesen harten Hund zu tauschen. Sie stützte die Hände auf seinen Schreibtisch und beugte sich vor. »Kommen Sie mir wenigstens ein bisschen entgegen, Mr. Champion. An wen kann ich mich wenden, der es mit Ihrer kostbaren Schweigepflichtvereinbarung nicht so genau nimmt wie Sie?«

Sechs Stunden später war sie in Louisville, Kentucky.

Thads Mutter war die kälteste, feindseligste Frau, der Olivia jemals begegnet war. Verständlicherweise, wie Olivia widerwillig zugeben musste, schließlich ging auch Dawn Owens davon aus, dass sie ihren Sohn stalkte.

Sie sah aus wie Anfang fünfzig, aber Olivia überschlug kurz im Kopf, dass sie älter sein musste. Mit ihrer schlanken Figur, dem hellbraunen Bob, ihrer schönen Haut und Thads perfekter Nase könnte sie ein Best Ager Model sein.

»Ich bin keine Stalkerin. Ich schwöre es«, sagte Olivia, was sie nur noch mehr wie eine Stalkerin aussehen ließ. Sie versuchte, an Mrs. Owens vorbei in die Diele des Hauses im Kolonialstil zu spähen: Wandlampen aus Messing, eine Standuhr, kein Thad. Sie nahm einen neuen Anlauf. »Ich bin Olivia Shore. Sie können mich googeln. Ich bin vollkommen seriös. Ich habe mit Thad zusammen diese Werbetour für Marchand gemacht. Wir sind Freunde. Und ich …« Ihr war bewusst, dass sie von Sekunde zu Sekunde verrückter wirkte, aber sie konnte nicht anders. »Und ich liebe ihn. Von ganzem Herzen.«

Mrs. Owens deutete auf die Straße. »Verschwinden Sie, oder ich rufe die Polizei.«

Olivia machte einen letzten Versuch. »Ich bin den ganzen Weg von Chicago hierhergefahren. Ist er da?«

Thads Mutter drehte den Kopf in Richtung Diele. »Greg, ruf die Polizei.«

Eine tiefe, männliche Stimme – aber nicht die, die sie hören wollte – kam aus dem Innern des Hauses. »Ich habe gerade Thad in der Leitung, Dawn. Er sagt, wir sollen sie reinlassen und bewirten, aber mehr nicht. Augenblick. Uh-huh … Uh-huh … Er sagt, falls sie betrunken wirkt, sollen wir sie nicht weiterfahren lassen, sondern ihr für die Nacht sein Zimmer geben, aber sie gleich am nächsten Morgen rausschmeißen.«

Vollkommen besiegt rieb Olivia ihre Wange und

wandte sich um zur Straße. »Tut mir leid, dass ich Sie belästigt habe.«

»Warten Sie«, sagte Dawn Owens hinter ihr. »Kommen Sie rein.«

Thads altes Zimmer enthielt enttäuschenderweise keine Erinnerungsstücke aus seiner Kindheit. An den elfenbeinfarbenen Wänden hingen ein paar Blumenaquarelle statt Poster von Sportlern. Es gab kein Regal voller Jugendpokale, keine zurückgelassenen Heftordner oder Kartons mit alten Musikkassetten. Allerdings war es nicht so, als hätten seine Eltern ihn vergessen. Im Erdgeschoss wimmelte es von Fotos, die Thad in jeder Phase seines Lebens zeigten.

Thads Vater Greg war Buchprüfer, ein gut aussehender Mann – groß und schlank wie sein Sohn, aber mit grau melierten Haaren. Beim Abendessen gestand er Olivia, dass er wenig Interesse an Football hatte, außer wenn sein Sohn spielte. »Ich lese lieber. Dawn ist die Sportliche von uns.«

»Ich habe lange Basketball gespielt, für die Collegeauswahl in der dritten Liga«, sagte Dawn.

Entgegen Thads Anweisung hatten seine Eltern sie nicht gleich in aller Frühe aus dem Haus geworfen, aber da es bereits zehn Uhr war und sie am Abend eine Vorstellung hatte, musste sie sich auf den Weg machen. Während sie ihre Toilettenartikel einsammelte und in ihre Übernachtungstasche packte, saß Dawn auf dem Gästebett. »Ich wünschte, Sie könnten länger bleiben.«

»Ich auch. Aber Sie hätten mich wirklich nicht aufzunehmen brauchen, wissen Sie. Ich hätte mir ein Hotel suchen können.«

»Aber dann hätte ich die Gelegenheit verpasst, eine weltberühmte Opernsängerin zu bewirten.«

Olivia lächelte. »Wenigstens wissen Sie jetzt, dass ich keine Stalkerin bin.«

Dawn lachte, keineswegs peinlich berührt. »Und auch keine Trinkerin, obwohl Thad uns gewarnt hat. Dieser Junge ...«

»Ist eine Plage.« Gestern Abend hatte Olivia viel mehr über ihre Beziehung zu Thad offenbart als beabsichtigt und auch ihren Kampf mit ihm unter Alkoholeinfluss an jenem ersten Abend in Phoenix erwähnt. Thads Mutter hatte sich als eine perfekte Zuhörerin erwiesen – unvoreingenommen, mitfühlend und mit nichts zu schockieren.

Olivia musste einfach fragen. »Haben Sie einen Rat für mich?«

»Mir wäre nichts lieber, als dass zwischen Ihnen beiden wieder alles gut wird.«

Olivia hörte das Zögern in ihrer Stimme. »Aber?«

»Aber ... Ich sage das jetzt nicht, um Sie zu kränken.« Sie beschäftigte sich damit, ihre khakifarbene Hose mit den Händen abzubürsten. »Ich habe nie erlebt, dass Thad sich nicht dahinterklemmt, wenn er etwas wirklich möchte.«

Die Wahrheit dieser Worte traf Olivia bis ins Mark. Wenn Thad sie wollte, hätte er inzwischen mit ihr geredet.

Am Freitag, als sie die nächste Vorstellung hatte, machte sie am späten Vormittag eine Stunde Yoga, pickte von ihrem Lunch und pflegte ihren Schmerz. Ihr war nach Heulen zumute, aber stattdessen stampfte sie durch ihre Wohnung – mit einer Stinkwut auf sich selbst, weil sie sich in einen derart gefühllosen, arroganten Blödmann verliebt hatte.

Ihre Wut trug sie durch eine weitere spektakuläre Vorstellung.

Erst als sie vor Radamès' Grab kauerte und beklagte, welchen Anteil sie an seinem Tod hatte, lichtete sich der Nebel in ihrem Kopf. Sie hatte in letzter Zeit viel über sich gelernt, Dinge, die sie Thad berichten wollte. Dinge, die er nicht hören wollte.

Während Aida und Radamès hinter den Grabmauern starben, sah sie sich selbst in späteren Jahren, zur Wohnungstür schlurfend wie Batista Neri, mit stumpfem Haar von der schwarzen Färbung, die sie verwendete, um das Grau abzudecken. Vielleicht würde sie auch abgelatschte Pantoffeln tragen. Sie würde ihre Schüler nacheinander hereinlassen und ihr Bestes geben, um sie zu unterrichten, trotz ihrer Verbitterung darüber, dass sie nicht mehr die Stimme oder die Ausdauer besaß, um die Amneris oder die Azucena zu singen. Dass sie nicht mehr agil genug war, um den Cherubino zu spielen. Dass man sie auf der Bühne auslachen würde, wenn sie sich an der sinnlichen Carmen versuchte.

So sah ihre Zukunft aus. Außer ...

»Was steckt hinter deinem plötzlichen Wunsch, für mich zu kochen?«, fragte Clint von seinem Barhocker in seiner überkandidelten Küche.

»Mein schlechtes Gewissen, weil ich meine Probleme mit Thad auf dich abgeladen habe.« Sie machte tolle Salate und anständige Omeletts, also wie schwer konnte es schon sein, eine schmackhafte Pastasoße zusammenzurühren? Sie blickte auf das Chaos, das sie angerichtet hatte, nachdem sie eine riesige gelbe Zwiebel klein geschnitten hatte. Das Ergebnis sah nicht aus wie in den Kochsendungen.

»Du kannst nicht besonders gut mit dem Messer umgehen«, sagte Clint.

»Ich kann sehr gut mit dem Messer umgehen. Es ist nur so, dass ich es hauptsächlich benutze, um andere Leute zu erstechen. Oder, abhängig von der Rolle, mich selbst.«

»Aber du weißt schon, wie man Pasta kocht, oder? Du hast gesagt, für die Soße hättest du ein Spezialrezept von deiner italienischen Urgroßmutter.«

Ihre Urgroßmutter war in Wahrheit deutsch. »So ähnlich.«

Er betrachtete die Packung Putenhackfleisch, die sie gekauft hatte, zusammen mit den anderen Zutaten. »Ich wusste nicht, dass Italiener Truthahn für ihre Hackfleischsoße verwenden.«

»Ich bin aus Ostitalien. Und statt hier rumzusitzen und dumme Sprüche über meine Kochkünste zu reißen, könntest du mal nach meinem Wagen schauen? Ich glaube, ich habe die Fenster offen gelassen, und die haben Regen angesagt.«

»Wer hätte gedacht, dass du so ein schlechtes Date bist?«

»Eine Mahnung, ältere Frauen nicht zu belästigen.«

»Hey! Du hast mich angerufen!«

»Fenster, bitte.«

Er warf die Hände in die Höhe und bewegte sich dann zum Hinterausgang. Kaum hatte sich die Tür hinter ihm geschlossen, raste sie ans Ende der Theke, wo er unklugerweise sein Handy liegen gelassen hatte.

Die Nudeln waren nicht richtig durch, die Soße war zu süß von dem ganzen Zucker, den sie hineingekippt hatte, um das Übermaß an Thymian und Oregano zu neutralisieren. Nach ein paar Bissen legte Clint die Gabel zur Seite. »Was hast du gesagt, aus welchem Teil Italiens stammte deine Urgroßmutter? Gab es dort zufällig öfters eine Hungersnot?«

Sie stocherte in dem Chaos auf ihrem Teller. »Ich bin eine Anfängerin in der Küche.«

»Das nächste Mal übst du bitte mit jemand anderem.«

Es klingelte an der Tür. Sie krümmte ihre nackten Zehen um die Sprossen ihres Hockers, auf dem sie saß.

»Falls das eine meiner Freundinnen ist«, sagte Clint, als er aufstand, »verschwindest du von hier.«

»Undankbarer Kerl.«

Sobald er die Küche verlassen hatte, eilte sie zum offenen Durchgang, aber das Haus hatte die Größe eines Flugzeugträgers, und sie konnte nicht viel hören. Warum musste ein einzelner Mann in so einer Monstrosität wohnen?

Sie konnte kein einziges Wort verstehen, das gesprochen wurde, nicht einmal, als es kurz laut wurde. Bis sie dann doch ein Wort verstand. »*Olivia*!«

Es war Clint.

Plötzlich hatte sie mehr Lampenfieber als vor ihren Bühnenauftritten. Am liebsten wäre sie zur Hintertür hinausgestürmt, in ihren Wagen gestiegen und hätte das alles hier hinter sich gelassen. Stattdessen zwang sie sich, um drei Ecken zu biegen und den langen Gang zu durchqueren, hin zu den zwei hoch aufragenden Gestalten, die sie im Eingang erwarteten. Einer von ihnen stand ruhig da, aber der andere war aufgebracht.

»Du hast mein Handy geklaut!«, fuhr Clint sie an. »Scheiße, Livia, was soll das?«

Die Nachricht, die sie verschickt hatte, war direkt auf den Punkt gekommen.

T-Bo, ich habe mir das Handgelenk gebrochen.
Kannst du sofort bei mir vorbeikommen?

»Ich habe mir dein Handy nur geliehen«, murmelte sie, was, wie sie wusste, nicht der springende Punkt war.

Clint warf seine großen Hände in die Luft. »Du hast ihm Hoffnung gemacht, dass er diesen Herbst für die Stars in der ersten Reihe aufläuft!«

Das hatte sie nicht bedacht.

Clint stürmte nach oben. »Sie gehört dir.«

KAPITEL 23

Olivia sah sich selbst, wie er sie sah, mit wildem Blick, nackten Füßen und Tomatensoße auf ihrem weißen Oberteil. Der Dampf von dem kochenden Nudelwasser hatte ein Wirrwarr aus gekräuselten Haaren um ihr Gesicht entfesselt. Sie war ein einziges Chaos – eine Wahnsinnige –, und es war ein schrecklicher Fehler, ihn auf diese Art zu überfallen.

Er hatte seinen Willen mehr als deutlich zum Ausdruck gebracht, aber sie hatte die klare Botschaft ignoriert, die er ihr mit seinem Ghosting vermittelte. Sie hatte seine Freunde ausgehorcht, hatte seinen Agenten bedrängt und – Gott möge ihr verzeihen – seine Eltern. Während er nun mit versteinerter Miene vor ihr stand, die Hände an den Seiten zu Fäusten geballt, erkannte sie zu spät, dass sie nicht besser war als die Stalkerin, die ihn damals verfolgt hatte.

Sie schlug eine Hand vor den Mund, von sich selbst entsetzt. Dann machte sie auf dem Absatz kehrt und floh zurück durch den Gang in die Küche und zur Hintertür hinaus.

Die Außenbeleuchtung ging an. Sie sah auf den Autoschlüssel, den sie sich auf ihrem Weg nach draußen von der Theke geschnappt hatte. Es war nicht ihrer. Das war der Schlüssel für Clints schwarzen Cadillac Escalade, der in der Auffahrt stand. Sie sprang kurzerhand in die Geländelimousine und manövrierte den Wagen aus der Einfahrt.

Thad hatte es zu weit mit ihr getrieben. Er hatte nicht beabsichtigt, sie für immer zu ghosten, nur so lange, bis er genügend Reserven aufgebaut hatte, um sich die nächste Entschuldigung von ihr anzuhören – nur so lange, bis er in der Lage war, sein Pokergesicht aufzusetzen und sie davon zu überzeugen, dass sie ihm von Anfang an nicht so viel bedeutet hatte. Nur so lange, bis er sich ausreichend zusammenreißen und ihr sagen konnte, dass sie sich nicht schuldig zu fühlen brauchte, weil sie ihn abserviert hatte. Nun erkannte er, dass er einen schrecklichen Fehler gemacht hatte.

Dieser verwundete Ausdruck in ihrem Gesicht ... Das sah nicht nach Schuldgefühlen aus. Sondern eher nach ...

Er rannte ihr nach zur Rückseite des Hauses. Eine der Hintertüren stand offen. Die Außenbeleuchtung schien auf den Swimmingpool und die Frühlingsbeete. Er folgte dem gewundenen Pfad um den Gartenspringbrunnen, vorbei am Pool und durch die Sträucher, während er laut nach ihr rief, aber keine Antwort bekam.

Er stürmte zur Vorderseite des Hauses. Ihr Wagen stand noch da. Er würde nicht gehen, bevor er sie nicht gefunden hatte.

Eine halbe Stunde später fiel Garrett auf, dass sein Escalade fehlte, und Thad erkannte, dass sie entwischt war.

Olivia wartete auf der angrenzenden Straße im dunklen Schatten, die Scheinwerfer des Cadillacs ausgeschaltet, bis sie Thad wegfahren sah. Sie lehnte die Wange ans Fenster. Die Regentropfen, die auf die Windschutzscheibe spritzten, erschienen ihr wie Tränen der Götter. Die einzige Möglichkeit, wie sie den Kummer, den sie ihm bereitet hatte, wiedergutmachen konnte, war, dass sie ihn nie wieder kontaktierte.

Thad fuhr zu ihrer Wohnung und parkte in der Nähe ihrer Garageneinfahrt. Er stieg aus dem Wagen und hastete durch den Regen. Die orangefarbene Schranke war unten, aber er konnte durch das Gitter hineinsehen. Keine Spur von Garretts schwarzem Cadillac. Sie war nicht nach Hause gefahren.

Der Wind zerrte an seinen Haaren, der Regen schlug ihm ins Gesicht. Er hatte riesigen Bockmist gebaut. Etwas lief hier völlig falsch. Er hatte es an ihrem Gesicht gesehen. Rasch steuerte er den Starbucks auf der anderen Straßenseite an, um sich auf die Lauer zu legen.

Draußen vor ihrer Balkontür ertönte ein Donnerschlag. Sie saß an ihrem Klavier und tippte die Tasten an. Ihre Kleidung war noch immer feucht vom strömenden Regen, als sie Clints Wagen zurückgebracht und sich in sein Haus geschlichen hatte, um ihren Autoschlüssel zu holen. Glücklicherweise war Clint ihr nicht begegnet. Sie konnte es nicht ertragen, einer weiteren Person gegenüberzustehen, der sie ihren Wahnsinn aufgezwungen hatte.

Für einen rücksichtsvollen Mieter war es längst zu spät, um Klavier zu spielen, aber sie tat es trotzdem. Etwas Sanftes, Bachs Präludium in C-Dur. Aber die Musik war nicht in der Lage, sie zu trösten.

Schon absurd. Sie hatte ihre Stimme wieder, und nachdem Thad nicht länger zu ihrem Leben gehörte, standen keine wilden privaten Verstrickungen mehr zwischen ihr und ihrem beruflichen Ehrgeiz. Sie versuchte, den Kloß in ihrem Hals hinunterzuschlucken. Nichts hielt sie von wahrer Größe ab außer harte Arbeit und Hingabe.

Eine Träne rann über ihre Wange. Der Concierge hatte vor einer halben Stunde angerufen, um ihr Thads Besuch zu melden. Sie wollte ihn nicht rauflassen. Er musste verstehen, dass er von ihr befreit war. Keine Nachrichten mehr. Keine Besuche mehr bei seinen Freunden und seiner Familie. Sie würde ihm die Gewissheit schenken, dass er seine Ruhe vor ihr hatte.

Ein Schluchzen wollte ihr entweichen. Sie presste die Lippen fest zusammen, um es nicht herauszulassen. Wenn sie jetzt anfing zu weinen, würde sie vielleicht nie wieder damit aufhören.

Der nächste Donnerschlag ließ die Klavierbank vibrieren, gefolgt von einem Hämmern an ihrer Balkontür. Sie wirbelte herum und keuchte auf.

Ein Mann, dessen Silhouette sich vor einem Blitz am Himmel abzeichnete, stand auf ihrem Balkon im einundzwanzigsten Stock. Groß. Schlank. Die Unterarme an die Scheibe gedrückt.

Sie stürmte zu der Schiebetür und kämpfte mit dem Riegel. Als die Tür schließlich aufglitt, blies der Wind

463

ihr Regen ins Gesicht und den Geruch von frischer, sauberer Luft.

»Was tust du da?« Der Schreck brachte sie dazu, sich an ihm zum Balkongeländer vorbeizuschieben. Sie blickte hinunter und erwartete – eine Leiter? So hoch war keine Leiter, und zwischen ihrem Balkon und dem nächsten der Nachbarwohnung klaffte eine Lücke von ungefähr fünf Metern. Die Straße lag weit unter ihr. Wie war er bloß ...?

Sie hob den Kopf. Aus dem Fenster direkt über ihr lehnte sich die ältere weißhaarige Frau, der sie einmal im Aufzug begegnet war, und winkte fröhlich, blind für den Regen. Thad zog Olivia ins Trockene und schloss die Schiebetür.

Alles wurde still.

Sie starrten sich gegenseitig an. Sein nasses dunkles Haar klebte an seinem Kopf. Wasser tropfte von seiner Nasenspitze, und sein Hemd klebte an seinem Oberkörper. Ihr Entsetzen darüber, was er riskiert hatte – was ihm hätte passieren können –, blendete alles andere aus.

»Das hast du nicht getan!« Ihre Worte klangen heiser. »Du bist nicht vom Fenster meiner Nachbarin auf meinen Balkon gesprungen.«

»Sie ist eine nette alte Dame. Ich habe sie unten in der Lobby getroffen.« Sein Adamsapfel hüpfte, als er schluckte. »Sie ist vierundachtzig und verwitwet. Sie hat mich zu sich eingeladen.«

Er war hier, in ihrer Wohnung. Sie konnte es nicht fassen. »Sie hat dich aus ihrem Fenster springen lassen? Du hättest dich umbringen können.«

»Sie hat mir eine Kordel von ihrem Schlafzimmervorhang geliehen.« Er klang sowohl nervös als auch zerknirscht. »Ich habe mich das erste Stück abgeseilt.«

»Eine vierundachtzigjährige Frau lässt einen fremden Mann in ihre Wohnung und hilft ihm, sich aus ihrem Schlafzimmerfenster abzuseilen? Habe ich das richtig verstanden?«

»Kann sein, dass ich ihr erzählt habe, es wäre eine Überraschung zu deinem Geburtstag«, erwiderte er. »Und zu ihrer Verteidigung muss ich hinzufügen, dass sie mich für ihren toten Bruder hielt.«

»Lieber Gott.« Olivia bemerkte plötzlich ein rotes Rinnsal, das an seinem Arm herunterlief. »Du blutest ja!«

»Das ist nur ein Kratzer.«

Sie presste die Finger auf ihre Augen. »Diesen Leichtsinn hättest du dir sparen können. Du bist frei, ich werde dich in Ruhe lassen. Keine Nachrichten mehr oder Anrufe oder spontane Besuche in deinem Elternhaus. Keine Fristen mehr, die dann immer überzogen werden. Es tut mir leid! Ich weiß nicht, was ich mir dabei gedacht habe.« Sie konnte sich nicht bremsen. »Na ja, ich weiß schon, was ich mir dabei gedacht habe. Ich dachte, wenn ich endlich mit dir reden könnte, würde es vielleicht eine große Versöhnung geben. Dann würdest du schließlich erkennen, dass du mich liebst, auf dieselbe Art, wie ich dich liebe. Wir würden uns in die Arme fallen, und alles würde sich klären, und am Schluss würde es ein Happy End geben, bevor der Vorhang fällt.« Sie rang die Hände. »Aber das ist nicht die Realität. Du bist lockerer drauf

465

als ich. Mein Leben ist zu ernst und zu kompliziert für einen Mann wie dich, um das mitzumachen. Genau das hast du versucht, mir zu sagen, aber statt dir zuzuhören, habe ich dich belästigt. Und nun werde ich mich zum letzten Mal dafür entschuldigen, meine Demütigung hinunterschlucken, dir versprechen, dass ich dich nie wieder behelligen werde, und dich zur Tür bringen.«

Er sah sie voller Bedauern an. Sie konnte sein Mitleid nicht ertragen. Sie zwinkerte heftig und wandte sich zur Tür. »Ich verstehe. Wirklich. Du magst mich, aber du liebst mich nicht, und vor allem liebst du nicht meine Dramen und meine Karriere. Die bloße Vorstellung, als Mr. Olivia Shore betrachtet zu werden, wäre eine Demütigung für uns beide.«

»Dann war's das also?«, sagte er hinter ihr. »Du steigst aus?«

Sie griff nach dem Türknauf. Sie würde nicht in Tränen ausbrechen. Würde. Nicht. »Was soll ich sonst machen?«, flüsterte sie. »Uns beide weiter quälen?«

Seine Hand legte sich über ihre auf dem Türknauf. »Amneris hat gekämpft für das, was sie haben wollte.«

»Und brachte ihn am Ende um!«

»So ist das in der Oper.« Sein Gesicht war weich, fragend, schmerzhaft zärtlich. »An dem Abend, als ich dich aus dem Fluss gezogen habe – als ich dachte, du wärst ertrunken. Das war der schlimmste Moment meines Lebens. Du musstest beinahe ertrinken, damit ich erkannt habe, wie viel du mir bedeutest. Wie viel mehr du mir bedeutest, als ein Footballspiel zu gewinnen oder in der Startaufstellung zu stehen. Wie sehr ich dich liebe.«

»Du liebst mich?« Ihre eigenen Worte klangen, als kämen sie aus den Tiefen des Orchestersaals.

»Wie könnte ich dich nicht lieben?« Sein Blick wanderte über ihr Gesicht, als könnte er nicht genug von ihr bekommen. »Du bist alles. Klug und schön und lustig und begabt. Sexy. Gott, bist du sexy. Als ich dich im Wasser nicht finden konnte, wollte ich selbst sterben.« Sie hatte sich so sehr angestrengt, nicht zu weinen, und nun war er derjenige, der Tränen in den Augen hatte. »Ich liebe dich, Liv. Ich liebe dich auf mehr Arten, als ich zählen kann.«

Sie hatte immer gewusst, dass er ein empfindsames Herz hatte, ganz gleich, wie sehr er versucht hatte, es zu verbergen. Sie hob die Hand und strich sanft mit dem Daumen über seinen Wangenknochen, fing eine Träne auf, ohne etwas zu sagen, hörte einfach nur zu.

Sein Blick wanderte wieder suchend über ihr Gesicht, nahm jedes Detail in sich auf. »Ich muss wissen, dass ich immer an erster Stelle stehe. Und du musst wissen, dass ich dich nie zwingen werde, dich zwischen mir und deiner Karriere zu entscheiden.«

Jeder andere hätte diese Erklärung wahrscheinlich verwirrend gefunden, aber sie verstand, und es machte sie benommen vor Liebe.

Er nahm ihre Hand und küsste zärtlich ihr Handgelenk dort, wo ihr Puls zu spüren war. »Keine Ultimaten mehr, Liv, okay?«

»Keine Ultimaten mehr«, flüsterte sie. »Nie wieder.«

Sie küssten sich. Ein Kuss, an den sie sich bis in alle Ewigkeit erinnern würde. Innig und süß und voller Sehnsucht. Alles, was eine Frau sich wünschen konnte. Die Art von Kuss, aus dem Träume entstanden und Lebensläufe aufgebaut waren. Ein Kuss, der ein ewiges Versprechen war.

Dieser liebliche Kuss änderte sein Timbre, wurde heiß und leidenschaftlich. Sie zogen sich gegenseitig ins Schlafzimmer, zerrten an ihren Kleidern, an den Bettlaken, gierten darauf, ihre Worte mit ihren Körpern zu besiegeln.

Sie verschmolzen miteinander in hitzigem Gefecht – zwei Athleten, Champions in ihren eigenen Welten, die ihre Körper im Einklang bewegten, die zusammen emporstiegen, das perfekte Crescendo erlebten, den perfekten Rausch. Die perfekte Verbindung von Körper und Seele.

Als sie sich später in den Armen lagen, streifte er mit den Lippen über ihre Haare. »Vor uns liegen zwei arbeitsreiche Jahre.«

Sie strich mit den Fingern über sein herrliches Sixpack. »Ja.«

»Du bist für die nächsten zwei Jahre mit Auftritten ausgebucht, und mein Vertrag läuft ebenfalls noch zwei Jahre.« Er strich sanft über die Wölbung ihrer Hüfte. »Ich weiß, was ich danach machen werde. Ich hätte nie gedacht, dass ich das einmal sagen würde, aber ich kann es kaum erwarten. Trotzdem, nichts ist sicher. Auf diese nächsten zwei Jahre wird es ankommen. Das wird unser Trainingslager sein.«

Es war ein perfekter Vergleich. »Es wird die Zeit sein,

in der wir die logistischen Herausforderungen lösen. In der wir darauf hinarbeiten, dass unsere Lebensstile zusammenpassen«, sagte sie.

»Wir werden Fehler machen.« Er nahm ihre Hand und küsste ihr Ohrläppchen. »Das wird eine Art Testphase.«

»Es wird ein Chaos geben.« Sie schenkte ihm ein gerührtes Lächeln, ohne dass es sie kümmerte, ob er ihre Tränen sah, weil es Freudentränen waren. »Wir werden viel miteinander kommunizieren müssen.«

»Etwas, in dem wir gut sind, sieht man von den letzten paar Tagen ab.« Er stützte sich auf seinen Ellenbogen und betrachtete sie. »Zum Glück sind wir beide diszipliniert. Wir wissen, wie man sich Ziele setzt und sie verwirklicht.«

»Das tun wir«, sagte sie zustimmend und rieb ihre Nase an seiner Schulter.

»Du hast nächste Woche am Mittwoch und Donnerstag spielfrei. Würde dir Donnerstag passen?«

Sie verlor sich darin, den Schwung seiner dunklen Augenbrauen zu bewundern. »Donnerstag?«

»Oder Mittwoch, wenn dir das lieber ist. Um unsere Hochzeit zu feiern.«

Seine Worte kamen schließlich bei ihr an, und sie schoss kerzengerade im Bett hoch und hielt das Laken vor ihrer Brust umklammert. »Du möchtest nächste Woche heiraten?«

Er zog das Laken aus ihren Händen. »Habe ich das nicht gesagt?«

»Nein, davon hast du bisher nichts gesagt! Wir haben

uns gerade noch darüber unterhalten, dass wir uns die nächsten zwei Jahre Zeit nehmen, um es miteinander zu probieren.«

»Richtig.« Er küsste ihren Brustansatz. »Wenn wir verheiratet sind, müssen wir es definitiv miteinander probieren.«

Sie schnappte sich wieder das Laken und begann ihre erste postkoitale Diskussion. »Wir sind keine leichtsinnigen Menschen! Wir stürzen uns nicht blindlings in so etwas Großes. Wir gehen systematisch vor. Wir lassen uns Zeit. Bereiten uns vor.«

Er lachte und zog sie wieder zu sich herunter. »Liv, mein Schatz, wir sind schon vorbereitet. Wir wissen genau, in was für ein Chaos wir uns stürzen, und wir wissen auch, dass wir – mit unserer Arbeitsmoral und unseren großen Egos – die Sache hinkriegen müssen, weil keiner von uns mit Niederlagen umgehen kann.«

Das stimmte, aber ...

Er streichelte ihre Schläfe. »Du bist ziemlich gerissen, mein Liebling, und ich gehe kein Risiko mehr ein, dich zu verlieren. Ich brauche ein Bekenntnis. Ein echtes Bekenntnis, sodass ich weiß, du wirst nicht irgendwann wieder durchdrehen und mir erklären, dass du beschlossen hast, den Figaro oder was auch immer nicht mehr singen zu können, wenn ich zu deinem Leben gehöre.«

Figaro war ein Bassbariton, aber sie verstand seinen Standpunkt. Sie fuhr mit den Händen durch seine Haare. »Das werde ich dir niemals antun. Versprochen.«

»Gut. Dann nächste Woche.«

Und so kam es dann auch. An einem Donnerstagabend, als es in der Oper keine Vorstellung gab, standen sie beide auf der Bühne, umringt von ihren Freunden und Angehörigen, die auf Stühlen saßen. Die Braut sah wahnsinnig schön aus in ihrem langen Kleid im ägyptischen Stil, das eine aktualisierte Version von Aidas Kostüm war. Der Bräutigam beeindruckte in einem maßgeschneiderten Anzug mit einem Einstecktuch, das aus dem Lieblings-Flamenco-Tuch seiner Angebeteten genäht war.

Thads Eltern waren kurzfristig aus Kentucky angereist. Cooper war Trauzeuge. Clint führte die Braut durch den provisorischen Gang zum Altar, während Rachel sang, und weder Braut noch Bräutigam – die es beide gewohnt waren, unter Druck zu arbeiten – schafften es durch ihre Eheversprechen, ohne dass ihnen die Stimme versagte.

Es war eine wundervolle Zeremonie. Die Blumen, die Gäste, die Musik. Als Thad und Olivia ihren Bund mit einem Kuss besiegelten, beugte Cooper Graham sich zu seinem Nebenmann und flüsterte: »Eine Ehe. Zwei Diven. Das wird ein richtiger Volltreffer.«

Clint Garrett hätte ihm nicht mehr zustimmen können.

EPILOG

Thad stand hinter den Kulissen der Lyric Opera von Chicago, die Arme vor der Brust verschränkt, um sein Herz am Überfließen zu hindern, während er verfolgte, wie Olivia die beste Habanera ihres Lebens ablieferte. Ihre Carmen war eine willensstarke Rebellin – sinnlich, verführerisch, tollkühn und nur für sich selbst verantwortlich –, all das, was Olivia nicht war, außer was den sinnlichen, verführerischen Teil betraf.

Nach drei Jahren verschlug sie ihm noch immer den Atem.

Es gefiel ihm, andere zu Höchstleistungen anzutreiben, sei es, dass er Olivia zu neuen Erfolgen in ihrer Karriere motivierte, sei es, dass er den Blödmann in jedem Spiel anfeuerte. Trotzdem, verdammt, er hatte diesen Kerl ins Herz geschlossen.

Auf der Bühne hatte Carmen die Aufmerksamkeit des ollen Don José geweckt. Olivia spielte ihr Sterben immer viel zu überzeugend, daher hatte Thad es sich zur Regel gemacht, niemals den letzten Akt zu schauen. Außerdem hatte man ihm verboten, die ganze Zeit hinter der Bühne herumzulungern, weil er den Tenor, der den Don José sang, nervös machte.

Das erste Jahr ihrer Ehe war genauso chaotisch und

hektisch gewesen, wie sie erwartet hatten. Sein Trainingslager begann am selben Tag, als Olivia nach München flog. Als die Chicago Stars ihr erstes Spiel bestritten, war sie in Tokio und danach in Moskau. Sie waren ständig in Kontakt und wetteiferten um die innovativsten Ideen, mit denen sie ihr Liebesleben spannend halten konnten, obwohl das bedeutete, dass sie viel Extrasoftware installieren mussten, um vor Hackern geschützt zu sein.

Nach ihrem Engagement in Moskau kehrte Olivia nach Chicago zurück und saß in Phoebe Calebows Stadionloge, wo sie live sah, wie Thad zwei Spiele nacheinander gewann, als Clint mit einer Knöchelverletzung pausieren musste. Eins der Calebow-Kinder fotografierte sie heimlich, wie sie sich jedes Mal, wenn Thad einen Pass vervollständigte, die Kehle aus dem Leib brüllte. Peinlich, aber Mrs. Calebow war ein großer Opernfan, und es schien sie nicht zu stören.

Das zweite Jahr ihrer Ehe verlief komplizierter, weil es seine Abschiedssaison war und er seinen Plan für die Zeit danach vorantrieb. Er machte seine Prüfung zum Finanzberater, um dumme, junge Spieler aktiv davor bewahren zu können, ihr ganzes Geld zu verprassen, eine Arbeit, die ihn befriedigte, aber nur eine Nebentätigkeit war. Sein Hauptjob war, Piper auf ihrem ehrenamtlichen Kreuzzug gegen Kinderprostitution und Menschenhandel zu unterstützen. *Dem Geld zu folgen.* Darin war er sehr gut geworden, und immer wenn er dazu beitragen konnte, dass wieder einer dieser Dreckskerle ins Gefängnis wanderte, verschaffte ihm das sogar ein besseres Gefühl als früher ein gewonnenes Footballspiel.

Er hatte ein bisschen mehr zu tun, als er wollte, aber der Vorteil war, dass er mobil arbeiten und Olivia so auf ihren Reisen begleiten konnte, wenn es für beide passte – was meistens der Fall war.

»Ich unterhalte die Leute«, pflegte die Diva zu sagen. »Du rettest Leben.«

Gerade als sich alles eingespielt hatte, beschloss sie, dass sie ein Baby wollte.

Der Applaus rollte in einer endlosen Welle über sie hinweg. Sie hatte heute Abend als Carmen eine Glanzvorstellung abgeliefert, und jedem im Publikum war das bewusst. Sie war berauscht, siegestrunken, dankbar und erschöpft – und mehr als bereit, nach Hause zu gehen zu ihrem Kind und zu dem Mann, den sie über alles liebte.

Dies würde für die nächsten paar Jahre ihr letztes Engagement als Carmen sein. Für ihren Familienzuwachs reduzierte sie die Anzahl der zeitverschlingenden Operntourneen und erhöhte dafür ihre Konzertauftritte. Sie liebte Konzerte. Sie brauchte nicht mehr so oft und so weit zu verreisen, erreichte noch mehr Zuhörer und konnte außerdem mit einem breiteren Repertoire experimentieren. Darüber hinaus plante sie, mehr Zeit im Tonstudio zu verbringen, wo sie eine Auswahl von Kinderliedern aufnahm, die sie zuvor Theodosia Shore-Owens vorsang, ihrem zappeligen, verschmusten, dunkelhaarigen kleinen Engel mit den Teufelshörnern. »Sie wird später sicher eine Sopranistin«, bemerkte Thad, nachdem Sia einen besonders dramatischen Wutanfall bekommen hatte, weil ihr Vater sie nicht den Küchenschwamm hatte essen lassen wollen.

Olivia hatte nie besser gesungen als während ihrer Schwangerschaft. Das Baby hatte einen positiven Effekt auf ihren Bauch und ihr Zwerchfell, was selbst die anspruchsvollsten Gesangsstücke einfacher machte – durchgehend bis zum neunten Monat.

Im Gegensatz zu Dennis, Rachels Exmann, hatte Thad keinerlei Interesse daran, Olivias Karriere bis ins kleinste Detail zu managen. Er hatte mehr als genug damit zu tun, den Überblick über seine eigene Karriere zu behalten. Olivia dagegen hielt sich nicht aus seiner Arbeit heraus. Sie interessierte sich genauso leidenschaftlich wie er für Pipers humanitären Kampf, und sie blieb gern auf dem Laufenden. Sie hatte auch einige Nachwuchsspieler lieb gewonnen, die von Thad trainiert wurden. Er behauptete zwar, er würde ihnen nur in Geldangelegenheiten helfen, aber seit wann schloss eine Finanzberatung stundenlange Videoanalysen von Spielzügen ein?

Manchmal warf Olivia, wenn sie auf der Bühne stand, verstohlene Blicke hinter die Kulissen oder suchte ihn im Publikum. Der Anblick seines schönen Gesichts und das Wissen darum, was sie zusammen erschaffen hatten, verliehen ihrem Gesang eine zusätzliche Bedeutung.

Sie redeten, sie planten, sie nahmen Anpassungen und Korrekturen in ihrem gemeinsamen Leben vor. Keine Sängerin könnte sich einen perfekteren Ehemann wünschen. Und er liebte es noch immer, wenn sie nackt für ihn sang.

Als Thad nach Hause fuhr, musste er daran denken, dass er zuerst ernsthafte Bedenken gehabt hatte, ob Olivia als Mutter seines zukünftigen Kindes geeignet war. Wie hätte er nicht zweifeln sollen, als er sie als Azucena in *Il trovatore* sah? Die verrückte Azucena, die ihr eigenes verdammtes Kind in die Flammen warf! Zu beobachten, mit welcher Freude sich die Diva auf die Rolle vorbereitete und diese Wahnsinnige mit deutlich zu viel Enthusiasmus auf der Bühne verkörperte, ließ ihn eine Vasektomie in Erwägung ziehen. Als er seine Bedenken äußerte, ob er sie mit einem Baby allein lassen konnte, lachte sie laut auf, schwang sich auf seinen Schoß und fing an, ihn zu küssen.

Neun Monate später wurde Sia geboren.

Das Licht seines Lebens, Theodosia Shore-Owens, müsste inzwischen schlafen, und es war Zeit für ihn, nach Hause zu fahren und das Kindermädchen abzulösen.

Nun war das nächste Kind unterwegs, was bedeutete, dass ihnen mehr von dem Chaos bevorstand, das sie gelernt hatten zu entwirren. Er konnte es kaum erwarten.

Im Autoradio drehte er sein Lieblingsklassikprogramm lauter. Heute Abend wurde eine Belcanto-Aufnahme von Olivia gesendet, die ein Stück von Rossini sang, das ihm eine Gänsehaut verursachte. »Ohne dich wäre ich nicht in der Lage, so zu singen, wie ich singe«, hatte sie ihm mehr als einmal gesagt.

Er glaubte ihr das nicht, aber dafür wusste er eins mit Sicherheit: Am Ende des Tages, wenn sie ihr Make-up und ihr Kostüm abgelegt hatte, liebte Olivia es, Mrs. Thad Owens zu sein. Fast so sehr, wie er es liebte, Mr. Olivia Shore zu sein.

Anmerkung der Autorin

Ich bin drei Frauen, die mir auf meiner Reise durch die Welt der Sopranistinnen und der Oper zur Seite standen, zu ganz besonderem Dank verpflichtet. Dr. Ramona Wis war bei mir, als ich meine Reise begann. Marianna Moroz, Public Relations Managerin der weltberühmten Lyric Opera of Chicago, war so liebenswürdig, meine Fragen zu beantworten. Und die brillante Autorin Megan Chance, die genau weiß, was eine schreibende Kollegin braucht, half mir, diese Geschichte zu vollenden. Ich möchte allen drei danken und um Verzeihung bitten, falls ich mir irgendwelche Freiheiten mit dieser geschätzten Kunstform erlaubt habe und mit jenen, die sie am Leben erhalten.

Wie immer kann ich kaum in Worte fassen, wie froh ich über mein Team bei HarperCollins, William Morrow und Avon Books bin, angeführt von meiner lieben Freundin und Langzeitlektorin Carrie Feron.

Ich hoffe, dass diejenigen Leser, die die Geschichte von Cooper Graham und Piper Dove noch nicht kennen, ihr Vergnügen daran haben werden, sie in *Verliebt bis über alle Sterne* nachzulesen. Eine Liste der »Chicago-Stars«-

Romane ist auf meiner offiziellen deutschsprachigen Website unter www.penguinrandomhouse.de verfügbar. Danke, dass Sie die beste Leserschaft sind, die eine Autorin sich wünschen kann!